历朝通俗演义（插图版）——清史演义Ⅱ

内扰外患

蔡东藩 著

北方联合出版传媒(集团)股份有限公司

万卷出版公司

© 蔡东藩 2015

图书在版编目（CIP）数据

清史演义.2, 内忧外患 / 蔡东藩著. — 沈阳：万
卷出版公司, 2015.1（2021.7 重印）
　　（历朝通俗演义）
　　ISBN 978-7-5470-3116-2

　　Ⅰ.①清… Ⅱ.①蔡… Ⅲ.①章回小说-中国-现代
Ⅳ.① I246.4

中国版本图书馆 CIP 数据核字（2014）第 154490 号

出 品 人：王维良
出版发行：北方联合出版传媒（集团）股份有限公司
　　　　　万卷出版公司
　　　　　（地址：沈阳市和平区十一纬路 25 号　邮编：110003）
印 刷 者：河北盛世彩捷印刷有限公司
经 销 者：全国新华书店
幅面尺寸：168mm×233mm
字　　数：253 千字
印　　张：15.25
出版时间：2015 年 1 月第 1 版
印刷时间：2021 年 7 月第 4 次印刷
责任编辑：胡　利
责任校对：尹葆华
封面设计：向阳文化　吕智超
版式设计：范思越
ISBN 978-7-5470-3116-2
定　　价：35.00 元
联系电话：024-23284090
传　　真：024-23284448

目　录

第一回

御驾南巡名园驻跸
王师西讨叛酋遭擒

　　却说孝贤后崩逝后，已是小祥，乾隆帝至梓宫前亲奠一回。奠毕，慈宁宫传到懿旨，宣召乾隆帝进宫。到太后前请过了安，太后道："现在皇后去世，已满一年，六宫不可无主，须选立一人方好。"乾隆帝嘿然不答。*其将谁语？*太后道："宫内妃嫔，哪一个最称你意？"乾隆帝道："妃嫔虽多，没一个能及富察，奈何？"*富察二字，含糊得妙。*太后道："我看娴贵妃那拉氏，人颇端淑，不妨升她为后。"乾隆帝沉吟半晌，便道："但凭圣母主裁！"太后道："这也要你自己愿意。"乾隆帝平日颇尽孝道，至此也不欲违逆母命，没奈何答了一个"愿"字。退出慈宁宫，又辗转思想了一番，*想什么？*乃于次日下旨，册封娴妃那拉氏为皇贵妃，摄六宫事。*那拉氏不即立后，乾隆帝之意可知。*直到孝贤皇后二周年，尚未册立正宫，经太后再三催促，方立那拉氏为皇后。*参商之兆，已萌于此。*此时鄂尔泰已死，张廷玉亦因老乞归，鄂、张二人，本受世宗遗旨，身后俱得配享太庙，嗣因鄂、张各存党见，朝官依附门户，互相攻讦，事为乾隆帝所闻，心滋不悦。廷玉乞归时，又坚请身后配享，触忤龙颜，严旨诘责，追缴恩赐物件，革去伯爵，并不令配享。*硬要做满族奴才，致触主怒，何苦何苦！*廷玉惊慌得了不得，后来一病身亡，总算乾隆帝优待老成，仍令配享太庙，*廷玉好瞑目了。*这是后话。

　　乾隆帝因宫廷中事，都未惬意，不免烦恼，便想到别处闲游，借作排遣。十五年春季，奉了皇太后，巡幸五台山，秋季又奉皇太后临幸嵩岳，两处游玩，仍不见有什么消遣的地方。他想外省的景致，还不及一圆明园，就时常到圆明园散闷。这日，在园中闲逛，起初是天气阴沉，不甚觉得炎热，到了午后，云开见日，遍地阳光，掌盖的忘携御盖，被乾隆帝大加申斥，忽随从中有人说道："典守者不得辞其责。"乾隆帝便问道："谁人说话？"那人便跪倒磕头。乾隆帝见他唇红齿白，是一个美貌的少年，随问道："你是何人？"那人禀道："奴才名和珅，是满洲官学生，现蒙恩充当銮仪卫差役，恭奉御舆。"乾隆帝道："你是官学生，充这舁舆的差使，未免委屈，朕拔你充个别样差使，可好么？"和珅感激得了不得，便磕了九声响头，朗声道："谢万岁万万岁天恩！"*和珅初蒙主知，已极意贡谀，望而知为妄臣。*乾隆帝便令他跟住身后，有问必答，句句称旨，引得龙心大开，回到宫中，竟命他作宫中总管。这和珅骤膺宠眷，打叠精神，伺候颜色，乾隆帝想着什么，不待圣旨下颁，他已暗中觉察，十成中总管八九成，因此愈加宠任，乾隆帝竟日夜少他不得。后人说他是弥子瑕一流人物，小子无从搜得确据，不敢妄说。

　　只乾隆帝素爱冶游，得了和珅以后，越加先意承志，说起南边风景，很是繁华。乾隆帝道："朕亦想去游幸一次，只虑南北迢遥，要劳动官民，花费许多金钱，所以未决。"和珅道："圣祖皇帝六次南巡，臣民并没有多少怨咨，反都称颂圣祖功德。古来圣君，莫如尧舜。《尚书·舜典》上，也说五载一巡狩，可见巡幸是古今盛典，先圣后圣，道本同揆，难道当今万岁，反行不得么？况且国库充盈，海内殷富，就使费了些金银，亦属何妨。"乾隆帝生平，最喜仿效圣祖，又最喜学着尧舜，听了和珅一番言语，正中下怀，*自来英主多愿爱民，后来亦多被小人导坏，汉武、唐玄与清高宗皆此类也。*便道："你真是朕的知己！"遂降旨预备南巡。和珅讨差，督造龙舟，建得穷工奇巧，备极奢华，把康、雍两朝省下的库储，任情挥霍，好像用水一般。和珅从中得了数十万好处，乾隆帝还奖他办事干练，升他做了侍郎。*这叫作升官发财。*和珅复飞咨各省督抚，赶修行宫，督抚连忙募工修筑，又把水陆各道，一律疏通，准备巡幸。乾隆十六年春正月，乾隆帝奉皇太后启銮，宫中挑选了几个妃嫔，作为陪侍，*皇后独没福随游，伉俪之情可想。*外面除留守人等，尽令扈从，仪仗车马，说不胜说，数不胜数。开路先锋，便是新任侍郎和珅，御驾所经，督抚以下，尽行跪接，一切供奉，统由和珅监视。和珅说好，乾隆帝定也说好，和珅说不好，乾隆帝定也说不好。督抚大员，都乞和珅代为周旋，因此私下馈遗，以千万计。

两宫舍陆登舟，驾着龙船，沿运河南下，由直隶到山东，从前已经游历，没甚可玩，只在济宁州耽搁一日。由山东到江苏，六朝金粉，本是有名，乾隆帝为此而来，自然要多留几天。扬州住了好几日，苏州又住了好几日，所有名胜的地方，无不游览。苏杭水道最便，复自苏州直达杭州，浙省督抚，料知乾隆帝性爱山水，在西湖建筑行宫，格外轩敞。两宫到了此地，游遍六桥三竺，果觉得湖山秀美，逾越寻常。乾隆帝非常喜悦，不是题诗，就是写碑。有时脑筋笨滞，命左右词臣捉刀，并召试诸生谢墉等，赏给举人，授内阁中书。又亲祭钱塘江，渡江祭禹陵，复回至观潮楼阅兵。

忽报海宁陈阁老，遣子接驾，乾隆帝奇异起来，还是太后叫他临幸一番，*太后应已觉着了。*遂自杭州至海宁。此时陈阁老闻御驾将到，把安澜园内，装潢得华丽万分，陈府外面的大道，整治得平坦如镜，随率领族中有职男子，到埠头恭候。隔了数时，遥见龙舟徐徐驶至，拍了岸，便排班跪接，奉旨叫免。陈阁老等候两宫上岸登舆，方谢恩而起，恭引至家。陈老夫人，亦带了命妇，在大门外跪迎，两宫又传旨叫免，乃起导两宫入安澜园，下舆升坐。接驾的一班男妇，复先后按次叩首。两宫命陈阁老夫妇，列坐两旁，陈阁老夫妇又是谢恩。余外男妇等奉旨退出。于是献茶的献茶，奉酒的奉酒，把陈家忙个不了。幸亏随从的人，有一半扈跸入园，有一半仍留住舟中，所以园内不致拥挤，两宫命陈阁老夫妇侍宴，随从的文武百官，宫娥彩女，亦分高下内外，列席饮酒，大约有一二百席，山南海北的珍味，没一样不采列，并有戏班女乐侑宴。这一番款待，不知费了多少金钱。只乾隆帝御容，很有点像陈阁老，陈老太太有时恰偷觑御容，似乎有些惊疑的样子，究竟乾隆帝天亶聪明，口中虽是不言，心中恰是诧异，酒阑席散，奉了太后，与陈阁老夫妇，到园中游玩一周，回入正厅。乾隆帝谕陈阁老夫妇道："这园颇觉精致，朕奉太后到此，拟在此驻跸数天。但你们两位老人家，年力将衰，不必拘礼，否则朕反过意不去，只好立刻启行了。"陈阁老忙回道："两宫圣驾，不嫌褒陋，肯在此驻跸数日，那是格外加恩，臣谨遵旨！"*皇帝到了家里，陈阁老以为光宠，我说实是晦气。*太后亦谕道："此处伺候的人很多，你两老夫妇，可以随便疏散，不必时时候着。"阁老夫妇谢恩暂退。

是夕，乾隆帝召和珅密议，说起席间情况，嘱和珅密察。和珅奉旨，屏去左右，独自一人在园间踱来踱去，假作步月赏花的情形。更深夜静，四无人声，和珅不知不觉，走到园门相近，仍不闻有什么消息。正想转身回至寝室，忽见园角门房内，露出灯光一点，里面还有唧唧哝哝的声音，便轻轻地掩至门外，只听里面有人说道："皇上的御容，很像我们的老爷，真是奇怪。"接连又有一人道："你们年纪轻轻，哪里晓得这种故事？"前时说话的人又问道："你老人家既晓得故事，何不说与我们一听。"和珅侧着耳朵，要听他对答，不料下文竟尔停住，只有一阵咳嗽声，咯痰声，**不肯直叙，这是文中波澜。**不免等得焦躁起来。亏得里面又在催问，那时又闻得答语道："我跟老爷已数十年，前在北京时，太太生了一位哥儿，被现今皇太后得知，要抱去瞧瞧，我们老爷只得应允，谁料抱了出来，变男为女，太太不依，要老爷立去掉转，老爷硬说不便，将错就错的过去。现在这个皇上，恐怕就是掉换的哥儿呢。"这两句话，送入和珅耳中，暗把头点了数点。忽听里面又有人说道："你这老总管亦太粗莽，恐怕外面有人窃听。"和珅不待听毕，已三脚两步的走了。路中碰着巡夜的侍卫，错疑和珅是贼，**的确是个民贼。**细认乃是和大人，想上前问安，和珅连忙摇手，匆匆地趋回寝室。睡了一觉，已是天明，急起身至两宫处请安。乾隆帝忙问道："有消息么？"和珅道："略有一点消息，但恐未必确实。"乾隆帝道："无论确与不确，且说与朕听！"和珅道："这个消息，奴才不敢奏闻。"乾隆帝问他缘故，和珅答称："关系甚大，倘或妄奏，罪至凌迟。"乾隆帝道："朕恕你罪，你可说了。"和珅终不敢说，乾隆帝懊恼起来，便道："你若不说，难道朕不能叫你死么？"和珅跪下道："圣上恕奴才万死，奴才应即奏闻，但求圣上包涵方好！"乾隆帝点了点头，和珅便将老园丁的言语，述了一遍。乾隆帝吃了一惊，慢慢道："这种无稽之言，不足为凭。"**聪明人语。**和珅道："奴才原说未确，所以求圣上恕罪！"乾隆帝道："算了，不必再说了。"忽报陈阁老进来请安，乾隆帝忙叫免礼，并传旨今日启銮。还是陈阁老恳请驻跸数天，因再住了三日，奉太后回銮，陈阁老等遵礼恭送，不消细说。

两宫仍回到苏州，复至江宁，登钟山，祭孝陵，泛秦淮河，登阅江楼，又召试诸生蒋雍等五人，并进士孙梦逵，同授内阁中书。驻跸月余，方取道山东，仍还京师。回京后，乾隆帝欲改易汉装，被太后闻知，传入慈宁宫，问道："你欲改汉装么？"乾隆帝不答，太后道："你如果要改汉装，便是不忠不孝，不仁不义，我亦要让你了。"乾隆帝连称不敢，方才罢议。*冕旒汉制终难复，徒向安澜驻翠华。*

日月如梭，忽忽间又过三年，理藩院奏称准噶尔台吉达瓦齐，遣使入贡，乾隆帝问军机大臣道："准部长噶尔丹策零，数年前身死，嗣后立了那木札尔，又立了喇嘛达尔札，扰乱数年，朕因他子孙相袭，道途又远，所以不去细问。什么今日，换了个达瓦齐？"军机大臣道："那木札尔，系噶尔丹策零次子，策零死，那木札尔立，后来因昏庸无道，被他女兄的丈夫弑掉了，另立策零庶长子喇嘛达尔札，现在喇嘛达尔札，又被部众弑掉，改立达瓦齐，这达瓦齐闻是准部贵族大策零子孙呢。"乾隆帝道："照这般说，达瓦齐系策零仆属，胆敢篡立，实是可恨，朕拟兴师问罪，免他轻视天朝。"正商议间，又接边臣奏折，内称"辉特部台吉阿睦撒纳，为达瓦齐所败，愿率众内附"等语。乾隆帝即命阿睦撒纳来京陛见，并却还达瓦齐贡使。阿睦撒纳奉了上谕，当即到京求见，由理藩院尚书带入，阿睦撒纳叩首毕，乾隆帝问道："你便是辉特部台吉么？"阿睦撒纳答道："是。"乾隆帝又问道："你如何与达瓦齐开战？"阿睦撒纳道："达瓦齐篡了准部，还想蚕食他方，臣本与他划疆自守，毫无干涉，他无端侵入臣境，臣与他战了一场，被他杀败，因此叩关内附，仰乞大皇帝俯赐矜全！"乾隆帝见他身材雄伟，言语爽畅，不觉喜悦，便道："朕正想发兵讨达瓦齐，你来得很好。"阿睦撒纳道："大皇帝果发义师，臣愿作为前导。"乾隆帝道："你肯为朕尽忠，朕却不吝重赏。"阿睦撒纳谢恩而出。乾隆帝即召集王大臣，会议发兵计画，并言荡平准部，就在阿睦撒纳身上。军机大臣舒赫德奏道："臣看阿睦撒纳相貌狰狞，必非善类，请圣上不要信他！"乾隆帝怫然不悦，便厉声道："据你说来，达瓦齐是不应讨么？"舒赫德道："达瓦齐非不应讨，但阿睦撒纳，乞皇上不可重用！"乾隆帝复厉声道："阿睦撒纳是生长彼地，地理人情，都应熟悉，朕若不去用他，难道用你不成！"舒赫德素性刚直，还要接口道："圣上要用这阿睦撒纳，请将他部下余众，徙入关内，免得后患。"乾隆帝怒道："你这般胆小，如何好做军机大臣？"叱侍卫逐出舒赫德。舒赫德叹息而去。*忠言逆耳，令人鸣咽。*傅恒见乾隆帝发怒，忙上前道："圣上明烛万里，此时正好出征准部，戡定西陲。"*这等拍马屁的伎俩，想是从闺训得来。*乾隆帝怒容渐霁，徐答道："究竟是你有些智谋。但还是今年出兵，明年出兵？"傅恒道："据臣愚见，今年且先筹备起来，待明年出兵未迟。"乾隆帝准奏，遂下旨饬八旗将士先行操练，并封阿睦撒纳为亲王。

　　看官！你道这阿睦撒纳，究竟是何等样人？他的言语，究竟可靠不可靠？小子须要补述一番方好。阿睦撒纳是丹衷的遗腹子，丹衷系策妄女婿，策妄借结婚政策，灭了丹衷的父亲拉藏汗，丹衷穷无所归，寄食准部，免不得怨恨策妄。策妄又把丹衷害死，将自己的女儿，改醮辉特部酋，只五六月生了一个男孩子，就是阿睦撒纳。阿睦撒纳长大起来，继了后父的位置，见准部内乱，蓄志并吞，先帮助达瓦齐，杀了喇嘛达尔札，自己迁至额尔齐斯河，胁服杜尔伯特部。达瓦齐也阴怀疑忌，大举攻阿睦撒纳，阿睦撒纳乃托名内附，想借清朝兵力，灭掉达瓦齐，自己好占据准噶尔。巧遇乾隆帝好大喜功，听了阿睦撒纳的言语，决计用兵。会准部小策零属下萨拉尔，及达瓦齐部将玛木特，先后降清，阿睦撒纳又促请出师。于是乾隆二十二年春，命尚书班第为定北将军，出北路。陕甘总督永常为定西将军，出西路。北路用阿睦撒纳为前导，授他做定边左副将军。西路用萨拉尔为前导，授他做定边右副将军。玛木特做了北路参赞，西路参赞，用了内大臣鄂容安。两副将军各领前锋先进，将军参赞等次第进行。浩浩荡荡，直达准部。沿途经过的部落，望见两副将军大纛，多识是前时故帅，望风崩角，拜谒马前。到了夏间，两路大军并至博罗塔拉河，距伊犁只三百里。达瓦齐闻报，慌做一团，仓猝征兵，已来不及，只带了亲兵万人，向西北出奔，走入格登山去了。清军长驱追袭，将到格登山，夜遣降将阿玉锡等，率领二十余骑，往探路程。阿玉锡想夺头功，竟乘夜突入敌营，拍马横矛，威风凛凛，达瓦齐部众，还道是清军齐到，四散奔逃。*真不济事。*达瓦齐也落荒窜去，扒过大山，投入回疆。他想平日要好的回酋，只有乌什城主霍吉斯，一口气奔到乌什城。霍吉斯也出城迎接，谁知进了城门，一声胡哨，伏兵尽发，把达瓦齐拿住。达瓦齐向霍吉斯道：“我与你一向至交，如何缚我？”霍吉斯也不与多说，取出清帅檄文，与他细瞧。达瓦齐道：“好好！你总算卖友求荣了。”*该骂！*当下被霍吉斯推入囚车，解送清营。清两帅回到伊犁，这时候，罗卜藏丹津还絷在伊犁狱中，遂一并擒出，与达瓦齐槛送京师。

　　乾隆帝得了红旗捷报，召两军凯旋，亲御午门，行献俘礼。达瓦齐及罗卜藏丹津，觳觫万状，捣头如蒜。隆乾帝大笑道：“这样人物，也想造反，正是夜郎自大，不识汉威哩。”遂传旨赦他死罪。一面大封功臣，首奖大学士傅恒襄赞有功，再加封一等公。*马屁又被他拍着了。*定北将军班第封一等诚勇公，副将军萨拉尔，封一等超勇公，副将军阿睦撒纳，晋封双亲王，食亲王双俸，参赞玛木特封为信勇公，铭功

阿玉锡持矛荡寇图

勒石，说不尽的夸耀。永常鄂容安等未沐荣封，不识何故。又拟复额鲁特四部遗封，封噶尔藏为绰罗斯汗，巴雅特为辉特汗，沙克都为和硕特汗，还有杜尔伯特部，就封了阿睦撒纳。乾隆帝的意思，无非是犬牙相错、互生钳制的道理，谁知阿睦撒纳雄心勃勃，竟想雄长四部，渐渐地跋扈起来。正是：

> 非我族类，其心必异。
> 过严则怨，过宽则肆。

不数月，留守伊犁大臣，奏报阿睦撒纳造反了，乾隆帝闻报大惊，究竟阿睦撒纳如何谋反，且看下回分解。

此回叙陈阁老事，非传陈阁老，传高宗也。叙阿睦撒纳事，非传阿睦撒纳，亦传高宗也。高宗第一次南巡，便觉挥霍不赀，厥后南巡复数次，劳民费财，可想而知。陈阁老事，尚是本回之宾，不过假故老遗传，作为渲染耳。南巡以后，复议西征，写出高宗好大喜功气象，阿睦撒纳来降，乃是适逢其会，是阿睦撒纳亦一宾也，达瓦齐则成为宾中宾矣。阅者当如此体会，方见作书人本旨。

第二回

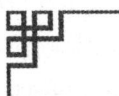

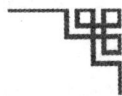

灭准部余孽就歼
荡回疆贞妃殉节

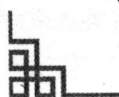

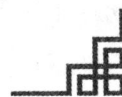

却说达瓦齐就俘后，清师奉旨凯旋，只留班第、鄂容安二人，带了随兵五百名，与阿睦撒纳，办理伊犁善后事宜。阿睦撒纳移檄邻部，讳言降清，阳称清廷命他统领各番，来平此地，又暗嘱党羽四布流言，欲安准部，必须立阿睦撒纳为大汗。班第、鄂容安遣使密奏，乾隆帝亦付他密旨，令诱诛阿睦撒纳。看官！你想阿睦撒纳率众西行，已似大鱼纵壑，哪里还肯来入网呢？况班第、鄂容安，手下只有五百名随兵，也不好冒昧举事。接了朝旨，按住不发，唯促阿睦撒纳入朝。阿睦撒纳竟号召徒众，来攻班第、鄂容安。班第、鄂容安且战且走，驰了三百余里，死的死，逃的逃，只剩了数十骑，番兵却有数千追来，班第料不能脱，拔刀自刎，鄂容安也只得步他后尘了。**这是乾隆帝害他。**

是时定西将军永常，已奉朝旨出驻木垒，闻报番兵大至，退兵巴里坤，移粮哈密，因此阿睦撒纳，声焰愈盛。清廷逮回永常，命公爵策楞前代，玉保富德达尔党阿为参赞，出巴里坤进剿。玉保分军先进，忽有番卒来报，阿睦撒纳已由他部下诺尔布擒献，玉保大喜，即向策楞处报捷。策楞也不辨真伪，飞章奏闻，不想过了数日，毫无影响。将军参赞，先后驰至伊犁，阿睦撒纳，已远飏至哈萨克了。原来阿睦撒纳闻大兵前进，恐不能敌，特差了番卒，驰到清营，假称被擒，他却望西遁去。策楞玉保中了他的缓兵计，到了伊犁，你怨我，我怨你，怨个不了，总归无益。策楞玉保统是没用人物，还亏阿睦撒纳不用诱敌计，只用援兵计，尚得安抵伊犁。

乾隆帝闻知消息，复将策楞玉保革职。令达尔党阿为将军，飞速追剿，又命巴里坤办事大臣兆惠，为定边右副将军，出兵赴援。满望旗开得胜，马到成功。谁知达尔党阿，到哈萨克边界，又被阿睦撒纳骗了一回，佯称哈萨克汗愿擒献阿酋。往返驰使，仍无要领，额鲁特三部新封台吉，反一律谋变，与阿睦撒纳通同一气。阿睦撒纳间道驰还，大会诸部。这达尔党阿还在哈萨克边境，檄索罪人，正是可笑。只定边右副将军兆惠，率兵千五百人，已至伊犁，探得额尔特诸部，已皆叛乱，自知孤军陷敌，不能久驻，忙领兵驰回。沿途一带，统是敌垒，兆惠拼命冲突，走一路，杀一路，杀到乌鲁木齐，刀也缺了，弹也完了，粮也尽了，可怜这等兵士，身无全衣，足无全袜，每日又没有全餐，只宰些瘦驼疲马，勉强充饥，正苦得了不得。老天又起风下雪，非常严冷。兆惠想遣人乞援，也不知何处有清兵，驿传声息，到处隔断。忽闻番兵又踊跃前来，把乌鲁木齐围得铁桶相似，兆惠泣向军士道："事已至此，看来我辈是不得活了。但死亦要死得合算，狠狠地杀它一场，方值得死哩。"军士道："大帅吩咐，安敢不从！但粮尽马疲，奈何？"正在危急，忽东北角鼓声喧天，有一支兵马到来，兆惠登高一望，遥见清军旗帜，不禁大喜，谢天谢地。番兵见援兵已到，不知有多少大兵，一声吆喝，解围而去。番众实是无能。兆惠出寨迎接，乃是侍卫图伦楚，因兆惠久无音信，率兵二千来探信息，无意中救了兆惠。兆惠与他握手进营，住了一日，便同回巴里坤。当下飞书告急。

乾隆帝命逮达尔党阿回京，授超勇亲王策凌子成衮扎布，为定边左副将军，出北路，仍令兆惠出西路往剿。此次兆惠惩鉴前辙，挑选精骑，带足粮草，誓师进发，决平叛寇。巧值绰罗斯部噶尔藏汗，被兄子噶尔布篡弑，噶尔布又被部下达瓦杀死。辉特和硕特两部中，痘疫盛行，多半死亡，兆惠趁这机会，杀将过去，好像摧枯拉朽一般。番众战一阵，败一阵，诸部酋长先后败死，阿睦撒纳又弄得仓皇失措，急急如丧家犬，漏网鱼，仍窜至哈萨克。兆惠率兵穷追，到哈萨克界，哈萨克汗阿布赍，遣使至军，愿擒献阿睦撒纳。兆惠对来使道："你主愿擒献阿逆，须于三日内缴到，过了三日，本将军恰是不依，驱兵进攻，玉石俱焚，那时不要后悔！"来使唯唯而去。越二日，哈萨克又遣使到军，报称阿睦撒纳，狡黠万状，我国正欲擒献，不料被他走脱，逃入俄罗斯去了。现奉汗命，前来请罪，并贡献方物，仰求大帅赦宥！"兆惠见他惶迫情状，料知语言无欺，只得略加训斥，命他回去。一面即飞奏清廷，由理藩院行文俄国，索交叛酋。后来俄国饬人搜捕，阿睦撒纳已患痘身亡，只把尸首送交清吏。于是命成衮扎布归镇乌里雅苏台，留兆惠搜剿余孽。自乾隆二十二年至二十五年，清兵先后追剿，自山谷僻壤及川河流域，没一处不寻到，没一处不搜灭，统计额鲁特二十余万户，出痘死的约四成，窜走俄罗斯哈萨克等处约二成，被清兵剿灭的约三成，还有一成编入蒙古籍，不过二万户，而且妇女充赏，丁壮为奴，额鲁特遗民，自此寥落了。阿睦撒纳料是绝大的扫帚星转世。

准部既平，清廷乃画疆分土，设官筑城，驻防用满兵，屯粮用旗兵，特简任伊犁将军，做了一个统辖的元帅。天山北路，方入清室版图，免不得镌碑勒石，旌德表功，费了几个儒臣笔墨，成了几篇煌煌大文，这也不消细说。

但乾隆帝得陇望蜀，平了准部，又想南服回疆。这回疆就在天山南路，与准部只隔一山，起初系元太祖次子察哈台领土，传了数世，回教祖摩诃末子孙，由西而东，争至天山南路，生齿渐蕃，喧客夺主，察哈台的后裔，反弄到没有主权。因此天山南路，变作回疆。康熙时，噶尔丹强盛，举兵南侵，把元裔诸汗，迁到伊犁，并将回教头目阿布都实特，亦拘去幽禁。噶尔丹败死，阿布都实特脱身归清，圣祖赏他衣冠银币，遣官送到哈密，令还故地。

阿布都实特死，其子玛罕木特，想自立一部，不受准噶尔约束。策妄又遣兵入境，将玛罕木特及他两个儿子，统拿至伊犁，幽禁起来。及清将军班第等到伊犁后，玛罕木特已死，长子布那敦，次子霍集占，尚被拘絷。班第奏闻清廷，得旨释布那敦归叶尔羌，令他统辖旧部，留霍集占居住伊犁，职掌教务。不到数月，阿睦撒纳谋反，准部复乱，霍集占反率众助逆，等到清副将军兆惠，攻入伊犁，阿睦撒纳西走，霍集占亦遁入回疆。兆惠剿平准部，奏遣副都统阿敏图，南往招抚。

这个那布敦胆子颇小，愿遵清朝指挥，偏偏胞弟霍集占，自北路遁归，谏那布敦道："我远祖摩诃末，声灵赫濯，天下闻名，传到我辈子孙，反受人家压制，真是惶愧万分。现在准部已亡，强邻消灭，不谋独立，更待何时？"语颇不错，可惜不度德，不量力。那布敦道："清兵来攻，如何抵当？"霍集占道："清军新得准部，大势未定，料他无暇进兵，就使率军南来，我也可据险拒守，等他兵疲粮绝，逃去都来不及，怕他什么？"那布敦尚在迟疑，霍集占又道："哥哥若要降清，恐怕从今以后，世世要做奴仆过去，他要我的金钱，我只得将金银奉去，他要我的妻子，我只得将妻子送去，他要我的头颅，我也只得把头颅献去。我们兄弟两人，还有安静的日子么？"我亦要问霍集占道，你不降清，金银管得住么？妻子守得牢么？头颅保得定么？这叫作自去寻死。那布敦被他说得动心，遂依了阿弟的计划，错了，完了。便召集回众，自立为巴图尔汗，传檄各城，戒严以待。

回户数十万众，向来迷信宗教，因那布敦兄弟，却是摩诃末后裔，称他为大小和卓木，和卓木三字，乃是回语，译作汉文，便是圣裔的意义，至此得了圣裔的檄文，自然望风响应。只库车城主鄂对，恐怕强弱不敌，率了党羽，拟奔伊犁，途次与阿敏图相遇，仍令回转库车，同去招抚。不料霍集占闻鄂对出走，已遣部下阿布都驰到库车，把鄂对亲族一一杀死，登陴固守。鄂对闻报，大哭一场，嗣与阿敏图商议，请亟归伊犁，添兵复仇。阿敏图道："我是奉命招抚，今不见叛众，便想回去，叫我如何对将军？"鄂对再三谏阻，阿敏图只是不从，也是一个不识时务。且令鄂对先回伊犁。他只带了百余骑，驰到库车，阿布都诱他入城，一阵乱剁，凭你阿敏图如何忠诚，也入阎罗宝殿去了。清廷因兆惠剿抚准部，尚未竣事，别命都统雅尔哈善为靖逆将军，率兵征回。雅尔哈善自吐鲁番进攻库车，大小和卓木引军数千，越大戈壁来援，与清兵战了两次，都被打得落花流水，大小和卓木，退入城中。清兵乘势围攻，城坚难拔，提督马得胜，募敢死兵六百名，暗掘地道，昼夜不息，将及城中，守兵闻地下隐有响声，料是穿穴，便循途按索，到了城脚边，掘下一洞，适通地道守兵，把草塞住，用火燃着，烟焰冲入穴中，可怜六百个清兵，不能进，不能退，都被烧得乌焦巴弓。好像竹管里煨泥鳅。雅尔哈善经此大创，不敢力攻，大小和卓木乘机遁还，阿布都也率众逃去。

清兵只得了一个空城，乾隆帝闻知大怒，饬将雅尔哈善马得胜等，尽行正法，仍命兆惠移师南征。兆惠檄调各路兵，尚未到齐，因朝旨催促，即率步骑四千余先进，过了天山，收复沙雅尔、阿克苏、乌什等城，住阿克苏城数日。后兵未至，兆惠性急如火，留副将军富德驻阿克苏，等待后军，他竟带了二三千人，冒险前行。途中侦知大和卓木那布敦在叶尔羌，小和卓木霍集占在喀什噶尔，乃再分兵八百名，使副都统爱隆阿，遏住喀什噶尔援路，自率千余骑，径趋叶尔羌。叶尔羌城东有河，叫作叶尔羌河，亦称黑水，兆惠兵少，不能进攻，便倚水立营。遥见叶尔羌城南驼马往来，是个阔大的牧场，兆惠欲夺作军用，径命兵士渡河，河上本有木桥，清兵跨桥而过，**桥未拆断，诱敌可知**。方过了四百骑，谁知桥下暗有伏兵，铙钩齐起，将木桥钩断，城中出回兵五千骑，前来邀击。隔河清兵，不能相救，河西四百骑，哪里挡得住回兵？急忙弃了马匹，凫水逃回。**贪小失大**。回兵复搭好了桥，逾桥东来，后面又添了步兵万人，张着两翼，来围清兵。兆惠左右冲突，马中枪，再毙再易，总兵高天喜战殁，参赞明瑞亦受伤，虽杀了番兵千名，究竟众寡悬殊，支持不住，只得退入营中，赶紧筑垒，准备固守。番兵亦筑起长围，四面攻打，枪炮如雨，幸亏清营靠着丛林，枪弹多飞入林中，清兵伐树，得了铅弹数万枚，还击回兵，又复掘井得水，掘窖得粟，赖以不困。

兆惠遣了五卒，分路赴阿克苏告急，又檄爱隆阿还军阿克苏，催援军同至。爱隆阿未到阿克苏，富德已接警报，忙率军三千，冒雪赴援，到了呼拉玛，距叶尔羌尚三百余里，忽遇喀什噶尔回兵，截住去路，转战四昼夜，回兵越来越多，将富德军围住，接连数日，杳无援兵，富德急得了不得。一日，天气昏黑，入夜尤甚，回兵各燃着火把，轮流进扑，富德连忙抵御，拼命鏖斗，突闻一片喊声，自东而至，回兵纷纷倒退。富德乘势杀出，火光中来了一员清将，乃是爱隆阿，富德大喜，即与爱隆阿合兵。爱隆阿道："巴里坤参赞阿公，亦到。"富德忙拍马去会阿大臣，这位阿大臣，名叫阿里衮，他奉了廷旨，领兵六百名，解马二千匹，驼一千头，至阿克苏，适值爱隆阿去催援军，遂合军前来，解了富德的围。回兵在夜间不辨多少，四散溃遁。富德爱隆阿，与阿里衮两下相见，欣喜过望，也不及休息，同趋叶尔羌。兆惠日望援军，遥闻炮声大作，料知援军已至，即勒兵突围，内外夹攻，杀敌千余，毁了敌垒，同还阿克苏。

过了冬，已是乾隆二十四年。阿克苏已集清兵新旧军凡三万人，分道进行。兆惠由乌什攻喀什噶尔，富德由和阗攻叶尔羌，每路兵各万五千。大小和卓木闻清兵大至，不敢迎敌，带了妻孥仆从，并携辎重，逾葱岭西遁。清兵奋勇追赶，到阿尔楚山，前面见有回众，大半是老弱残兵，富德料是诱敌，令明瑞阿桂为左翼，阿里衮巴禄为右翼，先据了左右二峰，然后富德领着中军，从山口进去。进了山口，果然伏兵四起，那时清兵左右两翼，从上杀下，把伏兵一齐杀退，追攻二十余里，戮回兵无数，并斩他骁将阿布都，大小和卓木逃至巴达克山。大和卓木那布敦，挈了家眷先走，小和卓木霍集占，手下还有万人，倚山为阵，率众死战。富德又分军两路，左右夹攻，用了大炮，向敌轰击，霍集占不能支，逾山而遁，谁知前面山路逼促，又有辎重塞住，一时急走不脱。后面又被清军追上，进退两难。富德令降人鄂对等，竖起回纛，大呼招降，回众情愿投顺，蔽山而下，声如奔雷，霍集占忙夺路逃脱，偕那布敦急入巴达克山。巴达克山部酋，闻大小和卓木，拥众而至，遣使探问，霍集占见了来使，命回报酋长，立刻亲迎。来使出语不逊，霍集占拔出佩刀，把他斩首。**穷蹙至此，还要妄为，真正该死。**于是巴达克山部酋，兴兵拒战，和卓木兄弟，连妻孥旧仆，只有三四百人，被巴达克兵围住，上天无路，入地无门，都束手就缚，个个被他擒去。巴达克部酋，为使臣报仇，将大小和卓木，一齐枭首，还想将他家属，统行处死，适清使持到檄文，索献罪犯，他乐得卖个人情，把大小和卓木的头颅，及他家眷等，尽行缴出。**金银也丢了，妻子也抛了，头颅也断送了。**富德命军士押着回酋家属，驰归大营，与兆惠联衔奏捷。乾隆帝命陕甘总督杨应琚，筹办回疆善后事宜，兆惠等俱召还京师，遂封兆惠为一等公，加赏宗室公品级鞍辔，富德封一等侯，并赏戴双眼翎，参赞大臣阿里衮明瑞等，俱赏戴双眼翎，又记起从前舒赫德的忠直，还他原职，其余在事各官员，俱交部议叙。又做了几篇平定回部的碑文，内外勒石，称颂功德。

到次年二月，兆惠等奏凯还朝，乾隆帝亲至良乡，举行郊劳典礼。兆惠、富德等领队到坛，格外严肃。乾隆帝下坛迎接，兆惠以下，都下马见驾，叩首谢恩。乾隆帝亲自扶起，说了许多慰劳话儿，遂一同登坛。乾隆帝升了御幄，当由军士将大小和卓木家眷，推到坛前。这时乾隆帝龙目俯瞰，见有一位绝色妇女，也是两手反绑，列入罪犯队里，乾隆帝不禁怜惜起来，便问道："这是叛回的家眷么？"兆惠应了声"是。"乾隆帝道："妇女无知，也遭此缧绁，瞧她情状，很是可怜，朕拟一律赦宥。"兆惠忙道："罪人不孥，乃是圣主仁政，皇上恩赦了她，她定然感激不浅。"**拍马屁的又到了。**乾隆帝传旨释缚，众回家眷，叩首谢恩，独这绝色女子，虽是随班俯伏，她口中恰绝不道谢。**比众不同。**

郊劳礼毕，御驾还宫，立召和珅入见，和珅进内请安毕，乾隆帝问道："朕见叛回眷属中，有个绝色妇人，未知是谁？"和珅道："待奴才探问的确，再来奏闻！"

说毕，趋出，不一时又入大内，奏称绝色妇人，乃是小和卓木霍集占的妃子，回人叫她香妃，因她身上有一种奇香，天然生成，所以有此佳号。”乾隆帝叹道："朕做了天朝皇帝，不及那回部逆酋。”和珅道："逆酋已死，这个佳人，被我军拿来，圣上要如何处置，便作如何处置。据奴才想来，回酋的幸福，究竟不及我天朝皇帝哩。”乾隆帝道："朕想把她叫入宫中，但恐外人谈论，奈何？"和珅道："罪妇为奴，本是我朝成例，今将香妃没入掖廷，有何不可？"小人最喜逢君之恶。乾隆帝大喜，便命宫监四名，随和珅去取香妃，好一歇，这三字乃从乾隆帝心中勘出。和珅已到，宫监导入香妃，玉容未近，芳气先来，既不是花香，又不是粉香，别有一种奇芬异馥，沁人心脾。走近御座前，乾隆帝见她柳眉微蹙，杏脸含颦，益发动人怜爱。宫监叫她行礼，她却全然不睬，只是泪眼莹莹。乾隆帝道："她生长外域，未识中朝礼制，不必多事苛求。"便命宫监引入西苑，收拾一所寝宫，令她居住，并命宫监小心伺候。宫监已去，和珅亦退。次日，乾隆帝视朝毕，又召和珅入内，和珅见乾隆帝面带愁容，暗暗惊异，只听乾隆帝谕道："香妃不从，如何是好？"和珅道："她蒙恩特赦，又承圣上格外抬举，如何不从？"乾隆帝道："她口中说的回语，朕却不能尽懂，幸宫中有个番女，颇谙回文，朕命她翻译出来，据言：'国破君亡，情愿一死。'朕亦不好强逼，你可有什么计策？"和珅想了一会，便道："从前豫亲王多铎，得了刘三季，起初也很是倔强，后来好好儿做了豫王福晋，和睦得了不得。妇人家大都如此，总教待得她好，她自然回心转意。"乾隆帝道："恐不容易。"和珅道："她是做过回妃，一切饮食起居，统是回部格式，现若令她吃回式的菜蔬，穿回式的衣服，居回式的房屋，另择回部老妇，伺候了她，不怕她不渐渐服从。"乾隆帝依了和珅的计策，凡香妃服食，概募回教徒供奉，又在西苑造起回式房屋，并筑回教礼拜堂，选了数名老回妇，导香妃出入游览。怎奈香妃情钟故主，泪洒深宫，一片贞心，始终不改。乾隆帝百计劝诱，她却寂然漠然。有一日，被宫女苦劝不过，她竟取出一柄匕首来，刀光闪闪，冷气逼人，宫女都吓得倒躲。这事传到慈宁宫，太后恐乾隆帝被害，趁着乾隆帝郊天，住宿斋所，竟传旨宣召香妃，问她志趣。她只说了一个"死"字，太后遂勒令殉节。后人有诗咏香妃事道：

雏鬟生长大苑西，钿合无情宝剑携，

帝子不来花已落，红颜黄土玉钩迷。

香妃已死，乾隆帝尚未闻知，后来得了音耗，究竟伤感与否，容小子下回表明。

阿睦撒纳及大小和卓木，统不过胁惑徒众，盗弄潢池，故卒为兆惠所歼灭耳。不然，兆惠一卤莽武夫，只知猛进，动辄被围，得一智勇兼全之敌帅，吾恐兆惠将为塞外鬼，安能生还玉门，昂然为座上公乎？唯香妃以一被虏之妇人，临以天子之尊威，始终不为所辱，凛节捐躯，临难不苟，番邦中有是妇，愧煞世人多矣。作者亟为表扬，可作彤史一则。

第三回

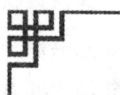

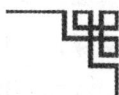

游江南中宫截发
征缅甸大将丧躯

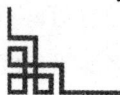

却说乾隆帝郊天礼毕，回至宫中，闻报香妃已死，这一惊非同小可，忙走入香妃寝室，但见室迩人远，凄寂异常。便把侍过香妃的宫监，传来问话，宫监就将太后赐香妃自尽事，说了一遍。乾隆帝道："可曾入殓么？"宫监道："早经入殓，且已埋葬得两日了，"乾隆帝道："为什么不来报知？"宫监道："奉太后娘娘命，因圣上郊天，不准通报。"乾隆帝顿足道："这件事情，太后也太辣手了，"宫监道："太后娘娘，恐香妃不怀好意，所以把她赐死。"乾隆帝道："香妃死时，形状如何？"宫监道："香妃虽死，面色如生，全不见有惨死形状。"乾隆帝道："可敬，可敬，毕竟是朕没福消受。"乾隆帝得了香妃，未尝强暴，嗣闻太后赐香妃自尽，也不与太后呕气，这等举动，尚是难得。当下凭吊了一回，洒了几点惜花的眼泪。

自此闷闷不乐，几乎激成一种急病，还亏御医早日调治，方能渐渐平安。只是悲怀未释，无从排解，偏偏皇十四子永璐，皇三子永琪，又接连病逝，正是花凄月冷，方深埋玉之悲，芝折兰摧，又抱丧明之痛，未免有情，谁能遣此？傅恒、和珅等百计替他解闷，总不能得乾隆帝欢心。还是和珅知心着意，想出重幸江南的计议来，乾隆帝颇也愿意，到慈宁宫禀知太后，太后正因皇帝过伤，没法劝慰，闻了此语，便道："我也想出去散闷。俗语说得好：'上有天堂，下有苏杭，'这苏杭地方的风景，很是可玩。只前次南巡，皇后未曾随去，她已正位数年，也应叫她去玩耍一番，你意何如？"乾隆帝不敢违命，只得答道："圣母命她随去，谨当遵旨！"

当下定了日子，启跸南巡，一切仪仗，仍照前时南巡成制，不过多备了皇后凤辇一乘，龙舟等略加修饰，水陆起程，概如上年旧例。各省督抚，接驾当差，格外勤谨，只山东济宁州颜希深，下乡赈饥，擅令开仓发粟，把供奉皇差的事情，反一律搁起。两宫到了济宁州，御道上并没有什么供张，也不见知州迎驾。和珅道："哪个混帐知州，敢如此藐法么？"便令役从立传知州颜希深，回报颜希深下乡赈饥去了。和珅大怒，方想饬拿知州家属，适山东巡抚前来接驾，和珅向他发怒道："你的属官，为什么这般糊涂？想你前时忘记下劄的缘故。"山东巡抚道："卑职于月前下劄，早饬他恭迓銮舆，哪里敢忘记一点？"和珅道："他下乡赈饥，应有公文申详，你既叫他办差，哪里还有工夫赈饥？这件事显见得老兄糊涂了。"山东巡抚道："卑职也没有允他赈饥，他亦没有公事上来，真正不解。"和珅微笑道："一点点知州官儿，不奉抚台札饬，擅敢发仓赈饥，自来也没有的。老兄欺我，我去欺谁，你自己去奏明皇上罢！"*写出和珅威势*。这句话，吓得山东巡抚屁滚尿流，一面令仆役去拿颜希深，一面上了龙舟，跪在两宫面前，只是磕头，口称奴才该死，奴才该死。*奴膝婢颜，无逾于此*。两宫倒惊疑起来，问他何故？这时和珅已踱了进来，代奏道："济宁知州颜希深，目无皇上，既不来供差，又不来迎驾，奴才正问这山东抚臣哩。"乾隆帝道："颜希深到哪里去了？"和珅答道："闻说颜希深下乡赈饥，抚臣糊涂，佯作不知，求圣上明察！"*寥寥数语，比上十款还要厉害*。乾隆帝正想亲鞫山东抚臣，遥听岸上隐隐有哭泣声，便问和珅道："岸上何人哭泣？"和珅出外探望，回奏："颜希深的老母，由山东抚役拘到，是以哭泣。"乾隆帝怒道："令她进来！"一声诏谕，外面即推进一个白发老妪，眼泪汪汪，向前跪下，口称臣妾何氏叩头。太后见她老态龙钟，暗加怜恤，急开口问何氏道："你是济宁知州的母亲么？"何氏微应道："是。"太后又问道："你儿子到哪里去？"老妪道："前日河工出了险，地方绅士，环请急赈，臣妾儿子颜希深，因预备恭迓圣驾，不敢离身，怎奈难民纷纷来署，哀吁不休。臣妾见他凄惨万状，令儿子希深发粟赈饥，希深因未奉省饬，不敢擅行，臣妾素仰圣母仁慈，圣上宽惠，一时愚见，竟把仓粟开发，嘱子希深下乡施赈，快去快回。不料希深今尚未到，将供差接驾的大礼，竟致延误，臣妾自知万死，伏乞慈鉴！"*老妇颇*

善口才。太后见她应对称旨，不禁喜形于色道："你倒是一片婆心。古语说道：'国无民，何有君？'就使礼节少亏，亦应赦宥。"说到这句，便顾乾隆帝道："赦了她罢！"不愧孝圣二字。乾隆帝尚未回答，和珅却见风使帆，忙道："圣母仁恩，古今罕有。"忽而作威，忽而贡谀，这种人最是可恨。乾隆帝至此，自然也说出"遵旨"二字。太后便令何氏起来，何氏谢恩起立。这时山东巡抚，还是俯伏一旁，仿佛犬儿一般，太后也命他退出。山东巡抚，真是蒙着皇恩大赦，连磕数头，起身退出。外面又禀报济宁知州颜希深，恭请圣安，太后问道："颜希深来了么？"便传旨着令进见。希深膝行而进，匍匐近前，急得"微臣该死"四字，都说不清楚。太后却笑起来道："你不要这般惊慌！皇上已加恩赦你。本来巡幸到此，亦没有这般迅速，巧巧遇着顺风，所以先到一二天，想你总道是来得及的，因此贻误。"好太后。颜希深闻已恩赦，便放下了心，慢慢地奏道："微臣下乡赈饥，总道事已速了，不意饥民很多，误了日子，微臣因胥吏放赈，恐致干没，不敢不亲自监察，今日返署，敬闻圣驾已巡幸到此，不及恭迎，罪当万死。幸蒙恩赦，感激莫名！"太后道："你的母亲，亦已在此，你起来罢！"颜希深谢过了恩，慢慢起身，方见老母也站立一旁。太后复赐何氏旁坐，问了年龄子女等情，由何氏一一奏明。太后复道："你回署去，须常教你儿子爱国爱民，方不失为贤母。"何氏连声遵旨。太后又命宫监两名，扶她下船，令颜希深随母回署。后来颜希深历级上升，做到河南巡抚，且不必细表。

单说两宫自济宁启行，一路上看山玩水，颇觉爽适，乾隆帝命先幸江宁，一面向和珅道："江宁是个名胜的地方，前次南巡，只留驻了几日，闻得秦淮灯舫，传播一时，究竟不知如何？"和珅道："此次皇上可多留数天，奴才谨当探察。"到了江宁，文武各官，照例迎驾，不消细说。和珅见了江宁总督，密令他饬办秦淮画舫，预备游览。是日两宫登陆，驻跸江宁，隔了一宵，和珅借观风问俗的名目，导皇上微行。乾隆帝早已会意，不带随员，只命和珅扈从前往，行到秦淮河岸边，早泊有绝大画舫一艘，和珅引乾隆帝登舟，舟中都是花枝招展的美人儿，一拥上前，磕头请安。乾隆帝与和珅，虽不道出真相，假名假姓的说了一番。那班美人儿，统是有名的妓女，见多识广，料知不是俗客，况经地方官饬他当差，定然是扈跸南巡的著名人物，还差一着。便格外殷勤，奉了乾隆帝上坐，大家四围簇拥。乾隆帝龙目四瞧，这一个绰约芳姿，那一个窈窕丽质，默默地品评了一回，随向和珅道："北地胭脂，究不及南朝金粉，你道如何？"和珅应了声："是。"当下摆好酒席，乾隆帝面南而坐，和珅面北而坐，君臣礼总算不乱。东西两旁，统是美人儿挨次坐下。席间备极丰腆，浅斟缓酌，微逗轻謷，已而酒热耳红，兴高采烈，一面令舟子划入江心，一面令众妓齐唱艳曲，娇声婉转，响遏行云，耳鬓厮磨，魂消新雨。迨至夕阳西下，已近黄昏，万点灯光，荡漾水面，仿佛此身已入仙宫，别具一番乐境。此时乾隆帝已自醺然，免不得色迷心醉，左拥右抱，玉软香温，和珅亦趁这机会，分尝数脔。好一个篾片。到了次日，尚恋恋不舍，仍在舟中饮酒言欢，忽闻外面一片闹声，送入耳中，和珅即到后舱探望，见外面有一来船，船中有数人与舟夫争闹，和珅忙探头舱外，向邻船摇手，邻船中人，见是和珅，方欲开口，和珅忙道："知道了，你等去罢！"原来邻船不是别人，乃是两个侍卫及太监数名，奉太后命，来寻皇帝。和珅早已猜着，不便与他细说，所以含糊回答。邻船得了消息，自然回去。和珅入舱，与乾隆帝附耳数语，便命舟夫摇船拢岸，饮完了酒，起岸而返。

太后见皇帝已回，也不暇细究，便命起銮至杭，乾隆帝遂传旨明日启跸，次晨即自江宁启行，直达杭州。途次为了秦淮河事，与皇后反目起来。皇后自正位后，没有什么恩遇，心中早已郁闷，此次秦淮河事，被宫监泄漏，忍耐不住，便与乾隆帝斗口。乾隆帝本不爱这皇后，自然没有好话，皇后气愤不过，竟把万缕青丝，一齐鬋下。这也未免过甚。满俗最忌鬋发，发已鬋去，连仁爱的太后，也不便回护。乾隆帝大加忿怒，竟命宫监数名，将皇后送回京师，两宫到杭，又游览数日。乾隆帝因皇后挺撞，余怒未息，也不愿久留在外，便奉太后匆匆回京。自此与皇后恩断义绝，皇后忧愤成疾，延了一载，泪尽血枯，临危时候，乾隆帝反奉皇太后，到木兰秋狝去了。皇后闻知此信，痰喘交作，霎时气绝。当由留京王大臣奏闻行在，乾隆帝下谕道：

据留京办事王大臣奏：皇后于本月十四日未时薨逝。皇后自册立以来，尚无失德。去年春，朕恭奉皇太后巡幸江浙，正承欢洽庆之时，皇后性忽改常，于皇太后前，不能恪尽孝道。比至杭州，则举动尤乖正理，迹类疯迷，因令先程回京，在宫调摄。经今一载余，病势日剧，遂尔奄逝。此实皇后福分浅薄，不能仰承圣母恩眷，长受朕恩礼所致，若论其行事乖违，即予以废黜，亦理所当然，朕仍存其名号，已为格外优容，但饰终典礼，不必复循孝贤皇后大事办理，所有丧仪，止可照皇贵妃例行，

交内务府大臣承办，着将此宣谕中外知之！

　　这是乾隆二十九年八月内的谕旨。乾隆帝罢猎回京，满大臣力争后仪，只是留中不报，自是乾隆帝竟不立后，到乾隆六十年，禅位嘉庆帝，其时嘉庆帝生母魏佳氏，已经病殁，乃追封为孝仪皇后。这且慢表。

　　且说中国南徼的缅甸国，自执献永历后，与中国毫无往来，不臣不贡。至乾隆十八年，云南石屏州民吴尚贤，赴缅东卡瓦部开矿，立了一个茂隆银厂。尚贤运动部酋，请将矿税入贡。中国复劝缅王莽达喇上表称藩，缅王遂遣使进贡，呈上驯象数匹，涂金塔一座，乾隆帝也颇加赏赉。不料云南大吏，诱尚贤回国，说他中饱厂课，拘入狱中。尚贤一片爱国心，被疆吏无端诬陷，有冤莫诉，愤极而亡。**滇吏可杀。**茂隆银厂，当即闭歇。嗣后缅甸内乱，木疏地方的土司，名叫雍藉牙，率众入缅，杀平乱党，自立为缅甸王，称新缅甸国，缅都无人反对，只桂家、木邦两土司，不肯服他，联兵进攻。雍藉牙命子莽纪瑞率兵迎战，把桂家、木邦部众，尽行杀败。木邦土司罕底莽被杀，桂家土司宫里雁，窜入滇边。桂家本明桂王官属后裔，尝设波龙银厂，很有资财，云南总督吴达善，闻他巨富，令他倾囊以献。**贪官可杀。**宫里雁不允，吴达善命边吏驱逐出境。宫里雁没法，走入孟连土司。这孟连土司刁派春，素与吴达善交通，闻知宫里雁入境，潜率部众，邀击宫里雁。宫里雁不及防备，被他擒住，并将宫里雁妻孥金银，一并拿去。

　　刁派春将宫里雁缚献云南，复将宫里雁的金银，一半分送吴达善，一半留作自用。只宫里雁妻囊占，颇有三分姿色，他却不忍割爱，想她做小老婆，**不愧姓刁。**遂于夜间召囊占入室，逼她同寝。囊占不从，他竟想用强暴手段，急得囊占路绝计生，佯言愿侍巾栉，但须释放仆役，并择吉行礼，方好从命。刁派春中了她计，遂将仆役放出，令仍侍囊占，又命大设筵宴，与囊占成婚。囊占装出柔媚态度，侍刁派春饮酒。刁派春乐得要不得，由囊占接连代斟，灌得酩酊大醉。囊占召齐故仆，将刁派春剁作几段，**刁派春算刁，谁知别人比他更刁。**遂命故仆引导，启户窜去。此时孟连部众，因吃了喜酒，都已睡熟，哪个去管他这种闲帐。到了次日，始知头目被杀，急忙去追囊占。谁知她早已逃入孟艮土司去了。

　　囊占到了孟艮，探闻丈夫已被吴达善杀死，哭得死去活来。**好一个智女，好一个烈**

女。既怨缅甸，复怨中国，遂吁请孟艮土司，要他入犯滇边，为夫报仇。孟艮部酋，见她悲惨，也不论什么强弱，便入侵滇边。总督吴达善只知搜括金银，此外毫无本领，闻报滇边不靖，忙遣人到京运动调任。俗语道："钱可通神。"用了几万金银，便奉旨调任川陕，令湖北巡抚刘藻，往督云南。

刘藻到任，令总兵刘得成，参将何琼诏，游击明洪等，三路防剿，没有一路不败。刘藻束手无策，朝旨严行诘责，并命大学士杨应琚往滇督师。杨应琚到云南，刘藻恐他前来查办，忧惧交并，自刎而死。这是乾隆三十年间事。

会滇边瘴疠大作，孟艮士兵退去，杨应琚乘间派兵进攻孟艮，孟艮兵多半病死，不能抵御，一半逃去，一半迎降。应琚见事机顺手，欲进取缅甸，腾越副将赵宏榜且言："缅酋新立，木邦蛮莫诸土司，统愿内附，应乘胜急进。"应琚即上疏奏闻，极陈缅甸可取状。一面移檄缅甸，号称天兵五十万，大炮千门，将深入缅境，如该酋畏威知惧，速即投降，免致涂炭。**大言何益？**一面分遣译人到孟密、木邦、蛮莫、景线各土司，诱使献土纳贡，并为具表代陈。其时缅酋雍藉牙早死，再传至次子孟骏，他见了应琚檄文，毫不畏惧，反率众略边。各土司又首鼠两端，并不是诚心内附，于是赵宏榜领兵五百，由腾越出铁壁关，袭据蛮莫土司的新街。新街系中缅交通要道，缅兵不肯干休，水陆并进。陆兵攻陷木邦景线，水军进攻新街，赵宏榜闻缅兵突至，急抛了器械，烧了辎重，走还铁壁关。**惯说大话的人，最是没用。**缅兵尾追宏榜，直至关外。

应琚得了败耗，又惊又悔，顿时痰喘交作，飞章告病。清廷急令两广总督杨廷璋赴滇襄办，又遣侍卫傅灵安，带了御医，往视应琚疾，并察军事。杨廷璋驰入滇境，遣云南提督李时升，率兵万四千人，进防铁壁关，时升又分道出兵，遣总兵乌尔登额出木邦，朱仑出新街。缅酋闻清兵分出，率众佯退，遣使乞和。时升信为真情，停止两路进兵，与缅人议款。杨应琚闻了议和消息，喜欢起来，病也渐愈，遂与时升联衔奏捷。**又要做假戏文了。**杨廷璋知缅事难了，乐得退职，遂奏言应琚病痊，臣谨归粤，得旨召还京师。应琚也巴不得廷璋离滇，省得窥破隐情。廷璋去后，忽闻缅兵绕入万仞关，纵掠腾越边境，应琚又惶急万分，飞檄乌尔登额，及总兵刘得成赴援。缅兵见有援军，向铁壁关退走，铁壁关本由李时升等把守，不敢截击，由他杀出，应琚反匿不上闻。会傅灵安密奏赵宏榜朱仑失地退守，李时升临敌畏避，未亲行阵，于是清廷始悉军情，严旨诘责应琚。应琚反尽推到乌尔登额刘得成身上，得旨一并逮问，令伊犁将军明瑞，移督云、贵，明瑞未至时，由巡抚鄂宁代理。鄂宁奏称应琚贪功启衅，掩败为胜，欺君罔上各情形，乾隆帝大怒，立逮应琚到京，迫他自尽。此时杨应琚不知作何状。

及明瑞到滇，先后调满洲兵三千，云、贵四川兵二万余名，大举征缅，令参赞额尔景额，及提督谭五格，率兵九千名出北路，由新街进行，自率兵万余人，由木邦南下，约会于缅都阿瓦。启行时，连旬淫雨，泥泞难行，明瑞只得缓缓前进，自夏至冬，始至木邦。木邦守兵，闻风早遁，明瑞留兵五千驻守，使通饷道，自率军渡锡箔江，进攻蛮结，连破缅兵十二垒，军威大振。乾隆帝闻报捷音，封明瑞诚勇嘉毅公。明瑞越加感奋，向缅都进发；途次险峻异常，马乏草，牛踣途，缅人又坚壁清野，无粮可掠。走入绝路。将士请结营驻守，俟北路军有消息，再定进止，明瑞不允，仍督兵前趋。这时向导乏人，屡次迷路，旋绕了好几日，方到象孔，部兵疲惫已极，北路军仍无音信。象孔距缅都尚有七十里，明瑞因兵劳食尽，料知难达，乃回兵至猛笼，得了敌粮少许，留驻数日，待北路军。北路军仍旧不至，乃拟由原路退归，不防缅酋率众来追，声势浩大，明瑞且战且行，令部将观音保、哈国兴等，更番殿后，步步为营，每日只行三十里。缅兵虽不敢围攻，奈总尾追不舍，每晨听清军吹角起行，他也起身追逐，行至蛮化，山路丛杂，明瑞令部兵扎营山顶，缅兵亦扎营山腰。明瑞传集诸将道："敌兵貌我太甚，须杀他一阵方好。"观音保、哈国兴等，唯唯听命。当下明瑞令观音保等分头埋伏，次日五鼓，命兵士接连吹角，呜呜之声，震彻山谷。缅兵只道清兵启行，争上山追逐，忽遇伏兵突出，万枪齐发，那时连忙奔逃，走得快的，失足陨崖，走得慢的，中枪倒毙，趾顶相藉，坑谷皆满。小胜不足喜。自是缅兵不敢近逼，每夜必遥屯二十里外。明瑞饬将士休息数日，徐徐退回。到了小猛育，已与木邦相近，猛听得胡哨齐起，四面敌兵蝟集，约有好几万人，明瑞大惊道："罢了！罢了！"正是：

瓦罐不离井上破，将军难免阵中亡。

未知明瑞性命如何，请看下回分解。

　　高宗南巡，皇后截发，当时史官讳恶，只载迹类疯迷之谕，实则伏有原因，中宫固非无端疯迷也。著书人把赏花饮酒诸事，显为揭橥，虽或言之过甚，然亦出自故老传闻，未尝凭空蜮射。且多归罪和珅，和珅固导帝微行者，不得谓事无左证也。下半回叙征缅事，与上文不相关涉，乃是从编年体裁，接连叙下。吴达善、刘藻、杨应琚等，无一胜任，疢帅当道，蠹吏盈边，清室盖中衰矣。明瑞猛将，孤军征缅，徒自丧躯，可为太息。高宗不悟，犹以好大喜功为事，其亦可以已乎。

第四回

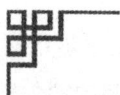

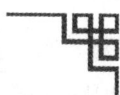

傅经略暂平南服
阿将军再定金川

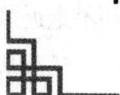

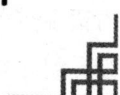

却说明瑞到小猛育，见缅兵四集，不觉大惊，急忙扎住了营，召诸将会议。将士自象孔退回，途中已行了六十日，这六十日内，昼夜防备追兵，没有一刻安闲，此时四面皆敌，眼见得不能抵挡，当下会议迎敌诸将，面面相觑。明瑞道："敌已知我力竭，所以倾寨前来，但不知北路军情，究竟如何？难道是统已覆没么？我现在只决一死战，明知不能脱身，然到援绝势孤的时候，还没有一人不尽力，没有一人不致死，将来敌人亦知难而退，我死后，继任的人，当容易办理了。诸将以为何如？"观音保道："大帅且不怕死，何况我辈？唯我辈死在沙场，内地还没人知晓，这到可虑。"明瑞道："我拟乘夜突围，令兵士前行，我愿断后，那时敌兵追来，我好死挡一阵，前面的兵士，总可逃脱几个，通报内地，叫他严守边疆，奏调别帅，岂不是好？"*倒是赤胆忠心。*当下议决，人人已知必死，倒也没有什么伤感。

转瞬间已是黄昏，鼓角不鸣，拔寨齐出，哈国兴率领前队，观音保率领中队，明瑞与侍卫数十人，率领亲兵数百名断后。哈国兴一马当先，冲杀出来，缅兵不及措手，竟被他冲开血路，杀出重围。及观音保继进，缅兵已四面包围，把观音保围住，明瑞见中队被围，急率后军援应，舍命相争，人自为战，以一当十，以十当百，怎奈缅兵密密层层，旋绕上来，明瑞、观音保等，冲破一重，又被第二重截住，冲破第二重，又被第三重截住。从黄昏杀到天明，四面一望，仍旧是铜墙铁壁一般，手下将士，已伤亡过半，再接再厉，酣斗了两小时。观音保中枪倒毙，明瑞带领的侍卫，丧失殆尽。明瑞亦着了枪弹数粒，大吼一声而死。这场死战，只哈国兴带兵数百名逃归，余都覆没，真是可痛。

但北路的额尔景额一军，究竟到哪里去呢？原来额尔景额从新街南行，进次老官屯，被缅兵阻住，相持月余，额尔景额病死，他的阿弟额尔登额代统全军，屡战屡败，退至旱塔。缅兵由间道袭击木邦，木邦兵守五千人，出战不利，飞书至滇中告急。总督鄂宁，七檄额尔登额往援。额尔登额不应，反迂道回铁壁关，再从明瑞出师的路程，往救木邦。古语说道："救兵如救火。"他却不走近路，转回关内，远绕而出，那时木邦早已陷没。留守参赞珠鲁讷等，早已阵亡。缅兵从木邦回到小猛育，适值明瑞退到彼处，遂乘机邀击。后面追赶明瑞的缅兵，又乘势追上，还有老官屯及旱塔诸处的缅众，也一并趋至，四面楚歌，遂把明瑞逼入鬼箓。补叙得明明白白。总督鄂宁，飞报败耗，乾隆帝大怒，立命鄂宁押解额尔登额，及谭五格到京治罪，另授傅恒为经略大臣，阿里衮、阿桂为副将军，舒赫德为参赞大臣，迅速赴滇，再议大举。傅恒等遵旨起程，额尔登额、谭五格已解到，有旨将额尔登额凌迟处死，谭五格立斩决，罪犯亲族，一律充戍。

旋因鄂宁不亲援明瑞，降补福建巡抚，戴罪自效。云贵总督，著阿桂补授。阿桂先至云南，闻缅甸与西邻暹罗国开衅，拟约暹罗夹攻缅甸，旋因交通不便，复至罢议。乾隆三十四年四月，经略傅恒至云南边境，拟分兵三路，水陆并进，调满汉精锐五六万名，骡马六万余匹，凡京城之神机火器，河南之火箭，四川之九节铜炮，湖南之铁鹿子，及在滇制造的军装药械，靡不齐备。直到新秋，经略祭纛启行，渡过金沙江上游的戛鸠江，由西而南，孟拱孟养各土司，献象献牛，还算效顺。无如南方炎热未退，暑雨熏蒸，士马已多僵病；又未识道路，愈难深入。傅恒无可如何，退归蛮莫。

先是阿桂在蛮莫造舟，及是舟成，得战舰百艘，闽粤水师，陆续趋集，遂由蛮莫江出伊腊瓦底河，遥望缅兵，舣舟对岸，并有陆兵驻扎沙滩。阿桂、阿里衮率步兵登岸，专攻敌营，副将哈国兴，侍卫海兰察，率舟师专攻敌舟。缅兵出营截击，阿桂令步兵齐放矢铳，复用劲骑左右冲入，缅兵抵敌不住，哗然溃散。哈国兴亦乘上风进攻敌舟，正欲迎敌，被风簸荡，自相撞击，覆溺数千，江水为赤。阿里衮经此一役，积劳成病，傅恒亦病不能兴，虑深入非计，令转攻老官屯敌垒。

老官屯本额尔登额屯兵处，敌垒甚坚，编竖木栅，栅外掘濠，濠外又横卧大树，锐枝外向。清兵用大炮轰击，弹丸都被树枝隔住，不得奏效。再伐箐中数百丈老藤，系以巨钩，夜往钩栅，又被敌人斫断。复用盾牌兵持了油柴，沿栅纵火，适值反风，栅不能爇，反烧了自己的盾牌，只得却下。阿桂百计绸缪，想不出破敌法子，最后用了穴地埋药的计策，药线一燃，药性猛发，敌栅突起丈余。清兵鼓噪而前，总道这次可以破栅，谁知栅忽平落，俄顷栅复突起，旋又平落，如是三次，栅不复动。仍旧无效。缅兵也颇危惧，阿桂又遣战舰越过木栅，阻截西岸敌援，于是缅兵有乞和意，老官屯非敌根据地，傅恒出了全力去攻老官屯，已非胜算，况又不能攻入乎？强弩之末，难穿鲁缟，信然。遣使议款。傅恒令进表纳贡，返土司侵地。缅使欲归他木邦、蛮莫、孟拱、孟养诸土司。议未协，缅使竟去。会阿里衮病殁，傅恒病亦加重，乃遣哈国兴单骑入栅，与缅帅议定和约：缅甸对中国行表贡礼，归俘虏，返土司侵地，中国将木邦、蛮莫、孟拱、孟养诸部人口，还付缅甸。傅恒遂焚舟熔炮，匆匆班师。

这番出征，先后糜饷数千万，明瑞战死，傅恒、阿桂等，虽称胜敌，其实也不算有功。所订和议，两边仍未尝实行，缅人索还土司，清廷征他入贡，双方仍然龃龉。傅恒回京后，忧患而亡。夫人尚在否。乾隆帝令阿桂备边，酌出偏师，略缅边境，阿桂探闻缅酋孟骏，破灭暹罗，气势张甚，奏言："偏师不足济事，不如休息数年，复图大举。"乾隆帝因他忤旨，将阿桂召还，遣尚书温福往代。

缅事未了，两金川警报复至，自大金川酋莎罗奔乞降后，川边平静了十多年，莎罗奔老病，兄子郎卡主土司事，渐渐桀骜，侵扰邻境，不受四川总督的命令。乾隆帝命川督阿尔泰，檄川边九土司，环攻郎卡。九土司中，唯小金川与绰斯甲，还算强大，其余如松冈、梭磨、卓克基、沃日、革布什咱、党坝、巴旺七土司，统是弱小，不是大金川敌手。阿尔泰虽奉了上谕，他意中只想苟且息事，命郎卡释怨修和。郎卡遂与绰斯甲联婚，并以女嫁小金川酋僧格桑。僧格桑即泽旺子，泽旺昏耄，由僧格桑代主土司。未几，郎卡病死。郎卡子索诺木，与僧格桑为郎舅亲，订立攻守同盟的条约。番人专恃结婚政策，为并吞邻部计，两金川以和亲故，独结攻守同盟，知识程度，颇出准部诸酋上，但其不利清室则一也。索诺木诱杀革什布咱土司，僧格桑亦屡攻沃日，阿尔泰因沃日被侵，发兵往援，僧格桑竟与川军开仗，川军退还。乾隆帝闻报，责阿尔泰养痈贻患，罢职召回，寻即赐死。另调滇督温福，自云南赴四川督师征讨，又命侍郎桂林为川督，襄赞军事。

温福桂林，先后到川，温福由汶川出西路，桂林由打箭炉出南路，夹攻小金川，南路副将薛琮，恃勇轻进，入黑龙沟，被番兵围住。薛琮向桂林处求救。桂林逗留不进，薛琮战死，全军陷没，桂林还隐匿不报。旋由温福奏闻，乃授阿桂为参赞大臣，代桂林职。阿桂至军，督兵渡小金川，连夺险要，直抵美诺。美诺系小金川巢穴，僧格桑出战不利，遂带了妻妾数人，逃入大金川，只留老父泽旺，病卧床中。宁可无父，不可无妻妾。阿桂入帐，把泽旺缚献京师，另檄索诺木缴出僧格桑。索诺木不奉命，当由温福、阿桂，请旨清廷。廷命温福为定边将军，阿桂为副将军，移师讨大金川，仍分两路进发。

大金川地本险恶，从前讷亲、张广泗，屡遭失败，至此温福进兵，也被番众阻住。温福令提督董天弼，还守小金川，自率军驻扎木果木地方。番众照昔年故事，遍筑碉卡，抗拒清兵。温福也徒知攻碉，得不偿失。两边正相持不下，忽有探马飞报："番众入小金川，董军门兵溃散了。"温福令他再探，忽又报道："粮台被劫了。"温福仍饬令再探，粮已被劫，还探什么？他却视若无事，仍不设备。如此从容，不念退兵咒，定念往生咒。俄闻枪声四起，番众如潮涌至，先夺炮局，继断汲道，清营内运粮夫役，纷纷避入。温福令营兵闭住垒门，一概不准入营。于是内外鼓噪，军心大震。番众乘势突进，枪如雨发，温福茫无头绪，一弹飞来，适中要害，当即晕毙。营兵见主将已死，霎时四散，被番众兜杀一阵。幸亏海兰察闻警往援，救出溃兵万数千名，且战且退。

此时阿桂方出河东，闻报小金川复陷，忙整军驰回，出屯翁古尔垄，奏报温福阵亡情形，得旨命阿桂为定西将军，丰伸额明亮为副将军，调发键锐火器营二千名，至川助剿。阿桂再与明亮等，分攻小金川，转战五昼夜，仍抵美诺，驱出番兵，再复小金川地，仍奏请力攻大金川。乾隆帝以土司恃险反复，重劳用兵，非大举深入不可，遂先将泽旺磔死，阿扣待久了。随饬阿桂等扫穴犁庭，方许蒇事。阿桂誓师进讨，复分三路进行：一军由东路入，阿桂自为统帅，一军攻大金川西南，一军攻大金川西北，由丰伸额明亮各为统领，三道并进，如火如荼。怎奈大金川里面，重重筑垒，层层设隘，自乾隆三十九年正月，阿桂出师，奋力杀入，节节进攻，击破敌垒无数，大小数百战，直到七月，始至勒乌围附近。勒乌围前面皆山，番兵据险扼守，第一重名博瓦山，第二重名那穆山，最是险峻，阿桂令海兰察、额森特、海禄三路绕攻博瓦山后，福康安、成德、特成额三路仰攻博瓦山前。猛搏三昼夜，方杀上博瓦山，占了第一重门户。休息二日，复进攻那穆山。这山地势尤险，防守越严。阿桂仍令前后分攻，数日无效。适西北路统领明亮亦已杀到，会集阿桂军，并力攻扑，仍是不下，海兰察向称骁勇，至是大愤，遥望那穆山上，守兵布得密密层层，只西边最高峰上，虽有两个大战碉，碉里恰空若无人，他独带领死士六百名，乘昏夜时候，猱升而上，趾顶相接，直到黎明，六百人都登了高峰，捣入碉中。每碉不过数十名番兵，一阵狂扫，立刻歼除。余外守山的番众，总道是绝壁峭立，没人可上，谁料上面插起大清旗号，错疑是飞将军从天而下，顿时人心大乱，被山下的清兵，杀上山腰，番众除逃窜外，概被杀死。第二重门户又破，勒尔围已无可守，索诺木没法，鸠杀僧格桑，并将僧格桑家属，一并献出，请停止攻击。阿桂讯验僧格桑的尸首，的确是真，只僧格桑的家属内，只有僧格桑的妾，没有僧格桑的妻，*索诺木颇有手足情*。怒斥来人，勒兵再入。索诺木无从乞和，命部下极力防守。

这时已是秋末冬初，天气阴寒，雨雪霏霏，恁你阿桂奋厉无前，也不能直捣敌穴。过了年，又过了春季，渐渐冰雪消融，路上方可行动。阿桂等转战而前，只一二十里地面，却攻了三四个月，方到乌勒围。丰伸额军亦至，三路会攻，又足足一月，方破入乌勒围。*可谓艰险*。索诺木已与从祖莎罗奔，先期走噶尔崖，清兵整队复进，番兵又分道拒战，接连又是数月，始抵噶尔崖城下。阿桂自启行以来，至此已历两年，途中几经艰苦，恨不得立平噶尔崖，稍泄胸中忿气，奈攻了三五日，毫不见效，又攻了一二十日，虽轰坏城堞数处，仍被敌兵补好。直至乾隆四十一年二月，城中食尽，索诺木始与莎罗奔，挈家族二千余人出降，阿桂立饬人献俘京师，乾隆帝御午门受俘，因索诺木、莎罗奔等罪大恶极，着凌迟处死。其余家族人等，或斩或绞，或永远监禁，或充发为奴。封阿桂为一等诚谋英勇公，丰伸额本袭公爵，加赏继勇字号，明亮封一等襄勇伯，海兰察摧坚夺隘，格外超擢，封为一等超勇侯，额森特、福康安等，均各封赏有差，留明亮为四川将军，改大金川为阿尔吉厅，小金川为美诺厅，直隶四川省，令明亮镇守。阿桂等一律凯旋，郊劳饮至，如傅恒例。

　　越数月，再令阿桂赴云南，与总督李侍尧，勘定边界，严守战备，拟再图缅甸。缅酋孟炮，闻风知惧，原奉表入贡，献还俘虏，唯求开关互市。阿桂令先将俘虏释放，他只放出了一半，阿桂不允，仍移檄诘责。偏这孟炮病殁，嗣子赘角牙继立，国内大乱，叛臣孟鲁，弑了赘角牙，孟鲁又被国人杀死，迎立雍藉牙少子孟云。西邻暹罗，因缅甸内讧，背缅独立，推戴侨民郑昭为国王，规复旧土，驱逐缅甸守兵，移都盘谷，复兴兵攻缅甸，报复旧怨，并遣使航海入贡中国。郑昭殁，子华嗣，清封郑华为暹罗国王。孟云恐清廷联络暹罗，夹攻缅甸，乃由木邦赍金塔一，驯象八，及宝石番毯等，款关来贡，并将俘虏一并送还。清廷乃敕赐册印，封孟云为缅甸国王，并谕暹罗、缅甸，不得继续用兵。自是暹罗、缅甸，统服属清朝，小子曾有七绝一首云：

　　　　连番降旨命征诛，一将功成万骨枯。
　　　　为问紫光遗像在，可曾顶上血模糊？

　　俚句中有紫光二字，乃是指紫光阁故事。乾隆帝命绘功臣列像于紫光阁，前傅恒，后阿桂，是乾隆朝最智勇的大将。紫光阁上，后先辉映。方在纪实铭勋，忽接台湾警报，土豪林爽文作乱。一波才平，一波又起，欲知台湾肇乱情形，请诸君续阅下回。

　　傅恒、阿桂系乾隆朝名将，抑亦乾隆朝福将。有明瑞之丧师小猛育，而后傅恒乃慎重将事，有温福之战死木果木，而后阿桂乃坚忍成功。天下事经一度失败，始增一番惩创，明瑞、温福之不幸，即所以成傅、阿二人之幸耳。傅、阿二人殁，嗣后有名将，少福将，故乾隆朝为清室极盛时代，亦即清室中衰时代。此回传傅、阿二人事，实隐伏清史关键云。

第五回

平海岛一将含冤
定外藩两邦慑服

却说台湾自朱一贵乱后，清廷因地方辽阔，添设彰化县及北淡水同知。政府意思，总道多设几个官吏，可以勤求民隐，哪里晓得多一个官，只多一分剥削，与百姓这方面，反有损无益呢？乾隆五十一年，台湾土豪林爽文乱起。这林爽文本没有什么势力，只因台民半是土著，半是客籍，彼此不睦，时常械斗，地方官不去弹压，爽文假和解为名，结了几个党羽，设起一个天地会来。起初入会的人，不过数十名，后来越结越多，连官署的差役，也都入会。官吏虽有些风闻，终究得过且过，不愿查究，因循坐误，是官吏老手段。因此天地会竟横行了数十年。适值总兵官柴大纪，受职到台，闻知天地会横行无忌，遂令台湾知府孙景燧，彰化知县俞峻，副将赫生额，游击耿世文，带兵缉捕。这孙景燧等统是酒囊饭袋，哪里敢去缉捕会匪？奈因上峰督饬，没奈何前去搜查。

林爽文本住彰化县的大理杙，地方很是险僻，孙景燧等不敢深入，只在五里外扎营，无缘无故，将五里外的村落，纵火焚毁，兵役乘势抢掳，劫夺一空。村中的百姓，并非天地会党羽，无罪遭祸，铤而走险，都逃入大理杙中，哭报爽文，哀求保护。又是一场官逼民反。爽文乃纠众出来，乘夜攻营，孙景燧等连忙逃走，带去的兵士，多被杀死，爽文遂进陷彰化，破诸罗，扰淡水，贪官污吏，死的死，逃的逃。柴大纪忙令兵备道永福，固守府城，自率兵出城五十里，到盐埕桥，遇着爽文前锋，奋力杀退，府城总算保全。大纪派人到福建告急，水师提督黄仕简，陆路提督任承恩，副将徐鼎士，陆续带兵渡海，来援台湾。大纪接着，由黄仕简分派将士，督令恢复诸城，不想福建的援兵，统是没用，都被爽文杀败。任承恩亲攻敌巢，见了路途险僻，也畏惧不前。只柴大纪收复诸罗，浚濠增垒，力任守御。

清廷因黄任无功，严旨召还，命提督常青为靖逆将军，往台湾督师；复命署浙闽总督李侍尧，调粤兵四千，浙兵三千，驻防满兵一千，赴台助剿。且因江南提督蓝元枚，系蓝廷珍子，素习台事，调赴军前，与福州将军恒瑞，同为参赞，各将吏次第进行，蓝元枚到台病卒，常青、恒瑞率兵数千，至府城相近，与林爽文相遇，望将过去，旗戟隐隐，队伍层层，不知有多少人马，吓得常青、恒瑞拍马而逃，走入城中。林爽文料他没用，不去攻城，只蚕食村落，胁令入会，旬日得十余万众，围攻诸罗。

诸罗当南北要冲，为府城屏蔽，爽文因大纪扼守，最称勇悍，誓要破灭此城，免他作梗，因此把诸罗城团团围住，并分了一支党羽，截他饷道。大纪率守兵四千，昼夜防御，看了敌势少懈，复引兵突出，夺他辎重。城中粮饷，赖以不绝。*爽文想截人饷道，谁知自己的饷，反被人夺去，所谓乌合之众，不敌纪律之师。*爽文遣人诈降，又贿通内应，都被大纪察出，一一斩首。

这时候，常青也遣总兵魏大斌，参将张万魁，游击田蓝玉，副将蔡攀龙等，往援诸罗，三次进兵，三次败退。恒瑞督兵进援，亦因敌势浩大，在途中扎住。清廷屡次催问，常青、恒瑞只请添兵，乾隆帝又将他革职，命福康安代常青，海兰察代恒瑞，升柴大纪为陆路提督参赞大臣，密令大纪卫民出城，再图进取。大纪奏言："诸罗为府城北障，诸罗失陷，府城亦危，且半年来深沟高垒，守御甚固，一朝弃去，难以克复。城箱内外的百姓，不下四万，也不忍一概抛弃，任贼蹂躏，只有死守待援"等语。*好总兵，好提督，好参赞大臣。*乾隆帝览了奏章，眼泪都熬不住，一点一滴，湿透奏本。*真耶假耶！*随即传旨到台湾，嘉奖大纪，封大纪为义勇伯，改诸罗县为嘉义县，俟克复台湾，与福康安同来瞻觐云云。

福康安是傅恒的儿子，乾隆帝非常眷爱，*未知是否龙种？*他随阿桂出征有功，曾封三等嘉勇男，嗣复出定回疆，平了几个小小回匪，晋封侯爵。福康安往援台湾，途次闻爽文势盛，也奏请增兵，奉旨严饬。亏得海兰察愿当前敌，飞速进兵，仗着顺风，越海抵港，帆樯列数里，各村民见大兵云集，望风解散，争为乡导。海兰察扬言攻大理杙，暗中拟直趋嘉义城。爽文恐大理杙有失，分兵回救，海兰察遂进兵嘉义，沿途遇着几处埋伏，统由海兰察冲散，怒马直入，所向披靡。到嘉义城下，奋战一场，杀退敌围。福康安闻前锋得胜，自然胆大起来，也领兵到嘉义城，柴大纪出城相迎，只向福康安请安，不行跪拜礼，福康安心中已是不悦，佯为谦逊，叫大纪并马入城。大纪也不推辞，跨马导入，照清朝军制，下属迎接上司，须要身执櫜鞬，不能并马入城，柴大纪屡受褒封，身膺伯爵，自思与福康安也差不多，少许失礼，料亦不妨。岂知这福康安度量浅狭，挟恨怀仇，柴大纪的性命，要断送在福康安手中了。

福康安入城后，休息一昼夜，仍命海兰察先进，自率兵为后应，往捣大理杙巢穴。到了大理杙，时已昏暮，大理杙中，冲出一支人马，烈炬迎战。海兰察分兵千余，暗伏沟塍间，候敌近来，铳矢齐发。从暗击明，发无不中，敌众连忙灭火，鸣鼓来攻。海兰察复命军士按声冲击，毙敌无数，敌众倒也抵死不退。海兰察跃马入阵，冲出敌背，竟赴大理杙，部众想回马去追，福康安兵已到，此时敌众仓皇失措，霎时溃散。海兰察入大理杙，林爽文拦截不住，携家属走集埔，大理杙巢穴，一鼓荡平。只林爽文遁入集埔间，依险窜伏，垒石为垒，回环数里，海兰察偕侍卫数十名，易服缉捕，寻至集埔，已得敌踪，遂暗伐箐中老藤，扳垒而上，林爽文不及防备，被他擒住，爽文家属，没一个走脱，献至京师，尽行磔死。

福康安、海兰察，俱晋封公爵，独柴大纪偏革职拿问。**读至此语，令人吃惊。**自福康安入嘉义城后，已着人驰递密奏，说大纪诡谲取巧，奏报不实。乾隆帝倒也圣明，料知大纪屡蒙褒奖，稍涉自满，对福康安失礼，因被参劾，遂将这种旨意，批发出来，福康安受了几句申饬。看官！你道福康安肯就此罢手么？接连又是几本弹章，复运动那奉旨查办的德成，复奏：大纪如何贪黩，如何宽纵，乾隆帝尚在未信，命浙、闽总督李侍尧查奏。李侍尧畏福康安威势，自然随声附和，乾隆帝又将任承恩、恒瑞等，逮回亲讯，任承恩、恒瑞等一干人犯，都说大纪酿成祸乱，暗中掣肘，怎你乾隆帝什么英明，柴大纪什么义勇，至此昏蔽诬蔑，就降了革职拿问的圣旨。

柴大纪自念无辜，到京被讯，宁有凭空自诬的道理，自然呼冤不置。乾隆帝亲加复讯，大纪仍微诉枉曲，龙颜动怒，竟命正法，可怜一片忠心的柴大纪，无罪遭刑，横尸燕市。**比杀张广泗还要冤枉，可见做皇帝的人，多是没良心。**任承恩、恒瑞等，反得保全性命，还有这位谄媚取容的和珅，前已屡次超升，授职大学士，至此说他办理军机，勤劳懋著，封他为三等伯，赏用紫缰。悬空夹入。

乾隆帝又命将功臣图像，方亲制功臣像赞，镇日里咬文嚼字，忽接两广总督孙士毅奏报，略称："安南内乱，国王黎维祁出亡，遗臣阮辉宿，奉王族二百多人，叩关乞援"等语。这安南国在暹罗东边，明时尝服属中国，嗣分为大越、广南二部，黎氏主大越，阮氏主广南。清顺治末年，吴三桂等定云南，大越王黎维禧，曾遣使劳军。康熙五年，嗣王黎维禧，又奉表入贡，受清册封。后来黎氏渐衰，摄政郑栋，阴图篡立，恐广南王干涉，乃阴嗾广南土酋阮文岳，举兵作乱，自为外援。文岳与弟文惠、文虑，乘此发难，转战十数年，竟将广南王攻灭，分北部三州与郑栋。文惠自称泰德王，郑栋也自称郑靖王。隔了几年，郑栋死了，栋子二人，一名宗，一名幹，争夺父位。文惠引文岳趋入，阳称排解，诱杀宗幹兄弟，遂进至大越。大越王黎维禧，惊慌得了不得，忙与他议和，给他两郡；又把娇娇滴滴的爱女，送与文惠，畀他受用。文惠总算罢休，在大越称臣拜相。越年，黎维禧卒，嗣孙黎维祁立，文惠载了许多珍宝，及驯象百头，还归广南，留郑氏遗臣贡整，镇守都城。贡整想扶黎抗阮，夺回象五十头，文惠大怒，发广南兵攻大越，贡整战死，维祁出走。文惠攻入黎京，尽毁王宫，把宫内妃嫔及金银财宝，搜括而去。一个爱女尚且不足，又添了许多妃嫔，许多金帛，大越总算晦气。

高平府督阮辉宿，挈了黎氏宗族二百口，遁至广西求救。乾隆帝览了孙士毅奏章，暗想黎氏守藩奉贡，理应保护，遂命孙士毅安抚黎氏家属，发兵代黎氏复仇。这旨一下，孙士毅立即调兵，与提督许世亨出镇南关，至凉山分路而进，沿途得土民欢迎，进薄富良江。阮文惠派兵扼住南岸，据险列炮，阻截清军。许世亨见江势缭曲，望不及远，遂令军士佯运竹木，筑桥待渡，他自己率兵二千，恰绕道潜渡。南岸守卒，只防对岸的清兵，用炮轰击，不料世亨绕出背后，乘高大呼，声震山谷。是夕，天色黑暗，广南兵陡闻喊声，只道清兵大至，霎时溃退。黎明，清兵毕济，整队至大越国都，城中百姓，都来迎接，跪伏道旁。孙士毅、许世亨入城宣慰，见宫室拆毁殆尽，已平成瓦砾场，不便留驻，仍出城还营。黎维祁避匿民村，到夜间方敢出来，诣营见孙士毅，九顿首谢援。

先是乾隆帝因安南道远，奏报需时，特豫撰册封，邮寄军前，令孙士毅便宜从事。士毅遂宣诏封维祁为安南国王，且驰报广西，归黎家属。捷奏到京，乾隆帝促令班师，士毅以阮氏未俘，还想深入广南，执渠立功。**贪心不足。** 阮文惠暗筹军备，阳言乞降，士毅信以为真，悬军黎城，专待降人。**痴心妄想。** 乾隆五十四年元旦，士毅令军士饮酒张乐，庆祝新年，大帅逍遥，万人醺醉，自旦至暮，筵席始散。众人正要就寝，营外炮声震天，阮兵蜂拥而至。士毅即率军出营，火光中见前面排着象阵，踱躇而来，士毅知是厉害，急令军士退走。黑夜间不辨彼此，自相践踏，当下抛戈弃甲，奔至富良江。士毅一马当先，逾桥径渡，随着的兵士，三停中只过一停，士毅回顾，对岸追兵，奋勇杀来，忙命军士将桥拆去。是时许世亨等尚未逾桥，弄得进退无路，那边追兵上前围攻，许世亨等都战死。官兵夫役万余人，一半被杀，一半落水。逃还镇南关的残兵，只剩了三千名。士毅上疏自劾，**你要保全性命，还装出什么矫情？** 乾隆帝恰说他变出意外，罪有可原，这正是特别殊恩，令人莫测。

福康安时适督闽，奉旨调任两广，代孙士毅，福康安方到任，阮文惠已遣兄子光显，奉表请降，他的降表上改名光平，略言："世守广南，与安南乃是敌国，并没有君臣名分。**文惠曾在大越摄政，尚得谓非君臣么？** 且只蛮触自争，非敢抗衡上国，请来年亲觐京师，并愿立庙国中，祀中国死绥将士。"福康安得了降表，遂奏请阮光平恭顺输诚，不必用兵。乾隆帝准奏，只责他两件事情：第一件，因次年八旬万寿，饬光平来京祝嘏；第二件，饬他在安南地方，为许世亨等立祠。**他已自己情愿，何用复饬？** 光平一一应允。遂赐光平敕印，封安南国王，黎维祁的家属，光平算不去灭他，由他投入广西。乾隆帝以天厌黎民，不堪扶植，**天何言哉？** 命他挈属来京，编入汉军旗籍。

次年，乾隆帝八旬万寿，举行庆典，礼部定出祝嘏仪注，比从前万寿圣节，格外繁华，格外郑重。届了诞辰，阮光平遵旨入觐，先行到京，暹罗、缅甸、朝鲜、琉球及西藏两喇嘛，蒙古各盟旗，西域各部落，俱遣使表祝。乾隆帝御太和殿，受庆贺礼。八荒环叩，万众嵩呼，礼毕入宫，皇子皇孙皇曾孙皇玄孙，依次舞彩，称祝如仪。宫廷内外，大宴三日，特旨普免天下钱粮，表示普天同庆的意思。**真是千载一时，可惜极盛难继。**

只西藏虽遣使祝釐，境内恰非常扰乱，驻藏大臣保泰，专务蒙蔽，经藏使来京详陈，始悉藏境情状。西藏自康熙晚年，服属中国，不侵不叛，雍正初，复设驻藏大臣，监察政治，达赖、班禅两喇嘛，不能自由行动，因此安静了数十年。乾隆帝七旬

八旬万寿盛典图（部分）

万寿时，第六世班禅喇嘛，曾至京祝寿，内廷赏赐，及王公大臣布施，约数十万金，还有许多珍品宝物。班禅欣喜过望，方拟西还，忽病痘而死。随从僧侣，奉骸骨归藏，所有遗资，统行带回。班禅兄仲巴胡土克图，向为班禅管理内库，得了这种意外财帛，一股脑儿收入私囊，不但没有布施寺院，分给将士，连自己的阿弟，也分文不与。知利己不知利人，世人皆然，无怪仲巴。他的阿弟玛尔巴，愤懑得了不得，遂南入廓尔喀，诱使入寇。阿兄原是无情，阿弟也是不义。廓尔喀在喜马拉耶山南麓，与藏境毗连，向系蛮民杂居，分叶楞、布颜、库木三部，嗣为西境酋长布拉吞并，合作一国，称廓尔喀。廓酋因玛尔巴的诉请，遂兴兵犯藏边，驻藏大臣保泰，檄问廓酋起衅的缘故，他却借商税增额，食盐糇土等事，作为话柄。保泰尚未奏闻，只欲与廓人议和，会藏使在京祝嘏，奏陈一切，乾隆帝始命保泰据实陈奏，一面令侍卫巴忠，将军鄂辉、成德等，援藏征廓。去了数月，巴忠等奏称廓人畏罪投诚，愿入贡乞封。乾隆帝览奏，疑是真话，召还巴忠，留鄂辉为四川总督，成德为四川将军。

次年，廓人又大举入藏，保泰奏称敌势浩大，请移班禅至前藏。班禅亦飞章告急，略说：仲巴胡土克图，已挈资遁去。后藏被廓人骚扰，有"日夕待援"等语。是时乾隆帝在热河行围，连接警报，大加惊疑，适巴忠正在扈驾，忙召入讯问，巴忠言语支吾，只说前时办理不善，愿驰赴藏地，效力赎罪。乾隆帝严加申斥，巴忠即投水寻死。乾隆帝越加怀疑，飞饬鄂辉、成德，明白复奏。鄂辉、成德不敢隐瞒，始将前时办理隐情，和盘托出，唯只称于己无与，都推在死人巴忠身上。原来巴忠、鄂辉、成德三人，前时到藏，按兵不战，只与廓人调停贿和，阳嘱廓人奉表入贺，阴令西藏许给岁币五千金，廓人乃退。达赖、班禅尚在梦里，后来廓人索交岁币，杳无回音，因再举深入，大掠后藏。乾隆帝既悉此情，方知鄂辉、成德，也是靠不住的人物，遂命嘉勇公福康安为将军，超勇公海兰察为参赞，调索伦满兵，及屯练士兵进讨。

乾隆五十七年二月，福康安等由青海入后藏，廓人已饱掠财帛，陆续运回，只留千余人驻守，探得清兵入剿，退至铁索桥，断桥相拒。福康安与敌相持，海兰察潜由上游结筏，渡河登山，绕出敌营后面，廓兵见前后受敌，自然窜去。福康安等直入廓境，廓酋遣使乞和，福康安不许，三路进兵，六战六捷，逾大山二重，先后杀敌数千，入敌境七百多里。将近廓尔喀都城，两面皆山，中隔一河，廓兵分扎山上，互为犄角，福康安采悉南岸山后，即廓尔喀国都，拟渡河直攻南山。海兰察请扼河立营，阻住北岸廓兵，福康安仗着锐气，渡过南岸，冒雨登山。山上木石雨下，隔河隔山的敌兵，又三路来犯，福康安不能支，且战且却。亏得海兰察率着后队，未曾前进，当即奋力杀敌，救还福康安。福康安的功劳，纯是海兰察帮他造成，富察氏实有天幸。

廓人赴印度行援，印度已为英吉利属国，设有总督，允他出兵，无如待久不至，廓人恐清军复攻，再遣使卑词请和。福康安乃与订和议，令献还所掠财宝，定五年一贡例，随即班师回藏，留番兵三千名，汉、蒙兵一千名，驻守藏境，余师凯旋。乾隆帝复赏福康安世袭一等轻车都尉，海兰察旧系二等公爵，晋封为一等公，随征将士，交部议叙。又因达赖、班禅的嗣续法，积久生弊，兄弟子姓，相继擅权，弄出仲巴兄弟，慢藏诲盗的祸祟来，此时惩前毖后，立了一个掣签的法子，将藏俗所称达赖、班禅的化身，书名签上，插入瓶中。等到前绝后继，掣签为定。这瓶供在西藏大招寺，叫作金奔巴瓶，无非是神道设教，笼络藏民的政策。乾隆帝遂自称十全老人，御制十全记，用满、汉、蒙、藏四种文字，刊碑立石，留作乾隆朝的大纪念。什么叫作十全？小子有杜撰的歌词道：

> 清高宗，六十年，为了准噶尔，两次征边。
> 定回疆，再定金川，靖台湾，服安南缅甸，紫光阁上竞凌烟。
> 又有那廓尔喀，先后乞怜，功也全，福也全，这才算十样完全。

一年一年地过去，乾隆帝已六十年了。乾隆帝年已八十五岁，想出一个内禅的计议来，欲知内禅情事，请俟下回披露。

本回为福康安立传，平台湾，曰福康安之功，平安南，曰福康安之功，平廓尔喀，曰福康安之功，其实福康安亦安得谓有功者，台湾一役，赖海兰察奋勇争先，一战破敌，即日解诸罗围，叛党夺气，大乱以平。至若廓尔喀之战，福康安冒险轻进，微海兰察在后援应，彼且无生还之望，遑能平敌耶？最可恨者，柴大纪忠勇绝伦，第以不执橐鞬礼，必欲置诸死地，良将风度，断不若是。高宗极加宠眷，无怪后世以龙种疑之。读本回，可以知福康安之为人，可以知清高宗之驭将。

第六回

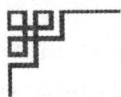

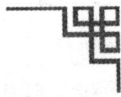

太和殿受禅承帝统
白莲教倡乱酿兵灾

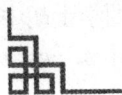

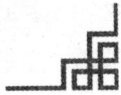

却说乾隆帝在位六十年，多福多寿多男子，把人生荣华富贵的际遇，没一事不做到，没一件不享到。他的武功，上文已经略叙，他的文字亦非常讲究。即位的第一年，就开博学鸿词科；第二年又令未曾预考各生，一律补试；十四年，特旨命大学士九卿督抚保举经儒，授任国子监司业；南巡数次，经过的地方，尝召诸生试诗赋，举人进士中书等头衔，赏了不少；又编造巨籍，上自经注史乘，下至音乐方术语学，约有数十种，比康熙时还要加倍；三十六年，开五库全书馆，把古今已刊未刊的书籍，统行编校，汇刻一部，命河间才子纪昀，做了总裁。

纪昀，字晓岚，博古通今，能言善辩，乾隆帝特别眷遇，别样事情，讲不胜讲，只据"老头子"三字的解释，便见纪昀的辩才。他身子很是肥硕，生平最畏暑热。做总裁时，在馆内校书，适值盛夏，炎酷异常，他便赤着膊圈了辫，危坐观书。巧逢乾隆帝踱入馆门，他不及披衣，忙钻入案下，用帷自蔽，不料已被乾隆帝瞧见，传旨馆中人照常办事，不必离座，馆中人一齐遵旨。乾隆帝便踱到纪昀座旁，静悄悄地坐着。纪昀伏了许久，汗流浃背，未免焦躁起来，听听馆中人寂静无声，就展开了帷，伸首问众人道："老头子已去么？"语方脱口，转眼一瞧，座旁正坐着这位首出当阳的乾隆帝，这一惊正是不小。向着他道："纪昀不得无礼。"纪昀此时只得出来穿好了衣，俯伏请罪。乾隆帝道："别的罪总可原谅，你何故叫我老头子？有说可生，无说即死。"众人听见这句上谕，都为纪昀捏一把汗。谁知纪昀却不慌不忙，从容奏道："老头子三字，乃京中人对着皇帝的统称，并非臣敢臆造，容臣详奏。皇帝称万岁，岂不是老？皇帝居兆民之上，岂不是头？皇帝便是天子，所以称子。这'老头子'三字，从此流传了。"聪明绝顶。乾隆帝拈须笑道："你真是个淳于髡后身，朕便赦你起来罢。"纪昀谢恩而起。自此乾隆帝越加优待，等《四库全书》告竣，连番擢用，任总宪三次，长礼部亦三次。此外如沈德潜、彭元瑞诸人，也蒙乾隆帝恩遇，然总不及纪昀的信任。

只是乾隆帝虽优礼文士，心中恰也时常防备：内阁学士胡中藻，著《坚磨生诗》集，内中有触犯忌讳等语，遂把他枭首；鄂尔泰侄儿鄂昌，做了一篇《塞上》吟，称蒙古为胡儿，也说他暗斥满人，将他赐死；沈归愚录有《黑牡丹》诗，身后被讦，追夺官阶；江西举人王锡侯，删改《康熙字典》，别著字贯，又饬逮下狱；浙江举人徐述夔，著一《柱楼》诗，不知如何吹毛索瘢，指他悖逆，他已经病死，还要把他戮尸。乾隆朝的文字狱，比雍正朝也差不多。

总之专制时代，皇帝是神圣无比，做臣子的能阿谀谄媚，多是好的，若是主文谲谏，便说他什么诋毁，什么叛逆，不是斩首，就是灭族。所以揣摩迎合的佞臣，日多一日。到乾隆晚年，金壬之徒，贿赂公行，乾隆帝只道是安富尊荣，威福无比，谁知暗地里已伏着许多狐群狗党，这狐群狗党的首领，系是谁人？就是大学士和珅。

无论皇亲国戚，功臣文士，没有一个及得来和珅的尊宠。乾隆帝竟一日不能离他，又把第十个公主，嫁他儿子丰绅殷德。未嫁时候，乾隆帝最爱惜十公主，幼时女扮男装，常随乾隆帝微行，乾隆帝又常带着和珅扈驾。十公主见着和珅，叫他丈人，和珅格外趋奉。十公主要什么，和珅便献什么。一日，同行市中，见衣铺中挂着红氅衣一件，十公主说了一声好，和珅便向铺中买来，费了二十八金，双手捧与十公主。乾隆帝微笑，对着公主道："你又要丈人破钞。"十公主原是欢喜，和珅却比十公主还要得意。这件故事，都人传为趣谈，其实常人家的用人，也多是趋奉东家儿女，不足为和珅责。后来十公主长成，就配了丰绅殷德，丰绅殷德比男妾差不多。和珅与乾隆帝竟作了儿女亲家。一个抬轿夫，宠荣至此，可谓古今罕闻。因此和珅肆行无忌，内外官僚，多是和珅党羽，把揽政柄三十年，家内的私蓄，乾隆帝还不及他。他的美妾娈童，艳婢俊仆，不计其数。还有一班走狗，仗着和珅威势，在京城里面，横冲直撞，很是厉害。御史曹锡宝，为了他家奴刘全，借势招摇，家资丰厚，劾奏一本。乾隆帝令廷臣查勘，廷臣并不细查，只说锡宝风闻无据，反加他妄言的罪名。一个家奴，都参他不倒，何况和珅呢？

一日，乾隆帝召诸王大臣入内，拟把帝位传与太子，自己称太上皇。诸王大臣，倒也没甚惊疑，不过表面上总称圣上康颐，内禅事还可从缓。独和珅吃了一大惊，他想嗣王登位，未免失却尊宠，急忙启奏道："内禅的大礼，前史上虽是常闻，然也没有多少荣誉。唯尧传舜，舜传禹，总算是旷古盛典。但帝尧传位，已做了七十三载的皇帝；帝舜三十征庸，三十在位，又三十余载，始行受禅。当时尧舜的年纪，都已到一百岁左右，皇上精神矍铄，将来比尧舜还要长寿，再在位一二十年，传与太子，亦不算迟，况四海以内，仰皇上若父母，皇上多在位一日，百姓也多感戴一日，奴才等近沐恩慈，尤愿皇上永远庇护；犬马尚知恋主，难道奴才不如犬么？"_{情现乎词。}这番言语，说得面面圆到。从前的时候，和珅如何说，乾隆帝便如何行，偏这次恰是不从，_{也是和珅数到。}只听乾隆帝下谕道："你等只知其一，不知其二。朕二十五岁即位，曾对天发誓，若得在位六十年，就当传位嗣子，不敢上同皇祖六十有零的年数。今蒙天佑，甲子已周，初愿正偿，何敢再生奢望？皇子永琏，不幸早世，唯皇十五子颙琰，克肖朕躬，朕已遵守家法，书名密缄，藏在正大光明匾额后面，现即立颙琰为皇太子，命他嗣位；若恐他初登大宝，或致丛脞，此时朕躬尚在，自应随时训政，不劳你等忧虑。"和珅无词可说，只得随王大臣等一同退出，暗中复运动和硕礼亲王永恩等，联名汇券，请乾隆帝暂缓归政。乾隆帝仍把对天发誓的大意，申说一番，并拟定明年为嘉庆元年，即饬礼部恭定典礼。

于是内禅已决，礼部因内禅制度，乃是创例，清朝未曾行过，须要参酌古制，揆合时宜，定得冠冕堂皇，方餍乾隆帝的心目。_{巧于迎合。}足足忙碌了一个月，才把内禅大典，录奏圣裁。乾隆帝见得体制尊崇，立批照行。先册立颙琰为皇太子，追封皇太子生母令懿皇贵妃为孝仪皇后，位居孝贤皇后之次。候嘉庆元年元旦，举行归政典礼。和珅知事无可挽，忙到皇太子处贺喜，说了无数恭维的话。偏这皇太子不甚喜欢，只淡淡的对答数语。和珅随即辞退。_{马屁拍错了。}皇太子传进长史官，命嗣后和珅来见，不必进报，和珅颇为惊惧。还亏乾隆帝虽拟归政，仍是大权在手，乾隆帝活一日，和珅也活一日，因此和珅早夜祝祷，但愿乾隆帝永远活着，免生意外的危险。

话休叙烦，且说湖南、贵州交界的地方，有一大山，绵亘数百里，叫作苗岭，统是苗民居住。康、雍、乾三朝，次第招徕，苗民多改土归流，与汉民往来交接，汉民亦渐渐移居苗地，嗣后喧宾夺主，不免与苗民涉讼。地方官单论财势，不讲曲直，苗民多半吃亏，心很不悦。适贵州铜仁府悍苗石柳邓，素称桀黠，倡议逐客民，复故地。苗众同声附和，遂揭竿叛清。湖南永绥苗石三保，镇箪苗吴陇登、吴半生，乾州苗吴八月，各聚众响应，四出劫掠，骚扰川、湖、贵三省边境。于是湖南提督刘君辅，驰保镇箪，湖广总督福宁，亦调集两湖诸军，援应刘君辅；云、贵总督大学士福康安，又督云、贵兵进铜仁府；四川总督和琳，复统川兵至贵州，与福康安会攻石柳邓，柳邓败走，苗寨四十余被毁，贵州苗略定。福康安遣总兵花连布，率兵二千人攻永绥，刘君辅亦自永绥转战而至，两军相会，攻破石三保，解了永绥的围。只乾州已由吴八月等陷没，各军分道进攻，多被苗民截住，只刘君辅因乾州险阻，绕出西北，得了两三回胜仗，怎奈兵单饷寡，一时未能规复。旋经福康安迭破要塞，逐走石三保，生擒吴半生，永绥镇箪的悍苗，稍稍平定，一意规复乾州。不料石三保、石柳邓等，都窜依吴八月，吴八月复进据平陇，居然称起吴王来了。吴八月也要发赚。

清廷方定期内禅，急望福康安等剿平叛苗，首封福康安贝子，和琳一等伯，加赐从征兵丁一月饷银，限期荡平。福康安亦悬赏招抚，添兵会剿，吴陇登虽已愿降，并诱擒吴八月，奈吴八月的儿子廷礼、廷义，后与陇登等仇杀不休，福康安手下将士，又触冒瘴雨，病的病，死的死，弄得剿抚两穷。海兰察已死，福康安何能为。

转眼间已是残冬，过了除夕，便是嘉庆元年第一日。乾隆帝御太和殿，举行内禅大典，亲授皇太子御宝。皇太子敬谨跪受，率诸王大臣先恭贺太上皇，贺毕，太上皇还宫，皇太子遂登帝位，受群臣朝贺，随颁行太上皇传位诏书，普免全国钱粮，并下大赦诏。是日的繁华热闹，不消细说。授受成礼，内外开宴，欢呼之声，遍达宫廷。越数日，奉太上皇帝命，册立嫡妃喜塔腊氏为皇后。又越数日，侍太上皇帝御宁寿宫开千叟宴。正在兴高采烈的时候，外面递进湖北督抚的奏折，内说枝江、宜都二县，白莲教徒聂杰人、刘盛鸣等，纠众滋事，请派兵迅剿等语。嘉庆帝总道是区区教匪，有什么伎俩？即饬湖北巡抚惠龄，专办剿匪事宜，谁知警报接续传来，林之华发难当阳县，姚之富发难襄阳县，齐林妻王氏发难保康县，郧阳、宜昌、施南、荆门、来凤、酉阳、竹山、邓州、新野、归州、巴东、安陆、京山、随州、孝感、汉阳、惠临、龙山数十州县，同时扰乱。教徒的声势，几遍及湖北了。

嘉庆帝大惊，忙禀知太上皇，与太上皇商议妥当，即传旨命西安将军恒瑞，率兵趋湖北当阳县，剿林之华，都统永保，侍卫舒亮、鄂辉，剿姚之富及齐王氏，枝江教匪，专饬鄂督毕沅，及惠龄剿办。诸军奉诏并进，自正月至四月，先后奏报，杀贼数万，其实多是虚张功绩。只枝江教徒聂杰人，总算被总兵富志那擒住，余外的教徒，反越加鸱张。

看官！你道这等教徒，为什么这般厉害呢？白莲教的起源，也不知始自何时，小子参考史策，元末有韩林儿，明季有徐鸿儒，相传是白莲教中人，后来统归剿灭，*追溯源流，方是历史小说*。但总没有搜除净尽。已死的灰，尚且复燃，何况是未尽死呢？

乾隆年间，有一个安徽人，姓刘名松，他是白莲教首领，在河南鹿邑县传教，借持斋治病的名目，伪造经咒，诳骗钱财，*即是黄巾贼一流人物*。官吏因他妖言惑众，把他捕着，问成重罪，充发甘肃。他的徒众刘之协、宋之清等，未曾被获，仍分投川、陕、湖北一带，传播邪教，呆头呆脑的百姓，受他欺骗不少。到乾隆晚年，教徒竟多至三百万人。刘之协复捏造谣言，遣徒四播，传说劫运将至，清朝又要变作明朝，百姓若要免祸，须亟求真命天子保护。可怜这种呆百姓，闻了此言，统求刘之协指出真命天子，刘之协遂奉了鹿邑同党王姓的孩子，本名发生，冒充朱明后裔，作为真命天子。煽动流俗，择日竖旗。忽被官吏探悉，将王发生一干人犯，统同擒住，刘之协亦提拿在内，由吏役押至半途，得了刘之协重贿，将之协放走，只解到了王发生。年犹乳臭，乾隆帝格外开恩，把他充军了事，还有几个叛徒，尽行斩首。另下旨大索刘之协。河南、湖北、安徽三省的官吏，得了圣旨，遂命一班狼心狗肺的差役，*骂得很是*。下乡搜缉，挨户索诈，有钱的百姓，还好用钱买命，无钱的百姓，被差役指作叛徒，下狱受苦。武昌同知常丹葵，更糊涂得了不得，不怕罪人多，只怕罪人少，索性将无辜百姓，捉了数千人，罗织成罪，因此百姓大加怨愤。适值贵州、湖南、四川等处，兴师征苗，沿途不无骚扰，贩盐铸钱的愚民，又因朝旨严禁私盐私铸，穷困失业，遂仇官思乱，把"官逼民反"四字，作了话柄，趁着教民四起，一律往投；从此向入教的，原是结党成群，向未入教的，也是甘心从逆。

这班统兵剿匪的大员，又都变作和珅党羽，总教和珅处恭送金银，就使如何贻误军事，也属不妨。豺狼当道，安问狐狸。嘉庆帝略有所闻，因太上皇宠爱和珅，不好就用辣手，只得责成统兵各官，分地任事。保康的教徒，归永保、恒瑞剿办。当阳的教徒，归毕沅、舒亮剿办。枝江、宜都的教徒，归惠龄、富志那剿办。襄阳的教徒，归鄂辉剿办。

永保奏言教匪现集襄阳，异常猖獗，姚之富、齐王氏俱在此处，刘之协亦在其中，为各路教匪领袖，应调集诸军，合力并攻等语。嘉庆帝览奏，复命直隶提督庆成，山西总兵德龄，各率兵二千往会。无如官多令杂，彼此推诿，姚之富狡悍异常，且不必说，独这齐林妻王氏，虽是一个妇人，她却比男子还要厉害。

齐林本是教徒，起事的时候，还未曾死，经了一回小小的战仗，便中了弹子，把性命送脱。齐王氏守了寡，却继着先夫遗志，组织一大队，由襄阳府冲出安陆府，直向武昌，头上带着雉尾，身中围着铁甲，脚下穿着小蛮靴，跨了一匹骏马，仿佛是戏中装扮的一员女将军。她的脸面颇也俊俏，性情颇也贞烈，手中一对绣鸾刀，颇也有数十人敌得住，可惜迷信邪教，弄错了一个念头，徒然作了叛众的女头目。若使不然，那南宋的梁夫人，晚明的秦良玉，恐怕不能专美呢。平心之论。只是官兵遇着了她，往往望风遁走，究竟是怕她的娇力，抑不知是惧她的色艺。幸亏天公连日大雨，洪水暴发，阻住她的行踪，不令进薄武昌，湖北省城还算平静。清廷屡加诘责，命永保总统湘北诸军，打了几个胜仗，方把姚之富、齐王氏驱回西北。当阳、枝江等处，亦屡破教徒，陕、甘总督宜绵，又奉旨助剿，略定郧阳一带。湖北境内，只襄阳及宜昌二府，尚有余寇未靖，其余已统报肃清了。谁知四川达州民徐天德，与太平县民王三槐、冷天禄等，又纠众作乱，告急奏章，又似雪片一般，飞达京师。正是：

　　日中则昃，月盈则蚀；

　　乱机一发，不可收拾。

未知嘉庆帝如何处置，且待下回表明。

清高宗决意内禅，自谓不敢拟圣祖，此是矫饰之论。高宗好大喜功，达于极点，十全备绩，五世同堂，谕旨中屡有此语；但尊不嫌至，贵不厌极，因发生一内禅计议，举帝位传与仁宗，自尊为太上皇，大权依然独揽，名位格外优崇，高宗之愿，于是偿矣。岂知累朝元气，已被和珅一人，斫丧殆尽，才一内禅，才一改嘉庆年号，白莲教徒，即骚然四起，岂仁宗之福，果不逮高宗？若酿之也久，则发之也烈，谁为之？孰令致之？吾则曰唯和珅，吾又曰唯清高宗。本回处处指斥和珅，即处处揭橥高宗。用人不慎，一至于此，固后世之殷鉴也。

第七回

误军机屡易统帅

平妖妇独著芳名

　　却说四川的乱事，也是从搜捕教徒而起。先是金川一役，温福阵亡，官兵溃散，一班游勇，欲归无所，与失业夫役，无赖悍民，互相勾结，四处剽掠。官吏闻警往捕，遂收入白莲教会，冀他援应。适达州知州戴如煌，老昏颠倒，饬胥吏搜缉教徒，把富户拘了无数，乘势勒索。徐天德也被拘去，费了些钱财，方得释放。戴如煌仿佛常丹葵，徐天德仿佛刘之协，可谓无独有偶。天德本达州土豪，平日与教徒隐通声气，至是越加愤激，乘襄阳教徒窜入川东，遂结连举事。王三槐、冷天禄等，亦是天德要好朋友，天德倡乱，他亦闻风而起。四川总督英善，成都将军勒礼善，出兵防剿，毫无功效。徐天德等反由川入陕，大掠兴安，陕督宜绵闻警，急回军至陕，与教徒相遇，大战于兴安城外，教徒败走，陕边虽已略靖，川省仍然糜烂。警信达至北京，嘉庆帝正急得没法，幸湖南、贵州的叛苗，已由内大臣额勒登保、将军明亮等，先后剿平，乃命额勒登保移赴湖北，明亮移赴达州。

　　但前回说的征苗大员，乃是云、贵总督福康安，暨四川总督和琳，此次忽变作额勒登保等人，小子须要交代明白。嘉庆元年五月，福康安始擒住苗酋石三保。吴八月子廷礼亦病死，官兵遂进逼乾州。城将破，福康安竟卒于军中。和琳代福康安任，攻陷乾州，乃遣内大臣额勒登保等，专攻平隆。隔了两月，和琳又殁，额勒登保复奉旨继任。湖北将军明亮，亦接清廷命令，往会额勒登保，助攻平陇，到了冬天，才把平陇攻破，将吴氏庐舍，尽行焚毁。又擒斩石柳邓父子及吴廷义等，苗乱算已肃清。嘉庆帝封额勒登保为威勇侯，明亮为襄勇伯，移剿教匪。

额勒登保驰赴湖北，明亮驰赴达州，是时湖北方面，由永保剿办襄阳教徒，惠龄剿办宜昌教徒。永保部兵最多，本可兜围叛众，一鼓歼敌，奈永保专知尾追，不知迎击，教徒忽东忽西，横蹂无忌，嘉庆帝怒他纵敌，逮京治罪，命惠龄总统军务。惠龄至襄阳，拟圈地聚剿，飞檄河南巡抚景安，发兵截击。景安系和珅族孙，仗着和珅势力，升任抚台。得了惠龄檄文，率兵四千出屯南阳，表面上算是发兵，其实逍遥河上，无非喝酒打牌。部下的弁兵，不见有什么军令，乐得坐酒肆，嫖妓女，消遣时日。有几个狡黠的，还要去奸淫掳掠，畅所欲为，景安也不过问。因此教徒分作三队，直趋河南，姚之富、齐王氏出中路，李全出西路，王廷诏出北路，到处掳胁。不整队，不迎战，不走平原，只数百为群，忽分忽合，忽南忽北，牵制官兵。此之谓流寇。景安反避匿城中，闭门不出。湖北追兵，也是随意逗留，由他冲突。一班糊涂虫。嘉庆帝随下旨切责诸将道：

> 去岁邪教起长阳，未几及襄郧，未几及巴东归州，未几四川、达州继起。至襄阳一贼，始则由湖北扰河南，继且由河南入陕西。若不亟行扫荡，非但老师糜饷，且多一日蹂躏，即多一日疮痍。各将军督抚大臣，身在行间，何忍贸无区画？若谓事权不一，则原以襄阳一路责惠龄，达州一路责宜绵，长阳一路责额勒登保，若言兵饷不敷，已先后调禁旅及邻省兵数万，且拨解军饷及部帑，不下二千余万。昔明季流寇横行，皆由阉宦朋党，文恬武嬉，横征暴敛，厉民酿患。今则纪纲肃清，勤求民隐，每遇水旱，不惜多方赈恤，且普免天下钱粮五次，普免漕粮三次，蠲免积逋，不下亿万万。此次邪匪诱煽，不过乌合乱民，若不指日肃清，何以奠九寓而服四夷？其令宜绵惠龄额勒登保等，各奏用兵方略，及刻期何日平贼，并贼氛所及州县若干，难民归复若干，疮痍轻重，共十分之几，善筹恤以闻。钦此。

这诏一下，各路统兵将帅，未免有些注意起来。彼议分剿，此议合攻，忙乱了一会子，仍旧没有结果。

只将军明亮，及都统德楞泰，引征苗军赴达州，连败徐天德、王三槐等。四川乡勇罗思举，亦助清兵奋击，先后毙教徒数万名。徐、王、冷三人，止剩残众一二千，势少衰。忽河南教徒，将三队并为一队，趋入陕西，复由陕西渡过汉水，仍分道入川，徐天德等得了这路援兵，又猖獗起来。嘉庆帝复责惠龄、恒瑞等，追贼不力，防汉不严，尽夺从前封赏，令戴罪效力。改命宜绵总统川陕军务，惠龄以下，悉听节制。连易三帅，统是没用。

宜绵既任了统帅，仍立定合围掩群的计议，想把教徒逼至川北，一股脑儿杀个净尽，偏这齐王氏、姚之富等人，也会使刁，只怕清帅行这一策，他自突入川北，见路径崎岖，人烟稀少，掠无可掠，夺无可夺，便急急忙忙地想窜回陕西。不料川陕交界地方，清兵密密层层，截住去路。齐王氏、姚之富、王廷诏、李全等，当下会议，拟仍走湖北，独李全仍欲留川。于是齐王氏、姚之富作了头队，王廷诏做了后队，纠众东走，与李全相别。两队各带万余人，出夔州，趋巴东，破兴山，再分路疾趋。齐王氏、姚之富由东北行，出保漳南康，直向襄阳；王廷诏由东南行，出远安当阳，直窥荆州。叙述处笔颇豪壮。清帅宜绵，急檄明亮、德楞泰等，带了精兵健马，兼程追蹑；留惠龄、恒瑞等，在川中防御李全。明亮、德楞泰，遂追入湖北，沿途转战而前，到也歼敌数千名。恐怕齐王氏等仍还据老巢，遂分作水陆两路，紧紧赶上，德楞泰自水路径趋荆州，明亮自陆路径赴宜昌。

适朝旨发吉林、黑龙江索伦兵三千，察哈尔马八千匹，令侍卫惠伦，都统阿哈保，带至河南湖北。阿哈保至宜昌，刚与明亮接着，忽报王廷诏已到宜城东北，明亮令阿哈保为后应，自率兵先去邀击，两下相遇，兵对兵，枪对枪，酣战一场。自辰至午，不分胜败，阿哈保怒马而来，随着东三省劲旅，冲入敌阵，左荡右决，所向无敌。王廷诏乃败窜入山，由官兵追奔二十里，杀得尸横遍野，血流成渠。德楞泰至荆州，亦杀败齐王氏、姚之富等，令村民沿江树栅，筑堡自固。因此齐王氏、姚之富回到湖北，不比前次在荆襄时候，可以沿途焚掠，只得折回西走。

适留川教徒李全，与川中王三槐，互有龃龉，亦欲由陕还楚，沿汉水东行，到了兴安南岸，齐王氏、姚之富亦到，王廷诏又复窜至湖北，教徒复合为一。清将明亮、德楞泰，从东边追到西边，惠龄、恒瑞，从西边追到东边，两路大军，云集兴安。齐王氏、姚之富等，尚欲渡汉北扰，因被清军截住，不能前进，当由齐王氏定了一计，佯折军南回，暗遣党羽高均德，从间道绕出宁羌州，偷渡汉水。

　　明亮、惠龄等，正追赶齐王氏，忽接到宜绵札子，调恒瑞回川。恒瑞去后，又接陕西警报，闻高均德渡汉。明亮大惊道："这番中了贼计了。"齐王氏智略，确是过人，可惜误入歧途。急与德楞泰等商议。明亮道："论起贼情，要算齐王氏首逆，但高均德已渡过汉水，陕西又要遭殃。不但陕西又危，就是河南、湖北，亦随在可虑。看来我军只得先入陕西，截住高均德，再作计较。"德楞泰等各无异议，遂引大兵驰入汉中。

　　齐王氏亦由南返北，督马步二万，分道蹚渡汉水，复密令高均德，引清兵向东北追去，自与姚之富、李全、王廷诏，大掠郿县盩厔县等处，将乘势进薄西安。亏得清总兵王文雄，带了兵勇三千名，奋力击退。齐王氏等复折回东南，从山阳趋湖北。明亮、德楞泰闻报，复引兵急追，到郧西界上，飞檄郧阳乡勇，扼住敌兵前面，并悬重赏募齐王氏首。一妇人头，须重赏悬募，这个妇人，也是特钟庚气。

　　适四川东乡县人罗思举、桂涵，赴营投效，受扎令斩齐王氏首级。罗思举智谋出众，胆略过人，尝率乡勇数十名，劫破丰城王三槐巢穴，教徒称为罗家将。桂涵曾为大盗，能飞檐走壁，两足尝裹铁沙数十斤，行千里外，闻官募义勇，因愿效力。至是受了清帅的扎子，易服而往。探得齐王氏屯大寺内，遂到寺前后伏着，等到夜半，越墙进去，展使绝技，寻着内室。室外有数十人守护，都执着明晃晃的刀，料室内定是齐王氏卧处，二人轻轻地纵上屋檐，翻瓦一瞧，室内红烛高烧，中垂纱帐，帐外有一足露出，不过三寸有余。令人销魂。两人因室外有人，不敢径入，等了好一歇，室外人仍然未去，两人不耐久待，破檐下去，蹑到床前，从帐隙窥入，海棠春睡，芍药烟笼，两语用在此处，尤觉艳丽。两人暗想道："这样齐整的妇人，也会造反，今日命合休了。"便各执巨斧，劈入帐内，突见帐中一足飞出，亏得桂涵眼明手快，一边将头让过，一边用斧劈去，削下莲钩一只，只听帐中啊唷一声。两人恐外人入救，拾了莲钩，纵上了屋，三脚两步的走了。回到清营，已交五鼓，明亮、德楞泰，尚在帐中等候，二人入帐禀见，献上莲钩一只，视之，不过三四寸左右，但已是血肉模糊，未便细辨。明亮令二人出外候赏，一面立传号令，命诸军速攻敌寨。

　　此时齐王氏将死未死，昏晕床上，部众正惊惶得了不得，陡闻帐外一片喊声，料知清兵已来攻营，急忙舁了齐王氏，由姚之富开路，杀出寨外。清兵围攻一阵，击毙敌众数千，尚有八九千悍敌，走据山中。明亮、德楞泰大呼道："今日不要再失机会，将士须一齐努力，杀净贼众才好！"诸军闻了此语，正是人人效命，个个争先，追入山内，遥见敌众分据左右两峰，矢石齐下。明亮与德楞泰道："首逆齐王氏等，不知在左在右，我等还是分攻还是并力一处？"德楞泰道："适有一贼目获住，尚未处斩，现不如饬他遥望，指定首逆处向，并力合攻，免他逃脱。"明亮点头称善。德楞泰遂饬军士推倒贼目，问他姓名，叫作王如美，并把好言劝诱，令他探明首逆处向。王如美仔细探瞧，回报现驻左山，德楞泰拍马上冈。诸将顺势随上，只留后队在山下，防备右山敌众。那时左山的教徒，已知身陷重围，拼命拦阻。德楞泰亲冒矢石，左手执着藤牌，右手握着短刀，连步直上。这班兵士，藤牌队在前，枪炮队在后，以次毕登，仿佛明朝常遇春破鸡头山一般，涉笔成趣。把教徒逼得无路可走，乱向峻崖窜下。这峻崖本是削壁，窜将下去，不是头破，就是脚断，有几个还跌得一团糟。齐王氏已成独脚仙，一跌便死，姚之富跳到崖下，辗转晕毙。霎时间，左山上面，杀死的一半，坠崖的一半，落得干干净净，回顾右山上面的敌众，已逃得不知去向。明亮、德楞泰令军士缒崖下去，检点尸首，只有齐王氏、姚之富，是著名首逆，军士将两尸首级割下，又把他尸身支解，直一刀，横一刀，不计其数，就使三十六刀鱼鳞剐，也没有这般惨酷。还有齐王氏莲钩一只，如何不取来成对？传首三省，争说渠魁就戮，可以指日荡平。

谁知死了一个头目，又出了两个头目，死了两个头目，又出了四个头目。湖北一方，稍稍安静，四川教徒，偏日盛一日。川督宜绵，自明亮、德楞泰、惠龄、恒瑞等，先后东去，势成孤立，部下兵又不敷调遣，王三槐、徐天德等，乘间驰突，骚扰川东，又有罗其清、冉天俦等，复蠢起川北。州县十余处乞援，宜绵即檄调恒瑞回川，又咨调额勒登保等，自湖北入川会剿，并奏请别简大臣，总统军务，自己愿专任一方讨贼事宜。嘉庆帝以宜绵不善办理，回督陕甘，改命威勤侯勒保督师，兼四川总督，调度诸军。

这勒保系满洲人氏，是永保的胞兄，本没有什么韬略。他的侯爵，是一个蛮寨佳人帮他造成的。这个蛮寨佳人，乃是黔中土司龙跃的妹子，小名么妹，清史上不甚提起，小子倒要替她表扬。阐幽扬隐，是稗官本分。原来苗疆自额勒登保平定后，善后事宜，无暇办理，即移师湖北。当时洞洒寨苗妇王囊仙，与当丈寨苗目韦七绺须勾通，号召徒众，扰乱南笼。清廷命勒保驰往剿捕，及到南笼后，闻得王囊仙挟有妖术，不敢急进，<u>妖术二字，就吓住勒保，显见无能</u>。只檄黔中各土司助剿。龙跃的曾祖，是有名的苗长。康熙初，曾帮辅清军，剿平滇乱，圣祖封他为总兵官，传到龙跃，世职递降，只剩了一个千总职衔。他的妹子龙么妹，颇生得才貌兼全，能文能武，此次接到勒保檄文，偏值龙跃生病不能充役，龙么妹便代兄当差，竟跨了骏马，带了数十苗女，及数百苗兵，赴清营听调。巧值王囊仙、韦七绺须，至南笼与清军对仗，两路夹攻，把勒保围住，龙么妹飞骑陷阵，杀退王、韦，救出勒保，是晚便作为向导，引勒保兵袭洞洒寨。寨主王囊仙，因出兵得胜，留住韦七绺须筵宴，正乘着酒兴，裸体讲经，肉身说法，<u>应妖术</u>。不防龙么妹引着清兵，突入寨中，王、韦二人，连穿衣都来不及，韦七绺须赤身接战，王囊仙只着了一件小衫，也来助阵。龙么妹匹马当先，巧与王囊仙遇着，两下厮杀，颇是一对敌手。么妹亦防她有妖术，把手中宝剑，绕住王囊仙不放，囊仙不觉着急，只得拼命相扑。<u>王囊仙对着韦七绺须，或有笼络的幻术，偏偏遇了龙么妹，以女对女，哪里还使得出幻术来？</u>此时韦七绺须，已被清兵围住，不能脱逃，你一枪，我一刀，双拳不敌四手，被清兵活捉了去。囊仙见七绺须遭擒，心中着忙，刀法散乱，么妹一手舞着宝剑，隔开囊仙的刀，一手把囊仙腰下的丝绦用力一扯，囊仙支持不住，跌倒地上。么妹手下的苗女，一拥上前，将她捆缚停当，扛抬去了。洞洒寨已破，当丈寨自然随陷，勒保修本报捷，只说是自己的功劳，并不提起么妹。九重深远，哪里知晓？只命将王囊仙、韦七绺须，就地正法，封勒保为威勤侯。么妹的官绩，都付诸流水而去。后人陈云伯留有长歌一阕，赞龙么妹道：

罗旗金翠翻空绿，鬟云小队弓腰束。
乐府重歌花木兰，锦袍再见秦良玉。
甲帐香浓丽九华，玉颜龙女出龙家。
白围燕玉天机锦，红压蛮云鬼国花。
小姑独处春寒重，正峡云间不成梦。
唤到芳名只自怜，前身应是洞花凤。
一卷龙韬荐褥薰，登坛姽婳自成军。
金阶台榭森兵气，玉寨阑干起阵云。

昔年叛将滇池起，金马无声碧鸡死。

水落昆池战血斑，多少降旛尽南指。

铜鼓无声夜渡河，独从大师挽天戈。

百年宣慰家声在，铁券声名定不磨。

起家身袭千夫长，阿兄意气凌云上。

改土归流近百年，传家犹赛龙台丈。

雪点桃花走玉骢，李波小妹更英雄。

星驰蓬水鱼婆剑，月抱罗洋凤女弓。

白莲花压黔云黑，九驿龙场堠烽逼。

一纸飞书起段功，督帅羽檄催军急。

阿兄卧病未从征，阿妹从容代请缨。

元女兵符亲教战，拿龙小部尽猫狸。

红玉春营三百骑，美人虹起鸦军避。

战血红销蛱蜨裙，军符花蘸鸳鸯字。

秋夜谈兵绣褵凉，白头老将愧红妆。

围香共指花鬟市，趖骑争看云鬐娘。

敌中妖女金蚕盅，甲仗弥空胜白羽。

金虎宵传罗鬘力，红罗夜演天魔舞。

八队云旄夜踏空，擒渠争向月明中。

晋阳扫净无传箭，都让萧娘第一功。

春山雪满桃花路，铸铜定有铭勋处。

八百明驼阿槛归，三千铜弩兰珠去。

当年有客赋从戎，亲见猱仙玉帐中。

珠瞥翠眄天人样，艳夺胭脂一角红。

军书更有簪花格，蛮笺小幅珍金碧。

谁傍相思寨畔居，铃名红军芙蓉石。

功成归去定何如，跳月姻缘梦有无?

惆怅金钟花落夜，丹青谁写美人图。

南笼已平，清廷总道勒保很有智略，就调任四川，命他督师。究竟勒保的战略如何，容待下回分解。

川楚变起，宿将凋零，初任永保为统帅，而永保无功，继以惠龄，而惠龄无功，代以宜绵，而宜绵仍无功。此由和珅当道，专阃者多系庸将，第知迎合，未娴韬略，以至于此。勒保平一区区苗寨，犹仗龙么妹之力，始得成功。么妹战绩，不获上闻，赖陈云伯先生作歌赞美，始知蛮寨中有此奇女子。可见天下不患无才，一蛮女且足千秋，何况丈夫？弊在上下蒙蔽，妒功忌能，庸驽进，骐骥退，衰世之兆成矣。君子闻鼓鼙声，则思将帅之臣。读此回，应为太息，不第阐幽索隐已也。

第八回

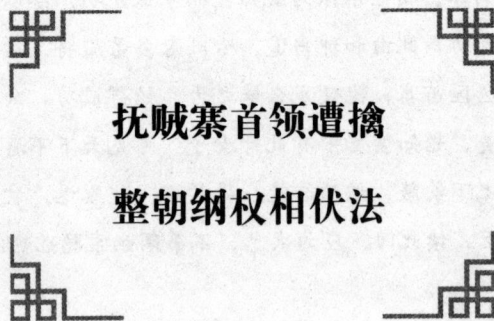

抚贼寨首领遭擒
整朝纲权相伏法

却说勒保驰驿入川，川中教徒，势甚猖獗，勒保率兵进剿王三槐，擒杀几个无名小卒，便虚张功绩，连章奏捷。嘉庆帝下旨嘉奖，说他入川第一功，专令搜捕王三槐。这时候湖北教徒，因齐、姚已死，谋与川北教徒联络，悉众南趋，李全高均德一股，由陕入川；还有张汉潮、刘成栋一股，也是齐、姚余党，由楚入川。朝旨以陕楚各贼，均逼入川境，四川满汉官兵，不下五万，勒保宜会同诸将，齐心蹙贼，毋致窜逸。其令额勒登保、明亮，专剿张汉潮、刘成栋；德楞泰专剿高均德、李全，并会同惠龄恒瑞，夹剿罗其清、冉天俦；宜绵专守陕境，毋使川寇入陕；景安专守楚境，毋使川寇入楚；勒保于专剿王三槐、徐天德外，仍兼侦各路敌情，相机布置，务期荡平等语。勒保接了此旨，自思身任统帅，总要擒住一二首逆，方好立功扬名，初意恰是不错。遂接连发兵先攻王三槐。怎奈三槐据守东乡县的安乐坪，地势很险，手下党羽又多，官兵不能进去，反被他出来攻击，伤毙不少。勒保还是一味谎奏，今天杀贼数百，明天杀贼数千，不想嘉庆帝有些觉察，竟下谕责他徒杀胁从，不及首逆，官兵阵亡，以多报少，杀贼乃以少报多，无非妄冀恩赏，有意欺上，此后不得再行尝试。这数语正中勒保心病，勒保见了，吓得浑身是汗。

想了一日，又定出一个妙计，广募乡勇，令冲头阵，绿营兵，八旗兵，吉林，索伦兵，以次列后，再教他去攻三槐。他的意思，是乡勇送死，不必上报，免得朝廷有官兵阵亡，以多报少的责罚。**好主见！**起初如罗思举、桂涵等人，颇也为他尽力，杀败敌兵一二阵，后来闻知自己的功劳，统被别人冒去了，也未免懊恼起来。自此乡勇同官兵，互相推诿，索性由教徒自由来往。**勒保的妙策，又遭失败。**朝旨复严责勒保老师养贼，勒保忧闷已极，左思右想，毫无计策。**勒公也智尽能索了。**无奈与几个心腹人员，私下密议，各人都蹙了一回眉头，无词可对。

忽有一个办文案的老夫子，起立道："晚生倒有一条计策，未知可行不可行？"勒保喜形于色，便拱手问计。那人道："朝廷的谕旨，是要大帅专剿王三槐，若得擒住了他，便可复命。"勒保道："这个自然。"那人道："现任建昌道刘清，前做南充知县时，曾奉宜制军命，招抚王三槐，三槐尝随他至营，嗣因宜制军放他回去，他复横行无忌，现在不如仍命刘清前往招抚，诱他前来，槛送京师，那时岂不是大大的功劳？"勒保大喜，随命他办好文书，传刘道台速即来营。

刘清是四川第一个清官，百姓呼他为刘青天，王三槐、罗其清等，也素尝敬服。若使四川官员，个个似刘青天，就使叫他造反，也是不愿。无如贪污的多，清廉的少，所以激成大祸。此次刘清奉了统帅的文书，遂带了文牍员贡生刘星渠，星夜赶来，到大营禀见。勒保立即召入，见面之下，格外谦恭。刘清便问何事辱召。勒保便把招抚王三槐计策，叙说一遍。刘清道："三槐那厮，很是刁蛮，卑职前次曾去招抚，他明允投降，后来又是变卦，这人恐不便招抚，还是用兵剿灭他才好。"勒保道："朝廷用兵，已近三年，人马已失掉不少，军饷已用掉不少，仍然不能成功。若能招抚几个贼目，免得劳动兵戈，也是权宜的计策。老兄大名鼎鼎，贼人曾佩服得很，现请替我去走一趟！三槐如肯投顺，我总不亏待他。贼目一降，贼众或望风归附，也未可知，岂非川省的幸福么？"**口是心非，奈何？**刘清无可推诿，只得应允，当下即起身欲行。勒保令派都司一员，随同前往。

三人到了安乐坪，通报王三槐。三槐闻刘青天又到，出寨迎接，**非以德服人者不能。**请刘清入寨，奉他上坐。刘清就反复劝导，叫他束手归诚，朝廷决不问罪。三槐道："青天大老爷的说话，小民安敢不遵？但前次曾随青天大老爷，到宜大人营里，宜大人并没有真心相待，所以小民不敢投顺。现在换了一个勒大人，小民未曾见过，不知他是否真意？倘将我骗去斩首，还当了得。"**颇肖强盗口吻。**刘清道："这却不用忧虑。勒大帅已经承认，决不亏待。"三槐尚是迟疑，刘清心直口快，便道："你既有意外的疑虑，就请你同了我的随员，往见勒大帅，我便坐在此处，做个抵押，可好么？"三槐道："这却不敢，我愿随青天大老爷同往，如青天大老爷，肯将随员留在此处，已是万分感激。"刘清应诺。

三槐即随了刘清，动身出寨，安乐坪内的徒党，素知刘青天威信，也不劝阻三槐，于是刘清在前，三槐在后，直到勒保大营。先由刘清入帐禀到，勒保即传集将士，站立两旁，摆出一副威严的体统，好看不中用。传王三槐入帐。三槐才入军门，勒保就喝声拿下，两旁军士，应命趋出，如狼如虎，将王三槐捆住。刘清忙禀道："王三槐已愿投降，请大帅不必用刑！"谁知这位勒大帅，竖起双眉，张开两目，向着刘清道："呸！他是大逆不道的白莲教首，还说是不必用刑么？"刘清道："大帅麾下的都司，卑职属下的文案生，统留在安乐坪中，若使将王三槐用刑，他两人亦不能保全性命，还求大帅成全方好。"勒保转怒为笑道："你道我就将他正法么？他是朝廷严旨拿捕，自然解送京师，由朝廷发落。朝旨要赦便赦，要杀便杀，不但老兄不能作主，连本帅也不敢作主呢。若为了一个都司官，一个文案生，就把他释放，将来，朝旨诘责下来，哪个敢来担任？"总教自己官职保牢，别人的性命都又不管。刘清道："卑职愿担此责。"到底不弱。勒保哈哈大笑道："今朝捕到匪首，也是老兄功劳。本帅哪里好抹煞老兄，请你放心！"以小人之心，度君子之腹。刘清道："功劳是小事，信实是大事。今朝王三槐来降，若将他槛送京师，将来贼众都要疑阻，不敢投诚，那时恐要多费兵力，总求大帅三思！"勒保道："这恰待日后再说，且管目前要紧。"随令军士将三槐监禁，自己退入后帐，命这位定计诱贼的老夫子，修折奏捷去了。

刘清叹息而退，待了一日，文牍员刘星渠逃回，刘清问他如何得脱？答称："贼众因三槐未归，欲将贡生及都司偿命，贡生无法，只得哄称勒公要重用三槐，自当暂时留住。贼众因贡生是刘青天属员，半疑半信，贡生就与他说代探消息，溜了出来。都司也欲同回，被众贼留住。如果勒公变计，恐怕都司的性命，是不保了。"刘清道："勒公无信，我亦上他的当，将来办理军务，必较前为难。我们且回任去罢！"随即写了辞行的禀单，饬役夫投递大营，自己带了刘星渠，匆匆去讫。

过了数日，上谕已下，内称据勒保奏攻克安乐坪贼巢，生擒贼首王三槐，朕心深为喜悦，着晋封勒保为威勤公，伊弟永保，前因剿匪不力，革职逮京，交刑部监禁，现并加恩释放，以示权衡功罪，推恩曲宥至意。接连又是一道上谕，晋封军机大臣大学士和珅公爵，户部尚书福长安侯爵，这个旨意，显见是太上皇诰敕，嘉庆帝难违父命，方有这道谕旨。勒保遂令部将把王三槐解送京师，一面再攻安乐坪。其时安乐坪余党，闻王三槐押解进京，将来司杀死，另奉冷天禄为头目，抗拒官兵。官兵昼夜围攻敌寨，盐粮将尽，冷天禄诈请投降，夜间却偷袭清营，官兵不及防备，顿时败退。

徐天德亦屡攻川东州县，骚扰不休，勒保再想招抚，奈教徒防着王三槐覆辙，个个拼出性命，不来上钩，反比从前越加刁悍。人而无信不知其可。只川北的罗其清，被额勒登保擒获，冉其俦被德楞泰、惠龄击毙，川北巨酋，总算授首。此外如陕督宜绵，专在教匪不到的地方，安营立寨，终年未曾一战。他倒享福。景安越加无事，寇至则避，寇去则出，军中号他迎送伯。肇锡嘉名。

悠悠忽忽，已是嘉庆四年了。四年以前，外间军事，日日吃紧，宫廷里面，没甚大事，只皇后喜塔腊氏病逝，改册皇贵妃钮祜禄氏为皇后，未免忙碌了一回。四年正月，太上皇生起病来，嘉庆帝侍疾养心殿。吁天祈祷，倍切虔诚。无如寿数已终，帝阍梦梦。太上皇的病，陡然沉重，名医都束手没法，竟尔"呜呼哀哉"。嘉庆帝擗踊大恸，颇尽孝思。越四日，即命军机大臣拟了一道谕旨，颁给四川、湖北、陕西诸将帅道：

我皇考临御六十年，四征不庭，凡穷荒绝徼，无不指日奏凯，从未有劳师数年，糜饷数千万，尚未藏事者。自末年用兵以来，皇考宵旰勤劳，大渐之前，犹时望捷音，迨至弥留，亲执朕手，频望西南，似有遗憾。若教匪一日不平，朕即一日负不孝之疚，内而军机大臣，外而领兵诸将，同为不忠之臣，迩年皇考春秋日高，从事宽厚，即如贻误军事之永保，严交刑部治罪，仍旋邀宽宥。其实各路纵贼，何止永保一人，奏报粉饰，掩败为功，其在京谙达侍卫章京，无不营求赴军，其归自军中者，无不营置田产，顿成殷富，故将吏日以玩兵养寇为事。其宣谕各路领兵大小诸臣，勠力同心，刻期灭贼，有仍欺玩者，朕唯以军法从事。

这旨一下，内外大臣，已觉得嘉庆亲政第一道上谕，便已严厉异常，不同前日，暗料数日以内，必有一番大大的黜陟。不防嘉庆帝格外迅速，过了两日，便令侍卫锁拿大学士公爵和珅、户部尚书侯爵福长安下狱。

自太上皇崩后，和珅原是栗栗危惧，不过想不到这般辣手。这日正与姬妾们谈论后事，忽有十数个侍卫。直入府中，豪仆还不知死活，上前喝阻。众侍卫大声道："有圣旨到来，请你相爷接读！"豪仆闻圣旨二字，方个个伸舌，入内通报。和珅此时，心里已七上八下，勉强出来接旨。当由宣诏官站在上面，和珅跪在下边，但听宣诏官朗诵上谕道："和珅欺罔擅专，情罪重大，着即革职，锁交刑部严讯！钦此。"和珅不听犹可，听了数句上谕，魂灵儿飞入九霄，正在没法摆布，那侍卫铁面无情，将他牵曳而去。还有好几个侍卫，留管前后门，准备查抄。早知今日何必当初。里面的老太太、姨太太、驸马爷、少公子、少奶奶等，都哭哭啼啼，急得没法，只得请出乾隆帝的十公主来，一班儿跪在地上，向她磕头求救。额驸丰绅殷德，且抢上几步，也顾不得夫妻名义，忙向公主绣鞋边跪下，捣头如蒜，床下踏板想亦跪惯，此次也不算奇怪。弄得公主难以为情，忙叫大众从长商议。大家方才起来，统是泪容满面，万分凄惶。公主也不禁流泪，情愿入宫转圜，当即带了侍女四名，乘舆出门。侍卫见了公主，不便拦阻，由她去讫。

谁想过了两日，又有数行谕旨道：

> 和珅受大行太上皇帝特恩，由侍卫拔擢至大学士。在军机处行走多年，叨沐殊施，无有其比。朕亲承付托之重，猝遭大故，苫块之中，每思三年无改之义，皇考简用重臣，断不肯轻为变易。今和珅情罪重大，并经科道诸臣，列款参奏，实有难以刻贷者。是以朕于恭颁遗诏日，即将和珅革职拿问，胪列罪状，特谕众知，除交在京王公大臣会审定拟外，着通谕各督抚，将指出和珅各款，应如何议罪？并此外有何款迹？各据实复奏。

原来嘉庆帝素恨和珅，因太上皇在日不好显斥，廷臣也不敢参奏。到太上皇已崩，御史广兴，给事中广泰、王念孙等，窥破嘉庆帝意旨，一个说和珅偷改硃谕，一个说和珅擅取宫女，一个说和珅私藏禁物，一个说和珅漏泄机密，此外如遇事把持，贪赃不法，勾结党羽，残害贤良等款，不计其数。共列成二十大罪，惹得嘉庆帝怒气勃勃，立欲将和珅治罪。适值十公主入宫面请，嘉庆帝越加懊恼。嗣经公主再三哀求，只准饶了和珅家属，不饶和珅，因此遂下了这道谕旨。**公主倒脸。**和珅家内，还道公主不肯着力，其实公主到嘉庆帝前，也似丰绅殷德一般，下跪磕头，无如皇帝不允，公主也没奈何。嘉庆帝遂令刑部严讯，二十款大罪中，和珅虽赖了一半，有一半寻出证据，无可抵赖，只得招认。当下就着钦差查抄，钦差到和珅宅内，便将前堂后厅，内室寝房，统行查阅。但见和珅的房屋，统用枬木造成，体剩仿佛宁寿宫，华丽仿佛圆明园，陈列的古玩奇珍，却比大内还多一二倍，顿时由侍卫带同番役，一一抄出。计开：

赤金首饰共三千六百五十七件，东珠八百九十四粒，珍珠一百七十九挂，散珠五斛，红宝石顶子七十三个，祖母绿翎管十一个，翡翠翎管八百三十五个，奇楠香朝珠六百九十八挂，赤金大碗五十对，玉碗十对，金壶四对，金瓶两对，金匙四百八十个，金盆一对，金盂一对，水晶缸五对，珊瑚树二十四株，玉马一只，银杯四千八百个，珊瑚筷四千八百副，镶金象箸四千八百副，银壶八百个，翡翠西瓜一个，猞猁狲皮八十张，貂皮二百六十张，青狐皮三十八张，黑狐皮一百二十张，玄狐皮统十件，白狐皮统十件，洋灰皮三百张，灰狐腿皮一百八十张，海虎皮三十张，海豹皮十六张，西藏獭皮五十张，绸缎四千七百三十卷，纱绫五千一百卷，绣蟒缎八十三卷，猩红洋呢三十匹，哔叽三十匹，各色布四十九捆，葛布三十捆，各色皮衣一千三百件，绵夹单纱绢衣三千二百件，御用纬帽二顶，织龙黄马褂二件，酱色缎四开褉袍二件，白玉玩器六十四件，西洋钟表七十八件，玻璃衣镜十架，小镜三十八架。铜锡等物七千三百余件，纹银一百零七万五千两，赤金八万三千七百两，钱六千吊，房屋一千五百三十间，花园一所，房地契文五箱，借票二箱，杂物不计。

统共一百零九号，除金银铜钱外，有二十六号，当时估起价来，已值银二万二千三百八十九万余两。另外八十三号，还未曾估价。若照样计算，差不多有八九万万两。自古以来，无论王崇、石恺，不及和珅十分之一，就是中外的皇帝，也没有这种大家私。嘉庆帝见了查抄的数目，也不觉暗暗惊异，下旨赐和珅自尽。福长安事事阿奉和珅，着收监，候秋后处决。和珅弟和琳，追革公爵，只额驸丰绅殷德，因顾着十公主脸面，曲加体恤，免他罪名，叫他在家安住，不许出外滋事。和珅次子丰绅殷绵等，概革去封爵，回本旗当闲散差。大学士苏凌阿，系和琳姻亲，和珅引他入相，年逾八十，老迈龙钟，勒令休致。侍郎吴省兰、李潢，太仆寺卿李光云等，统系和珅引用，黜革有差。此旨一下，眼见得和珅休了。贪刻一生，徒归泡影。丰绅殷德，亏是娶了一个公主，还好安耽度日。应该补磕几个响头。就是和珅的妻妾家眷，也都是公主暗中保全。小子有诗咏和珅道：

> 权奸贪冒古来无，一死何曾足蔽辜？
> 毕竟犹留郎舅谊，九重特旨赦妻孥。

和珅伏法后，嘉庆帝振刷精神，又有一番作为，姑俟下回再详。

王三槐无端起乱，假邪教以惑民，川中生灵，因之涂炭，律以应得之罪，固无可贷。但既诱之来降，不宜再行槛送，兵不厌诈，此事恰不宜诈也。勒保急功近利，但顾目前，不顾日后，当时封为上公，固觉显赫，然勒保所恃者，唯和珅，勒保封公，和珅亦封公，内外蒙蔽，不问可知，和珅败而勒保亦无幸矣。和珅为相二十余年，家中私蓄，几乎不可胜算。乾隆时，清政府岁入，止七千万，和珅家产，适当清廷二十年岁入之一半而强，然卒之全归籍没，贪官污吏之结局如此。后之身为公仆者，亦何不奉为殷鉴耶？炎炎者灭，隆隆者绝，况为贪官？况为污吏？读此回，可为居官鉴。

第九回

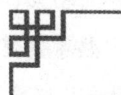

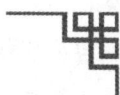

布德扬威连番下诏
擒渠献馘逐载报功

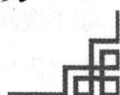

却说和珅伏诛之日，正王三槐押解到京之时。嘉庆帝命军机大臣等，审问三槐，供称"官逼民反"四字。嗣经嘉庆帝亲讯，三槐仍咬定原供。嘉庆帝道："四川的官吏，难道都是不法么？"三槐道："只有刘青天一人。"三槐被刘清诱擒，仍然不怨，供出刘青天行状，可见良心未泯，公论自存，贪官污吏，不如盗贼远甚。嘉庆帝道："哪个刘青天？"三槐道："现任建昌道刘清。"嘉庆帝又道："只有一个刘青天么？"三槐道："刘青天外，要算巴县老爷赵华，渠县老爷吴桂，虽不及刘青天，还算是个好官，另外是没有了。"嘉庆帝听了此言，不由得感慨起来，随命将三槐下狱，暂缓行刑。又下谕道：

国家深仁厚泽百余年，百姓生长太平，使非迫于万不得已，安肯不顾身家，铤而走险？皆由州县官吏朘小民以奉上司，而上司以馈结和珅。今大憝已去，纲纪肃清。下情无不上达，自当大法小廉，不致复为民累。唯是教匪迫胁良民，及遇官兵，又驱为前行以膺锋镝，甚至剪发刺面，以防其逃遁，小民进退皆死，朕日夜痛之。自古唯闻用兵于敌国，不闻用兵于吾民，其宣谕各路贼中被胁之人，有能缚献贼首者，不唯宥罪，并可邀恩；否则临阵投出，或自行逃出，亦必释回乡里，俾安生业。百姓困极思安，劳久思息，谅必一见恩旨，翕然来归。其王三槐所供川省良吏，自刘清外，尚有知巴县赵华，知渠县吴桂，其量予优擢以从民望。至达州知州戴如煌，老病贪劣，胥役五千，借查邪教为名，遍拘富户，而首逆徐天德、王学礼等，反皆贿纵，民怨沸腾，及武昌府同知常蔡，奉檄查缉，株连无辜数千，惨刑勒索，致聂人杰拒捕起事，其皆逮京治罪。难民无田庐可归者，勒保即督同刘清，熟筹安置，或仿明项忠原杰，招抚荆襄流民之法，相度经理。遍谕川楚陕豫地方，使咸知朕意。

自此谕下后，内外官吏，方知嘉庆帝平日实是留心外事，并非没有知觉。且谕旨中含有慈祥恻怛意思，颇不愧庙号仁宗的仁字。仁宗二字，就此补出。但当时统兵的将帅，一时不能全换，嘉庆帝逐渐改易，另有数道谕旨，并录于后。

和珅压阁军报，欺罔擅专，致各路领兵大臣，恃有和珅蒙庇，虚冒功级，坐糜军饷，多不以实入奏。姑念更易将帅，一时乏人，勒保仍以总统授为经略大臣，其川、陕、湖北、河南督抚，及领兵各大将咸受节制，以一事权。明亮、额勒登保，均以副都统授为参赞大臣，别领官军，各当一路，有不遵军令者，指名参奏。川楚军需，三载经费，至逾七千余万，为从来所未有，皆由诸臣内恃和珅护庇，外踵福康安、和琳积习，在军唯笙歌酒肉自娱，以国帑供其浮冒，而各路官兵乡勇，饷迟不发，致楞腹无裈，牛皮裹足，跌行山谷。此弊始于毕沅在湖北，而宜、绵英善在川，相沿为例。今其严行察核，毋得再蹈前愆，致干重咎！

宜绵前后奏报，皆屯驻无贼之处，从未与贼交锋，且已老病，令解任来京。惠龄旷久无功，为贼所轻，着即回京守制。景安本和珅族孙，平日趋奉阿附，每于奏事之便，禀承指使，恃为奥援，剿堵皆不尽力，驻军南阳，任楚贼犯豫，直出武关，唯尾追，不迎截，致有迎送伯之号。甚至民裹粮请军，拒而不纳，武员跪求击贼，不发一兵，为参将广福面诮，反挟愤诬劾，其获封伯爵，亦攘道员完颜岱捕浙川邪教功，张皇入奏，欺君罔上，误国病民，着即拿解来京，照律惩办！

数道上谕，真似雷厉风行，统兵各官，不寒而栗。勒保也只得打叠精神，悉心筹划，令额勒登保、德楞泰，剿徐天德、冷天禄，明亮剿张汉潮，自己驻扎梁山，居中调度。自嘉庆四年正月至六月，只额勒登保一军，斩了冷天禄，德楞泰一军，与徐天德相持，追入郧阳，明亮一军，徒奔走陕西境内，未得胜仗。勒保虽有所顾忌，不敢全行欺诈，然江山可改，本性难移，终究是见敌生畏，多方诱饰。新任湖广总督倭什布，据实参奏，嘉庆帝复下谕道：

> 勒保经略半载，莫展一筹，唯汇报各路情形，按旬入告。近据倭什布奏，川贼接踵入楚，不下二万，有北趋荆襄之势，既不堵截，又不追剿，是勒保竟择一无贼之处，驻营株守，罪一；且屡奏均言不必增兵，而附奏又请拨饷五百万，若迫不及待，自相矛盾，意图浮冒，罪二；各路奏报，多王三槐余党，勒保止将首逆诱擒，而置余匪于不问，罪三；军营报奏，大半亲随之人，而兵勇钱粮，并不按期给发，以致枵腹跣行，冻馁山谷，几同乞丐，士马何由饱腾，罪四。勒保上负两朝委任之恩，下贻万民倒悬之苦，着即令尚书魁伦，副都御史广兴，赴川逮问治罪！其经略事务，暂由明亮代理。钦此。

勒保逮回京师，永保偏出署陕抚，这也奇怪。因明亮剿办张汉潮，迟延无功，陕西未能肃清，于自己方面，大有不便，因劾明亮观望，明亮亦劾永保推诿，双方互讼，嘉庆帝命陕督松筠密查。松筠上疏，大略言："经略明亮素号知兵，所言似合机宜，究无实效。将军恒瑞前在湖北，战迹称最，但年近六旬，精力大减，恐不胜任。提督庆成，身先士卒，颇有胆量，奈中无主见，只能带领偏师，不能出谋发虑。署陕抚永保无谋无勇，专图利己，过辄归人，独额勒登保英勇出群，其次唯德楞泰，若要平贼，非用此二人不可。"松公颇有知人之识。于是朝旨命尚书那彦成，佩钦差大臣关印，赴陕监明亮军，兼会同松筠勘问。那彦成到陕后，细探情实，两人俱有不合，遂与松筠联衔奏参。明亮、永保褫职逮问，连庆成也在其内。适明亮追斩张汉潮，朝旨以挟嫌偾事，功不蔽罪，仍令逮解至京，命额勒登保代任经略。

额勒登保系满洲正黄旗人，旧肃海兰察麾下，讨台湾，征廓尔喀，尝随海公建功立业，每战必策马当冲，争先陷阵。海公曾对他道："你真是个将材，可惜不识汉字。我有一册兵书，叫你熟读，他日自然会成名将。"额勒登保得了赠书，遂日夕揣摩，居然熟练，能出奇制胜。看官！你道这兵书是什么典籍？原来是一册《三国演义》，由汉文译作满文，海公也曾作为枕中秘本，赠了额勒登保，无非是传授衣钵的意思。*仿佛范仲淹*

63

授狄青《左氏春秋》。额勒登保手下，且有汉将两员，统是姓杨，一名遇春，四川崇庆州人，一名芳，贵州松桃厅人。遇春梦神授黑旗，故以黑旗率众，敌望见即知为杨家军。杨芳好读书，通经史大义，应试不售，乃出充行伍，为遇春所拔识。阵斩冷天禄，实出二杨的功势。额勒登保为经略时，遇春已授任总兵，杨芳尚只一都司官，额公特保举遇春为提督，杨芳为副将。二人得额公知遇，尤为出力。就是罗思举桂涵两乡勇，亦因额公做了统帅，有功必赏，愿效驱驰。可见为将不难，总在知人善任呢。

话休叙烦，单说额勒登保受了经略的印信，大权在手，不患掣肘，便统筹全局，令文案员修好奏折，独自上疏道：

臣数载以来，止领一路偏师，今蒙简任经略，当通筹全局，教匪本内地编氓，原当招抚以散其众，然必能剿而后可抚，且必能堵而后可剿。从前湖北教匪多，胁从少，四川教匪少，胁从多，今楚贼尽逼入川，其余川东巫山大宁接壤者，有界岭之险可扼，是湖北重在堵而不在剿；至川陕交界，自广元至太平千余里，随处可通，陕攻急则折入川，川攻急则窜入陕，是汉江南北，剿堵并重；川东川北，有嘉陵江以阻其西南，余皆崇山峻岭，居民大半依山傍水，向无村落，惩贼焚掠，近俱扼险筑寨，大者数千人，小亦数百名，团练守御，而川北形势，更便于川东，若能驱各路之贼，逼归川北，必可聚而歼旃，是四川重在剿而不在堵；虽贼匪未必肯逼归一处，但使所至俱有堡寨，星罗棋布，而官兵鼓行随其后，遇贼即迎截夹击，所谓以堵为剿，宁不事半功倍？此则三省所同。臣已行知陕楚，晓谕修筑，并定赏格，以期兵民同心蹙贼。至从征官兵，每日遄征百十里，旬月尚可耐劳，若阅四五年之久，无冬无夏，即骡马尚且踣毙，何况于人？而续调新募之兵，不习劳苦，更不如旧兵之得力，臣之一军所以尚能得力者，实以兵士所到之处，亦臣所到之处；兵士不得食息，臣亦不得食息。自阖营将弁，无不一心一力，而各路不能尽然。近日不得已将臣所领之兵，与各提镇互相更调，以期人人精锐，足以歼敌。恐劳圣虑，特此奏闻。

据这奏牍看来，确是老成谋划，不比凡庸，自是军务方有起色。

会德楞泰追逐徐天德，转战陕境，与高均德等相遇，德楞泰乘着大雾，袭击高均德，把他擒住，有旨授德楞泰为参赞大臣。高均德死后，不料复有冉天元，收集均德残众，与徐天德合，非常厉害。额勒登保亲自督剿，令杨遇春领左翼，穆克登布领右翼。穆克登布也是一员骁将，但与杨遇春不甚相合。遇春因天元善战，非他贼比，须先用全力相搏，杀败了他，方好分队追击。额公亦赞成此议，独穆克登布意不为然。到了苍溪，闻与冉天元相近，穆克登布竟恃勇先进，绕出冉天元前面，忽伏兵齐起，前后夹攻，将穆克登布围住。穆克登布猛力冲突，不能出围，幸亏山寨乡勇，出垒救应，始拔出穆克登布，将士伤了不少。穆克登布经此大创，别人料他总要小心，谁知他依然如故，仍力追冉天元，驰至老虎垭，旁有大山，穆克登布跃马径上，直据山巅。杨遇春据山腰，天元正伏山中，先出攻杨遇春军。遇春坚壁不动，天元无可奈何。转身攻穆克登布，冒死突上，山巅促狭，惩你穆克登布如何骁勇，也施展不出什么伎俩。天元进一步，穆克登布退一步，愈逼愈紧，穆克登布的营帐，自山巅坠下，顿时军中大乱，陷死副将十余名，兵士不能悉计。

右翼军败溃，天元再攻左翼军，乘高下压，遇春抵死力战。自傍晚杀到天明，天元始退。遇春部下，也伤亡了若干名。*师克在和，不和必败。*额勒登保大愤，檄德楞泰夹击冉天元，不防川北的王廷诏一股，竟由川北入汉中，西窥甘肃，额勒登保闻报，又引军星夜赴援，并令德楞泰随后策应。冉天元复东渡嘉陵江，分犯潼川锦州龙安，将北合甘肃诸寇。川陕甘一带，同时告警。清廷不得已，再用明亮为领队大臣，赴湖北，赦勒保罪，授任四川提督，赴四川，*屡黜屡陟，清廷可谓无人。*并诏德楞泰回截冉天元，命为成都将军。

德楞泰奉命回南，探得冉天元在江油县，急由间道邀击。天元层层设伏，德楞泰步步为营，十荡十决，连夺险隘，转战马蹄冈。时已薄暮，德楞泰见伏兵渐稀，正思下马稍憩，偶见东北角上，赤的一枝枝号火腾起，直上云霄，德楞泰惊道："我兵已陷入伏中了。"*一急。*话言未绝，西北角上，又见起了两支号火，*再急。*德楞泰忙令众兵排开队伍，分头迎敌。转身一望，西南角及东南角上，都是闪闪火光，冲天四起，马声杂乱，人声鼎沸。*三急。*德楞泰料知伏兵不止一二路，亟分作四路抵御，布置才毕，敌兵已由远及近，差不多有七、八路。*四急。*德楞泰传令齐放矢铳，放了一阵，敌兵毫不退怯，反围裹拢来。德楞泰见敌兵各持竹竿，竿上缠绕湿絮，矢中的箭镞，铳中的弹丸，多射在湿絮上，不甚伤敌，所以敌仍前进，于是传令人自为战。*五急。*官兵知身入重围，也不想什么生还，恶狠狠地与他鏖斗，血战一夜，天色黎明，敌兵仍是不退。六急。再战一日，方渐渐杀退敌兵。官兵埋锅造饭，蓐食一餐，餐毕，四面喊声又起，忙一齐上马，再行厮杀，又是一日一夜。七急。是日官兵又只吃了一顿饭，夜间仍是对敌。八急。德楞泰暗想道："敌兵更番迭进，我兵尚无援应，若再同他终日厮杀，必至全军覆没呢。"遂下令且战且走。

官兵阵势一动，冉天元料是败却，麾众直进，行得稍慢的，多被悍目自行杀死，此时敌众不得不舍命穷追。官兵战了三日三夜，气力已尽，肚子又饥，没奈何纷纷溃散。九急。德楞泰亦觉得人困马乏，便带了亲兵数十名，跃上山巅，下马喘息，自叹道："我自从军以来，从没有遇着这等悍贼，看来此番要死在此地了。"正自言自语间，猛听得一声大叫道："德楞泰哪里走？"这一句响彻山谷。德楞泰忙上马瞭望，见山下一人，挥着鞭，舞着刀，冲上山来。这人为谁？正是冉天元。十急。德楞泰胸中已横着一死字，倒也没甚惊恐，且因走上山来，只有一冉天元，越发胆壮，便也大呼道："冉贼！你来送死么？"一面说话，一面拈弓搭箭，飕的一声，正中冉天元的马。那马负着痛，一俯一仰，把冉天元掀落背后，骨碌碌滚下山去。德楞泰拍马下山，亲兵亦紧随而下，见冉天元正搁住断崖藤上，德楞泰忙从亲兵手中，取了钩头枪，将冉天元钩来，掷在地上，亲兵即将他缚住。山下的兵，正上山接应冉天元，见天元被擒，拼命来夺，德楞泰复与交战，忽山后又有一支人马，逾山而至，从山顶冲下。又为德楞泰一急。德楞泰连忙细瞧，认得是山后的乡勇，德楞泰大喜。此中真是天幸。敌兵见乡勇驰到，转身复走。德楞泰偕乡勇下山招集余兵，逐北二十里。这一场恶战，自古罕有，德将军三字惊破敌胆，另外带兵官，多冒德将军旗帜，教徒不辨真假，一见辄逃。川西肃清，川东北虽有余孽，不足为患。适勒保至川，遂将肃清余党事，交付勒保，自赴额勒登保军。

额勒登保追王廷诏，沿途屡有斩获，王廷诏复自甘返陕，那彦成堵剿不力，有旨严谴，会河南布政使马慧裕，缉获教主刘之协于叶县，槛送京师，立正典刑。并谕军机大臣道：

前据马慧裕奏宝丰郏县地方，有匪徒焚掠之事，旋据叶县禀，缉获首犯刘之协，本日马慧裕驰奏，已收宝丰等处，白莲教匪徒千余名，悉数歼除，并提到眼目，认明刘之协属实。刘之协为教匪首逆，勾连蔓延，荼毒生灵，乃该犯仍敢在豫省纠结，潜谋起事，并欲为陕楚教匪接应，实堪痛恨。仰赖昊穹垂慈，皇考默佑，俾豫省新起教匪一千余人，立时剿捕净尽，擒获首逆，明正刑诛，可见教匪劫数已尽，从此各路大兵，定可刻期蒇事。朕于欣慰之余，转觉恻然不忍，盖教匪本属良民，只因刘之协首先簧鼓，附从日众，征兵剿办，已阅数年，无论百姓无辜，横遭杀戮，被胁多人，迫于不得已，即真正白莲教，皆我大清赤子，只因一时愚昧，致罹重罪。至各股贼首，先后就诛者，无不身受极刑，全家被戮，虽孽由自作，亦系听从刘之协倡教而起。白莲教获罪于天，自取灭亡，其顽梗可恶，其愚蠢可怜。朕仰体上天好生之仁，于万无可贷中，宽其一线，着经略额勒登保，参赞德楞泰，及各路带兵大员，与各督抚等，将刘之协擒获一事，广为宣传，并传谕贼营，伊等教首，已就诛戮，无可附从。至于裹胁之人，本系良善百姓，何苦为贼所累，自破身家，如能幡然悔悟，不但免诛，并当妥为安置。即实系同教，畏罪乞命，弃械归诚，亦必贷其一死。若经此番晓谕之后，仍复怙恶不悛，则是伊等甘就骈诛，大兵所到，诛戮无遗，亦气数使然，不能复加矜贷。额勒登保等鼓励将士，务期迅归贼氛，奠安黎庶，同膺懋赏，将此通谕知之。

嘉庆帝又亲制一篇邪教说，有"但治从逆，不治从教"的意旨。自是教徒失所倚靠，逐渐变计，化作良民。此时剧寇，只有王廷诏在陕西，徐天德在湖北。德楞泰由川赴陕，与额勒登保合军，追袭王廷诏。杨遇春为先锋，至龙池场，分兵埋伏，诱廷诏追来，一鼓擒住，并获散头目十数人，余众走湖北，由德楞泰引兵追剿，与明亮夹击、圈逼徐天德、樊人杰于均州。天德、人杰，先后投水溺死。川楚陕三省的悍目，斩俘殆尽，不过还有余孽未靖了。此时已是嘉庆六年的夏季。正是：

> 万丈狂澜争一篑，七年征伐病三军。

诸君欲知后事，且待下回再阅。

仁宗初政，颇有黜佞崇忠扶衰起敝之象。和珅一诛，而军务已有起色，勒保一黜，而寇氛以次肃清，可见立国之道，全恃元首，元首明则庶事康，元首丛脞则万事堕，彼额勒登保、德楞泰之得建奇功，莫非元首知人之效，然七年劳役，万众遭殃，不待洪杨之变，而清室衰兆见矣。故善读满史者，皆以高宗之末为清室盛衰关键云。

第十回

抚叛兵良将蒙冤
剿海寇统帅奏捷

　　却说川楚陕三省的教徒，头目虽多归擒戮，余孽尚是不少。额勒登保、德楞泰，又往来搜剿，直到嘉庆七年冬季，始报大功戡定。嘉庆帝祭告裕陵，高宗陵。宣示中外，封额勒登保一等威勇侯，德楞泰一等继勇侯，均世袭罔替，并加太子太保，授御前大臣。勒保封一等伯，明亮封一等男，碌碌因人。杨遇春以下诸将，爵秩有差。

　　自此以后，裁汰营兵，遣散乡勇，兵勇或无家可归，或归家不敷食用，又经发放恩饷各官吏，层层克剥，七折八扣，煞是可恨。因此游兵冗勇，又纠众戕官，出没为患。复经额、德两将帅，东剿西抚，忙了一年，事始大定。自教徒肇乱，劳师九载，所用兵费，竟至二万万两，杀伤的教徒不下数十万，清兵乡勇的阵亡，五省良民的被难，且算不胜算，无从查考。和珅之肉，其足食乎？只这位嘉庆帝，当军事紧急时，很是审虑周详，励精图治，到西北平定，内外官吏，又是歌功颂德，极力铺张，嘉庆帝也道是功德及民，渐渐地骄侈起来。逸豫忘身，中主多半如此。庆赏万寿，下嫁公主，挑选妃嫔，仪注都非常繁备，金银也用了许多。

　　还有一桩赏罚倒置的事情：川楚陕平靖后，因地势阻奥，增设营泛，陕西省中添了一个宁陕镇，就用杨芳做了镇台。宁陕的地方，地险粮贵，当时创议的人，因例饷不足兵用，酌定每月加给盐米银，每人五钱，三年递减，次年届期应减一钱，布政使朱勋，以未奉部文，并四钱也都停发，兵士大哗。会陕西提督杨遇春，方奉旨入觐，宁陕总兵杨芳调署提督，副将杨之震护宁陕镇，将哗噪的兵士，不问曲直，统拿来笞杖一顿，**一味蛮做**。兵士愈加怨愤。内有两个小头目，都是姓陈，一名达顺，一名先伦，居然纠众抗命，杀死副将游击，劫了库中的银两，放出狱中的罪犯，趁势大乱。时杨遇春尚未出境，朝旨即命他回剿，另简成都将军德楞泰为钦差大臣，赴陕督师，遇春到方柴关，叛兵设伏以待，推蒲大芳为首领。大芳骁桀善战，竟将遇春围住，官兵叛卒，互相认识，竟不肯听遇春号令，纷纷四散。遇春止率亲兵数十名，登山断后，见大芳策马而来，大声叱道：“你何故造反？”大芳见是遇春，就下马遥跪，哭诉营官克饷的情形。遇春道：“营官克饷，你可上诉，何苦做此大逆不道的勾当。”大芳道：“现在已处骑虎之势，不能再下，须求大帅谅我！”言毕，起身径去。**还亏遇春平日恩信及人，不至被迫。**

是时杨芳亦驰来相救，遇春与他商议，杨芳道：“叛兵都经过百战，并非一时乌合，若要除灭了他，很不容易。况官兵九载勤劳，疮痍未复，又前时与叛兵多系同功一体，以兵攻兵，终无斗志。闻叛首蒲大芳见了大帅，尚下马遥跪，卑镇家属，亦由大芳送至石泉。可见大芳虽叛，还有旧部情谊。卑镇愿亲自出抚，若得大芳归降，便可迎刃而解。”遇春喜甚，即命杨芳去抚大芳。到了大芳营前，敌矛林立，军垒森严，杨芳的背后，有随员数名，都吓得战战兢兢，请杨芳折回。杨芳道：“天佑苍生，我必不死。且为国息兵，虽死何恨。汝等若果畏惧，不妨退还。让我一人前去便了。”遂扬鞭独进，直入大芳营。大芳忙出来迎见，杨芳向着大芳，恸哭失声道：“我与汝等勠力数年，同患难，共生死，仿佛如家人骨肉一般，今朝两下对垒，反同仇敌，我不忍见汝等身陨族灭，所以单骑前来，请你等先杀了我，免得见你惨祸。”蒲大芳等听了这番言语，不由得不感激，便道：“我等小兵，安敢冒犯镇台大人？大人真心相待，大芳也有天良，宁不知感。只朝廷未必肯赦前罪，奈何？”杨芳道：“你果诚心悔过，我当于钦差大人前，极力保免，要生同生，要死同死，要犯罪同犯罪，不使你等独受灾殃。”**沉痛语，亦刻挚语，安得不令大芳敬服？**大芳到此，不禁涕零，即声随泪下道：“镇台大人，真是我的生身父母。我若再自逆命，恐怕皇天也不容我呢。”**已五体投地了。**当下对众人道：“大芳今日已悔前过，情愿听这位杨镇台大人，杨镇台令我活，我就活，杨镇台要我死，我亦甘死，若兄弟们不以为然，一概听便。"大众齐声道："愿随杨大人。"杨芳见叛兵都愿就降，便道："众位都愿相随，乃是很好的了。但倡乱的人，曾在此处么？"大芳道："不在此处。"杨芳道："这却不便赦他。他戕了官，劫了库，破了狱，无法无天，若不照律究办，还要什么政府？"先宽后紧，可谓善于操纵。大芳道："这都在大芳身上，请大人放心！"杨芳随即回营。

过了两日，大芳果诱缚陈先伦、陈达顺二人，献至清营，束手归命。这次乱事，若非杨芳单骑招抚，以诚服人，眼见得叛兵四出，如火燎原，比川楚陕三省的教徒，还要厉害几倍呢。德楞泰将二陈磔死，其余依了杨芳的议论，尽行赦宥，释归原伍。只奏折上却说是叛卒穷蹙乞命，把杨芳招抚事，搁起不提。

讵料嘉庆帝忽下严旨，说德楞泰宽纵专擅，竟要将他严谴。德楞泰急得没法，又上了一篇奏章，推在杨芳一人身上。德公尚且不德，何况别将。嘉庆帝遂将杨芳革职充戍，蒲大芳二百余人，亦命随杨芳发充伊犁，又密令伊犁将军松筠，将蒲大芳等诱诛。杨遇春亦坐罪降为总兵，德楞泰处罚罪轻，总算革职留任。后德楞泰调任陕西，剿平西乡叛兵，赏还原职。德公也天良发现，密奏杨芳功，方将杨芳赦回，然已受侮不少了。忠而被谤，最堪愤惋。西北一带，经数次痛剿，已算无事，偏偏东南的海寇，又兴起波，掀起浪来。海洋开禁，自康熙年间起头，康熙帝尝任用客卿，如西洋人汤若望、南怀仁等，俱命司历务，外洋商船，得了内援，便在中国海滨互市，往来江浙闽粤间。乾隆末年，安南阮光平父子，窃位据国，国库中很是缺乏，他却想了一个盗贼政策，招集沿海无赖，给他兵船，封他官爵，叫他在海中劫掠商船，充作国用，这种政策，倒是特色。于是海寇日盛一日。嘉庆五年，海寇驾艇百余艘，聚逼台州，居然想上岸劫夺。浙江定海镇总兵李长庚，生长闽海，素识海中险要，且忠勇得了不得，是日闻警，带领三镇水师，出口抵御，巧值飓风陡起，雷雨大作，寇艇多半撞溺，有几百个海寇，避风上岸，被长庚捉得一个不剩，当场审讯，内中有四个头目，系是安南总兵，佩有安南王敕印。长庚大怒，把四人磔死，并行文安南，将敕印掷还。

会安南又有内乱，广南王后裔阮福映，自暹罗入国，得暹人援助，恢复旧土，灭了新阮，方思联络清朝，遂一面声明纵寇诲盗，系阮光平父子所为，与己无涉，一面奉表入贡，求清册封，乞仍以越南名国。嘉庆帝封他为越南国王，令严杜海寇，阮福映遵敕照办。怎奈海寇已是不少，虽失了安南政府的保护，终究野心未戢，仍然出没海上。就中有两个悍头目，叫着蔡牵朱濆，兼并群盗，号令一方。蔡牵有百数十艇，朱濆也有百艇，把闽海作了根据，无论何国的商船，一出海洋，须要缴通行税四百圆，进港加倍，就是买路钱的别名。因此他二人竟做了海上富豪。又交通陆地会匪，使阴济兵械，饷械充足，猖獗万分，官兵都奈何他不得。

只一智勇深沉的李长庚，还好与他酣战几场，但长庚单知忠国，不善逢迎，不如是，不足为忠臣。往往为上司所忌。可恨可叹！嘉庆帝因长庚有功，擢他为福建提督。闽督玉德，偏与长庚反对，奏称长庚籍隶福建，须要回避，似乎名正言顺。朝旨乃调任浙江。浙江巡抚阮元，系江苏仪征县人，素擅文名，兼通武略，见了李长庚，谈了一回剿寇事宜，甚为合意，遂大加赏识。惺惺惜惺惺。长庚献造船制炮两大策，阮抚台一律采用，即为筹款十余万两，交与长庚。天下无难事，总教现银子，长庚得了这项巨款，就放着胆子，造起大船三十艘，名叫霆船，铸就大炮四百尊，就各船配搭，乘风破浪，所向披靡，连败蔡牵于岐头东霍等洋，擒住贼目张如茂等，兵威大振。嘉庆八年，蔡牵至定海，到普陀山进香，长庚探悉，将霆船一齐放出，四面掩击。蔡牵不及防备，忙跳下小船，单舸逃去。余外大艇，多被长庚一阵炮弹，打得篷穿桅折，并传令舟师追赶。

此时的蔡牵，正如丧家犬，漏网之鱼，逃至闽洋，又见霆船追至，据着上风，不能冲突，他连忙取了数万银子，遣人至闽督玉德处乞降。玉德见了银子，好似苍蝇见血，叮住不放，为了此物，误尽天下官吏。还管什么真假，立饬兴泉道庆徕，赴海口招抚。蔡牵与庆徕约，如果许降，须令李长庚退兵回港，勿得穷追。庆徕飞报玉德，玉德飞饬李长庚回兵。长庚明知蔡牵诈降，无如提督的位置，要受督抚节制，总督有命，不得违拗，未免落了几点英雄泪，带兵回港。

蔡牵恰慢慢儿修好樯械，备好糇粮，扬帆遁去。暗地里恰贿通奸商，替他制造巨舰，比霆船还要高大，只说载货出洋。一出了口，便交与蔡牵。蔡牵得此巨舰，又纵横海上，劫得台湾米数千担，接济朱濆，与濆合势，再犯温州。温州总兵胡振声，仓皇失措，领了一班不整不齐的水师，出去截击，不值牵、濆两人一扫，非但全军覆没，连胡振声亦溺毙水中。牵、濆连艘八十余，返驰入闽，闽中没有一人敢上前抵敌。

嘉庆帝闻悉情形，命长庚总统闽浙水师。长庚感恩图报，令温州、海坛二镇为左右翼，日夕操练，于嘉庆九年仲秋，向马迹洋出发。净海无波，水天一色，正好行军时候。兵行数十里，遥见前面有一海岛，左右两翼，泊着敌船，帆樯矗立，簇隐如林，差不多一二百艘。长庚把令旗一挥，大小战舰，并行而进，看看敌船将近，令各舰队齐放巨炮。蔡牵、朱濆也将战船驶开，一字儿的排着，用炮还击。霎时间烟雾迷濛，波飞浪立。长庚仔细一瞧，右边是蔡牵战船，左边是朱濆战船。他却把自己坐船，直冲中心，轰的一炮，把敌阵中间的船篷，打落半边，那船向后倒退。长庚乘势突入，将敌阵冲作两段。朱濆见阵势已乱，率舰逃走。蔡牵势成孤立，也转舵前奔。长庚扯满风篷，追杀过去，击沉敌船二艘，并将蔡牵的坐船篷索，亦都击断。亏得蔡牵的船身高大，船篷虽坏，尚能驰驶，拼命逃了出去。长庚方传令收兵。

是年冬，败朱濆于甲子洋。次年夏，又败蔡牵于青龙港，蔡牵屡败屡奋，索性聚船百余艘，东犯台湾，攻入鹿耳门，沉舟塞港，截阻官兵援应，并结连土匪万余人，围攻府城，自称镇海王。全台大震。闽督玉德，飞报清廷。嘉庆帝忙饬成都将军德楞泰，佩钦差大臣关防，调四川兵三千赴剿，将军赛冲阿为副，令速出兵。

两将军尚未出境，李长庚已到台湾，总是他捷足。他见鹿耳门已被塞住，寻出一条小港来，这港名叫安平港，可以直入府城，于是令总兵许松年、王得禄，驾了小舟，率兵潜入，自己守住南汕北汕两口，堵住蔡牵出路。蔡牵只道鹿耳门已经塞住，尽可向前进攻，谁料许松年、王得禄，已从间道攻入。蔡牵急分兵抵御，五战都败，失了三十多号小战船，并党羽千余人。蔡牵料台湾难下，急从北汕港遁走，将要出口，见口外有大舰数艘堵住，最高的舰上，立着一位大帅，手执令旗，威风凛凛，望将过去，不是别人，正是生平最怕的李长庚。蔡牵想上前冲突，后面的追兵又至，前后都用大炮轰击，蔡牵管了前，不能管后，管了后，又不能管前，急得叫苦连天，投身无路。长庚下令道："今日不擒蔡逆，更待何时，诸将士宜乘此努力。"这令一下，诸将士奋力前攻，巴不得立擒蔡牵。

怎奈将士固已齐心，老天偏不做美，一阵怪风，从海中掀起，波涛怒立，战舰飘摇，官兵急切不能自主，被蔡牵夺路逃走。一出海外，辽廓无垠，长庚只率兵三千，哪里阻截得住？仅夺了十多号战船。嘉庆帝还说他任贼远飏，夺去翎顶，皇帝总没良心。德楞泰等一律截回，长庚愤极，复率兵力剿，退至福宁，岸上无一卒夹击，蔡牵、朱濆，复连合来攻。长庚猛力杀退，蔡牵又与朱濆分兵，窜入浙海。只台州到定海，长庚尾追不舍，专击牵舟，牵受创又遁，有旨赏还翎顶。长庚愤怒少舒。

不防浙抚阮公，丁忧去任，长庚慨然太息，与三镇总兵商议道："我自统领水师以来，全仗阮公帮助，稍得舒展。今阮公又去，知我无人，看来是难望成功呢？"三镇总兵道："浙抚已去，闽督尚在，统帅何必忧虑。"长庚道："不要提起这位闽督玉公，我要造船，他说无银；我要调军，他说无兵。台湾一役，我与诸君尽力截住蔡逆，虽是天公不公，起了飓风，被他走脱，然使玉公出兵相助，这蔡逆已被我杀败，狼狈万状，何患不能追擒？就令玉公不愿出兵。却肯预先给发银两，畀我造成大船，那时船身高大，究竟抵得住风潮，不妨冲风追袭。你看蔡逆的坐船，比我的坐船，要高五六尺，他在惊风骇浪中，尚能驾驶自如，我却不能，睁着眼由他逃去，真正可恨！"良将无功，多被上峰掣肘之故，不独李公为然。三总兵听到此语，也不禁忿恨起来，便一齐道："统帅既要造船，某等愿捐廉相助。"长庚道："诸君美意，煞是可敬。但我亦早有此意，还恐玉帅不允。"三总兵道："且禀报玉帅，再作计较。"长庚修好禀单，饬呈闽督，得了回批，果然说造船需时，朝廷有旨速剿，不便久待，毋得濡滞干咎。妒功忌能，莫逾于此。长庚忙召三总兵，将回批与他瞧阅，三总兵愤愤道："统帅本可专折奏陈，何不详报皇上呢？"长庚叹道："我辈统是汉人，汉人十句话，不及满人一句。朝廷总是信玉帅，不信长庚，如何是好？"满汉界限，区画早分。三总兵道："今上圣明，或不至此，统帅总是奏陈为是。"长庚不得已，便将平日情形，据实列奏。嘉庆帝果真圣明，把闽督玉德革职拿问，另命阿林保继任闽督。

阿林保到任，长庚免不得到闽贺喜，阿林保置酒款待，席间叙起剿寇事。这位新总督阿公，拈着几根鼠须，沉吟一回，已露奸像。随笑嘻嘻的向长庚道："大海捕鱼，何时入网？我兄弟恰有一策，不知可用得否？"长庚道："敢不请教。"我亦要请教。阿林保道："海外辽阔，事无左证，李总统但斩了一酋，即说是蔡牵首级，报至我兄弟衙门，我兄弟便可飞章报捷，余外的贼子，统归善后办理。照这样处置，你受上赏，我亦得邀次功，比穷年累月地跋涉鲸波，侥幸万一，岂不是较好么？原来如此！长庚不禁勃然道："大帅叫长庚杀贼，长庚恰不怕死，久视海舶如庐舍，若照这样捏诈虚报的办法，长庚不敢闻命。"阿林保道："我也无非为你打算，你定要擒真蔡牵，兄弟也不便多管。"长庚道："长庚誓与贼同死，不与贼同生。"阿林保不待长庚言毕，便道："算了！好好一个人，如何情愿求死？要死何难，要死不难。"长庚至此，不能不死。长庚满腹愤怒，只是不好发泄，勉强饮了几杯，谢宴趋出。阿林保即密劾长庚，不到一月，弹章三上，不是说长庚恃才，就是说长庚怯战，一心想置长庚于死地，小子叙说到此，也满怀愤激，吟成一绝句道：

> 岳王功败遭秦桧，道济名高嫉义康，
> 自古忠奸不两立，但凭人主慎端详。

未知嘉庆帝如何发落，且待下回再叙。

康熙以后，已乏练达之满员，而满汉畛域，反日甚一日。盖满员渐成无用，内而政务，外而边事，多仗汉人赞助，相形之下，未免见绌，由愧生妒，由妒生忌，于是汉员立功，往往为满员所侧目，不加残害不止。张广泗、柴大纪等事，见于乾隆朝，杨芳充戍，李长庚殉难，见于嘉庆朝，后人或目为专制之毒，实则不仅专制而已。汉人十语，不及满人一语，即为本回中眼目。德楞泰已负杨芳，后且求如德楞泰者，尚不可得，此汉满之所以终成水火也。

第十一回

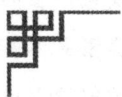

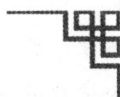

两军门复仇慰英魄
八卦教煽乱闹皇城

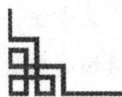

却说嘉庆帝连得阿林保密疏，也未免疑惑起来，只因前时阮元等人，都极力保荐李长庚，且海上战功，亦唯长庚居多，半信半疑，暂且留中不发，密令浙抚清安泰查复。清安泰虽不及阮元，恰不是阿林保的糊涂，但看他复奏一本的文词，已略见一斑了。大旨说道：

长庚熟海岛形势，风云沙线，每战自持柁，老于操舟者不能及；且忘身殉国，两载在外，过门不入，以捐造船械，倾其家资，所俘获尽以赏功，故士争效死；且身先士卒，屡冒危险，八月中剿贼渔山，围攻蔡逆，火器雨下，身受多创，将士亦伤百有四十人，鏖战不退，故贼中有"不畏千万兵，只畏李长庚"之语。唯海艘越二三旬，即须燂洗，否则苔粘蜇结，驾驶不灵，其收港并非逗留。且海中剿贼，全凭风力，风势不顺，虽隔数十里，旬日尚不能到也，是故海上之兵，无风不战，大风不战，大雨不战，逆风逆潮不战，阴雨濛雾不战，日晚夜黑不战，飓期将至，沙路不熟，贼众我寡，前无泊地，皆不战。及其战也，勇力无所施，全以大炮相轰击，船身簸荡，中者几何？我顺风而逐，贼亦顺风而逃，无伏可设，无险可扼，必以钩镰去其皮网，以大炮坏其舵牙篷胎，使船伤行迟，我师环而攻之，贼穷投海，然后获其一二船，而余船已飘而远矣。贼往来三省，数千里皆沿海内洋，其外洋瀚瀚，则无船可掠，无礁可依，从不敢往。唯遇剿急时，始间以为逋逃之地，倘日色西沉，贼直窜外洋，我师冒险无益，势必回帆收港，而贼又遁诛矣。且船在大海中，浪起如升天，落如坠地，一物不固，即有覆溺之忧。每遇大风，一舟折桅，全军失色。虽贼在垂获，亦必舍而收泊，易桅竣工，贼已远遁；数日追及，桅坏复然，故尝累月不获一贼。夫船者，官兵之城郭营垒车马也。船诚得力，以战则勇，以守则固，以追则速，以冲则坚。今浙省兵船，皆长庚督造，颇能如式。唯兵船有定制，而闽省商船无定制，一报被劫，则商船即为敌船。愈高大，多炮多粮，则愈足贵寇。近日长庚剿贼，使诸镇之兵，隔断贼党之船，但以隔断为功，不以擒获为功；而长庚自以己兵专注，蔡逆坐船围攻，贼行与行，贼止与止；无如贼船愈大，炮愈多，是以兵士明知盗船货财充足，而不能为擒贼擒王之计。且水陆兵饷，例止发三月，海洋路远，往返稽时，而事机之来，间不容发，迟之一日，虽劳费经年，不足追其前效，此皆已往之积弊也。非尽矫从前之失，不能收将来之效；非使贼尽失其所长，亦无由攻其所短，则岸奸济贼之禁，尤宜两省合力，乃可期效。谨奏。

这篇奏牍，说得剀切真挚，把李长庚一生经济，及海上交战情形，统包括在内。确是前清奏牍中罕见之作。嘉庆帝览了此奏，方悉阿林保妒功情状，下旨切责。略说："阿林保甫莅任旬月，专以去长庚为事，倘联误听谗言，岂非自杀良将？嗣后剿贼事宜，责成长庚一人，阿林保不得掣肘！若再忌功诬劾，玉德就是前车之鉴。"谕旨也算严切，无如巨奸未去，忠臣总无安日。并饬造大梭船三十艘，未成以前，先雇大商船助剿。阿林保见弹劾无效，反遭诘责，气得暴跳如雷，独自一人乱叫道："有我无长庚，有长庚无我，我总要他死。他死了，方出我胸中的气。"遂飞檄催战。

原来清廷定例，总督多兼兵部尚书职衔，全省水陆各军，统归节制。长庚虽总统水师，不能不受阿林保命令。长庚方思修理船只，整备军械，为大举出洋的计划，那阿林保的催战文书，三日一道，五日两道，长庚休战，不到一月，他恰下了十数道檄文。秦桧用十二金牌，促岳武穆班帅，阿林保恰用十数道檄文，促李忠毅出战，行迹不同，用心则一。长庚叹道："我不死在海贼手里，也难逃奸臣计中，看来不如与贼同死罢！"遂召集诸将克日出师，一面修好家书，寄与夫人吴氏，内说："以身许国，不能顾家。"并将落齿数枚，一同缄固，着人送回家中。这次出发，凭着一股怒气，驶船出港。敌船见长庚出来，望风趋避，都逃至粤海中。长庚追至竿塘，方寻着敌船数只，接连放炮，击坏敌船两艘，活擒盗目一名，系是蔡牵侄儿，名叫天来。蔡牵因长庚至粤，复北航至浙，长庚也追到浙江，到温州海面，把他击败。他又自浙窜粤，自粤窜闽，盘旋海上，长庚只是不舍。遇着了他，便首先冲阵，不管死活，与他争战，弄得蔡牵走头无路，连败数次。

嘉庆十二年，命总兵许松年等击朱渍，自率精兵专剿蔡牵，朱渍被许松年击败，势已穷蹙，长庚亦连败蔡牵数阵，蔡牵只剩得海船三艘，长庚拟一鼓歼敌，檄福建水师提督张见升一同穷追。蔡牵逃至黑水洋，长庚率水师追及，蔡牵逃无可逃，与长庚决一死战。长庚亲自擂鼓，督众围攻，约战了两个时辰，牵船上的风帆，触着弹子，霎时破裂，长庚令兵士乘势纵火，直逼牵船后艄，火势炎炎，燔及牵船，兵士各握着兵器，想随着火势，扑将过去。猛听得蔡牵船后，一声炮发，弹丸穿入长庚船中，兵士向后一顾，见统帅长庚，已跌倒在船板上，连忙施救，咽喉中已鲜血直流，无可救药。<u>阿林保闻报，谅必得意非凡。</u>军中失了主帅，自然慌乱。本来张见升跟着后面，不妨过船代督士卒，少持半日，即可歼贼，谁知他是阿林保心腹，不愁蔡牵生，但愿长庚死，当下便引船径退，众兵船亦相率退驶。蔡牵带了残船三艘，竟遁安南。这信传达京师，嘉庆帝大为震悼，<u>何益？</u>特旨追封壮烈伯，赐谥忠毅，饬地方官妥为保护，送柩回籍，俾立专祠。<u>已经死了，特恩何用？</u>随命长庚神将王得禄、邱良功二人，升任提督，分率长庚旧部，叫他同心敌忾，为长庚报仇。

是时蔡牵、朱渍，俱已势衰力竭，闽督又改任方维甸，浙抚又重任阮元，军机大臣复换了戴衢亨，将相协力，内外一心，歼除这垂亡小丑，自然容易得很。许松年在闽海击毙朱渍，渍弟朱渥，率众乞降。王、邱二提督，闻松年已立大功，自己恐落人后，随慷慨誓师，决擒蔡牵。蔡牵已招集残众，再入闽浙海面，直到定海的渔山，二提督蹑踪追剿，乘着上风，奋呼轰击，转战至绿水洋，天已昏黑，纵火烧贼舟，不想风浪大起，蔡牵复乘浪脱走。二提督愤极，当晚商议，邱良功对王得禄道："前日临行时，抚帅阮公，曾教我等分船隔攻，专注蔡逆，明日要擒蔡牵，须用此策。"王得禄道："此计甚好。"次晨复出师穷追，蔡牵一见即逃，驶出黑水洋，邱良功赶忙追上，令舰队各自分堵，自己坐的船，与蔡牵坐船并列，专攻蔡牵。王得禄坐船亦至，与邱良功船并列，接应邱良功。两下里誓死猛扑，烟硝蔽天，忽良功坐船上的风篷，与蔡牵坐船上的风篷，结成一块，蔡众持着长矛，将良功的风篷扯毁，复用碇札住良功坐船。良功大喝一声，执了雪亮的宝刀，去劈敌碇，说时迟，那时快，敌众的长矛，已刺入良功脚上，血流如注。良功部下，见主帅受伤，毁碇脱出。蔡牵正思逃走，王得禄又挥众直上，弹如贯珠，蔡牵仍誓死抵拒，战至日暮，牵船中弹丸已尽，待别舟相援，又被闽浙二军隔住，自顾不暇。王得禄料敌势已蹙，纵火焚牵船尾楼，忽身上中了数颗炮弹，虽觉得疼痛，却没有弹丸的猛烈。仔细一瞧，并不是弹丸，那是外洋通用的银圆。得禄大呼道："贼船内弹药已完，打过来统是银圆，不能伤人。军士替我尽力向前，擒渠受赏。"军士一看，果见船板上面，银圆爆入不少，顿时胆子愈壮，气力愈大，一面放火，一面用枪矛钩断牵船篷桅。牵知无救，遂首尾举炮，将坐船自裂，连人连船，沉落海中。积年逋寇，逃入龙王宫里去躲避，余党大半乞降。王得禄、邱良功收兵而回，忙用红旗报捷。诏封王得禄二等子，邱良功二等男，于是闽浙二洋，巨盗皆灭。*若叙首功，当推李长庚第一，阮元为次。*粤洋尚存几个艇盗，被粤督百龄严断接济，饬兵搜剿，弄得个个穷蹙，情愿投诚乞命，粤盗亦平。

嘉庆帝内惩教匪，外惩海盗，遂下旨严禁西洋人刻书传教，适粤民陈若望，私代西洋人德天赐，递送书信地图，事发被拿，下刑部讯鞫，究出传教习教多人，遂把德天赐充发热河，幽禁额鲁特营房，陈若望充发伊犁，给额鲁特人为奴，传教习教一干人犯，亦照例充配。过了数年，西洋人兰月旺，又潜入湖北传教，被耒阳县查悉，将他获住，解入省中，报闻刑部，又照律治罪，处以绞决。*教案萌芽。*

这时候，英吉利人屡乞通商，亦奉旨批斥。忽广东沿海的澳门岛外，来英舰十三艘，舰长叫作度路利，投书粤督，声明愿协剿海寇，只求通商为报。粤督吴熊光，以海寇渐平，抗词拒绝，英舰仍逗留未去，反入澳门登岸，分据各炮台。熊光据事奏闻，有旨责熊光办理迟延，革职留任。并说："英舰如再抗延，当出兵剿办。"熊光通知英将，英将乃起椗回国。*五口通商之朕兆。*

已而英国复遣使臣墨尔斯，直入京师，与政府直接交涉，愿结通商条约，清廷迫他行跪拜礼，他恰不从，当即驱逐回国。英人未识内情，暂时罢手，清廷还道是威震五洲，莫余敢侮。*夜郎自大。*嘉庆帝方西幸五台，北狩木兰，消遣这千金难买的岁月。到嘉庆十六年，彗星现西北方，钦天监奏言星象主兵，应预先防备，嘉庆帝复问星象应在何时？经钦天监细细查核，应在十八年闰八月中，应将十八年闰八月，移改作十九年闰二月，或可消弭星变。天道远，人道迩，徒将闰月移改，难道便可弭变么？嘉庆帝准奏，又诏百官修省，百官为重，君为轻，也是当时创例。这等百官，多是麻木不仁的人物，今朝一慌，明朝没事，就罢了。

　　忽忽间已是二年，嘉庆帝也忘了前事。七月下旬，秋狩木兰，启銮而去，不想宫廷里面，竟闹出一件大祸祟来。原来南京一带，有一种亡命之徒，立起一个教会，叫作天理教，亦名八卦教，大略与白莲教相似，号召党羽，遍布直隶、河南、山东、山西各省，内中有两个教首：一个是林清，传教直隶；一个是李文成，传教河南。他两人内外勾结，一心思想谋富贵，做皇帝。眼目。闻得钦天监有星象主兵，移改闰月的事情，便议乘间起事，捏造了两句谶语，说是："二八中秋，黄花落地。清朝最怕闰八月，天数难逃，移改也是无益。"这几句话儿，哄动愚民，很是容易。又兼直隶省适遇旱灾，流民杂沓，聚啸成群，林清就势召集，并费了几万银子，买通内监刘金、高广福、阎进喜等作为内应，京中发难，比外省尤为厉害，我为嘉庆帝捏一把汗。一面密召李文成作为外援。

　　文成到京两次，约定九月十五日起事，就是钦天监原定嘉庆十八年闰八月十五日。但天下事若要不知，除非不为，林、李两人密干的谋划，只道人不知，鬼不觉，谁料到滑县知县强克捷，竟探闻这种消息，飞速遣人密禀巡抚高杞，卫辉知府郎锦麒，请速发兵掩捕。那高抚台与郎知府，疑他轻事重报，搁过一边。克捷急得了不得，申详两回，只是不应。克捷暗想："李文成是本县人氏，他蓄谋不轨，将来发泄，朝廷总说我不先防备。抚台府宪，今朝不肯发兵，事到临头，也必将我问罪，哪个肯把我的详文宣布出来？我迟早终是一死，还是先发制人为妙。就使死了，也是为国而死，死了一个我，保全国家百姓不少。"好一个知县官。主见已定，待到天晚，密传衙役人众，齐集县署听差。衙役等闻命，当即赶到县衙，强克捷已经坐堂，见衙役禀到，便吩咐道："本官要出衙办事，你等须随我前去，巡夜的灯笼，拿人的家伙，统要备齐，不得迟误！"衙役不敢怠慢，当即取出铁索脚镣等件，伺候强克捷上轿出衙。

　　克捷禁他吆喝，静悄悄地前行，走东转西，都由强克捷亲自指点。行到一个僻静地方，见有房屋一所，克捷叫轿夫停住，轿夫遵命停下。克捷出了轿，分一半衙役，守住前后门，衙役莫名其妙，只得照行。有两三个与李文成素通声气，也不敢多嘴。还有一半衙役，由克捷带领，敲门而入。李文成正在内室，夜餐方毕，闻报县官亲到，也疑是风声泄漏，不敢出来。克捷直入内室，文成一时不能逃避，反俨然装出没事模样。**强克捷原是精细，李文成恰也了得。**克捷喝声拿住，衙役提起铁链，套入文成颈上，拖曳回衙。

克捷即坐堂审问，文成笑道："老爷要拿人，也须有些证据，我文成并不犯法，如何平空被拿？"克捷拍案道："你私结教会，谋为不轨，本县已访得确确凿凿，你还敢抵赖么？好好实招，免受重刑！"文成道："叫我招什么？"克捷道："你敢胆大妄为，不用刑，想也不肯吐实。"便喝令衙役用刑。衙役应声，把夹棍碰的掷在地上，拖倒文成，脱去鞋袜，套上夹棍，凭你一收一紧，文成只咬定牙关，连半个字都不说。强克捷道："不招再收。"文成仍是不招。克捷道："好一个大盗，你在本县手中，休想活命！"吩咐衙役收夹加敲，连敲几下，刮的一声，把文成脚胫爆断。文成晕了过去，当由衙役禀知。克捷令将冷水喷醒，钉镣收禁。

克捷总道他脚胫已断，急切不能逃走，待慢慢儿地设法讯供，怎奈文成的党羽，约有数千人，闻得首领被捉，便想出劫狱戕官的法子。于九月初七日，聚众三千，直入滑城，滑城县署，只有几个快班皂役，并没有精兵健将，这三千人一拥到署，衙役都逃得精光，只剩强克捷一门家小，无处投奔，被三千人一阵乱剁，血肉模糊，都归冥府。**是清宫内的替死鬼。**乱众已将县官杀死，忙破了狱，救出李文成。文成道："直隶的林首领，约我于十五日到京援应，今番闹了起来，前途必有官兵阻拦，一时不能前进，定然误了林大哥原约，奈何奈何？"众党羽道："我等闻兄长被捉，赶紧来救，没有工夫计及后事，如今想来，确是太卤了。"文成道："这也难怪兄弟们，可恨这个强克捷误我大事，我的脚胫，又被他敲断，不能行动，现在只有劳兄弟们，分头干事，若要入都，恐怕来不及了。林大哥！我负了你呢。"当下众教徒议分路入犯，一路攻山东，一路攻直隶，留文成守滑养病。

嘉庆帝在木兰闻警，用六百里加紧谕旨，命直隶总督温承惠，山东巡抚同兴，河南巡抚高杞，迅速合剿；并饬沿河诸将弁，严密防堵。这旨一下，眼见得李文成党羽，不能越过黄河，只山东的曹州定陶金乡二县，直隶的东垣长明二县，从前只散布教徒，先后响应，戕官据城，余外防守严密，不能下手。京内的林清，恰眼巴巴望文成入援，等到九月十四日，尚无音信，不知是什么缘故？焦急万分。他的拜盟弟兄曹福昌道："李首领今日不到，已是误期，我辈势孤援绝，不便举动。好在嘉庆帝将要回来，闻这班混帐王大臣，统要出去迎驾，这时朝内空虚，李首领也可到京，内外夹攻，定可成功。"林清道："嘉庆回京，应在何日？"曹福昌道："我已探听明白，一班王大臣，于十七日出去接驾。"林清道："二八中秋，已有定约，怎好改期？"曹福昌道："这是杜撰的谣言，哪里能够作准？"林清道："无论准与不准，我总不能食言，大家果齐心干去，自然会成功的。"**强盗也讲信实**。他口中虽这般说，心中倒也有些怕惧，先差他党羽二百人，藏好兵器，于次日混入内城，自己恰在黄村暂住，静听成败。

这二百个教徒，混入城内，便在紫禁城外面的酒店中，饮酒吃饭，专等内应；坐到傍晚，见有两人进来，与众人打了一个暗号，众人一瞧，乃是太监刘金、高广福，不觉喜形于色，就起身跟了出去，到店外分头行走。一百人跟了刘金，攻东华门，一百人跟了高广福，攻西华门，大家统是白布包头，鼓噪而入。东华门的护军侍卫，见有匪徒入内，忙即格拒，把匪徒驱出门外，关好了门。西华门不及防御，竟被教徒冲进。反关拒绝军禁，一路趋入，曲折盘旋，不辨东西南北，巧值阍进喜出来接应，叫他认定西边，杀入大内，并用手指定方向，引了几步。进喜本是贼胆心虚，匆匆自去。这班教徒向西急进，满望立入宫中，杀个爽快，夺个净尽，奈途中多是层楼杰阁，挡住去路，免不得左右旋绕，两转三转，又迷住去路。遥见前面有一所房屋，高大的很，疑是大内，遂一齐扑上，斩关进去，里面没有什么人物，只有书架几百箱，教徒忙即退出，用火把向门上一望，扁额乃是文颖馆，复从右首攻进，仍然寂静无声，也是列箱数百具，一律锁好，用刀劈开，箱中统是衣服。又转身出来，再看门上的扁额，乃是尚衣监，**写出昏瞆形状，真是绝妙好辞**。不由得焦躁起来，索性分头乱闯。有几个闯到隆宗门，门已关得紧闭，有几个闯到养心门，门亦关好。内中有一头目道："这般乱撞，何时得入大内？看我爬墙进去，你等随后进来，这墙内定是皇宫呢。"言毕，即手执一面大白旗，猛升而上，正要爬上墙头，墙内爆出弹丸，正中这人咽喉，哎的一声，坠落墙下去了。正是：

顺天者存，逆天者亡；

天不亡清，宁令猖狂？

毕竟墙内的弹丸是何人放的？待小子下回表明。

海寇剿平，未几即有天理教之变，内乱相寻，清其衰矣。要之皆内外酣嬉，用人未慎之故。闽有玉德、阿林保，于是蔡牵、朱渍，扰攘海上数年，良将如李长庚，被迫而死。迨疆吏得人，内廷易相，王、邱二提督，即以荡平海寇闻。迨教徒隐伏直豫，温承惠、高杞等，又皆漫无觉察，尸位素餐；强克捷既已密详，高杞尚不之应，微克捷之首拘李文成，则届期发难，内外勾通，清宫尚有幸乎？然克捷被戕，高杞蒙赏，死者有知，宁能瞑目？以视李长庚事，不平尤甚。且煌煌宫禁，一任奄竖之受贿通匪，直至斩关而进，尚未识叛党之由来，吾不识满廷大吏，所司何事？嘉庆帝西巡北幸，方自鸣得意，而抑知变患生于肘腋，干戈伏于萧墙，一经爆发，几至倾家亡国，其祸固若是其酷也。展卷读之，令人感慨不置。

第十二回

闻警回銮下诏罪己
护丧嗣统边报惊心

却说教徒中弹坠下，放弹的人，是皇次子绵宁。皇次子时在上书房，忽闻外面喊声紧急，忙问何事？内侍也未识情由，出外探视，方知有匪徒攻入禁城，三脚两步的回报。皇次子道："这还了得！快取撒袋鸟铳腰刀来！"内侍忙取出呈上。皇次子佩了撒袋，挂了腰刀，手执鸟铳，带了内侍到养心门。贝勒绵志，亦随着后面，皇次子命内侍布好梯子，联步上梯，把头向外一瞧，正值匪徒爬墙上来，皇次子将弹药装入铳内，随手一捻，弹药爆出，把这执旗爬墙的人，打落地上，眼见得不能活了。一个坠下，又有两个想爬上来，皇次子再发一铳，打死一个，贝勒绵志，也开了一铳，打死一个，余众方不敢爬墙，只在墙外乱噪，打死一两个人，便见辟易，这等教徒，实是没用。齐声道："快放火！快放火！"大家走到隆宗门前，放起火来。皇次子颇觉着急，忽见电光一闪，雷声隆隆，大雨随声而下，把火一齐扑灭。有几个匪徒，想转身逃去，天色昏黑，不辨高低，失足跌入御河。当时内传来报，说是天雷击死，皇次子方才放心。

此时留守王大臣，已带兵入卫，一阵搜剿，擒住六、七十名，当场讯问，供称由内监刘金、高广福、阎进喜等引入。随命兵士将三人拿到，起初供词狡展，经教徒对质，无可报赖，始供称该死。皇次子一面飞报行在，一面入宫请安，宫中自后妃以下，都已吓得发抖，及闻贼已净尽，始改涕为欢。嘉庆帝接到皇次子禀报，立封皇次子为智亲王，每年加给俸银一万二千两，绵志加封郡王衔，每年加给俸银一千两，并下罪己诏道：

朕以凉德，仰承皇考付托，兢兢业业，十有八年，不敢暇豫。即位之初，白莲教煽乱四省，黎民遭劫，惨不忍言，命将出师，八年始定。方期与我赤子，永乐升平。忽于九月初六日，河南滑县，又起天理教匪，由直隶长垣，至山东曹县，亚命总督温承惠率兵剿办，然此事究在千里之外。猝于九月十五日，变生肘腋，祸起萧墙，天理教匪七十余众，犯禁门，入大内，有执旗上墙三贼，欲入养心门，朕之皇次子亲执鸟枪，连毙二贼，贝勒绵志，续击一贼，始行退下，大内平定，实皇次子之力也。隆宗门外诸王大臣，督率鸟枪兵，竭二日一夜之力，剿捕搜拿净尽矣。我大清国一百七十年以来，定鼎燕京，列祖列宗，深仁厚泽，爱民如子，圣德仁心，奚能缕述？朕虽未能仰绍爱民之实政，亦无害民之虐事，突遭此变，实不可解。总缘德凉愆积，唯自责耳。然变起一时，祸积有日，当今大弊，在‘因循怠玩’四字，实中外之所同，朕虽再三告诫，奈诸臣未能领会，悠忽为政，以致酿成汉唐宋明未有之事。较之明季梃击一案，何啻倍蓰？言念及此，不忍再言。予唯返躬修省，改过正心，上答天慈，下释民怨。诸臣若愿为大清国之忠良，则当赤心为国，竭力尽心，匡朕之咎，移民之俗；若自甘卑鄙，则当挂冠致仕，了此残生，切勿尸禄保位，益增朕罪。笔随泪洒，通谕知之。

这次禁城平乱，除皇次子及贝勒绵志外，要算仪亲王永璇，成亲王永瑆，最为出力。两亲王都是嘉庆帝的阿哥，嘉庆帝对待兄弟，颇称和睦，不像那先祖的薄情，所以平日仪成两邸，很有点势力。此次留守禁城，督剿教匪，又蒙嘉奖，将所有未经开复的处分，一概豁免。革步军统领吉纶，及左翼总兵玉麟职，命尚书托津、英和回京，查办余逆，饬陕西总督那彦成为钦差大臣，督兵飞剿河南，然后从白涧回銮。

托津、英和到了黄村，闻教首林清，已经擒住，赶即进京。自九月十五日起，至十九日，雷电不绝，风霾交作，镇日里尘雾蔽天，昼夜差不多的光景，因此京城里面，人心恐慌，谣言四起，亏得托津、英和等，已经到京，方晓得銮舆无恙，到嘉庆帝回宫，遂渐渐镇定。都是巡幸的滋味。二十三日，嘉庆帝亲御瀛台，讯明教首林清，及通匪诸太监，证供属实，均令凌迟处死，传首畿内。

是时李文成胫疾未愈，不能远出，众教徒又为官兵所阻，只聚集道口镇，钦差大臣那彦成，偕提督杨遇春，率兵至卫辉府。遇春向来英勇，即日带亲兵数十名，由运河西进，直至道口，遇着教徒一队，约有数千人，当即大呼突击，策马先驱。教徒见他黑旗远扬，知是杨家军，先已惊慌得很，纷纷渡河遁回。遇春追过了河，擒斩教徒二百多名，方拟回营；检点亲兵，尚少二人，复冲入敌队，夺还二尸，始暂归北岸，待那彦成到来，一齐进兵。

不想等了两日，那钦差竟不见到，原来那彦成到了卫辉，本想即日进兵，因接高抚台来文，内说教徒势大，未免也有些胆怯，高杞自己胆怯，还要去吓别人。拟俟调山西、甘肃、吉林、索伦兵来助，然后进战。遇春是个参赞，拗不过大帅，只得日日等着，亏得嘉庆帝闻知消息，严促那彦成进兵，方不敢违慢，驰至军营。

杨遇春进攻道口镇，教徒出营探望，瞧见杨家军又至，齐声叫道："不好了！不好了！髯将军又来了！"遇春年已将老，颏下多髯，因此教徒称他作髯将军。髯将军一到，教徒弃营而遁，一边逃，一边追，那钦差又渡河策应，克复桃源进围滑城。

忽探马来报，尚书托津，已平定直隶教匪，所带的索伦兵，已奉旨来助剿滑城了。接连又有人报道："山东的教匪，也被盐运使刘清，剿杀净尽。"那彦成向杨遇春道："直隶、山东统归平靖，只河南未平，滑县又是古滑州旧治，城坚土厚，一时不能攻下，奈何？"遇春道："刘清文史，尚建奇功，参赞受国厚恩，誓破此城，擒这贼首。"那彦成道："刘清向称刘青天，不特能文，兼且能武，真不愧本朝名臣。老兄亦是本朝人杰，成功应在目前，不必着急。"这且颇得激将之法。

正谈论间，索伦兵已到，由那彦成召入，命随杨遇春攻城。遇春督兵开炮，弹丸迭发，打破城墙外面，中间恰是不动，反把弹丸颗颗裹住。经遇春仔细察看，方知墙土裹沙，炮遇土则入，遇沙则止，所以不能洞穿。遇春连攻数日，总不能破，又用了掘隧灌水的计策，亦被守兵察觉，统归无效。是时杨芳仍任总兵，也在营中，便献计道："这城坚固难下，若要攻入，必须多费时日，愚意不如三面围攻，留出北门，待他出走，掩杀过去，方可得手。"遇春依计，便将北门留出不攻。果然这日黄昏，桃源贼首刘国明，从北门潜入，护李文成出城，将西走太行山，为流寇计。杨芳连忙追

忠谋武略

骁将军杨遇春

击，文成走入辉县山，据住司寨，经杨芳奋勇杀入，正在乱剃乱斫的时候，猛见里面火光冲起，直透云霄，教徒统已四散。由杨芳驰入寨中，扑灭了火，拨出文成尸首，已是乌焦巴弓，当下收兵回到滑城。滑城尚未攻入，杨芳佯向北门筑栅，似乎要四面兜围，守兵专力攻御，他却到西南角上，暗掘旧隧，装满火药，等到夜半，令官兵退下三里，甲骑以待，自率亲卒燃着药线，引入地道，药性暴发，宛似天崩地陷，把城墙轰坍二十多丈，砖石上腾，尸骸飞掷，官兵争先夺城，蚁附而入。守城首领牛亮臣、徐安国等，巷战许久，都就擒获，槛献京师磔死。滑县平定，天理教徒，悉数殄灭，那彦成得晋封三等子，授太子太保，杨遇春三等男，杨芳刘清等，赏赉有差。强克捷首发逆谋，为贼所害，赐谥忠烈，世袭轻车都尉，饬于滑县及原籍韩城，建立专祠。

那彦成拟请入觐，朝旨命移剿陕西三才峡贼。三才峡贼，多是木商夫役，岁饥停工掠食，地方官下令捕缉，他即推了万二为首领，纠众抗命。巡抚朱勋，张皇入告，托词教匪作乱，因此朝命那彦成迅速赴剿。及那彦成到陕，这个万二的小丑，已由总兵祝廷彪、吴廷刚两人破灭掉了。此后各地乱民，亦时思蠢动：江西百姓胡秉辉，买得残书一本，内有阵图及俚语，假称天书，拥朱毛俚为首领，居然设立国号，叫作后明，适阮元调任赣抚，率兵密捕，把朱毛俚、胡秉辉等，一齐捉住，首犯凌迟，从犯斩决。安徽百姓方荣升，伪造匿名揭帖，上印九龙木戳，散布大江南北，江督百龄，多方侦探，竟得首从主名，拿到百数十人，先后正法。云南边外夷民高罗衣，聚众万人，劫掠江外土司，自称窝泥王，被滇督百龄击破，罗衣走死。从子高老五，又袭称王号。渡江攻临安府，又由百龄派兵擒获，立即正法。**虽是癣疥之疾，总非承平之兆。**

到嘉庆二十五年，嘉庆帝闲着无事，循例秋狩木兰，亲王贝勒，免不得出去扈驾。不意嘉庆帝到木兰后，驻跸避暑山庄，竟生了一种头痛发热的病症。起初总道偶冒暑气，不足为患，仍然照常治事，嗣后日日加重，竟尔大渐。召御前大臣赛冲阿，索特那木多布齐，军机大臣托津、戴均元、庐荫溥、文孚，内务府大臣禧恩和世泰，恭拟遗诏。嘉庆帝回光返照，心中尚是清楚，传示诸大臣，说于嘉庆四年，已遵守家法，密立次子绵宁为皇太子，现在随跸至此，着即传位于皇太子绵宁，即皇帝位。未几驾崩，皇次子智亲王，稽颡大恸，擗踊无算，当命御前侍卫吉伦，驰驿回哀，请母后安，尊母后钮钴禄氏为皇太后，封弟惇郡王绵恺为惇亲王，绵愉为惠郡王，绵忻已封瑞亲王，无从加封，仍从旧称。皇太后懿旨，传谕留京王大臣驰寄皇次子，即正大位。皇次子因梓宫未回，命即起程，奉梓宫回京，方行即位礼。八月中旬，梓宫至京师，奉安乾清宫，皇次子始即帝位于太和殿，颁诏天下，以明年为道光元年，是为宣宗，尊谥大行皇帝为仁宗睿皇帝，卜葬昌陵。

道光帝即位数日，想起自己的名字，上一字与兄弟相同，若要避讳，未免不便，遂改"绵"为"旻"，叫作旻宁。旻宁二字，饬臣民不得妄写，绵字不讳。专从小节上着想，道光帝行谊可知。他又念着乾隆、嘉庆两朝，东征西讨，南巡北幸，把库款用尽，只好格外俭省，把宫中需用的银两，省而又省，自己服食一切，也比从前的皇帝，减下若干。后妃以下，统教屏去繁华，概从朴实。宫娥彩女，又放了许多出宫。且命亲王贝勒等，务从节俭，不得广纳姬妾，任意挥霍。用意颇善，可惜不知大体。朝上一班王大臣，揣摩迎合，上朝的时候，格外装出节俭的样子，朝冠朝服，多半敝旧，道光帝瞧着，颇也喜欢，谁知他退朝回府，仍旧是锦衣美食，居移气，养移体呢？

还有一个豫亲王裕兴，酗酒渔色，竟闹出一桩风化案来。豫邸中有一使女，名叫寅格，年方二八，楚楚动人，裕兴看上了她，时常向她调戏，她却怀着玉洁冰清的烈志，始终不肯顺从。落花有意，流水无情，惹得裕兴懊恼，情急计生，趁着大行皇帝几筵前行大祭礼，亲王贝勒及福晋命妇，统去磕头，他也不能不去按班排列，轮着了他，匆匆忙忙的行过了礼，赶即乘车先回。别人还道他染着急病，谁知他的病征，不是什么受寒冒暑，乃是一种单思病。到了邸中，不叫别人，只叫那心上人儿寅格。寅格不知何故，忙即趋入，裕兴哄她跟入内室，将门关住。寅格方慌张起来，裕兴道："你也不必慌张，今日不由你不从。"随手去扯寅格，急得寅格脸色通红，只说"王爷动不得"五字。裕兴见她红生两颊，愈觉可爱，色胆如天，还管什么主仆名义，竟将她推倒炕上，不由分说，乱褪下衣。寅格极力撑拒，怎奈窈窕女儿，不敌裕兴的蛮力，霎时间，被裕兴剥得一丝不挂，恣意轻薄，约过了一个时辰，方才歇手。既要磕老头，又要磕小头，裕兴此日也忙极了。寅格负着气，忍着痛，开门走出，回入自己房中，越想越羞，越羞越恨，哭了一会，闻得外面一片喧声，料是福晋等归来，急忙解带悬梁，自缢而死。身虽被污，心实无愧。这时福晋等不见寅格，正饬婢媪使唤，一呼不应，两呼三呼又不应，撬开房门，向内一瞧，吓得乱跑，顿时满屋鼎沸，通报裕兴，别人都甚惊异，独裕兴视作平常。经众人留心探视，才晓得强奸情由，一传十，十传百，被宗人府得知，据实参奏。道光帝大怒，欲将裕兴赐死，还是惇、瑞两亲王，替他挽回，从轻发落，革裕兴王爵，交宗人府圈禁三年，期满释放。**强奸逼死，照清朝律例，应置大辟，裕兴从轻发落，总未免顾全面子，只难为了寅格。**

道光帝余怒未消，回疆又来警报。据说回酋张格尔，纠众滋事，屡寇边界。道光帝即召集王大臣问道："回疆已安静多年，为什么又会作乱？莫非参赞大臣斌静，昏庸失德，不能安治回民么？"王大臣道："圣上明见，洞烛万里，大约总是斌静不好，惹出这个张格尔来。现在且令伊犁将军就近查勘，再定剿抚事宜。"道光帝准奏，即令伊犁将军庆祥，往勘回疆。

庆祥奉旨，即日出发，一到回疆，回民争来控诉，不是贪虐，就是奸淫，**又是一个闯祸的祖宗。**当即据实奏闻。原来回疆自大小和卓木死后，各城统设办事领队大臣，独喀什噶尔，设一参赞大臣，统辖各城官吏。参赞大臣的上司，就是伊犁将军，每年征收贡赋，十分中取他一分，比前时准部的苛求，两和卓的骚扰，宽得许多。清廷又尝慎选边吏，或是由满员保举，或是由大吏左迁，抚驭得法，回民赖以休息，视朝使如天人。到嘉庆晚年，保举不行，派往回疆各官，多用内廷侍卫，及口外驻防，这班人员，偏把回疆作了利薮，与所属司员章京，任情剥削，一切服食日用，统向回城伯克征索。伯克系回城土官的名目，他与清吏狼狈为奸，借着供官的话柄，敛派回户，需索百端。回疆通用赤铜普尔钱，钱形椭圆，中无孔，每一枚当内地制钱五文，**大约如近今通用的铜元。**喀什噶尔每年征收普尔钱八九千缗，叶尔羌征收万余缗，和阗征收四五千缗，还有各种土产，如毡裘金玉缎布等类，统要随时奉献，只嫌少，不嫌多。伯克得四成，章京得四成，办事大臣得二成，大家作福作威，肆行无忌。甚且选有姿色的回女，入置署中，要陪酒，就陪酒，要侍寝，就侍寝。这位参赞大臣斌静，乐得同他混做一淘，司员章京及各城伯克，又向参赞大臣处竭力讨好，采了上等的子女玉帛，供奉进去。回女本没甚廉耻，见了参赞大臣，仿佛如天上神仙，斌静又是个色中饿鬼，多多益善，竟至白昼宣淫，裸体相逐。**好做参赞大臣肉屏风。**只是回女的父兄丈夫，既受了层层克剥，还要把家中女眷，由他糟塌，正是痛上加痛，气上加气。适值大和卓木孙子张格尔，随父萨木克，遁居浩罕国边境，通经祈福，传食部落，闻知参赞斌静荒淫失众，遂思报复祖仇，声言替回民雪愤，纠众寇边。头目苏兰奇忙来通报，章京绥善，反说他无风生浪，叱逐出去。苏兰奇大愤，出寨从贼，反做了张格尔的向导。当时领队大臣色普征额，领兵防御，打了一回胜仗，将张格尔驱逐出境，擒了百余人，回入喀城，与斌静同赏中秋节。斌静先将擒住各人，一概斩首，然后肆筵设席，坐花赏月。司员把盏，回妇侑歌，正高兴得了不得。讵料庆将军暗查密访，把他平日所做的事情，和盘托出，奉旨将斌静革职逮问，派永芹代任，正是：

昨日酣歌方得意，今朝铁链竟加头。

嗣后永芹接任，能安抚回民与否，且看下回分解。

木兰秋狩，本清代祖制，所以示农隙讲武之意。但观兵第为末务，耀德乃是本原，仁宗连番北狩，一变而乱兴宫禁，再变而驾返鼎湖，可见讲武之举，不足为训。及宣宗嗣位，力自撙节，清帝中之以俭德闻者，莫宣宗若。然亦徒齐其末，未揣其本，省衣减膳之为，治家有余，治国不足。内如裕兴，外如斌静，荒淫失德，宁知体黼座深衷，随时返省乎？读此回，可以知人君务末之非计。

第十三回

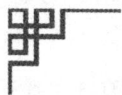

愚庆祥败死回疆
智杨芳诱擒首逆

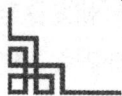

却说永芹到了回疆，也是没有摆布，虽不比斌静荒淫，无如庸庸碌碌，总不能立平匪乱。张格尔却外集党羽，内通回户，屡次骚掠近边。清兵出塞，他即远遁，又或诡词乞降，变端百出，弄得永芹束手无策，因循迁延，直达三年。道光五年夏季，边报张格尔大举入寇，领队大臣巴彦图，自恃勇力，率兵二百人，出塞掩捕，走了四百里，并没有张格尔踪迹，他竟勃然大愤，行到布鲁特地方，见有回众游牧，率妻挈子，约有二、三百人，遂纵兵杀将过去。回众吓得四散，只有青年妇女，黄口儿童，一时不能急走，被他见一个，杀一个，可怜这班无罪无辜的妇孺，都做了身首异处的尸骸。**大约命中注定，要被巴彦图杀死。**巴彦图愤已少泄，当下回军，逾山越岭而还，无复行列。谁知逃走的回民，因妇子被杀，哭诉回酋汰列克，汰列克大怒，领部众二千名前来追袭，把巴彦图围住，十个杀一个，霎时间把清兵扫光，随即与张格尔联合进兵，势甚猖獗。永芹无可隐讳，慌忙拜本乞援。道光帝召还永芹，令伊犁将军庆祥往代。又命大学士长龄往代庆祥。

庆祥到喀什噶尔，召集司员章京，及各城伯克会议。伯克中有个阿布都拉，自称详悉回务，庆祥便把张格尔情形，详细问他。他却说张格尔乃是假名，冒充和卓木后裔，前时乃是阿奇木王努斯谎报，遂至哄动一时，为丛殴爵。参赞大人现到此处，不必劳动兵戈，只教声明张格尔不是回裔，那时回众自不去从他，乱事便可消灭了。庆祥信以为真，一面出示晓谕回民，一面奏劾阿奇木王努斯谎报的罪状。**纯是呓语。**张格尔得了此信，也恐众心离散，带了五百多人，突入回城，拜奠他先祖和卓木坟墓。回徒叫和卓坟为玛杂，非常敬信。玛杂在喀城外，距喀城约八十多里，乾隆时，大小和卓木被诛，所有喀城外旧存和卓等墓，仍奉旨令回户看守，毋得樵采污秽，**下此谕时，实是为了香妃。**张格尔欲借祭祖为名，固结众心，因有这番举动，协办大臣舒尔哈善，领队大臣乌凌阿，忙入报庆祥。庆祥急召阿布都拉，阿布都拉已不知去向，**想也去拜奠和卓墓了。**顿时仓皇失措，还是舒乌两人禀道："张格尔深入喀境，非发兵驱逐不可。"庆祥点头，命二人带兵千余名，去攻张格尔。朝发夕至，仗着锐气，击杀回众四百人，张格尔退入大玛杂内，倚着三重墙垣，誓死固守。复遣人出布谣言，说清军要铲除圣墓，屠尽回族子孙。回民闻言大恐，遂聚集数千人，去救张格尔。舒乌两大臣，正围攻玛杂，忽见回众如潮涌至，急分兵抵御，不防张格尔也乘势杀出，内外夹攻，把清兵杀得七零八落。舒大臣阵亡，乌大臣踉跄奔回，入见庆祥。庆祥急调各营卡兵，尽集喀什噶尔，保守喀城。

张格尔倒还不敢进逼，饬人往浩罕国乞援。浩罕王摩诃末阿利，新即位，知人善任，威服附近哈萨克诸部，当时有百回兵不如一安集延的传闻。安集延就是浩罕东城。张格尔联约浩罕，俟得回疆西四城后，子女玉帛，情愿公分，还许割让喀城，作为酬劳。浩罕王大喜，即允发兵，令去使先回。张格尔知有后援，遂率军大进，前哨到了浑河，探得喀域外面，只有三座清营，报知张格尔，张格尔道："这么说来，天山北路的清军，尚未南下，我等赶紧前进方好。"遂下令渡河。

忽报浩罕王率兵亲到，不由得惊疑道："浩罕兵来得这般迅速，真出意外，我初意总道清兵大集，所以通使浩罕，乞师相助，现在喀城守兵甚少，且夕可下，还要浩罕兵何用？"**就想抵赖。**随遣使赴浩罕军前，叫他不必前进。浩罕王愤怒，竟率军渡河，围攻喀城。张格尔却止住不行，暗中密布兵队，阻截浩罕王归路。**太觉阴险。**浩罕王攻城数日，急切难下，又探知张格尔不怀好意，恐腹背受敌，乘夜遁回。才渡过浑河对岸，树林中杀出一班回众，大叫浩罕王休走，吃我一刀。浩罕王不瞧犹可，瞧了一瞧，正是张格尔，气得无名火高起三丈，麾兵接战，黑夜里不辨回众多少，越杀越多，只觉得四面八方，统是回子旗帜，凭尔安集延兵马精锐，到此也心慌胆怯，败阵而逃。浩罕王夺路走脱，还有安集延兵二三千名，被张格尔围住，无可投奔，没奈何缴械乞降。

张格尔收为亲兵，进攻喀城。此时喀城外面的清营，抵御安集延兵，已是数日，累得人疲马倦，药尽刀残，哪里禁得起张格尔这支生力军，又复杀到，领队大臣乌凌阿，穆克登布，统同战殁。庆祥坐守孤城，左思右想，无能为计，只认定了一个死字，投缳自尽。还算忠臣。喀城无主，即被张格尔攻破，张格尔又分据英吉沙尔、叶尔羌、和阗三城。回疆西四城俱陷。

清廷连接警信，遣兵调将，忙个不了。圣旨下来，命署陕甘总督杨遇春为钦差大臣，统陕甘兵五千，驰赴回疆，会诸军进剿。署陕西巡抚卢坤，赴肃州理饷。这旨方下，又接到伊犁将军长龄急奏，内称"逆酋已踞巢穴，全局蠢动，喀城距阿克苏二千里，四面回村，中多戈壁，断非伊犁、乌鲁木齐六千援兵，所能克复，恳请速发大兵四万，以一万五千分护粮台，以二万五千进战"等语。道光帝览奏毕，即硃批授长龄为扬威将军，颁给印信，军营大小官员，悉听节制，伊犁将军职务，暂由德英阿代理。又命山东巡抚武隆阿，率吉林、黑龙江三千骑，出嘉峪关，与陕甘总督杨遇春，同为参赞大臣，进剿逆回。

统计回疆分八城，西四城已俱失陷，还有东四城未失，一名喀喇沙尔，一名库车，一名乌什，一名阿克苏。阿克苏为东方屏蔽，张格尔遣兵入犯，直至浑巴什河，距阿克苏只四十里，城中兵不盈千，人心惶惶，亏得办事大臣长清，遣参将王鸿仪，领兵六百，扼住河岸，再战再胜，回众始却。会援兵亦云集阿克苏，东四城方得保全。

道光帝又饬长龄查办历任回疆各吏，长龄复奏斌静、色普、徵额、巴彦图、绥善各人情状，有旨拘斌静、色普、徵额下狱，拟斩监候，绥善充发黑龙江，巴彦图滥杀偾事，不得因阵亡例，列入恤典。又诏令办理粮饷大臣，定则例，绘图说，核实开销，不准妄费。并开回疆铜山，铸普尔钱，拨乌里雅苏台及伊犁各牧厂中牛马橐驼，接济军用。自是回疆军务，渐有起色。

道光七年，扬威将军长龄，率步骑二万二千名，由阿克苏出发，一路进行，未见敌踪。至洋阿巴特沙漠，时已半月，粮且食尽，方惶急间，忽探报五六里外，有敌营数座。长龄下令道："我兵自阿克苏到此，粮食将尽，现闻敌营已在前面，不乘此杀贼囤粮，尚待何时！"将士得了此令，个个摩拳擦掌，踊跃愿往。长龄分军士为三队，自与杨遇春督率中军，武隆阿领左翼，杨芳领右翼，三路进攻。回众据冈迎敌，由高临下，声势颇锐。清兵夺粮心急，不顾矢石，拼命杀上，回众不能抵抗，纷纷溃窜，遗下牲畜糗粮，尽被清兵搬回。清兵得食，勇气百倍，追至沙布都特，地多苇湖，回徒四处分扎，决水成沮，阻住清兵去路。长龄命步卒冒险越渠，用短兵接战，复麾骑兵绕左右浅渠，横截入阵。回营见清兵骤至，忙开铳迎击，不料贮药失火，把自己营帐燃着，那时救火都来不及，还有何心接仗。清兵趁势杀入，射死回徒头目，夺了回徒旗鼓，回众又复四窜，追北数十里，擒馘万计。**回众实是没用。**

清兵复进至阿瓦巴特，见有侦骑数百，遇清兵，慌忙反走。长龄恐有埋伏，饬兵止追，夜遣吉林劲骑，从左右间道绕出敌后，次日方拔营齐进，用枪炮兵为前列，藤牌兵为后劲。沿途果遇埋伏，两下酣斗，枪炮迭施，回众也冒死撑拒。藤牌兵自清阵内驱出，个个穿着虎衣，跃入敌阵，回众尚是死战，怎奈回马疑虎至，向后倒退，顿时辙乱旗靡。吉林劲骑，又从后面杀到，回众大溃。安集延二帅，亦被清兵杀死。

清兵再进至浑河北岸，张格尔亲率众十余万，阻河列阵，横亘二十余里，筑垒为蔽，凿穴列铳，鼓角震天。长龄望见敌势浩大，未免心怯，**上文逐层叙来，长龄颇有韬略，此次见敌势浩大，便自心怯，所谓一鼓作气，再衰三竭者欤？**忙与杨遇春商议，遇春道："贼势果然浩大，但我兵且坚垒不动，夜遣死士分扰敌营，不要杀入，只叫他扰乱贼心，使他自眩，便好相机进攻。"长龄依计而行，遂遣死士数百人，乘筏夜渡，鼓噪河中。张格尔屡出巡哨，喧嚣达旦。次夜，长龄拟仍用疑兵，忽西南风起，撼木扬沙，天昏如墨，不辨南北，长龄急令退营。杨遇春入帐道："大帅退营何故？"长龄道："贼据形势，逼近咫尺，且彼众我寡，恐不相敌，倘因天昏地黑，渡河而来，四面蹙我，岂不要全军覆没么？所以我拟退营十余里，俟明晨天霁，再进未迟。"**总不脱一怯字。**遇春道："大帅所虑虽是，据愚见想来，乃是天助我兵的时候，要擒张格尔，就在今夜。"**有胆有识。**长龄不觉起立，便道："参赞有何妙计？"遇春道："贼军虽众，只知并作一队，依垒自固，兵略疏浅，可想而知。我兵远来，利在速战，若与他隔河相持，今日不战，明朝不攻，师老粮竭，那时不能进，不能退，反中了深沟高垒的贼计。现在天适昏暗，贼不防我急渡，我竟渡河过去，出其不意，攻其无备，不怕张格尔不败。看杨某仗剑为大帅杀贼哩！"**写得精采。**长龄道："参赞此言，也是有识，但我军渡河，倘被他半渡邀击，如何是好？"遇春道："这也不难，大帅可遣索伦兵千骑，绕趋下游，牵制贼势，遇春愿自率亲兵，向上游急渡，据住上风，两路得手，大帅自可从容过河了。"长龄尚在踌躇，遇春道："寇不可玩，时不可失，请大帅急速准行！"于是长龄把退营的军令，改作进兵的军令，照遇春计划，先从上下游潜渡，乘风破浪，直达彼岸。遇春令前队扛着巨炮，直薄敌营。张格尔尚在梦里，被炮声震醒，忙起床督战。这时候，炮声与风沙声相杂，宛似数十万大兵，摧压垒门，弄得人人丧胆，个个惊心。到了天明，索伦兵从下游趋至，长龄亦亲督大兵，逾河前来，风止雾霁，乘势冲入敌垒，张格尔率众窜去。回俗统着高履，履后无跟，行走时许多不便，且各裹糗粮，负载累重，至此为逃命要紧，抛了重负，弃去高履，遍地统是囊鞬。清军遂进薄喀什噶尔城下，一鼓登城，擒住张格尔甥侄，及安集延两伪帅，并从逆伯克等，杀敌无算，活擒回徒四千多名。

　　长龄即将克复喀城情形，由六百里加紧驰奏，满望朝廷论功行赏，不想朝旨批回，略说："命将出师，期歼元恶，今乃临巢兔脱，弃前功，留后患，罪无可辞，长龄夺紫缰，杨遇春夺去太子太保衔，武隆阿夺去太子少保衔，仍着勒限捕获！"这谕旨也出人意外。长龄未免怏怏，杨遇春倒不在意，仍率师攻克英吉沙尔及叶尔羌，又使杨芳安和阗。西四城都已规复，乃出塞觅捕张格尔。二杨各率兵四千，分道西进，遇春屯色勒库，芳屯阿赖，南北相去十余站。阿赖系葱岭山脊，乃回疆通浩罕要道，浩罕留兵驻守，闻清兵骤至，据险阻截。杨芳当先突阵，浩罕兵且战且退，才行一二里，岭路越险，伏兵遽发，鏖战一昼夜，清兵损失甚众，还亏杨芳素有节制，步步为营，严阵出险，方得生还。长龄复据事陈奏，有旨责"诸将孤军深入，劳师糜饷，不如罢兵。姑留官兵八千防喀城，余兵九千，即随杨遇春出关，杨芳代为参赞，与长龄、武隆阿筹划善后事宜，明白奏闻！"这旨下后，遇春自然遵旨东还，长龄与两参赞筹议一番，武隆阿议将西四城仍归回徒，长龄意见亦同，杨芳因新任参赞，不便力争，由长龄、武隆阿分上奏折，驿呈清廷。道光帝见有二奏本，先展开长龄的奏折，把官衔等不去细瞧，单瞧那善后的筹划道：

　　愚回崇信和卓，犹西番崇信达赖喇嘛，已成不可移之锢习，即使张逆就擒，尚有其兄弟之子在浩罕，终留后患，势难以八千留防之兵，制百万犬羊之众。若分封伯克，令其自守，则如伊萨克玉素普等，助顺官兵，均非白回所心服之人，唯有赦故回酋那布敦之子阿布都里，乾隆中羁在京师者，令归总辖西四城，庶可以服内夷，制外患。

道光帝览到此处，大怒道："长龄想是老昏颠倒了。高宗纯皇帝，费了无数心力，方将逆酋那布敦除灭，逆裔阿布都里囚解进京，给功臣家为奴，朕即位时，照例恩赦，畀脱奴籍。此番因张逆作乱，照亲属缘坐例，正应将他治罪，长龄反要朕释归阿布都里，不是老昏颠倒，哪里有这种谬论？但不知武隆阿什么计法，想总说长龄的不是呢。"随即将武隆阿奏折，续行展开，大略瞧道：

善后之策，留兵少则不敷战守，留兵多则难继度支。前次大兵进剿，贼即有外袭乌什，内由和阗直驱阿克苏之谋，幸克捷迅速，奸谋始息。臣以为西四城各塞，环逼外夷，处处受敌，地不足守，人不足臣，非如东四城为中路必不可少之保障，与其糜有用兵饷于无用之地，不若归并东四城，不须西四城兵费之半，即巩若金瓯，似无需更守西四城漏卮。

道光帝不待览毕，将两奏折统行掷下，随召军机大臣入内道："长龄昏谬，欲归逆裔阿布都里，使长旧部，武隆阿趋奉长龄，亦是这样说话。你去拟旨，将他二人革职，暂时留任，另授直隶总督那彦成为钦差大臣，速赴回疆，代筹善后，方不误事。"军机大臣，当即照面谕拟定，由道光帝阅过，始行颁发。道光帝又道："阿布都里须发往边省监禁，你可咨文刑部，立即发配。"军机大臣唯唯而退。

长龄接到革职消息，大吃一惊，不由得坐立不安，*谁叫你想出纵虎归山之策？*忙请杨参赞商议，杨参赞想了一回，说出了一个反间的计策，长龄方喜形于色。*忽忧忽喜，患得患失。*看官！你道杨参赞的反间计，从何处入手？原来回徒向分两派，一派叫作白山党，一派叫作黑山党。张格尔是白山党首领，据喀城时，尝滥用威权，虐杀黑山党，黑山党大愤，多阴通清营，长龄奏折中所说的伊萨克、玉素普等，统是黑山党徒，与白山党互有嫌隙。*解释上文白回二字，笔不渗漏。*杨芳遂就此生计，密遣黑山党出卡造谣，扬言官兵全撤，喀城空虚，诸回统望和卓转来。这语传入张格尔耳中，顿时喜出望外，遂纠合残众，复来窥边。先令侦骑入探，果不见官兵踪迹，遂潜入阿尔古回城。时近岁暮，张格尔拟待除夕日，袭喀什噶尔，昼夜整备军械，忙个不了。是夕，张格尔亲出巡城，遥见东北角上，隐隐有人马行动，不觉失声道："不好了！不好了！清兵来了！"急忙开城出走。后面已报清军杀到，为首大将，正是杨芳。张格尔无心恋战，拼命奔逃，杨芳也拼命追赶，至喀尔铁盖山，回徒奔散殆尽，只剩张格尔三十余骑，弃马登山。杨芳忙令副将胡超，都司段永福，绕出山后，堵住去路，自率亲卒从前面登山，兜拿张格尔。张格尔扒过山头，向山后乱跑，猛听得有人叫道："张贼快来受死！'张格尔心中一急，脚下一绊，向后便倒。正是：

　　　准备铁笼擒虎豹，安排陷阱縶豺狼。

未知张格尔果否遭擒，容至下回叙明。

　　张格尔之倡乱，与大小和卓木不同。大和卓木有管辖回部之权，张格尔无之；小和卓木有主持回教之权，张格尔又无之。彼从挟唪经祈福之伎俩，传食部落，势不能偏惑愚民，捽而去之，本易事耳。乃斌静以后，继以永芹，永芹以后，继以庆祥，不能平乱，反致酿乱，数百回徒，直入玛杂，响应者以数万计。回疆西四城，接续被陷，何其速耶？庆祥死事，长龄继任，转战而前，连败回众，张格尔之无能可知。然浑河一役，长龄又欲折回，幸赖杨遇春之定计渡河，驱逐回酋，以次规复西四城，是长龄办不过一庆祥之流亚，微杨忠武，吾知其亦无功也。厥后捐西守东之议，尤属悖谬，西四城为东四城之屏蔽，无西四城，尚可有东四城乎？宣宗严词诘责，迫令歼敌，而掩捕之功，复出杨芳，满员无材，事事仗汉将为之，而清廷犹以右满左汉为得计，亦安怪乱世之相寻不已耶。本回宗旨，实为二杨合传，以满员相较，尤见二杨功绩。二杨固人杰矣哉！

第十四回

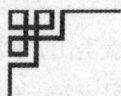

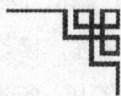

征浩罕王师再出
剿叛猺钦使报功

却说张格尔失足坠地，就被清将捆缚而去，清将不是别人，就是杨芳所遣的副将胡超、都司段永福。当下红旗报捷，道光帝大喜，立封大学士长龄为二等威勇公，陕西固原提督杨芳，为三等果勇侯，命长龄率师凯旋，留杨芳驻扎回疆，与那彦成筹办善后事宜。乾隆中叶以来，久不行献俘礼，此次擒获张格尔，道光帝思绳祖武，踵行盛举，遣官告祭太庙社稷，亲御午门楼受俘，仪仗森严，不消细说。受俘后，廷讯张格尔罪状，着即寸磔枭示。又命庆祥子文辉，乌凌阿子忠泰，随监刑官同往市曹，看视行刑，并把张格尔心肺取出，交与文辉、忠泰，到该父墓前致祭，用慰忠魂。*威武极了*。杨遇春、武隆阿等，亦传旨嘉奖，自长龄以下，得有功将士四十人，一律绘图紫光阁。并因军机大臣曹振镛、王鼎、玉麟诸人，办事勤劳，亦许附入紫光阁列像。

满廷官员，歌功颂德，合词请加上尊号，*道光帝已渐骄盈，怎禁得这班饭桶又来拍马*。奉旨："以康熙乾隆年间，尚未允行，势难俯准，唯念铭功偃武，皆由圣母福庇，国有大庆，允宜祗循令典，备极显扬，朕谨当躬率王大臣等，加上皇太后徽号，共伸贺悃，所有应行典礼，饬所司敬谨详议"等语。于是礼部又有一番忙碌，自夏至冬，筹备了好几月，方得举行恭上皇太后徽号，称作恭慈康豫安成皇太后。礼成颁诏天下，覃恩有差。越年，又亲制碑文，勒石大成殿外，比康熙乾隆两朝，尤觉得踵事增华，备极夸耀。共计出师至献俘，用去帑银约数千万两，节省多年不够一掷。正热闹间，那彦成奏本到京，略说："张逆就擒后，曾檄谕浩罕布哈尔等国，缚献逆裔家属，今浩罕遣使来贺，只言俘虏可返，和卓子孙不可献，究应如何处置？仰求圣训，以便遵行。"道光帝便提起朱笔，批在折后，其词道：

> 逆孥么么，无关边患，那彦成、杨芳等，只应严守卡伦，禁其贸易，俟夷计穷蹙，自将缚献求市，毋须檄索！

看这数句批示，便可见道光帝心思了。那彦成窥破意旨，先后奏善后章程数十条，什么安内策，什么制外策，说得津津有味，其实多是纸上谈兵，空中楼阁。纸糊中国。道光帝闻内外安静，遂召那彦成、杨芳二大臣还朝。

二大臣于道光九年回京，安集延即于道光十年入寇。当时那彦成的制外策中，把浩罕留居内地的侨民，一概驱逐，且并他财产收没。倒是理财妙策，惜似盗贼行为。侨民愤甚，探知大兵已归，即一面禀报浩罕王摩诃末阿利，一面至布哈尔，迎奉张格尔兄摩诃末玉素普为和卓，纠众入边。浩罕王又遣将哈库库尔，及勒西克尔等，率兵策应。警报传到回疆，回郡王伊萨克，飞报参赞大臣札隆阿。札隆阿是个终日不醒的酒鬼，斌静第二。接到警报，恰糊糊涂涂道："张逆家属，统已授首，还有什么阿哥？这都是伊萨克贪功妄报，在本大臣手里，休使这般伎俩，"遂叱回来使，并恐伊萨克先行驰奏，也修好奏章，略言："南路如果有事，唯臣是问。"该死！过了数日，边城的告急文书，陆续递到，札隆阿被他吓醒，方命帮办大臣塔新哈，副将赖永贵，分路迎击。二将去讫，札隆阿复安然饮酒，昏昏沉沉地过了数天。忽外面又递到紧急公文，札隆阿恰有意无意的，取过一瞧，但见上面写着帮办大臣塔新哈，副将赖永贵，误中贼计，遇伏阵亡，顿时面如土色，把一张关公脸，变做了温元帅脸，趣语。好一歇儿不说话。外面又递进叶尔羌禀报，更觉惶急万分，展开一阅，乃是叶尔羌办事大臣璧昌，驰报胜仗，不禁失声道："还好还好。"于是督兵守城，方有一些兴会起来。

是时那彦成子容安，为伊犁参赞大臣，奉旨统伊犁兵四千。驰赴阿克苏督剿，闻敌兵势盛，拟俟乌鲁木齐兵至，然后进军。统是畏生怕死。叶尔羌又复被攻，幸亏璧昌决河灌敌，出城痛击，敌兵始不敢近城，只是沿途掳掠，转入喀什噶尔。见城上守兵，颇还严整，也无意进攻，专劫城外回庄，把子女玉帛，搜掠殆尽。札隆阿忙向阿克苏乞援，容安拥重兵八九千，反绕道乌什，趋向敌兵不到的和阗去屯驻了。会寻快活。清廷闻容安逗兵不进，下旨革职，命哈丰阿继任，又遣大学士公长龄，陕甘总督杨遇春，固原提督杨芳，参赞大臣哈朗阿，调兵赴援。哈丰阿先至喀什噶尔，敌兵解围而去，饱飏出塞。迨杨芳、哈朗阿等到喀城，已无一敌。

札隆阿恐朝廷问罪，与幕中老夫子商量一条诿过的法子，只说伊萨克通贼，潜袭南路，所以前此未曾闻知，有南路无事的奏报。及见了杨芳、哈朗阿，仍把这样话儿，搪塞过去。杨、哈两人，被他蒙混，也代札隆阿上奏洗刷。札隆阿钻营之力，颇也不小。会大学士长龄，行至叶尔羌，接读上谕，令与伊犁将军玉麟，会审札隆阿伊萨克案，乃折回阿克苏。玉麟亦奉命而至，当下会谳，究出主谋草奏的幕友，得坐实札隆阿罪状，奏达清廷。部拟札隆阿斩监候，令先枷示阿克苏两月。长龄依议办法，把札隆阿枷出署门，连这位谋划刁狡的老夫子，也一律枷示。都赏他吃独桌，依旧是主宾相陪。调授璧昌为喀什噶尔参赞大臣。

长龄拟由伊犁、乌什、喀城三路，出讨浩罕，浩罕王慌张起来，亟通贡俄罗斯，乞兵相助。俄人拒绝去使，不许入境。浩罕王无奈，乃遣使臣三人到喀城，备述七十余年通商纳贡的旧好，及五年来闭关绝市的苦累，请修好如旧。长龄提出和议两条，第一条缚献叛酋，第二条放还被虏兵民。浩罕使臣，因未奉汗命，俟还报后，方与订约。长龄将来使留住一人，遣还二使，并命伯克霍尔敦同往。等了两月，霍尔敦始回，报言被虏兵民，可以释还，唯缚献回酋，回经所无，只可代为监守，唯要求通商免税，及给还侨民资产二事。长龄即上奏道：

　　臣闻安边之策，振威为上，羁縻次之。浩罕与布喀尔达尔丸斯喀拉提锦诸部落，犬牙相错，所属塔什及安集延等七处，均无城池，其临战皆以骑贼冲阵，然不能于马上施铳，倘遇连环鸟枪，则骑贼先奔。又卡外布鲁特哈萨克，皆受其欺凌，争求内徙。而卡内回众，亦俱恨其掳掠，遂欲声罪致讨，但选精锐三四万人，整旅而出，并于伊犁乌什边境，声称三路并进，先期檄谕布哈尔等部，同时进攻，则不待直捣巢穴，而其附近伪部，已群起乘衅，四面受敌，可一举扫荡。唯是一出塞后，主客殊形，自喀浪圭卡伦，至浩罕千六百余里，中有铁列克岭，为浩罕布鲁克交界，两山夹河，仅容单骑，两日方能出山，此路最险，不值劳师远涉。拟遣还所留来使一人，令伯克霍尔敦寄信开导，为相机羁縻之计，如此，则师不劳而浩罕亦就范矣。谨奏。

道光帝准奏，命长龄从浩罕要请，定了和约。浩罕大喜过望，又遣使至喀城，抱经立盟，通商纳贡，西域事总算了结。后来喀什噶尔参赞大臣，移至叶尔羌，驻满汉兵六千，居中控驭，别留伊犁骑兵三千，陕甘步兵四千，分驻各城。回疆的防御，方渐渐稠密了。

偏偏国家多难，湖南永州猺目赵金龙，又纠众作乱。先是永州有一种奸民，结起一个天地会。强劫猺寨牛谷，猺民向官厅控诉，奈官署中的胥吏，统与天地会连结，不但状词不准，反加他诬告罪名。胥吏不杀，天下无治日。气得猺民发昏，个个去请教赵金龙。金龙倡言复仇，差他同党赵福才，招集广东散猺三百余人，湖南九冲猺四百余人，焚掠两河口，杀死会党二十多名。江华知县林光梁，永州镇左营游击王俊，率兵役往捕，被猺众击退。总兵鲍友智调兵七百，偕永州知府李铭绅，桂阳知州王元凤等，分头夹击，乘风纵火，毁坏猺巢，毙猺三百名。赵金龙收拾残众，窜往蓝山，所至胁胁，竟得二三千人。蓝山官吏，向省中告急，巡抚吴荣光，飞檄提督海凌阿往援，海凌阿点了五百名将士，风驰雨骤地赶援蓝山，见前面有去路两条，一是大路，一是小路，副将马韬等，请从大路进兵，海凌道："救兵如救火，大路总是迂回。不如由小路进去，较为直截。"正议论间，路旁有役夫数名，被海凌阿瞧见，传至军前，问大路通蓝山，与小路有无远近？役夫答称小路近十多里。海凌阿遂由小路进发，并令役夫前导，谁知役夫乃是猺民假扮，引海凌阿走入绝路，才走数里，两旁统是仄径，天又下起雨来，满路泥泞，狼狈不堪，只路旁役夫，却是很多，都愿替官兵代舁枪械，官兵乐得快活，弯弯曲曲，行将过去。好称作鄢都城。一步狭一步，一路险一路，忽然山顶吹起胡哨，有无数猺匪，乘高冲下，官兵赤手空拳，如何对敌？忙教役夫转来。那班役夫，携着官兵枪械，反转身来杀官兵，官兵上天无路，入地无门，只好伸了头颈，一个个由他开刀。海凌阿以下，统被杀死。

赵金龙既得胜仗，声势张甚，桂阳常宁诸土猺，都来归附，号称数万。清廷急命湖广总督卢坤，湖北提督罗思举，督师往讨，又移贵州提督余步云助剿。增调常德水师，及荆州满骑数千，归卢坤节制。卢坤偕罗思举至永州，闻报赵金龙率八排猺，及江华、锦田各寨猺为一路，赵福才率常宁、桂阳猺为一路。还有赵文凤率新田、宁远、蓝山谷猺为一路，三路都出没南岭，互为掎角。罗思举遂献策道："猺皆山贼，倚山为窟，我兵与他山战，他长我短，定难取胜，看来只好诱入平原，逼归一路，令他技无可施，方可歼灭。"卢坤鼓掌称善，且道："照这样说，常德水师，荆州满骑，统是没用，不如改调镇筸苗疆兵，前来助剿方好。"罗思举道："大帅明见极是。但此处未设粮台，输运不便，现应派兵勇护送粮饷，步步为营，一面坚壁清野，檄将弁分路防堵。贼无可掠，自然散入平原，容易中计。"卢坤道："老兄谋略，本宪很是佩服，就请照行便了。"从善如流，可称良帅。当下奏罢常德、荆州调兵，另调苗疆兵助剿，又将罗思举计议，统行列入。末说思举定能灭贼，不致有负委任等语。思举格外感激，卢坤且叫他便宜行事。将帅乘和，帅必有大功。

于是思举分兵进逼，将西南各路扼住，免他窜入两粤，单留东面一路，由他出来。当时三路猺四五千人，及虏胁妇女三四千，都被官兵驱逼出山，东窜常宁县属的洋泉镇。这镇为常宁水口，有溪通舟，市长数里，墙垣坚厚，叛猺把市民逐出，拥众占守。思举从后追至，笑道："虎落平原，虾遭浅水，不怕他不绝灭了。"忙檄各守隘兵，速来合围。适镇筸兵已调到，思举亲自督阵，率镇筸兵猛扑敌垣。镇筸兵素称趫捷，跳跃如飞，有数十名跃上墙头，乱砍叛猺，叛猺倒也了得，与镇筸兵相持，始终不退。镇筸兵前队伤堕，后队继登，毙猺数百，猺众兀自守住。争杀两日，各守隘兵统已到齐，猺众登墙，大呼乞降。思举不允，督攻益力。诸将道："叛猺已降，何必再攻？"思举道："这是明明诈计，他不缴军械，不献首逆，但凭一声呼降，便好允他么？我欲允他，他仍窜入山中，那时前功尽弃，还当了得。"诸将个个敬服，遂奉思举命令，合力进攻。毁墙巷战，叛猺虽是呼降，仍然死斗。究竟寡不敌众，被清兵击毙六千，只散猺八九百，拒守市内大宅。思举料宅内定匿匪首，禁用大炮，定要活擒该逆，将士冒死攻入，搜寻宅内。只获头目数十名，妇女数十名，单不见赵金龙。经思举当场讯问，方知赵金龙已中枪身死，急忙饬军士寻金龙尸首，一面饬人至卢坤处报捷。

卢坤忙即奏闻，过了三日，帐外报钦差大人到来。由卢坤出营相迎，钦差不是别个，乃是户部尚书宗室禧恩，盛京将军瑚松额。卢坤先请过圣安，随接钦差入营，寒暄已毕，禧恩先开口道："兄弟奉命视师，到此已闻大捷，真是可贺。"卢坤道："不敢不敢，这都仗皇上洪福，将士勤劳，所以一举成功呢。"禧恩道："现在逆首赵金龙，想已擒住。"卢坤道："这却尚未。据提督罗思举来报，已讯过赵逆妻子，说是中枪身死了。"禧恩道："罗思举太也糊涂，未曾擒住赵金龙，如何报捷？老兄现已出奏否？"卢坤道："坤已照思举来文，于三日前出奏。"禧恩道："倘将来赵逆未死，反变了欺君罔上，兄弟定要得了真犯，方可复旨。"说现成话，最是容易。卢坤道："现闻思举已搜访逆尸，不患不得确据。"瑚松额插嘴道："卢制军亦太相信属将了。逆首未得，如何奏捷？"一吹一唱，无非妒功。卢坤默然不答。忽报罗思举回营求见，卢坤命即传入，思举入帐，向钦差前请了安。禧恩便问道："你就是提督罗思举么？"思举答了一个"是"字，转对卢坤行礼。卢坤起立还礼，命他旁坐。思举未曾坐定，禧恩复问赵逆已拿住否？思举道："赵逆已死，只有遗尸。"禧恩摇头道："尸首哪里靠得住？"总要寻隙。思举道："现已得了真尸，身上尚佩剑印，请钦差大人验明。"赖有此耳。禧恩便同瑚松额出帐验尸，并验剑印是实，再命俘虏细认，都说无讹。禧恩还想驳诘，只一时想不出话。

忽蓝山又来急报，由卢坤接过一瞧，捧交禧恩，禧恩阅毕，笑道："赵金龙算是真死，赵仔青又来了。我说叛猺还没有净尽呢。"卢坤道："幸逢大人到此，就请大人出令，坤亦愿效前驱。"禧恩道："大家同去可好。"当下同至衡州，由禧恩命，仍令罗思举为前锋，余步云为后应，往剿蓝山。两人方领命前去，京中诏旨已到，卢坤罗思举平猺有功，赏戴双眼花翎，并世袭一等轻车都尉。禧恩见了此诏，免不得称贺一番。隔了几天，罗思举捷音已至，说是生擒赵仔青，禧恩便向卢坤道："罗提督确是一员良将，不枉老兄青眼。"越是小人，越会转风。卢坤道："这也全仗大人栽培！"自是置酒高会，朝夕谈心，与卢坤格外莫逆，卢坤也只得虚与周旋。及罗思举回到衡州，禧恩瑚松额，都出来相迎，非常客气。思举道："赖钦差大人威灵，得活擒赵逆仔青。"禧恩道："这是罗提督的功劳，何必谦逊。"前后大不相同。当下推出赵仔青，讯明确实，命即磔死。

忽京中又来诏旨，命禧恩瑚松额率余步云，赴广东剿连州八排猺。禧恩、瑚松额不敢不去，只得与卢坤相别，移师广东。原来八排猺的作乱，也是为奸民衙役激迫而起。八排猺向有黄瓜寨，被奸民衙役劫夺，因到官厅起诉，连州同知蔡天培，断民役偿猺千二百金，民役不偿，寨猺遂出掠报复。天培即向粤督处告变，粤督李鸿宾，令提督刘荣庆，署按察使庆林，率兵二千堵御。荣庆主抚，庆林主剿，意见不合。会新任广东按察使杨振麟到省，闻楚师告捷，将士同膺懋赏，遂也起了贪利徼功的思想，怂恿李鸿宾出师。鸿宾遂偕提督率兵进剿，八排猺首八人，出山跪迎，愿将黄瓜寨逆猺献出，请即回师。鸿宾佯为应允，至逆猺缚献到军，一律斩讫，兵仍不退，反奏称："杀贼七百名。"猺众大愤，负嵎死拒，官兵进攻，峒险箐密，接连遇伏，自相惊溃。三路皆败，游击都司等官，死了数十。兵士死了千数。清廷因褫李鸿宾、刘荣庆职，命禧恩、瑚松额移师往剿。

禧恩等到粤，初意也想奋力进攻，嗣后探得猺峒奇险，不易深入，只是虚报捷音，所奏杀贼，皆数百计，其实按兵不动，并未尝经过一仗。<small>专会说人，要自己去做，却如此搪塞。</small>会闻卢坤移督广东，计程将至，心中未免焦灼起来。他在湖南时诘责卢坤，未获首逆，此次恐卢坤要来报复，<small>你也要慌了，然何不效阿林保的计策。</small>忙令杨振麟赴猺寨招抚。猺众惩八人故事，不肯出来，官兵又惩李刘前败，不敢进去，旬日不见一猺，禧恩愈加着急，只催振麟克日招降，迟则严参。<small>一派官话。</small>振麟无法，只得把库内银子取来乱用，出示布告叛猺，如肯投诚，当有重赏。猺众还疑是诳言，振麟又令熟猺赴寨，作了抵质，猺众方有一二人出来尝试，果得银洋盐布，领受而归。于是猺众贪利踵至，十日间得数百人。并缚黄瓜寨附近猺三人出献，算作首逆。禧恩遂奏报肃清，<small>不欺君者如是，不罔上者如是，令人可笑可恨。</small>俟卢坤一到，交印即行。<small>可称狡猾。</small>

南北暌违，道光帝自称明察，终究被他瞒过，加封禧恩为不入八分辅国公，赏戴三眼孔雀翎，瑚松额、余步云，均世袭一等轻车都尉。王大臣等，又上表庆贺，还有宫内的全妃钮祜禄氏，用了七巧板儿，排出"六合同春"四大字，献呈御览。道光帝大喜，即封钮祜禄氏为皇贵妃。后人有宫词一首道：

蕙质兰心并世无，垂髫曾记住姑苏。
谱成"六合同春"字，绝胜璇玑织锦图。

全贵妃得此宠遇，未知后来如何，下回再行续叙。

中国大患所在，第一项是个欺字。夸诞锢蔽，皆由自欺而致。宣宗一平西域，即铺张扬厉，行受俘礼，绘功臣像，上母后尊号，勒石大成殿外，夸耀达于极点，要之一欺人而已。上欲欺下，下亦欺上，札隆阿、容安、禧恩、瑚松额等，无在非欺，即那彦成长龄诸人，当时称为功首，亦曷尝实事求是乎？幸而浩罕小国不足道，土猺乌合尤不足道，苟且即可了事，敷衍尚能塞责。宫廷上下，且以为河清海宴，可以坐享承平，庸讵知大患之隐伏其间耶？回猺平，宣宗愈骄，朝臣愈佞，上下愈以欺饰为务，而中国始多难，本回固一束上起下之转捩文也。

第十五回

饮鸩毒姑妇成疑案
焚鸦片中外起兵端

却说皇贵妃钮祜禄氏，系侍卫颐龄的女儿，幼时尝随官至苏州。苏州女子，多半慧秀，通行七巧板拼字，作为兰闺清玩。钮祜禄氏随俗演习，后来熟能生巧，发明新制，斫了木片若干方，随字可以拼凑。人人羡她聪明，称她灵敏，且生就第一等姿色，模样与天仙相似，*天仙的容色如何？我欲一问作者。*艳名慧质，传诵一时。道光时亲选秀女，颐龄便把女儿送入，这样如花似玉的分容，哪得不中了圣意？当下选入宫中，就沐恩幸。美人承宠，天子多情，立即封为贵人。这钮祜禄氏，本是伶俐得很，侍侧承欢，善窥意旨，道光帝越瞧越爱，越爱越宠，不一年就升为嫔，再一年复升为妃。因她才貌双全，特赐一个"全"字的封号。偏老天亦怜爱佳人，特地下一个龙种，于道光十一年六月初九日，生了一子，取名奕詝，就是后来嗣位的咸丰帝。而且事有凑巧，皇后佟佳氏，竟尔病故，全妃钮祜禄氏，既封为皇贵妃，与皇后只差一级，皇后崩逝，自然由全妃补缺。

道光十三年，大行皇后百日服满，皇贵妃钮祜禄氏，奉皇太后懿旨，总摄六宫事务，越一年册为皇后，追封皇后父故乾清门二等侍卫，世袭二等男，颐龄为一等承恩侯，谥荣禧，由其孙瑚图哩袭爵，册后典礼，一律照旧。只道光帝心中恰比第一次册后时，尤为欣慰。

又过一年，皇太后六旬万寿，命礼部恭稽祝典，格外准备。届期这一日，道光帝率王公大臣，诣寿康宫行庆贺礼，皇后钮祜禄氏，亦率六宫妃嫔，诣太后前祝嘏，奉皇太后命，宫廷内外，一概赐宴。

道光帝素知孝养，见皇太后康健逾恒，倍加喜悦，亲制皇太后六旬寿颂十章。皇后钮祜禄氏，向来冰雪聪明，诗词歌赋，无一不能。这会因御制皇太后寿颂，她也技痒起来，恭和御诗十章，献上太后，道光帝越加快意。

独这皇太后别寓深衷，当时虽不露声色，后来恰与道光帝闲谈，说起皇后敏慧过人，未免有些惋惜模样。道光帝甚为惊异，细问太后。太后恰道出缘由。略说："妇女以德为重，德厚乃能载福，若仗着一点材艺，恐非福相。"**太后未免迂腐，然也不无见识。**这句话，亦不过一时评论，没甚介意，偏偏传到皇后耳中，竟不以为然。她想："本身已做国母，又生了一个皇子奕詝，虽是排行第四，然皇长子皇次子皇三子等，统已夭殇，将来欲立太子，总轮着自生的皇儿，皇儿嗣位，自己若是在世，便也挨到太后的位置，难道还算没福么？"为此一念，遂不知不觉的，与太后成了嫌隙。

胸中有了三分芥蒂，面上总要流露出来，每日遵着宫制，到太后前请安、说长道短的时候，不免含着讥刺。看官！你想太后是个帝母，又是钮祜禄氏的亲姑，岂肯受这恶气？有时当面训斥，有时或责道光帝不善教化。帝后两人，素来恩爱，道光帝得了懿旨，免不得通知皇后。那时皇后越加懊恼，见了皇太后，也越加挺撞。**妇人多半固执，观此益信。**两宫嫔监，又播弄是非，摇唇鼓舌，无风尚是生浪，况明明婆媳不和呢？

蹉跎数载，诽语流言，布满宫闱，到道光十九年腊月，皇后偶患寒热，皇太后亲自临视，详问疾苦，颇也殷勤。过了年已是元旦，皇后病已少瘥，起至太后前叩头贺喜。过了二日，太后特派太监，赐皇后一瓶旨酒，皇后谢过了恩，把酒酌饮，很是甘美，竟一饮而尽，到夜间不知怎么竟崩逝了。**毕竟红颜薄命。**当时宫中传出上谕道：

皇后正位中宫，先后事朕多年，恭俭柔嘉，壸仪足式，窃冀侍奉慈帏，藉资内佐，遽尔长逝，痛何可言！着派惠亲王绵愉，总管内务府大臣裕诚，礼部尚书奎照，工部尚书廖鸿荃，总理丧仪。钦此。

相传道光帝遇了后丧，非常痛悼，心中也很自动疑，但因家法森严，不便异论，且素性颇知孝顺，只好隐忍过去，皇太后却去亲奠三次。*猫哭老鼠假慈悲。*道光帝命皇四子奕𬣞守着苫块大礼，居侍梓宫。是年冬，封静贵妃博尔济锦氏为皇贵妃，就将皇四子交代了她，命她小心抚字。静贵妃奉了上命，自不敢违，又兼皇后在日，曾蒙皇后另眼相看，至此皇四子年甫十龄，一切俱宜照顾，便提起精神，朝夕抚养。只这位道光帝伉俪情深，时常哀戚，特谥大行皇后为孝全皇后，嗣后不另立中宫，暗报多年情谊。并拟立皇四子为皇太子，这是后话。后人却有宫词记孝全皇后事，其诗列后：

如意多因少小怜，蛇杯鸩毒兆当旋。

温成贵宠伤盘水，天语亲褒有孝全。

丧事才了，忽东南疆吏报称西洋的英吉利国，发兵入寇，为此一场兵祸，遂弄得海氛迭起，贻毒百年。堂堂华夏，竟被外人窥破，把我五千年来的古国，看作一钱不值呢。*言之痛心。*这英吉利是欧罗巴洲中的岛国，平时政策，专讲通商。本国内的交通，固不必说，他因环国皆水，造起许多商舶，驶出外洋，这边买卖，那边贩运，得了利息，运回本国，遂渐渐富强起来。

明末清初的时候，欧洲的葡萄牙国、荷兰国、西班牙国、法兰西国、美利坚国，多来中国海面互市，英吉利人，也扬帆载货，随到中国。适值亚洲西南的印度国，为了英人通商，互生嫌隙，两边开仗，印度屡败，英人屡胜，印度没法，竟降顺英国。印度的孟加拉及孟买地方，专产鸦片，英人遂把这物运到中国，昂价兜销。

这物含有毒质，常人吸了，容易上瘾。起初吸着，精神陡长，气力倍生，就使昼夜干事，也不疲倦。及至吸上了瘾，精神一天乏一天，气力一日少一日，往往骨瘦如柴，变成饿鬼一般，此时欲要不吸，倒又不能。半日不吸这物，眼泪鼻涕，一齐进出，比死还要难过。因此上瘾的人，只会进步，不会退步。从前明朝晚年，已有此物运入，神宗曾吸上了瘾，呼为福寿膏，晏起晚朝，把国事无心办理。但输入不多，百姓还轮不着吸。到英国得了印度，遍地种植，专销别国，他自己的百姓，不准吸食，单去贻害外人。外洋的国度，晓得此物利害，无人过问，独我中国的愚夫愚妇，把它作常食品，你也吸，我也吸，吸得身子瘦弱，财产精光。*既剥我财，又弱我种，英人真*

是妙算。嘉庆时，英国遣使至京，乞请通商，因不肯行跪拜礼，当即驱逐，通商事毫无头绪，只鸦片竟管进来。道光帝即位，首申鸦片烟禁，洋艘至粤，先由粤东行商，出具所进货船，并无鸦片甘结，方准开舱验货，如有欺隐，查出加等治罪。随又饬海关监督，有无收受鸦片烟重税，应据实奏闻。又申谕海口各关津，严拿夹带鸦片烟。又定失察鸦片罪名。三令五申，也算严厉得很，无如沿海奸民，专为作弊，包揽私贩，仍然不绝。且因清廷申禁，那包卖的窑口，反私受英人贿赂，于中取利，大发其财。自道光初年到了中叶，禁令无岁不有，鸦片烟的输入，无岁不增，每岁漏银约数千万两。于是御史朱成烈，鸿胪寺卿黄爵滋，先后奏请严塞漏卮，培固国脉。道光帝令各省将军督抚，各议章程具奏，当时没有一人不主张严禁。湖广总督林则徐，说得尤为剀切，大略言："烟不禁绝，国度日贫，百姓日弱，数十年后，不唯饷无可筹，并且兵无可用。"道光帝览奏动容，下旨吸烟贩烟，都要斩绞。并召林则徐入京，面授方略，给钦差大臣关防，令赴广东查办。

这位林公系福建侯官县人，素性刚直，办事认真，自翰林院庶吉士，历级升官，做到总督。无论何任，他总实心实力的办去，一点没有欺骗。实是难得。此番奉旨赴粤，自然执着雷厉风行的政策，恨不把鸦片烟毒，立刻扫除。两广总督邓廷桢，也是个正直无私的好官，与林则徐相见，性情相似，脾气相投，遂觉得非常莫逆。则徐问起鸦片事件，廷桢答称已奉廷旨，吸烟罪绞，贩烟罪斩，现在已拿得无数烟犯，禁住监中，专待钦使大人发落。则徐道："徒拿烟犯，也不济事，总要把鸦片趸船，一概除尽，绝他来源，方是一劳永逸呢。"廷桢道："讲到治本政策，原是要这般办理，但恐洋人不允，奈何？"则徐道："鸦片趸船，现有多少艘数？"廷桢道："闻有二十二艘，寄泊零丁洋中。"则徐道："零丁洋虽是外海，终究与内海相近。他不过是暂时趋避，将来总要把鸦片烟设法贩卖。据兄弟意见，先令在洋趸船，把鸦片悉数缴销，方准开舱买卖。"廷桢闻言，踌躇半晌，方答道："照这么办，非用兵力不可。"则徐道："这也何消说得。鄙见先令沿海水师分路扼守，然后与他交涉便了。"两人计议已定，随传令水师提督，派兵扼守港口。林则徐本有节制水师的全权，下了几个札子，提镇以下，唯唯听命，顿时调集兵船，分布口门内外。

广东向有十三家洋行，贩运外洋货物。则徐把洋行司事，统同传到，叫他传谕洋商，限三日内尽缴出趸船内的鸦片。各司事领了谕帖，只得转递英商，英商忙禀知英领事义律，义律毫不着急，反到澳门出逛去了。狡猾。各英商观望迁延，你推我诿，只道中国官吏，都是虎头蛇尾，没甚要紧，谁料这个林钦差，言出法随，到三日期满，见英商没有复音，便移咨粤海关监督，封闭各商舶货物，停止贸易。又将洋人雇用的买办，拿捕下狱。此事沿海商船，不止一国，为了英人违禁，把别国也都停止，免不得埋怨英人，英领事义律，无可避匿，勉强来省，入洋馆中，照会中国，愿缴出鸦片烟一千零三十七箱。则徐又把义律来文，持与邓廷桢察阅，廷桢道："鸦片趸船有二十多艘，哪里止一千多箱。"则徐道："每艘趸船，约装若干？"廷桢道："每艘装载，差不多有一千箱。"则徐不禁愤怒起来，便道："英领事太觉可恶！取了二十分中的一分，想来搪塞，林某不比别人，难道任他戏弄？"遂发陆军千名。围住洋馆，又令水师出发，截住趸船饷道，惩他狡黠万端的义律，到此亦束手无法，愿将鸦片二万零二百八十三箱，一概缴出。林则徐遂会同邓廷桢，及粤抚怡良，赴虎门验收。零丁洋内的趸船，计二十二艘，陆续驶至虎门，缴出烟箱，每箱偿茶叶五斤，复传集外洋各商，令他具永不售卖鸦片甘结，如再营私贩卖，人即正法，货船入官。

则徐遂与邓怡两督抚，联衔入奏。将先后查办鸦片烟情事，据实陈明，并请将鸦片送京销毁。道光帝召集王大臣商酌，王大臣等，多说广东距京甚远，途中恐有偷漏抽换的弊端，不如就粤销毁为便。道光帝准奏，遂传谕道：

奏悉！所缴鸦片烟土，饬即在虎门外销毁完案，无庸解送来京，俾沿海居民，及在粤夷人，共见共闻，咸知震詟。该大臣等唯当仰体朕意，核实稽查，毋致稍滋弊混！钦此。

林则徐等奉到此旨，就令在虎门海岸，把鸦片二万零二百八十三箱，统共堆积，下令焚毁。这焚毁的法儿，并不是真用一把火，将鸦片一箱一箱地烧掉，他就虎门海岸，凿起两个方塘，直十五丈，横十五丈，前设涵洞，后通水沟，先将食盐投入，引水成卤，再加石灰，使水腾沸，方把鸦片一一投下，烟随灰燃。自然溶化，开了涵洞，令随潮出海，连烟灰都荡灭无踪了。海龙大王，未知爱吸鸦片否？若爱吸这福寿膏，这个机会，很是难得。

这次焚毁鸦片，沿海居民，统来瞧看，人潮人海，拥挤不堪，内中拍手称快的，倒有一大半；只上了烟瘾的愚夫愚妇，一时没得吸，未免难过；还有运售的洋商，私贩的奸民，心中更加怏怏。英领事义律，因英国商民，无端失此大利，痛恨得了不得。则徐布告各国商人，如愿通商，须具甘结，这甘结内，便是："此后如夹带鸦片，船货没官，人即正法"数语。别国统愿照约，唯义律不愿，由广州退出，航赴澳门，请则徐至澳门会议。则徐不许，禁绝薪蔬食物入澳，义律挈妻子及流寓英人五十七家，聚居尖沙嘴商船，潜招英国兵船数艘，借名索食，突攻九龙岛。被清参将赖恩爵用炮击沉一艘兵船，义律倒也有些惊慌。葡萄牙浼人出来转圜，愿遵清国新律，唯请削"人即正法"一语。则徐飞奏清廷，道光帝批回奏折云：

> 既有此番举动，若再示柔弱，则大不可。朕不虑卿等孟浪，但诚卿等不可畏葸，先威后德，控制之良法也，特此手谕。

林则徐接此谕后，回绝英领事义律。义律再派兵船，寄泊口外，拦住遵结各船，不准入口。则徐闻报，令水师提督关天培，率领兵船五艘，出洋查办。英船见中国兵船出口，先开炮轰击，天培发炮还应，击坏英船舵楼，死了好几个水手。英船转入官涌，由天培尾追，一阵击退。天培乘胜追至尖沙嘴，把英船逐出老万山外洋。清廷连闻胜仗，王大臣遂多半主战，大理寺卿曾望颜，且请封关禁海，尽停各国贸易。全然不知世事。道光帝令则徐议奏，则徐复陈英国违禁，与他国无与，现只有禁英通商，不便一例峻拒等语。道光帝乃只停英人贸易，谕旨如下：

> 英吉利夷人，自议禁烟后，反复无常，若准其通商，殊属不成事体，至区区关税，何足计较。我朝抚绥外国，恩泽极厚，英夷不知感戴，反肆鸱张，我直彼曲，中外咸知。自外生成，尚何足惜？其即将英吉利国贸易停止！钦此。

中英两国，自此绝交，义律报达英国政府，请速发兵。英国政体，是君主立宪，向设上下两议院，当时即开议院会议，有几个力持正道的人，颇说鸦片贸易，殊不正当，若为此事开战，有损英吉利名誉。英政府因此踌躇三日，怎奈议员宗旨不一，彼此投票解决，主战派多占九票，遂下令印度总督，调集屯兵万五千人，令加至义律统陆军，伯麦统海军，直向中国进发。正是：

> 过柔则弱，过刚必折；
> 滚滚海氛，一发莫遏。

欲知后来胜负，待小子停一停笔，下回再行录叙。

鸩毒一案，千古传疑。不敢信其必有，亦不敢谓其必无。但钮祜禄氏挟才自恃，因宠生骄，姑妇之间，总不免有勃豀之隐，所以暴崩之后，遂生出种种疑议。宫中之疑团未释，而海外之战衅又开。宣宗始终自大，卒至海氛一发，不可收拾。古人有言："刑于寡妻，至于兄弟，以御于家邦。"刑于之化未端，无怪家邦之多事也。本回前后叙事，截然不同，而从夹缝中窥入隐微，实足互勘对证，宣宗之为君可知矣。

第十六回

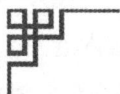

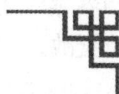

林制军慷慨视师
琦中堂昏庸误国

却说英国发兵的警报，传到中国，清廷知战衅已开，命林则徐任两广总督，责成守御；调邓廷桢督闽，防扼闽海。则徐留心洋务，每日购阅外洋新闻纸，阴探西事，闻英政府已决定主战，急备战船六十艘，火舟二十只，小舟百余只，募壮丁五千，演习海战；自己又亲赴狮子洋，校阅水师，军容颇盛。*能文能武，是个将相材*。道光二十年五月，*特书年月，志国耻之缘起*。英军舰十五艘，汽船四艘，运送船二十五艘，舳舻相接，旌旗蔽空，驶至澳门口外，则徐已派火舟堵塞海口，乘着风潮出洋，遇着英船，放起一把火来。英船急忙退避，已被毁去杉板船两只。

英将伯麦，贿募汉奸多名，令侦察广东海口，何处空虚，可以袭入。无奈去一个，死一个，去两个，死一对。最后有几个汉奸，死里逃生，回报伯麦，说海口布得密密层层，连渔船蛋户，统为林制台效力，不但兵船不能进去，就使光身子一个人，要想入口，也要被他搜查明白，若有一些形迹可疑，休想活着。看来广东有这林制台，是万万不能进兵呢。伯麦道："我兵跋涉重洋，来到此地，难道罢手不成？"汉奸道："中国海面，很是延长，林制台只能管一广东，不能带管别省，别省的督抚，哪里个个像这位林公，此省有备，好攻那省，总有破绽可寻；而且中国的京师，是直隶，直隶也是沿海省分，若能攻入直隶海口，比别省好得多哩。"*为虎作伥，然是可*

113

恨！伯麦闻言大喜，遂率舰队三十一艘，向北进驶。

则徐探悉英舰北去，飞咨闽、浙各省，严行防守。闽督邓廷桢，早已布置妥帖。预募水勇，在洋巡逻，见英船驶近厦门，水勇便扮做商民模样，乘夜袭击，行近英舰，突用火罐喷筒，向英舰内放入，攻坏英舰舵帆，焚毙英兵数十。英兵茫无头绪，还道是海盗偷袭，连忙抵敌，那水勇却荡着划桨，飞报内港去了。伯麦修好舵帆，复进攻厦门。金厦兵备道刘曜春，早接水勇禀报，固守炮台，囊沙叠垣，敌炮不能洞穿，那炮台还击的弹力，很是厉害，响了数声，把敌舰轰坏好几艘。伯麦料厦门也不易入，复趁着东北风，直犯浙海。

浙海第一重门户，便是舟山，四面皆海，无险可扼。浙省官吏，又把舟山群岛，看作不甚要紧的样子。英舰已经驶至，还疑外国商舶，毫不防备。**当沿海戒严时，就使是外国商舶，亦须稽查，况明明是兵舰乎？**英人经粤、闽二次惩创，还不敢陡然登岸，只在海面游弋。过了两三天，并没有兵船出来袭击，遂从群岛中驶入，进薄定海。定海就是舟山故地，因置有县治，别名定海，后来遂把定海舟山，分作两地名目。定海设有总兵，姓张名朝发，平时到也怀着忠心，只谋略却欠缺一点，**褒贬无私。**不去袭击外洋，专知把守海口。英舰二十六艘，连檣而进，朝发方下令防御。中军游击罗建功，还说外洋炮火，利水不利陆，请专守城池，不必注重海口。**越是愚夫，越说呆话。**朝发道："守城非我责任，我专领水师，但知扼住海口，不令敌兵登岸，便算尽职。"随督师出港口。

英将遣师投函，略说"本国志在通商，并非有意激战，只因广东林、邓二督，烧我鸦片烟万余箱，所以前来索偿。若赔我烟价，许我通商，自应麾兵回国"等语。朝发叱回，令军士开炮轰击，英舰暂退。翌晨，英舰复齐至港口，把大炮架起檣樯上面，接连轰入，势甚凶猛。港内守兵，抵当不住，船多被毁。朝发尚冒死督战，左股上忽中一弹，向后晕倒，亲兵赶即救回，于是纷纷溃退。英兵乘胜登岸，直薄定海城下。定海城内无兵。知县姚怀祥，遣典史金福，招募乡勇数百，甫至即溃。怀祥独坐南城上，见英兵缘梯上城，奔赴北门，解印交仆送府，自刎死。朝发回至镇海，亦创重而亡。

败报到京，道光帝即命两江总督伊里布，赴浙视师。伊里布尚未抵浙，英将伯麦，复遗书浙抚，浙抚乌尔恭额，料知书中，没甚好话，不愿拆阅，竟将原书发还。

伯麦方拟进攻，适领事义律至军，请分兵直趋天津。伯麦依言，遂与义律率军舰八艘，向天津进发。

道光帝因定海失守，未免忧虑，常召王大臣会议。军机大臣穆彰阿以谄谀道宠，平时与林则徐等，本不相和协，至是遂奏林则徐办理不善，轻开战衅，宜一面惩办林则徐，一面再定和战事宜。又是一个和珅。道光帝尚在未决，忽由直隶总督琦善，递上封奏一本，内称"英国兵船，驶至天津海口，意欲求抚。我朝以大字小，不如俯顺外情，罢兵息事为是。此等言语，最足荧惑主听。且粤督林则徐，办理禁烟，亦太操切，伏乞皇上恩威并济，执两用中"等语。道光帝览了奏牍，又去召穆彰阿商量。穆彰阿与琦善，本是臭味相投的朋友，穆彰阿要害林则徐，琦善自然竭力帮忙。况且这班奸臣，屈害忠良，是第一能手，欲要他去抵御外人，他却很是怕死，一些儿没能耐。

相传义律到津，直至总督衙门求见，琦善闻英领事来署，当即迎入，义律取出英议会致中国宰相书，交与琦善。琦善本由大学士出督直隶，展开细瞧，半字不识，随令通事译读。

首数句无非说东粤烧烟，起自林、邓二人，春间索偿，被他诉逐，所以越境入浙，由浙到津。琦善听了，尚不在意。后来通事又译出要约六条，随译随报。看官！你道他要求的是什么款子？小子一一开录如下：

第一条　赔偿货价。

第二条　开放广州、福建、厦门、定海、上海为商埠。

第三条　两国交际，用平等礼。

第四条　索赔兵费。

第五条　不得以英船夹带鸦片累及居留英商。

第六条　尽裁洋商（经手华商）浮费。

琦善听毕，沉吟了好一会，方向义律道："汝国既有意修和，那时总可商议。明日请贵兵官来署宴叙便了。"义律别去，次日，琦善令厨役备好筵宴，专待客到。约至巳牌时候，英国水师将弁二十余人，统是直挺挺雄纠纠地走入署中。琦替接入，见他威武非凡，不由得心头乱跳。见了二十多人，便已畏惧，若多至十倍百倍，定然向他下拜了。英兵官虽不能直接与他谈论，然已瞧透他畏怯情状，便箕踞上坐，命随来的通事传说，"本国已发大兵若干万，炮船若干艘，即日可到中国。若中国不允要求，请毋后悔！"这番言语，吓得琦善面色如土，忙央通事说情，愿为转奏。英将弁眉飞色舞，乐得大嚼一回，吃他个饱。席散后，琦善便据事奏陈，当由穆彰阿一力推荐，道光帝便命琦善赴粤查办。琦善闻命，即与英领事义律，约定赴粤议款。义律等徐返舟山，琦善入京听训，造膝密陈，廷臣多未及闻知。迨琦善出京，部中接山东巡抚托浑布奏报，略称"义律等自津回南，路过山东，接见时很是恭顺。<u>大约为自己写照。</u>今因琦中堂赴粤招抚，彼亦返粤听命"云云。嗣又接到伊里布奏本，据说"与英人订休战约，愿还我定海"等语。部臣方识琦善、伊里布，统是一班和事老。有几个见识稍高，已料到后来危局，然内有穆彰阿，外有琦善、伊里布，内外朋比，说亦无益，还是得过且过，做个仗马寒蝉。<u>这也难免误国之罪。</u>

这且慢表，且说林则徐方加意海防，严缉私贩，每月获到贩烟人犯，总有数起，则徐一一奏闻。起初接到廷寄，多是奖勉的话头，一日，传到京抄，上载大学士琦善奉旨赴粤查办，则徐不禁浩叹，正扼腕间，又接批发奏折的硃谕道：

外而断绝通商，并未断绝；内而查拿犯法，亦不能净尽。无非空言搪塞，不但终无实济，反生出许多波澜。思之曷胜愤懑，看汝又以何词对朕也。特谕。

则徐览毕无语。幕友在旁瞧着，不禁气愤，随道："大帅这般尽力，反得这般批谕，令人不解。"则徐叹道："信而见疑，忠而被谤，古今来多出一辙。林某自恨不能去邪，所以遭此疑谤。现既奉谕申斥，不得不自去请罪。"随即磨墨濡毫，草拟请罪折子，并加附片，愿戴罪赴浙，投营效力，当下交给幕友誊清，即日拜发。甫发奏折，又来严旨一道：

前因鸦片烟流毒海内，特派林则徐驰往广东海口，会同邓廷桢查办。原期肃清内地，断绝来源，随地随时，妥为办理。乃自查办以来，内而奸民犯法，不能净尽；外而私贩来源，并未断绝。本年福建、浙江、江苏、山东、直隶、盛京等省，纷纷征调，糜饷劳师。此旨林则徐办理不善之所致。林则徐、邓廷桢着交部分别严加议处。

两广总督，着琦善署理，未到任以前，着怡良暂行护理。钦此。

越数日，大学士署理两广总督琦善到任，此时粤督印信，已由林则徐交与怡良；怡良复交与琦善。琦善接印在手，别样事不暇施行，先查刺林则徐罪状，怎奈遍阅文书，无瑕可摘；随召水师提督关天培，总兵李廷钰等入见，责他首先开衅，此后须要格外谨慎，方可免咎。关、李等气愤填胸，只因总督系顶头上司，不好出言辩驳，勉强答应而退。琦善摆着钦差架子，也不出送。

忽巡捕传进英领事义律来文，琦善忙即展阅，阅罢，急下令将沿海兵防，尽行撤退，并旧募之水勇渔艇，一律解散。还是怡良闻着此信，赶到督署探问，琦善把义律来书，交与怡良瞧阅，口中却说道："兄弟并不是趋奉洋人，只圣上已经主抚，不得不从圆一点。照英领事的书中，要我退兵，我只得把兵撤退，推诚相与，方好成全抚议。"**明明是畏敌如虎，反说得与己无涉。**怡良道："夷情叵测，不可不防，还求中堂明察！"琦善拈须笑道："兄弟在直隶时，已与义律面约休战，还怕什么？"小骗碰着大骗。怡良无可再说，随即告别。

琦善方欣欣得意，专等义律来署议款。等了数日，毫无消息，只有属员来报，或说是获住汉奸，或说是捕到私贩，或说是英舰出入海口，侦探虚实。惹得琦善性起，大怒道："好好一个中国，都被这等混帐东西，闹成这种模样。**是自己说自己。**此后若再来尝试，定不姑贷！"属员碰着这个顶子，大家都回到衙中，吃着睡着，乐得安逸，不管闲帐。

琦善又招了一个粤人鲍鹏，作为翻译官，差他往来传信。鲍鹏曾在西商处，充过买办，为义律所奴视，琦中堂偏当他作奇材看待，言无不听，计无不从，因此义律越知琦善无能，日夜增船橹，造攻具，招纳叛亡，准备角战。琦善却一些儿不防，一些儿不备，只叫鲍鹏催促义律复音。

这日，鲍鹏带来复文一角，琦善即命鲍鹏译出，内说："前索六款，统求准议，还请割让香港一岛，畀英国兵商寄居，是否限三日答复！"这封书，便是外人所说哀的美敦书，是挑战的意思。琦善顿足道："这都是林则徐闯出来的祸祟，他既要我准他六款，还要什么香港一岛，如何是好？"鲍鹏道："香港是海口荒岛，就使允给了他，也没甚要紧。"**分明是个汉奸。**琦善道："这个却未便照准。"鲍鹏道："书中限期，只有三日，三日不复，他便要率兵进港来了。"琦善道："你却去对英领事说，叫他静心伺候，待我出奏，再行答复。"鲍鹏应命而去。琦善却令幕宾修了一个模糊影响的奏折，拜发出去。

隔了两宿，鲍鹏回报义律不肯遵命，说是："且开了仗，再好议和。"琦善大惊，正在慌张，沙角炮台将陈连升，赍文请援，琦善不愿发兵，仍遣鲍鹏赴英舰议和。鲍鹏阳虽应命，暗中却往别处耽搁了好几天，琦善还道他磋磨和议，不加着急，忽由飞骑来报："陈副将连升，与英兵开战，轰毙英兵四百多人，后因火药倾尽，力竭身亡，连升子举鹏与千总张清鹤，统已阵殁。沙角炮台，已失陷了。"琦善道："有这么事！" *竟像作梦。*接连又报："大角炮台，亦被英人陷没，千总黎志安，受伤出走。"琦善皱眉道："我已着鲍鹏去止英兵，什么鲍鹏不来，英兵只管进攻。"

语未毕，署外传进手本，乃总兵李廷钰求见。琦善道："我没有传他回省，他来做什么？" *真心昏蛋。*传递手本的巡捕，答称李镇台说有紧急事情，因此进省禀见。琦善方命传入，相见毕，廷钰禀道："沙角、大角两炮台，俱已陷落，英兵已进攻虎门，请大帅急速发兵，由卑镇带去把守！"琦善道："我奉旨前来议抚，并不是与英开战，怎好添兵寻衅？" *梦人说梦话。*廷钰道："英兵不愿就抚，奈何？"琦善道："我已着鲍鹏前去相商，谅无不成，明后日便可没事，老兄不必过虑！"廷钰道："大帅不要过信鲍鹏，鲍鹏前曾私贩烟土，犯过罪案，倘再被他通洋舞弊，恐怕祸患不浅。"琦善闭着目，只是摇头。廷钰下泪道："虎门系粤东门户，虎门一失，省城万不能保。廷钰等死不足惜，大帅恐亦未便。"说到这一句，琦善方张目道："据你说来，是必要添兵的。现调兵二百名，给你带去，可好么？"廷钰道："二百名不够分布。"琦善道："再添三百，凑成五百，想总够了。" *好像买卖人论价，可笑之至。*廷钰方起身告辞，琦善又道："老兄带了五百兵出去，只可黑夜中潜渡，若被英人得知，责我添兵，那时万不肯就抚了。"廷钰又气又笑，告别出外，急赴虎门守威远炮台去了。

琦善正遣发廷钰出署，见鲍鹏进来，好像得了宝贝，忙问抚议如何？鲍鹏答称义律必欲照约，方许退兵。琦善道："你如何今日才来？"鲍鹏道："卑职前日奉命前去，义律只是不见，守候数日，方得见他，磋商许久，仍无成议。只是请大帅允准要约，非但把炮台归还，连定海亦即交付。"琦善道："你再去与他商议，前六款中，烟价偿他若干，广州可以开放，香港亦可婉商，余事待后再谈。"鲍鹏去了一会，又回报："义律已经首肯，请大帅出订和约。"琦善道："话虽如此，但我尚未奏准，如何与他订约？"鲍鹏道："可去订一草约，然后奏准未迟。"琦善从鲍鹏言，借查阅炮位为名，与义律会于莲花城，愿偿烟价七百万圆，并许开放广州，割让香港。义律亦许归还定海，及沙角、大角两炮台。双方议定草约，琦善还署，即咨伊里布接收定海，一面即据义律来文，说出不得不抚情形，奏达清廷。

道光帝未经大创，安肯遽允？即命御前大臣奕山为靖逆将军，提督杨芳、尚书隆文为参赞大臣，赴粤剿办，并降旨道：

览奏，曷胜愤懑。不料琦善怯懦无能，一至于此！该夷两次在浙江、粤东肆逆，攻占县城炮台，伤我镇将大员，荼毒生民，惊扰郡邑，大逆不道，覆载难容。无论缴还定海，献出炮台之语，不足深信。即使真能退地，亦只复我疆土，其被戕之官兵，罹害之民人，切齿同仇，神人共愤。若不痛加剿洗，何以伸天讨而示国威？奕山、隆文兼程前进，迅即驰赴广东，整我兵旅，歼兹丑类！务将首从各犯，通夷汉奸，槛送京师，尽法处治。至琦善身膺重寄，不能声明大义，拒绝要求，竟甘受其欺侮，已出情理之外。且屡奉谕旨，不准收受夷书，胆敢附折呈递，代为恳求，是何居心？且据称同城之将军、都统、巡抚、学政及司道府县，均经会商，何以折内阿精阿、怡良等，并未会衔？所奏显有不实，琦善着革去大学士，拔去花翎，仍交部严加议处！钦此。

琦善接旨，不由得身子发抖，又闻伊里布亦奉饬回任，料知朝廷变了和议，将来如何答复英人？惶急了数天，忽又接到京中家报，说是家产都要籍没了，心中一急，昏晕倒地，不省人事。家不可忘，国恰可卖。正是：

　　内家而外国，义本同休戚；
　　误国即误家，身败名亦裂。

未知琦善性命如何，请看下回分解。

　　焚烟之举，虽未免过激，然使省省有林、邓，则善战善守，英何能为？且但患畏葸，不患孟浪，本出自宣宗之口，林、邓二公，不过奉上而为之耳。何物穆彰阿，敢行炀蔽，妨贤病国，纵敌殃民，弛一日之大防，酿百年之遗毒。不知者谓鸦片之祸，起自林文忠，其知者则固谓在彼不在此也。琦善奸党，右穆左林，覆车实，长寇仇，莫此为甚。读此回，令人惋惜，又令人愤激；虽本事实之不平，亦由抑扬之得体。

第十七回

关提督粤中殉难

奕将军城下乞盟

却说琦善闻家产籍没，顿时昏绝，经家人竭力施救，方渐渐苏醒，垂着泪道："早知英人这样厉害，朝局这样反复，穆中堂这样坐视，我也不出来了。"*悔已无及。* 于是再召鲍鹏密议。鲍鹏道："大人不必着急！总叫得英人欢心，不与大人为难。后事归后人处置，大人即可脱然无累了。"琦善思前想后，亦没有救急法子，只得搜罗歌女，摆列盛筵，时常请英使享宴，迁延时日，这英领事义律，及英将伯麦等抱着始终不让的宗旨，外面却与琦善周旋，大饮大吃，酒酣耳热，还抱着歌女取乐。*广东咸水妹，想是从此而起。* 正在花天酒地时候，朝旨已下，琦善接读朝旨，方悉家产籍没的原因，实是怡良一奏而起。小子先录登当时地上谕道：

香港地方紧要，前经琦善奏明，如或给与，必致屯兵聚粮，建台设炮，久之觊觎广东，流弊不可胜言。旋又奏请准其在广东通商，并给与香港泊舟寄住。前后自相矛盾，已出情理之外。况此时并未奉旨允行，何以该督即令其公然占踞。览怡良所奏，曷胜愤懑！朕君临天下，尺土一民，莫非国家所有，琦善擅予香港，擅准通商，胆敢乞朕格外施恩，且伊被人恐吓，奏报粤省情形，妄称地理无要可扼，军器无利可恃，兵力不坚，民心不固，摘举数端，危言要挟，不知是何肺腑？如此辜恩误国，实属丧

121

尽天良。琦善着即革职拿问，所有家产，即行查抄入官！钦此。

琦善读毕，眼泪复如泉水涌下，随道："我与怡良，无仇无隙，如何把我参奏？且他的奏稿中，不知说地什么说话，真是可恨！"责人不责己。当下着人到抚署中，抄出怡良奏稿，回报琦善，由琦善接瞧道：

自琦善到粤以后，如何办理，未经知会到臣，忽外间传说"义律已在香港出有伪示，逼令彼处民人，归顺彼国"等语。方谓传闻未确，蛊惑人心，随据水师提督转据副将禀抄伪示前来，臣不胜骇异。唯大西洋自前明寄居香山县属之澳门，相沿已久，均归中国之同知县丞管辖，而议者犹以为非计，今该夷竟敢胁天朝士民，占踞全岛。该处去虎门甚近，片帆可到，沿海各州县，势必刻刻防闲，且此后内地犯法之徒，必以此为藏纳之薮。是地方既因之不靖，而法律亦有所不行。更恐犬羊之性，反复无常，一有要求不遂，必仍非礼相向，虽欲追悔从前，其何可及？伏思圣虑周详，无远不照，何待臣鳃鳃过计。但海疆要地，外夷公然主掌，并敢以天朝百姓，称为英国之民，臣实不胜愤憾！第一切驾驭机宜，臣无从悉其颠末，唯于上年十二月二十八日，钦奉谕旨，调集兵丁，预备进剿，并令琦善同林则徐、邓廷桢妥为办理，均经宣示。臣等晤见时，亦请添募兵勇，以壮声威，固守虎门炮台，防堵入省要隘。今英夷窥伺多端，实有措手莫及之势。现既见有夷文伪示，不敢缄默，谨照录以闻。

琦善瞧完，又气又惧，急得手足冰冷。忽有水师提督关天培，递来急报，说："英舰复来攻虎门，请派兵速援！"琦善此时，已如死人一般，还有什么心思去顾虎门？随把急报搁起，一概不管。

原来英领事义律，已闻清廷主战消息，与伯麦定议续攻，趁奕山、杨芳、隆文等未曾到粤，即调齐兵舰，高扯红旗，向虎门进发。水师提督关天培，正守靖远炮台，一面飞速请援，一面督军防御。遥见英舰如飞而至，天培督令军士开炮，炮声数响，倒也击着英舰数艘，可恨未中要害，只把铁甲上面，打破了几个窟窿。英舰冒险冲入，两下里炮声震天，轰个不住。天培手下，多中炮倒毙，只望援军前来接应，谁知相持多时，毫无援音。英舰得步进步，所发炮弹，越加接近，宛如雨点雷声，没处躲

鸦片战争中的英国舰队

避，蓦然间一颗飞弹，从天培头上落来，天培把头一偏，那弹正中左臂，接连又是数颗弹丸，把天培身边几个亲兵，大半击倒。兵士便哗乱起来，你逃我走，个个要管自己的性命。天培左臂受伤，已忍痛不住，又见兵士纷纷溃败，大呼道："英人可恶，琦善可恨！天培从此殉国了。"一恨千古。就将手中的剑，向颈上一抹，一道魂灵，直升天府。

英人乘胜登岸，占据了靖远炮台，转攻威远、横档两炮台。两炮台上的守兵，已自闻风奔溃，总兵李廷钰，副将刘大忠，禁止不住，也只得退走。眼见得两炮台尽陷，虎门失守，英人将虎门各隘，所列大炮三百余门，及上年林则徐购得西洋炮二百余门，统行夺去；并且长驱直入，进薄乌涌。乌涌距省城只六十里，镇守员是总兵祥福，率同游击沉占鳌，守备洪连科，竭力拒战。杀了一两日，寡不敌众，弹药又尽，祥总兵及麾下二将，临敌捐躯，同时毕命，大帅怕死，裨将虽死无益。省城大震。幸亏参赞大臣杨芳，率湖南兵数千至城内，杨参赞素有威名，人心赖以少安。

是时畏懦无能的琦善，已由副都统英隆，奉旨押解进京，只怡良尚任巡抚，即与杨芳相见。当下谈起琦中堂议抚事情，怡良道："琦中堂在任时，单信任汉奸鲍鹏，堕了英领事义律诡计，一切措置，力反林制台所为。林制台处处筹防，琦中堂偏处处撤防，所以英人长驱直入。现在虎门险要，已经失去，乌涌地方，又复陷落，省城危急异常。幸逢参赞驰至，还好仗着英威，极力补救。"杨芳道："琦中堂太觉糊涂，抚议未成，如何就自撤藩篱？现在门户已撤，叫杨某如何剿办？看来只好以堵为剿，再作计较。"怡良道："英兵已入乌涌，海面不必讲了，现只有堵塞省河的办法。"杨芳道："省河有几处要隘？"怡良道："陆路的要隘，叫作东胜寺；水路的要隘，叫作凤凰冈。"杨芳道："这两处要隘，有无重兵防守？"怡良道："向来设有重兵，被琦中堂层层撤掉，琦中堂被逮，兄弟方筹议防守。但陆兵尚敷调遣，水师各船，被英人毁夺殆尽，弄到无舰可调，无炮可运，兄弟正在焦急哩。"杨芳道："舰队已经丧失，且扼守河岸要紧。"遂派总兵段永福，率千兵扼东胜寺；总兵长春，率千兵扼凤凰冈。两将才率师前去，探马已飞报英舰闯入省河。杨芳拟自去视师，遂起身与怡良告别，带了亲兵数百名，亲到河岸督战。行近凤凰冈，遥闻炮声不绝，知已与英兵开仗，忙拍马前进到凤凰冈前，见总兵长春，正在岸上耀武扬威，督兵痛击，英舰已向南退去。杨芳一到，长春方前来迎接，由杨芳下马慰劳一番，再偕长春沿河巡视，远望南岸河身稍狭，颇觉险要，便向长春道："那边却是天然要口，为什么不见守兵？"长春答道："河身稍狭的区处，便是腊德及二沙尾，闻林制军督师时，曾处处驻兵，后来都由琦中堂撤去，一任英使出入，所以空空荡荡，不见一兵。"杨芳刚在叹息，忽见南风大起，潮水陡涨，忙道："不好！不好！"急传令守兵，一齐整队，排列岸上。杨果勇，不愧将材，可惜大势已去。长春问是何意？杨芳向南一指，便道："英舰又乘潮来也。"长春望将过去，果见一大队轮船，隐隐驶入，比前次更多一二倍，连忙令军士摆好炮位，灌足火药，准备迎击。

顷刻间，英舰已在眼前，即令开炮出去，扑通扑通的声音，接连不断，河中烟雾迷蒙，弹丸跳掷。那英舰仗着坚厚，只管冲烟前进，还击的飞炮火箭，亦很猛烈。杨芳、长春两人，左右督战，不许兵士少懈。两边轰击许久，潮亦渐退，英舰方随潮出去。杨芳道："真好厉害！外人这般强悍，中国从此无安日了。"知己之言。是夜，即在凤凰冈营内暂宿。

次晨，美国领事，到营求见，由兵弁入报。杨芳道："美领事有什么事情，要来见我？"迟了半晌，方命兵弁请美领事入营。两下相见，分宾主坐定，各由通事传话。美领事先请进埔开舱。杨芳道："我朝与贵国，本没有失好意见，上谕原准贵国通商，只是英人猖獗异常，与我寻衅，所以连累贵国。这是英人不好，并非我国无情。"美领事道："闻英人亦不欲多事，只因天朝不准通商，两边误会，才有此战。窃想通商一事，乃天朝二百年来恩例，何妨一例通融，仍循旧制。"杨芳道："我朝原许各国通商，宁独使英人向隅？奈英人私卖违禁的鸦片，不得不与他交涉。且英人很是刁狡，今朝乞抚，明朝挑战，如何可以通融？"美领事道："这倒不妨。英领事义律，已有笔据呈交呢。"随取出义律笔据，交与杨芳。杨芳瞧着，乃是几行汉文，有"不讨别情，唯求照常贸易，如带违禁货物，愿将船货入官"等语，便道："照这笔据，似还可以商量。但英商再有贩运违禁货物，那便怎么处置？"美领事道："英国商人，并未随同兹事，若准他通商，货船便即入口，就使英兵要战，英商也是不肯，反可制服兵船，岂不是敛兵息争的好事么？"杨芳道："贵领事既与他说情，本大臣就替他奏请便是。只英舰不得无故闯入，须等上谕下来，或和或战，再行答复。"美领事应诺而去。

杨芳回省与怡良商议，彼此意见相同，遂联衔会奏，大旨以敌入堂奥，守具皆乏，现由美领事为英缓颊，姑借此羁縻，为退敌收险之计。**此奏很是。**这奏一上，总道廷旨允从，失之东隅，还可收之桑榆，谁知道光帝偏偏不依，**真正气数。**竟下旨严斥道：

览奏，愤懑之至！现在各路征调兵丁一万六千有余，陆续抵粤，杨芳乃迁延观望，有意阻挠，汲汲以通商为请，是复蹈琦善故辙，变其文而情则一，殊不可解。若如此了结，又何必命将出师，征调官兵。且提镇大员，及阵亡将弁，此等忠魂，何以克慰？杨芳、怡良等，只知迁就完事，不顾国家大体，殊失朕望，着先行交部严议。奕山、隆文经朕面谕一切，必能仰体朕意，现已到粤，兵多粮足，自当协力同心，为国宣劳，以膺懋赏，断不准提及通商二字，坐失机宜，此次批折，着发给阅看。钦此。

是时靖逆将军奕山，及参赞隆文，还有总督祁塨，俱已到粤，杨芳接见，便与叙起战事利害，及奏请羁縻缘由。奕山道："皇上的意思是决计主剿，所以参赞出奏，致遭严斥。兄弟亦知粤东空虚，但难违上命，奈何？"祁塨道："闻得前时林制军，办理的很是严密，何妨请他一议！"奕山点头称善，当由祁塨取出名刺，去请林则徐。

原来林则徐虽已被谴，尚未离粤，闻祁塨相邀，随即入见。祁塨引他见了奕山，奕山便问防剿事宜。则徐道："现在寇入堂奥，剿堵两难。省城又是卑薄得很，无险可扼，欲要挽回大局，很不容易。只有暂时设法羁縻，计诱英舰，退至猎德二沙尾外面，连夜下桩沉船，用重兵大炮把守，令他无从闯入。一俟风潮皆顺，苇筏齐备，再议乘势火攻，方出万全。"奕山默然不答。**意中还不以为然，想总要吃个败仗，方觉爽快。**祁塨道："闻省河一带，都有英船出没，如何诱他出去？"则徐道："那总有法可想。"祁塨道："这却还仗大力。"则徐道："林某在粤待罪，恨不将英人立刻驱逐，奈因琦中堂处处反对，无能为力，负罪愈深。今日得公等垂青，林某敢不效死。"**忠忱贯日。**言未毕，外面报圣旨下来，要林公出接。则徐忙出去接旨，系授则徐四品京堂，驰赴浙江会办军务。则徐束装即行，粤东失了臂助。

义律待了多日，未见杨芳复音，复来催索烟价。奕山叱回，即欲发兵出战。杨芳谏道："兵船未备，水勇未集，此时不宜浪战，还请固守为是！"奕山道："各省兵士，已调集一万七千名，粤兵亦有数万，若再顿兵不战，上头亦要诘责，只好与他拼一死战便了。"若能与他拼一死战，也不失为忠臣，只怕是空说大话。于是令提督张必禄，屯西炮台，出中路，杨芳由泥城出右路，隆文屯东炮台，出左路；并遣四川客兵，及祁塽所募水勇三百名，驾着小舟，携火箭喷筒，驶出省河，突攻英船。英船不及防备，被焚桅船二只，舢舨船二只，小船五只，英兵亦毙了数百名，并误伤美人数十。又开罪美国了。奕山闻报，正欣喜过望，慢着！忽递到败耗，说是英兵来打回复阵，把我兵轮三艘毁去，我兵败退，英舰已闯入十三洋行面前，奕山又忧虑起来。忽喜忽忧，活绘出一个庸帅。次日，探马又飞报英兵大至，天字炮台守将段永福败走，炮台被陷，炮台上面的八千斤大炮，都被英人夺去。接着又报泥城炮台守将岱昌及刘大忠，亦已败退。奕山搓手道："不得了！不得了！"何不出去死战？忙檄两参赞及张必禄回守省城。自己不敢出战，到也罢了，还要调回别人保护自己，真是没用的东西！

公文才发，又接到紧急军报，据称："港内筏材油薪船，并水师船六十多艘，统被英兵及汉奸烧尽。现在英兵已进攻四方炮台了。"奕山此时，好像兜头浇下冷水，一盆又一盆身子都冷了半截，免不得上城瞭望。目中遥见火光烛天，耳中隐闻炮声震地，他在城上踱来踱去，急得愁肠百结，突见东南角上有旗号展出，后面随着许多人马，不觉大惊，险些儿跌下城来，仔细一瞧，乃是自己兵队，方略定了一定神。等到兵马已到城下，后队乃是两参赞押着，忙即下城，开门延入。杨芳道："四方炮台，据省城后山，为全城保障，现闻英兵进攻，参赞等正思驰援，因奉调回来，不敢违命。好在城中尚无要事，待杨某出去救应。"奕山道："不……不必。昨日闽中到有水勇，已由祁督遣调往援，此刻城中吃紧，全仗诸公保护，千万不要离城。"

正议论间，探报四方炮台，又被英人夺去。杨芳着急道："怎么如此迅速！杨芳都着急起来，我知这位奕将军，恐怕连话都说不出了。四方炮台一失，敌兵据高临下，全城军民，如坐阱中，奈何奈何？"奕山道："这这这，全仗杨……杨果勇侯，出……出力保全。"杨芳不暇答应，急率军士登城固守，布置才毕，城北的火箭炮弹，已陆续射来。杨芳亲至城北督防，兀坐危楼，当着箭弹，终日不退。老天恰也怜他忠心，镇日里大雨倾盆，把英人射来的火器，沾湿不燃。城中人心，稍稍镇定。

看官！你道英人何故这么强？粤兵何故这么弱？小子细查中外掌故，方知英领事义律，虽是求抚，暗中却屡向本国调兵。水军统帅伯麦，早到中国，经过好几次战仗，上文统已叙明。陆军统帅加至义律，亦到粤多日，这时候复来了陆军司令官卧乌古，带了好几千雄兵，来粤助阵，所以英兵越来得厉害。这边粤中将弁，因海口已失，心中早已惶惧，奕山又是个纸糊将军，名目新鲜。并不敢出去督战。大帅安坐省城，将弁还肯尽力么？因此英兵进一步，粤兵退一步，英兵越进得猛，粤兵越退得远。炮台失了好几个，兵船军械，夺去无数，将弁恰是一个不伤。应为将弁贺喜。奕山住在围城中，既不敢战，又不敢逃，只好虚心下气，向属员问计。苦极！还是广州知府余保纯，献了一个救急的妙法子，无非是"议和讲款"四字。当由余保纯出去议款，经了无数口舌，复由美利坚商人，居中调停，定了四条款子，开列如下：

第一条　广东允于烟价外，先偿英国兵费六百万圆，限五日内付清。

第二条　将军及外省兵，退屯城外六十里。

第三条　割让香港问题，待后再商。

第四条　英舰退出虎门。

余保纯回报奕山，奕山唯唯听命。遂搜括藩运两库，得了四百万圆，还不够二百万圆，由粤海关凑足缴付英人。一面又下令出城，退屯六十里外的小金山。杨芳敢怒而不敢言，只请留城弹压，奕山也没有工夫管他，径自出去。隆文随着出城，心中也愤恚万分。到了小金山，隆文生起病来，竟尔逝世。小子叙到此处，也叹息不置，随笔成一七绝道：

主和主战两无谋，庸帅何能建远猷？

城下乞盟太自馁，西江难濯粤中羞。

和议已定，英人曾否退兵？且待下回再详。

去了一个琦善，又来了一个奕山。清宣宗专信满人，以致专阃诸帅，多属庸驽，虽以老成历炼之杨芳，屡建奇绩，洊膺侯爵，至此发言建议，犹不能邀宣宗之信用，彼关天培辈，宁尚值宸衷一顾？忠愤者徒自捐躯，狡黠者专图幸免，边事之坏，自在意中。观琦善之被逮，为之一快；继任者为一奕山，又为之一叹。关天培等之殉难，为之一恸；杨芳、怡良会奏之被斥，尤为之一惜。至城下乞盟，愿允四款，更不禁涕泪交垂矣。书中自成波澜，阅者心目中，应亦辘轳不置。

第十八回

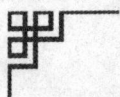

效尸谏宰相轻生
失重镇将帅殉节

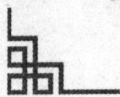

却说英国兵舰，自收到兵费后，总算拔碇出口，慢慢儿的退去，从佛山镇取道泥城，经萧关三元里。三元里里民，因英人沿途肆掠，愤愤不平，遂纠众拦截，竖起平英团旗帜，把英兵围住。英兵终日冲突，不能出围，统帅伯麦亦受伤。义律亟遣汉奸混出围场，遣书余保纯求救。保纯亟率兵往解，翼义律等出围，始得脱去。奕山不敢实奏，捏称："焚击英船，大挫凶锋，义律穷蹙乞抚，只求照旧通商，永不售卖鸦片，唯追交商欠六百万圆。当由臣等与他议约，令他退出虎门外面。"道光帝高居九重，只道奕山是亲信老臣，不至捏饰，当下准奏，谁知他是一片鬼话。杨芳奏请抚议，并不要六百万偿银，反加申斥；奕山饰词上告，将赔偿兵费之款，捏称追交商欠，虽改重从轻，而偿银总是确实，乃反准奏不驳，谓非重满轻汉而何？

朝中只恼了一个大学士王鼎，上了一道奏章，说："抚议万不可恃，将军奕山，其偿银媚外罪，较琦善尤重。"这篇奏牍，好似朝阳鸣凤，曲高和寡，哪里能回动圣听？况王鼎是山西蒲城人氏，并非皇帝老子戚族，凭你口吐莲花，总是不肯相信。当时留中不发，后来细问内监，方知道光帝览了奏牍，倒也有点动容，经权相穆彰阿袒护奕山，不说奕山有罪，反说奕山有功，因此把奏章搁起不提。王中堂得此消息，已自愤恨，适廷议追论林则徐罪状，谪戍伊犁，协办大学士汤金钊，因保荐林则徐材可重用，亦遭严谴，连降四级。王中堂料是穆彰阿暗中唆使，气得满腹膨胀，随即嘱咐家人，愿效史鱼尸谏，草了遗疏数千言，历述穆彰阿欺君误国，不亟治罪，大局无安日，海疆无宁岁。结尾有"臣请先死以谢穆彰阿"等语。遗疏写毕，读了一遍，便叹道："奸贼若除，我死亦瞑目了。"当下将遗疏恭陈案上，并用另纸一条，留嘱家人，饬他明日拜发；随望北谢恩，悬梁自尽。*其迹似迂，其心无愧。*

这一死传到王大臣耳中，很是惊异。穆彰阿是个多心人，料得王中堂无病而逝，必有缘故，然而凭空悬想，总不能摸着头脑，搔头挖耳地想了一会，暗道："有了，有了！"忙饬家仆去召一个谋士。谋士非别，乃是户部主事军机章京聂澧。聂澧一到，穆彰阿嘱他探听王中堂死事。聂澧与王中堂儿子王伉，向来熟识，此番受穆彰阿嘱托，遂借吊丧为名，当夜前去侦察。行过吊礼，由王家仆役引入客厅。聂澧遂私问王中堂死状，王仆遂一五一十，告诉聂澧，并说出遗疏大略。聂澧道："我与你家大少爷，素来莫逆，你去取出遗疏，令我一瞧！"王仆道："现在少爷忙得很，不便通报。"聂澧道："你不必通报少爷，你私下去取了出来，我一瞧过，便好归还。"王仆尚是为难，聂澧允给他千金。俗语说地好："重赏之下，必有勇夫，"况不过盗取一张文牍，稍费手脚，坐得千金，哪里有做不到的道理？王仆去了片刻，即将遗蔬取来。聂澧一瞧，吓得瞪目伸舌，便向王仆道："这篇遗疏，亏得未上，若上了这疏，贵东人要惹大祸了。"王仆知识有限，也吃了一惊。聂澧道："我既允你千金，快随我去取！这遗疏由我取去，另换一张方好。"当下不及告辞，匆匆径去。王仆随到聂寓，由聂澧取出笔墨，另写数行，假作王鼎遗疏，付与王仆，复检出银票千两，作为赠资。王仆称谢而去。

聂澧忙把遗疏，转呈穆彰阿。穆彰阿瞧了一遍，说道："险极，险极！这事幸亏有你，你是拔贡出身，还好应试，将来我总设法谢你一个状元。"*双手瞒天，无事不可为，区区状元，值得什么。*聂澧欢喜异常，把千金都不提起，直到后来为穆彰阿所闻，方照数给还。待至礼部试期，穆彰阿不忘前言，替他暗通关节。*总算信实。*偏同考官中有个山西人，本充御史，得了聂澧试卷，竟藏好箧中，上了锁，绝不提起，到填榜时候，主司房考，不得聂卷，相顾错愕。还是御史自说："某夕阅卷，不戒于火，有一卷为火所烬，想来便是聂卷。榜发后，当自议请处了。"*好好一个状元，被这侍御送掉，应为聂澧扼腕。*嗣后御史自请处分，解职回籍，这位权势赫奕的穆中堂，倒也没法害他，只一手提拔聂滢，历任至太常侍卿，这是后话慢表。

且说奕山与英人议和，单就广东一省，议定休兵息战，此外全不相关。清廷只道是和议已定，可以没事，令江、浙各省裁兵节饷。不意英人仍不肯罢兵，一面率军舰退出虎门，经营香港，规复广东贸易，一面复思借战胜余威，率军北进。适伯麦调印度战舰至粤，遂与义律等决议北犯，途次遇着飓风，撞破坐船。奕山祁埙等，张皇入告，说："英舰漂没无数，浮尸蔽海。"道光帝还疑是海神有灵，饬颁藏香，令祁埙敬谢祷天。可笑！

英政府令大使璞鼎查，代义律职，海军少将巴尔克，代伯麦职，义律、伯麦回国。璞鼎查、巴尔克，会同卧乌古，带领军舰九艘，汽船四艘，运送船二十三艘，于道光二十一年七月，游弋闽海，进犯厦门。此时邓廷桢已得罪革职，与林则徐同戍伊犁，闽浙总督换了颜伯焘。这位颜制台，颇热心拒外，到任后方督修战备，奈朝旨反令他裁兵节饷，只好缓缓布置。忽闻英兵入犯，急驰至厦门防御。甫到厦门，英舰已闯入鼓浪屿口。颜制台急饬兵开炮，接连炮响，轰沉英国火轮船五艘。英舰反蜂拥齐进，弹丸如雨点般打来。他的炮弹，不是望空乱发，只并力攻一炮台。一台破，再攻一台。厦门口岸，本有炮台三座，起初颜制台防他分攻，也派兵分守，谁知他却一座一座地攻打，这座被毁，那座早已震动。兼且炮台统用砖石砌成，未叠沙垣，弹丸飞至，不是击坍，便是击破。自辰至酉，炮台多半毁坏。英兵用小船驳到岸边，分路登岸，官军不能抵御，水陆皆溃。金门镇总兵江继芸，身中炮弹，落水溺死。副将凌志，署淮口都司王世俊，水师把总纪国庆、杨肇基、季启明等，各力战而亡。英兵据了炮台，反将炮台上面的大炮，移转向北，对着厦门官署轰击，房屋七洞八穿，兴泉永道刘曜春，同知顾效忠，皆遁走。颜制台也只得退守同安。

英兵乘势劫掠，厦民大愤，推陈姓为首，聚集五百人，抗英五千众。英兵用大炮，厦民用抬枪，打了一仗，英兵死了百人，厦民只死三人，因此英兵不敢久驻，仍退泊鼓浪屿。越数日，又进攻厦门，副将林大椿，游击王定国，又被击毙。还亏提督普陀保，总兵那丹珠，督兵力御，击沉英舰一艘，方扬长而去。颜制台初奏厦门失守，旋即报称收复，奉旨责他先事疏防，降三品顶戴留任。

闽海少安，英舰转入浙海。适两江总督裕谦，继伊里布后任，至浙视师。裕钦差任事刚锐，可惜未娴武备。先是调林则徐到浙，亦系由他密荐，则徐方感他知遇，竭力筹防，怎奈遣戍命下，不能逗遛。两下相别，彼此洒了几点热泪。*裕谦虽非将才，然存心很是忠诚，著书人秉公褒贬，并不以满人少之。*会裁兵节饷的上谕，颁到浙江，裕钦差心中，大不谓然，时常遣人侦探英舰动静。忽报英兵在粤，新增战舰，声言将移兵入浙，连忙写好奏本，请清廷转饬奕山，问明何故有英人入浙传言？该英人是否诚心乞抚，抑仍是得步进步故智？谁料廷旨批回，反说："英人赴浙，出自风闻，不足为据，着裕谦仍遵前旨，酌量撤兵，不必为浮言所惑，以至糜饷劳师。"这位裕钦差，看到此语，不禁叹气道："敌常增兵，我反撤兵，两不抖头，可笑可恨！想来总是穆中堂主见。穆彰阿穆彰阿！你要误尽国家了！"

随赴镇海阅防。途中接厦门失陷消息，飞檄定海镇总兵葛云飞，处州镇总兵郑国鸿，安徽寿春镇总兵王锡朋，统兵五千，严守定海。这三位总兵，统是忠肝义胆，葛公云飞，尤智勇双全。云飞系浙江山阴人氏，是武进士出身，超擢至定海镇总兵。道光十九年，丁父忧回籍。二十年，海疆事棘，夺情起用。他因定海先尝陷落，收复后，守备空虚。云飞到任，请三面筑城，环列巨炮，堵住竹山门深港，使不复通舟。且增筑南路土城，与五奎山诸岛相掎角。裕钦差到浙时，颇有心采用，奈朝廷叫他裁兵，嘱他节饷，他若还要筑城增垒，岂不是违拗圣旨？因此把筑城事中止。这时三总兵同到定海，手下兵只有五千。三总兵阅视形势，议扼要驻守。王锡朋愿守晓峰岭，郑国鸿愿守竹山门，道头街一带，归葛云飞扼守。唯晓峰岭背面负海，有间道可入，三镇兵只三千名，不敷分派，且炮火亦不够用。由王、葛二公商议，请增派兵船及大炮，堵住间道。

当下飞详镇海，裕谦接到详文，邀浙江提督余步云，共议添兵事宜。步云道："浙江要口，第一重是定海，第二重是镇海，镇海比定海，尤为要紧。现在镇海防兵，亦只数千，自顾不暇，还有什么兵马炮火，可以调遣？"王、葛两总兵，亦有详文到步云处，步云已戒他死守，毋望援兵。*三总兵死了。*裕谦道："这么一个要紧海口，只有几千兵马！"余步云道："上年恰不止此数，因朝旨屡促裁兵，所以减去三分之一，现在只四千名营兵了。"裕谦道："这正没法可想，只得听天由命。天若不亡浙江，定海应保得住，镇海也可无虑。本大臣以身许国，到危急时，拼死报君便了。"*忠有余而智不足，即此可知。*

步云退出，战信已到，英兵已来攻定海，驶进竹山门，被我军奋勇迎击，轰断英船大桅杆，英兵已退去了。裕谦稍稍放心。过了两日，又报英兵绕出吉祥门，入攻东港浦，被我炮击却，现英人改由竹山嘴登岸。郑镇台正在截击哩。接连又到紧急文书两角：一角是王总兵锡朋详文，一个是葛总兵云飞详文。裕谦展开一瞧，统是请大营济师，便道："怎么处？怎么处？定海兵尚有五千，此处兵恰只四千，难道三总兵未曾知悉么？若我亲去督战，恐怕镇海没人把守，我看这余军门步云，事事推诿，很是刁猾，恐怕也靠不住呢。现在没处调兵，奈何，奈何？"就将详文搁过一边，只自一人愁眉兀坐。

适值天气沉阴，连日霪雨，弄得越加愁闷，遂出了营，上东城眺望。突见城外招宝山，悬着白旗，不由得慌张起来，便下城去召总兵谢朝恩。朝恩未至，警信又到，乃是晓峰岭失陷，王总兵锡朋，中枪阵亡，寿春营溃散。裕谦正在惊愕，朝恩已踉跄进来，报称竹山门失守，郑总兵亦战殁了。裕谦道："莫非讹传。把王总兵误作郑总兵。"<u>郑王二姓，百家姓上本是联接，王已先死，郑何能免？</u>道言未绝，外面已递进败耗，确是郑国鸿又死。裕谦道："三总兵已死二人，单剩一个葛云飞，想总支持不住。好！好！三总兵不要怨我不救，看来我也是难保了。"说毕，泪如雨下。朝恩见主帅伤心，也陪了两三点泪珠，一面恰勉强劝慰。裕谦道："我恰不是怕死，若怕死也不来督师了。只可惜三员大将，一朝俱尽，国家从此乏材。还有一桩可疑的事情，招宝山上，如何竖起白旗来？"朝恩道："招宝山上，乃是余提督军营，为什么竖起白旗？卑镇倒也不解。"裕谦道："开战挂红旗，乞和挂白旗，这是外洋各国通例。现在本帅并不要乞和，英兵还未到镇海，那余军门偏先悬白旗，情迹可知。我朝养士二百年，反养出这般卖国的大员来，越叫人痛惜三总兵。"朝恩道："待卑镇去问明提台，再作区处。"朝恩趋出，外面又传报葛总兵云飞阵亡。<u>统用虚写，比实写尤觉凄惨。</u>裕谦此时又悲又恼，悲的是三总兵阵殁，恼的是余步云异心。踌躇一夜，想出一个盟神誓众的法儿。<u>儿戏何益？</u>

待到天明，忽见巡捕进来，呈上手本，说是义勇徐保求见。裕谦问徐保隶何人部下？巡捕答称是葛镇台部下。裕谦遂传令入见。徐保入帐，请过了安，便禀道："葛镇台阵殁，现由小兵舁尸内渡，已到此处。"裕谦问葛镇台阵殁情状，徐保答道："英人从晓峰岭间道攻入，先破晓峰岭，次陷竹山门，王、郑二镇台，先后阵亡，葛镇台扼住道头街，孤军激战，镇台手掇四千斤大炮，轰击英兵，英兵冒死不退。镇台持刀步斗，阵斩英酋安突得，无如英兵来得越多，我镇台拼命督战，刀都砍缺三柄，英兵少却。镇台拟抢救竹山门，方仰登时，突来两三员敌将，夹攻镇台，镇台被他劈去半面，鲜血淋漓，尚且前进，不防后面又飞来一弹，洞穿胸前，遂致殒命。小兵到夜间寻尸，见我镇台直立崖石下，两手还握刀不放。左边一目，眈眈如生，小兵欲负尸归来，那尸身兀立不动，不能挪移。随由小兵拜祝一番，请归见太夫人，然后尸身方容背负，驾着小船，潜渡至此。"裕谦叹道："好葛公！好葛公！"当下命随员偕了徐保，往去祭奠，并檄大吏护丧还葬，一面飞章出奏。

料理已毕，遂召集部将，设着神位，饬同宣誓，总兵以下，统共到来，独余步云不到。裕谦正思启问，谢朝恩已近前禀道："余军门已差武弁伺候。"裕谦冷笑道："想是本帅不曾亲邀，所以不到。"那边提辖武弁，闻了此语，急忙上前请安，禀称军门现患足疾，特来请假。裕谦摇头道："敌兵到来，那足自然会好了。"既晓得步云异心，如何不先为撤换？叱退武弁，随至神位前祭告。此时牲醴早陈，香烛齐爇，当由裕钦差行跪叩礼，众将官亦随同跪叩。裕钦差亲读誓文，无非劝勉属下文武，同仇敌忾，倘有异心，神人共殛等语。不求己而求神，简直是捣鬼。方才读罢，猛听得隐隐炮声，自远至近，不由得惊讶起来，便即起身誓众道："本帅的誓文，想大家都已听明，不日间英兵到来，须靠大家同心抵御，有功立赏，有罪立刑。"总兵谢朝恩，先应了声"得令"，众将士也随声附和。裕谦方命军士们撤了神位祭礼，正思向谢朝恩追问招宝山白旗缘故，探马忽报英兵来了。谢朝恩即抽身告辞，裕谦执着朝恩手道："这城屏障，便是招宝山及金鸡岭两处。老兄驻守金鸡岭，本帅很是放心，只有招宝山放心不下。"朝恩道："这要看朝廷洪福，卑镇愿以死报。"当下由裕谦亲送出营，朝恩匆匆别去。

裕谦遂登陴守城，城下忽来了余步云，由兵士将弁，启门放入。步云径上城来见裕谦，裕谦便道："军门足疾已愈么？"步云道："足疾尚未痊可，因敌兵入境，不得不前来请教。"裕谦道："誓死对敌，此外没有什么法子。"步云道："敌兵很是厉害，万一挫失，全城要糜烂了。"裕谦道："这也没法。依你怎么处？"步云道："据步云愚见，只可暂事羁縻。外委陈志刚人颇能干，不如叫他前去议抚。"裕谦笑道："我道军门有什么妙策，城下乞盟的事件，本帅却不愿闻。"步云道："大帅既不愿议抚，此处恐守不住，只好退守宁波。"裕谦正色道："敌到镇海，便退宁波，敌到宁波，将退何处？我与军门都受朝廷重任，难道叫我逃走么？"步云碰了一个钉子，下城自去。

约过两三个时辰，遥见招宝山上，已换了英国旗号，裕谦大惊道："不好了！余步云卖去招宝山了。"果然探马报来，招宝山被陷，余军门不知下落。接着，又报："英兵攻金鸡岭，谢朝恩击死英兵数百，因招宝山失守，军士惊溃，谢镇台身中数创，也即殉难，金鸡岭又被英人夺去了。"裕谦道："罢罢罢！"言未毕，英兵已到城下。城外守兵，逃避一空。裕谦下城，解下城防，交副将丰伸泰送与浙抚，自己投奔学宫前，跳入泮池。经家人捞救，已剩得奄奄一息。文武官员，闻裕谦投水，都弃城逃走。只有县丞李向南，冠带自缢。临死对，还有两首绝命诗。其诗道：

> 有山难撼海难防，匝地奔驰尽犬羊。
> 整肃衣冠频北拜，与城生死一睢阳。

> 孤城欲守已仓皇，无计留兵只自伤。
> 此去若能呼帝座，寸心端不听城亡。

英兵遂乘胜入城，踞了镇海。欲知后事，且看下回。

本回以王相国鼎及裕钦差谦为主脑，两人皆清室忠臣，惜乎其为愚忠。王鼎尸谏，无论其遗疏未上，为奸党用贿取去，即使不然，穆彰阿方沐君宠，能一击即倒乎？古人有为国除奸者矣，宁必尸谏？裕谦明知余步云之奸，不能立申军法，如穰苴之斩庄贾，已成大错。且定海孤悬海外，与其万不可守，曷若内捍镇海，自固堂奥，乃以三镇敢死之将，置诸必不可守之城，以两端怀异之人，授以险要必争之地。用隋侯珠，弹千仞雀，卒至两城迭陷，力竭躯捐，虽曰见危授命，于国事究何补焉？故忠固足悯，忠而愚，盖不能无疵云。

第十九回

奕统帅因间致败
陈军门中炮归仁

却说英兵入镇海城，悬赏购缉裕谦，因裕谦在日，尝将英人剥皮处死，且掘焚英人尸首，所以英人非常忿恨。其时裕谦经家人救出，舁奔宁波，闻到这个信息，又由宁波奔余姚，裕谦一息余生，至此方才瞑目。进至萧山县的西兴坝，浙抚刘韵珂差来探弁，接着裕钦差尸船，替他买棺入殓。当由刘韵珂据事入奏，奏中并叙及余步云心怀两端等情。看官！你道这余步云究往何处去呢？步云自入城见裕谦后，回到招宝山，见英兵正向山后攀登，他竟不许士卒开炮，即弃炮台西走，先到宁波，继走上虞。生了三只脚，还假称有病。英兵攻入宁波，复犯慈溪，还恐内地有备，焚掠一回，出城而去。

清廷闻警，特旨授奕经为扬威将军，侍郎文蔚，都统特依顺为参赞，驰赴浙江防剿；粤抚怡良为钦差大臣，移驻福建，调河南巡抚牛鉴，总督两江，分任南北沿海的守御。奕经奏调川、陕、河南新兵六千，募集山东、河南、江淮间义勇，及沿海亡命徒数万。下手便错。以道光二十二年元旦至杭州，大小官员，出城迎接，不消细说。奕经格外起劲，留参赞特依顺驻守杭州，自己偕参赞文蔚，督兵渡江，进次绍兴。沿途颇也留意招徕，故福建水师提督王得禄，愿至军前投效，奕经嫌他年老，劝他回籍。前泗州知州张应云，入营献计，奕经虚心下问。应云道："英人深入内地，都由

137

汉奸替他导引，其实汉奸所为，不过贪图贿赂，并没有什么恩义相结。现闻宁波绅民，统延颈盼望大军，那班汉奸，又都是本地百姓，若大帅亦悬重赏招抚，汉奸可变作洋谍，大军出剿，使他作为内应，定卜成功。这便是兵法上所说的'因间'二字，敢乞大帅明鉴！"张应云因间之计，并非全然纰谬，但亦视乎善用不善用耳。奕经道："这策恰是很妙，但叫谁人去招呢？"应云道："卑职不才，愿当此任。"奕经大喜，遂议定进兵方略：令参赞文蔚率兵二千，出屯慈溪城北的长溪岭；副将朱贵，参将刘天保，率兵二千，出屯慈溪城西的大宝山，专图镇海；总兵段永福率兵勇四千，偕张应云出袭宁波；故总兵郑国鸿子鼎臣，统率水勇东渡，规复定海；海州知州王用宾，出驻乍浦，雇渔舟渡岱山，策应鼎臣；奕经自率兵勇三千，驻扎绍兴东关镇，接运粮饷，调度兵马。

计划已定，各路同时出发，只望旗开得胜，马到成功。谁知郑鼎臣航海东去，遇着大风颠簸，先荡得七零八落，没奈何收兵回来，帆樯已损破不少，总算数千名水勇，还幸生全。王用宾出渡岱山，因鼎臣遇风回航，反致孤军深入。到定海附近，被英人侦悉，放炮的放炮，纵火的纵火，连忙逃回，渔船已一半被毁了。一路完结。

段永福与张应云居然招集许多义勇，又收买汉奸，令为内应，先由段永福伏兵城外，约期正月晦日攻城，偏这汉奸反复无常，阳与张应云联络，暗中却把师期通报英将。两面赚钱，不愧汉奸二字。英将巴尔克，忙与濮鼎查商议。濮鼎查是英国有名的谋士，便定了一个将计就计的法子，先期佯开城门，诱段永福入城。亏得永福刁猾，只令前队五百人进去，一入城中，两旁火弹雨下，英兵左右杀出，段军转身就逃。脚长的人，逃出了一半性命，还有一半，统做了宁波城中的炮灰。永福、应云，不敢再战，先后奔回东关。两路完结。

还有出屯慈溪的两将，素称骁勇，刘天保欲立首功，先自发兵，甫至镇海城外，就大声呼噪。英兵闻警登城，接三连四地开放大炮，招宝山上的英兵，又发炮相应，凭你刘天保如何勇力，究竟血肉身子，敌不过两边炮弹，只得退回大宝山。朱贵接着埋怨他不先通知，以致败退，刘天保尚倔强不服。不想英兵反水陆并进，来攻大宝山。刘天保扎营山左，朱贵率长子昭南，扎营山右。英兵自右攻入，朱贵麾兵迎击，前队用抬炮数十，更迭激射，击毙英兵三四百名，英兵前仆后继，只是不退。朱贵父子，亦拼命相搏，从辰时战到申时，朱军饥渴交加，单望天保军相救，天保军竟镇日不到。忽来了一支人马，冲阵而入，朱贵还道是天保军至，谁知他一入阵中，倒戈相向，才识是洋人买通的乡勇，前来抗拒官军。朱贵怒极，下令搜杀，奈队伍已被冲乱，洋人乘间抄袭，后面导引水师登岸，巨炮火筒，射烧营帐，烟焰蔽天。这时候，天保军亦受冲击，反从山左窜到山右，弄得朱军越乱。朱贵见势不支，犹誓死格斗，把手中所执大旗，插在地上，抢着一柄大刀，拍马驰赴敌阵，见一个，杀一个，大约杀了几十个英人，身上亦着了数创，马亦受伤。朱贵被马掀下，英兵统用着长矛，来戳朱贵，不防朱贵突然跃起，把敌矛夺住两杆，左右冲荡，吓得英兵纷纷倒退。英将见战朱贵不下，暗中携着手枪，乘朱贵杀入，陡发一弹，可怜盖世英雄，倒毙沙场上面。长子昭南，见父已倒地，忙冲出父尸前，猛力抗拒，意中想保护父尸；怎奈英兵攒聚，双拳不敌四手，虽格杀英兵数名，已是身无完肤，大叫一声而亡。**父忠子孝，朱氏有光。**手下亲兵二百五十人，没一个不殉难。还有知县颜履敬，在后面督粮，距大宝山二里，闻报朱军鏖斗，登高观战，遥见朱军危急，奋然道："我与朱协台交好多年，理应出去帮助。"忙脱了外衣，拔出佩刀，下山驰赴，仆从上前谏阻，履敬道："我此去明知一死，但能上报君恩，下全友谊，死亦甘心，何足惧哉？"仆从见主子不允，也只得随着，驰入阵中，死斗一场，统中炮身死。**死友义仆，足垂千古。**

刘天保奔回长溪岭，促文蔚往援朱贵，文蔚不允，部下亦代为力请，始许发兵二百。时已薄暮，传报朱军覆没，慌得面如土色，急令截回二百兵，冒夜逃走。**我不解道光帝何故专用这等人物，想总由平时会拍马屁。**到了东关，那位扬威将军奕经，早已接得败耗，遁到杭州去了。

先是两江总督伊里布，奉旨回任，因家人张喜往来英船，事涉通番，被逮入都，按律遣戍。浙抚刘韵珂，与伊里布素有感情，上了一道奏章，说他因公得罪，心实无他。英人向来器重伊里布，就是伊仆张喜，亦素得洋人倾服，倘令伊里布来浙效力，该英人不复内犯，亦未可定，伏望俯赐采纳等语。**保荐伊里布，无非叫他议和。**道光帝竟言听计从，赦伊里布罪，赏他七品顶戴，令赴浙营效力。并授宗室尚书耆英署杭州将军，**连宗室都任命出来，道光帝之心如揭。**与参赞齐慎，一同赴浙。又密谕奕经，叫他注意防堵，暂勿出战，静俟机会。英将见浙省不敢发兵，遂欲转略长江，断绝南北交通，威吓中国，先勒索宁波绅士，犒军银一百二十万圆，才许退兵。绅士无奈，东凑西借，方得如数交去。英舰乃退，只留兵千余名，轮船四艘，驻守定海。

奕经忙奏陈收复宁波，刘韵珂亦照样驰奏。奏折才发，乍浦的警报又到。乍浦系浙西海口，向属嘉兴府管辖，驻有汉兵六千三百人，满兵千七百人，副都统长喜，及同知韦逢甲，率兵抵御，遥见英舰列阵而来，好像山阜一般，满汉兵先已气索，弄得脚忙手乱。英舰尚未近岸，他却乱放枪炮，一颗儿都没有放着。等到英舰拢岸，弹药已经用尽。那边英兵，蓬蓬勃勃，炮弹如雨点般打来，岸上的官兵，赤手空拳，焉能抵挡？自然败北而逃。长喜、韦逢甲禁喝不住，也只得退回城中。英兵登陆进攻，猛扑东门，城上炮石齐发，击伤英兵多名，英兵绕攻南门，长喜亦由东至南，奋力督守。忽见城中火起，烟尘抖乱，长喜料知汉奸内应，欲下城搜捕，那时英兵已缘梯登城，长喜左拦右阻，致受重伤，遂下城投水。经亲兵救出，隔宿乃亡。韦逢甲力战多时，炮伤左胁，亦即毙命。佐领隆福额特赫，翼领英登布，骁骑校该杭阿等，统同殉难。佐领果仁布妻塔塔拉氏，惧城陷被辱，与二女投井死。生员刘椝被虏，由英人逼写告示，不从被杀。佣工陆贵，遇着英兵，叫他抬炮，他反大骂，被英兵一枪戳死。木工徐元业，也被英人执住，令他引搜妇女，他却自刎而尽。还有庠生刘东藩女，年二十二，尚未出嫁，英兵见她生有姿色，用刀胁刘，令女受污，女不从，也投入井中。刘进女凤姑，年十九，出城避难，遇英兵尾追，不能急走，反回身痛詈，甘心受刃。余外殉难的人，多不知名姓，无从纪载，相传共七百多人。扬忠表节，是好稗官。自从英人犯浙，别处城邑百姓，多望风先避，独乍浦猝遭失陷，趋避不及，罹祸最酷。上自官弁，下至工役妇女，宁为玉碎，毋为瓦全，也算是历史上光荣呢。古道犹存，今亡矣夫。

适值伊里布至浙，巡抚刘韵珂，亟令赴英舰议款，英将巴尔克未许。还是家人张喜下船一谈，巴尔克只索还俘虏十数名，扬帆退去。张喜有这般能力，真也奇怪。当由刘韵珂一一奏明，伊里布遂由七品衔，升至副都统了。承蒙家人抬举。英舰自乍浦退出，转入江苏，驶至吴淞口，江南提督陈化成，夙具将略，本系福建同安县人，清廷鉴他忠勇，特破回避本乡的故例，超擢厦门提督。嗣因江防紧急，调任江南。方才到任，即选接定海、镇海败耗。江、浙是毗连省分，浙省遇警，江南应该戒严。吴淞又是长江南面的要口，向设东西两炮台，互为掎角，化成督兵把守，三阅寒暑，与士卒同甘苦，就使风霜雨雪，他也同将弁们，在营住宿，军中感他惠爱，呼他作为陈佛，及英兵进逼吴淞，总督牛鉴，也到宝山县督防。牛鉴胆气很小，忙召化成熟商。

宝山距吴淞只六里，一召便到，牛鉴见了，别事不闻提起，单问保全生命的法儿。化成道："大帅不要惊慌！吴淞口向设炮台，用炮扼险，可决胜仗。只叫大帅坐镇宝山，不可轻出轻入！那时化成自能退敌。"牛鉴道："可靠得住么？"化成道："兵家胜负，虽是不能预料，但一夫拼命，万夫莫当。总叫上下将弁，勠力同心，何愁不胜？"牛鉴道："全仗！全仗！"化成告退，仍回吴淞。参将周世荣接着，问制军有无对敌方略？化成微笑道："老哥别问！只我与你的福气，统是不薄。"世荣不觉惊讶，化成道："明日与英人开战，得了胜仗，我与你同受上赏；万一战败，死且不朽，非福而何？"当夜，遣别将守东炮台，自与周世荣守西炮台。

次日，化成手执红旗，登台挥战。英舰先发炮射来，化成亦发炮出去。一边仰攻，一边俯击，两下里喊杀震天，烟雾蔽日。相持多时，化成走到最大的炮门后面，亲自动手，望准英舰，放将出去，不偏不歪，正中英舰的烟囱，一声炸裂，沉下海底去了。台上的官兵，齐声欢呼。化成又开第二炮，这一炮，却没有前时的准，只击断了英舰的桅杆，放到第三炮，仍不过击断船桅；第五六回放炮，却是射不着；接连打了数十回，虽击死英兵数百名，终不能打沉英船。化成性急起来，把住锚头，仔细窥着，适有一舰鼓轮驶入，化成连击两炮，一炮击着敌舰的汽锅，一炮击着敌舰的轮叶，那舰向下一沉，又望上一跃。一跃一沉，钻入水底，只剩了桅杆的头梢，微露海面。**笔笔曲折，真好笔仗。**这边台上鼓噪如雷，比第一炮越发欢跃。化成亦欣喜非常。

这位牛大帅，闻知官兵得胜，也想到军前扬威，跨上宝马，驰出南门。**不要他轻出，他偏轻出。**徐州兵亦随着前来，由总兵王志元押阵。牛大帅意气扬扬，只道英舰已退出口外，他来虚张声势，托词策应。纵着马上了海塘，见两边正在酣战，你一炮，我一枪地轰击，他已惊得目瞪口呆。突然面前落下一颗流弹，险些儿把灵魂飞去，转身就跑。这一跑，跑出大祸祟来了。**不要他轻入，他偏轻入。**原来台上兵弁，闻制台亲来督战，正格外奋勇，忽见牛制台奔回，徐州兵统同骇散，海塘上杳无人迹，还道后面伏着英兵，不禁慌乱。心中一慌，手中渐渐疏懈。这时英兵攻西炮台不下，方转攻东炮台，东炮台守兵，闻西炮台炮声渐稀，错疑西炮台已经失守。又经牛大帅一逃，不由得魂销魄丧，弃台而走。

英兵乘势登岸，踞了东炮台，复来夹攻西炮台。化成前后受敌，危急万分，周世荣请化成退兵,化成拔剑叱道:"庸奴,庸奴!我误识汝。"世荣易服潜逃。这位陈提台化成,尚竭力支撑,手燃巨炮,猛击英兵,怎奈顾前不能顾后,后面的炮弹,接连打来,化成受了数弹,喷下几口狂血,舍生取义去了。守备韦印福,千总钱金玉、许林、许攀桂,外委徐大华、姚雁字等,见提台阵亡,感他平时的恩惠,情愿随死,乃与英兵鏖战许久,究竟众寡不敌,先后战殁。武进士刘国标,趁这血战的时候,夺出陈化成尸身,背负而出,藏在芦苇里面,嗣经嘉定县令练廷璜,遣人舁至关帝庙殡殓。百姓多扶老携幼,争来哭奠,生荣死哀,陈提台也好瞑目。只牛制军奔回宝山,未曾喘息,忽报东西两炮台,统已失陷,提督以下,多半殉难,英兵已来攻宝山了。牛鉴不待听毕,忙带亲兵若干,拼命出走。英兵势如破竹,直入宝山,转陷上海,又扬帆入长江口,去追这位牛大帅。江浙有几句童谣道:

> 一战甬江口,制台死,提台走;再战吴淞口,提台死,制台走;死的死,走的走,沿海码头多失守。

究竟牛鉴能逃得性命否,容待下回再表。

奕经、牛鉴,平时本无功绩可言,乃用以作折冲之选,其致败也宜矣。朱贵父子,及陈提台化成,皆骁勇善战,一误于文蔚之不救,一误于牛鉴之猝逃,奕经于无可诿之中,犹可强诿,牛鉴则胆小如鼷,闻炮惊走,坐乱军心,徒委陈化成于敌手,为国家失一良将,其罪殆不可胜诛矣。本回于朱、陈战状,极力形容,即所以甚奕经、牛鉴之罪。旁及死事诸将弁,及殉节诸工役妇女,尤足愧煞庸奴。

第二十回

江宁城万姓被兵

静海寺三帅定约

却说牛鉴自宝山逃走，沿路不暇歇脚，一直奔回江宁。英兵即溯江直入，径攻松江。松江守将姓尤名渤，乃是寿春镇总兵，从寿春调守松江城。他闻英兵入境，带着寿春兵二千，到江口待着。英兵见岸上官军，一队一队地排列，严肃得很，他也不在心上，仗着屡胜的威势，架起巨炮，向岸上注射。尤总兵见敌炮放来，令兵士一齐伏倒，待炮弹飞过，又饬兵士尽起，发炮还击。这二千寿春兵，是经尤总兵亲手练成，坐作进退，灵敏异常，俄而起，俄而伏，由尤总兵随手指挥，无不如意。英兵放来的炮弹，多落空中，官兵放去的炮弹，却有一大半击着。相持两日，英兵不得便宜，转舵就走，分扰崇明、靖江、江阴境内，都被乡民逐出。

当下英将巴尔克、卧乌古，及大使濮鼎查，密图进兵的计策。卧乌古的意思，因长江一带，水势浅深，沙线曲折，统未知晓，不敢冒昧深入，还是濮鼎查想了一个妙计。看官！你道他的妙计是怎样？他无非用了银钱，买通沿江渔船，引导轮船驶入。<u>中国人多是贪财，所以一败涂地。</u>沿途进去，测量的测量，绘图的绘图，查得明明白白，并探得左右无伏，遂决意内犯。

镇江绅士，得此消息，忙禀知常镇通海道周顼。周顼同绅士巡阅江防，绅士指陈形势，详告堵截守御事宜。周顼笑道："诸君何必过虑！长江向称天堑，不易飞渡，江流又甚狭隘，水底多伏暗礁，我料英兵必不敢深入。他若进来，必要搁浅。等他搁浅的时候，发兵夹击，便可一举成功，何必预先筹备，多费这数万银钱呢？"敌已在前，他还从容不迫，也是可咍。遂别了绅士，径自回署。谁知英舰竟乘潮直入，追薄瓜洲，城中兵民，已经逃尽，无人抵敌。英兵转窥镇江，望见城外有数营驻扎，就开炮轰将过去。这镇江城外的营兵，乃是参赞齐慎，及提督刘允孝统带，闻得敌炮震耳，没奈何出来对敌，战了一场。敌炮很是厉害，觉得支持不住，还是退让的好，一溜风跑到新丰镇去。又是两个不耐战。

城内只有驻防兵千名，绿营兵六百，老弱的多，强壮的少，军械又不甚齐备，副部统海龄，恰是个不怕死的硬汉，率兵登城，昼夜守御。英兵进薄城下，攻了两日，不能取胜。又是卧乌古等想出声东击西的诡计，佯攻北门，潜师西南，用火箭射入城中，延烧房屋。海龄正在北门抵御，回望西南一带，火光冲天，英兵已经上城，料知独力难支，忙下城回署，将妻妾儿女，一股脑儿，锁入内室，放起火来，霎时间阖门一炬，尽作飞灰。海龄在大堂上，投缳殉节。英兵入城，把余火扑灭，搜捕官吏，已经一个不留。沿江上下的盐船估舶，或被英兵炮毁，或被枭匪焚掠，一片烟焰，遮满长江。扬州盐商，个个惊恐，想不出避兵法儿，只得备了五十万金的厚礼，恭送英兵，才蒙饶恕。英舰直指江宁，东南大震。

牛制台奔回江宁，总道是离敌已远，可以无恐，城中张贴告示，略称："长江险隘，轮船汽船，不能直入，商民人等，尽可照常小事，毋庸惊惶！"这班百姓见了文告，统说制台的言语，总可相信。那时电报火车，一些儿都没有，但叫官场如何说，百姓亦如何做，到了镇江失守，南京略有谣传，牛制军心里虽慌，外面还装出镇定模样，兵也不调，城也不守。简直是个木偶。忽然江宁北门外，烽火连天，照彻城中，城内外的居民，纷纷逃避。牛制军遣人探听，回报英兵舰八十多艘，连樯而来，已至下关。牛制军被这一吓，比在宝山海塘上那一炮，尤觉厉害。

呆了好一歇，忽报伊里布由浙到来，方把灵魂送回，才会开口，好一个救星。道了"快请"二字。伊里布入见，牛鉴忙与他行礼，献茶请坐，处处殷勤。便道："阁下此来，定有见教。"伊里布道："伊某奉诏到此，特来议抚。"牛鉴道："好极，好极！中英开衅，百姓扰得苦极了，得公议抚，福国利民，还有何说？"伊里布道："将军耆英，亦不日可到，议抚一切，朝旨统归他办理。伊某不过先来商议，免得临时着忙。"牛鉴听罢，便道："耆将军尚未到来，英兵已抵城下，这且如何是好？"伊里布道："小价张喜，与英人多是相识，现不如写一照会，差他前去投递，便可令英人缓攻。"牛鉴道："照会中如何写法？"伊里布道："照会中的写法，无非说钦差大臣耆英，已奉谕旨，允定和好，请他不必进兵。再令小价张喜，与他委婉说明，包管英人罢兵。"牛鉴喜极，随令文牍员写好照会，即浼伊里布叫入张喜，亲自嘱托，即刻令投送英船。张喜唯唯而去。**老家人又出风头**。去了半日，才来回报，牛鉴不待开口，忙问道："抚议如何？"张喜道："据英使濮鼎查说，和议总可商量，但耆将军到此无期，旷日持久，兵不能待，须就食城中方可。"牛鉴闻他和议可商，已觉放心；及听他就食城中的要约，又着急起来，便道："据这句话，明明是要来攻城，这却如何使得？"张喜道："家人亦这样说，同他辩驳多时，他说要我兵不入城，须先办三百万银子送我，作了兵饷，方好静候耆将军。"**大敲竹杠**。牛鉴道："这也是个难题目。银子要三百万，哪里去办？"

道言未绝，外面报副将陈平川禀见，牛鉴传入。平川请过了安，向牛鉴道："寿春镇的援兵，已到城下，求大帅钧示，何日开战？"牛鉴道："要开战么？这事非同儿戏，倘一失败，南京难保，长江上游，处处危急，岂不是可怕么？"平川道："不能战，只好固守，请下令闭城，督兵登陴方好。"牛鉴道："你又来了。前日将军德珠布，闻英兵已到，饬十三城门统行关锁。你想朝廷现主抚议，如何可闭城固守，得罪英人？我与伊都统费尽口舌，才争得'已启申闭'四字。德将军掌管全城锁钥，我没奈何去恳求他，你如何也说出这等话来？"平川道："耆将军尚在未到，抚议尚无头绪，倘英人登岸攻城，城中没有防备，如何抵敌？"牛鉴不禁变色道："英将并不来攻城，你却祝他攻城，真正奇怪！本帅自有办法，不劳你们费心！"当下怒气勃勃，拂衣起座，返身入内。**不愧姓牛**。平川只得退出。

牛鉴到了内厅，亲写了一封急信，叫干役两名，把信付他，令他加紧驰驿，去催耆钦使。一面又命张喜，再赴英舰，与他附耳谈了数语。**什么秘计，诸君试一猜之！**张喜领命又去。

看官！你道这个家人张喜，真能够与英帅面谈么。原来英舰中有个末弁，叫作马利逊，能作汉语，张喜与马利逊认识，数次往返，统由马利逊介绍。此次仍由马利逊引见濮鼎查，两边言语，也由马利逊传译。濮鼎查就问三百万兵饷，可曾备齐么？张喜道："耆将军即日可到，和事就可开议。牛大帅恐贵使性急，特遣张某前来相告。贵国初意，无非为了通商的事情，现我朝愿允许通商，贵国当可罢兵了。"濮鼎查道："要我罢兵，也是容易，但须依我几件事情。第一件须赔偿烟价，要一千二百万圆。"张喜道："广东已给过六百万元，如何今日还要倍索？"濮鼎查道："那是兵费，不是烟价。现在我兵由粤到此，饷项又用去数千万，亦须照例赔偿。"张喜不禁伸舌，便道："还要赔兵费么？"濮鼎查道："烟价、兵费外，香港是要割让的。香港以外，还要把广州、福州、厦门、宁波、上海五港口，开埠通商。"张喜道："款子有这么多！"濮鼎查道："还有，还有。讲和以后，俘虏是要放还；将来两国通使，应用平等款式。此外如我国的商民，损失颇多，也应酌量赔偿。烦你去通报贵国公使，如肯照允，当即退兵。"濮鼎查真是泼辣。张喜不敢辩论，便辞别了濮鼎查，当由马利逊送他登岸。张喜向马利逊道："议和的条件，这般厉害，恐怕是不易办到。"马利逊道："我与你向来熟识，不妨对你直言。这是我国所索，并非中国所许。此次我国兴兵，通商为主，不在银钱，但得两三港贸易，已能如愿，余事由中国裁酌的便了。"张喜点头告别。相传马利逊本是中国人，因在英领事处，服役多年，投入英籍。英领事嘉他勤慎，所以拔他做了英官。马利逊这番言语，也算是暗地关会，格外有情。

张喜据实回报，牛鉴不好遽复，又延挨了两三天，忽闻钦差大臣耆英到了，牛鉴忙出城迎接。耆英入城，谈起和战事宜，与牛鉴很是投机。也是牛类。刚拟去拜会英帅，英帅的照会已到，大略照前时所说的款子。耆英按照各款，稍稍驳诘，即行咨复。不料英使濮鼎查，定要件件依他，方许讲和，否则明日开战。这个照会答复过来，急得耆英、牛鉴、伊里布，没法摆布。忽报英舰高悬红旗，声势汹汹，准备开仗。耆英不得已，复遣张喜赴英船，与约翌朝会商。濮鼎查却翻着脸道："还要商议什么？允与不允，一言可决。闻汝大帅还添调寿春兵，与我接仗，我却不怕，明日同你交锋便了。"张喜忙说："没有这事。"濮鼎查不信，还是马利逊从旁缓颊，方说："明日辰刻，如再不允，我兵一齐登岸，运炮至钟山顶上，轰碎你的全城，休要后悔！"分明恫吓。张喜还报。

翌晨，耆英遣侍卫咸龄，藩司黄恩彤，宁绍台道鹿泽长，往英舰会商。两边磋议了一回，由濮鼎查定出数款：第一款，是清、英两国，将来当维持平和。这一条是面子上语，无关得失；第二款，是清国须给英兵费洋一千二百万圆，商欠三百万圆，赔偿鸦片烟六百万圆，共二千一百万圆，限三年缴清；第三款是，开广州、厦门、福州、宁波、上海五港，为通商口岸，许英人往来居住；第四款是，割让香港；第五款是，放还英俘；第六款是，交战时为英兵服役的华人，一律免罪；第七款是，将来两国往复文书，概用平行款式；第八款是，条约上须由清帝铃印。咸龄等见了此款，明知厉害得很，但是耆将军等一意主和，不好再行申驳，只说："即日照奏，请俟政府批回，即可定约。"濮鼎查道："须要赶紧，迟则不便。"咸龄等唯唯趋出，急报知耆英等，将条约草案呈上。耆英也不待瞧明，即与牛、伊二人会衔，饬文牍员写好奏章，由八百里加紧驿使，驰奏北京。

道光帝览奏，未免懊恼，立召军机大臣会议。军机大臣不敢多嘴，只大学士穆彰阿道："兵兴三载，糜饷劳师，一些儿没有功效，现在只有靖难息民的办法。等到元气渐苏，再图规复不迟。唯铃用御宝一条，关系国体，不便允准，应饬耆英等改用该大臣关防，便好了案。"*见小失大，忽近图远，真好相才。*道光帝迟疑一会，才道："照你办罢！"当由军机处拟旨，饬耆、牛、伊三人遵行。

耆、牛、伊三人，奉到上谕，见各款都已照准，只有铃用御宝，须改易三大臣关防，暗想这是最后一款，谅来英使总可转圜，遂令张喜至英舰知会，约期相见。马利逊先问张喜道："议和各款，已批准么？"张喜道："件件批准，只铃用御宝事不允。"马利逊道："我国最重铃印，这事不允，各议款都无效了。"张喜突然一惊，半晌道："且待三帅等会过英使，再作计较。"马利逊道："我国礼节，与中国不同，钦使制府，必欲来会，请用我的平行礼。"张喜道："是否免冠鞠躬？"马利逊道："免冠鞠躬，仍是平时的礼节，军礼只举手加额便是。"张喜道："简便得很，我去禀明便了。"

两人别后，转瞬届期，耆、牛、伊三帅，带领侍卫司道，径往英舟。濮鼎查出来相见，两下用了平行礼，分宾主坐定，订定盟约，倒也欢洽异常。耆、牛、伊回城后，又想了一桩拍马屁的法子，备好牛酒，于次日亲去犒师，到了英舟，濮鼎查忽辞不见。*真会做作。*三人驰回，急令张喜去问马利逊，一时回报，据英使意见，日前议定各款，一字不能改易，如或一字不从，只好兵戎相见，毋烦犒劳！耆英道："他如何知我消息？我昨日与英使相会，因初次见面，不好骤提易印二字，今日是借了犒师的名目，去议这件款子。偏偏他先知觉，不识有哪个预报详情？"张喜在旁，垂头不答。牛鉴道："为了这事仍要用兵，殊不值得，想圣上英明得很，且再行申奏，仰乞天恩俯准，当无不可。"耆英道："如何说法？"伊里布道："奏中大意，只叫说钤用御宝，乃是彼此交换的信用。我国用御宝，彼国君主，亦应照办，讲到平行款式，尚属可行。这么说来，想皇上亦不至再行申斥。况内有穆中堂作主，我们备一密函，先去疏通，自然容易照准了。"耆英依言照办，奏折上去，果然降旨依议。耆英等再赴英舰，与濮鼎查申明允议，约定仪凤门外的静海寺中，两下换约。届期免不得有一番手续，小子不欲再详，只好大书道光二十二年七月二十四日，即西历一千八百四十二年八月二十九日，清英结《南京条约》，和议告成，便算完案。第一次国耻。但英舰尚未退去，兵弁多上岸游览，江南华丽，远胜他省，青年妇女，妆扮得百般妖艳，英兵不懂中国禁忌，就上前去握手相亲，吓得妇女们大叫救命，恼了许多男子汉，说他怎么无礼，将英兵围住，手打脚踢，着实地敲了一顿。这一场瞎闹，几乎又惹起大交涉来。英将要下令赴斗，耆、牛、伊三人，亟遣黄藩司前去道歉。那英将不肯干休，定欲按问，没奈何将闹事的百姓，拿了几个，枷号示众。不愿作元绪公，恰要他吃独桌。并出示晓谕军民，只说："外洋重女轻男，握手所以示敬，居民不要误会，致启嫌隙！"若比握手更亲一层，便是相敬如宾了。众百姓似信非信，因内外交相胁迫，只得忍气吞声罢了。

到八月终旬，英兵先得六百万圆偿金，方退出江宁，还屯舟山。长江一带无英兵，唯舟山及鼓浪屿，英兵尚不肯撤退，须俟偿款交清，方行撤去。清廷无可奈何，只好一期一期地解他赔款。道光帝痛定思痛，想惩办一二庸帅，遮盖自己脸面。廷臣窥伺意旨，参本弹章，陆续投呈，于是道光帝连下谕旨。牛鉴革职逮问，命耆英代任江督，奕山、奕经、文蔚，亦仿牛鉴例逮治，余步云正法。独伊里布特沐重恩，升任钦差大臣，赴粤议互市章程，这是议和的功绩，清廷原特别优待他的。

转瞬间又是一年，春王正月，诏闽督怡良谳台湾狱。革台湾总兵达洪阿，兵备道姚莹职，海内哗然。这件案情，也是从英兵入境而起。英舰入犯的时候，曾遣偏师窥台湾，达洪阿、姚莹督率参将邱镇功，守御鸡笼口，见英舰驶入，开炮抵敌，轰退英兵。当下捷报到京，道光帝下旨嘉奖。嗣后英兵又窥大安港，达洪阿、姚莹，预设埋伏，诱敌进口，英舰鼓轮直入，巧巧触着暗礁，霎时间伏兵齐起，奋勇上船，擒住

《南京条约》签订现场

白人二十四名，黑人一百六十五名，炮二十门，及英兵所得浙军器械，约数百件。捷报再上，道光帝亲书硃谕，赏达洪阿太子少保衔，加姚莹二品顶戴。达、姚二人，将英俘监住，请旨正法，有旨批准。达洪阿等也算谨慎，把黑人一百六十四名斩首，留白人不杀。到了江宁议和，两国当交还俘虏，台湾只交出白人。英使濮鼎查，寻了闲隙，遍诉江、浙、闽粤诸大吏，略说："台中两次俘获，均系遭风难民。镇台达洪阿、道台姚莹，垂危邀功，请会奏惩处！"这位和事老耆英，连忙上奏，洋奴，洋奴！达洪阿闻这消息，也具奏声明原委，最后的一篇奏牍，恰是自请开缺，候钦派大臣查办。道光帝遂饬怡制台渡台讯究，一面将达、姚二人撤任。正是：

功罪不明先受谴，忠奸未辨已蒙冤。

毕竟怡制台讯究后，达、姚二人得罪与否，请看下回分解。

中英开衅，为禁烟而起，屡战屡败，直至江宁受困，情见势绌，不得已而乞和。种种条款，令人难堪，耆、牛、伊三大臣，唯唯诺诺，不敢少违。英人始愿，且不及此，何其怯欤？顾后人以此为五口通商之始，目为耆、牛、伊罪案，吾谓通商尚不足病，重洋洞辟，万国交通，中国宁能长此闭关乎？但战事为禁烟而起，至和议成后，于禁烟二字，绝不提及，是真可怪。英人未尝不允禁烟，我既事事如约，则禁烟二字，应不难乘此提议，数十百年之积毒，不至长遗，尚足为万一之补救。乃议和诸臣，见不及此，清宣宗亦屡败而惧，含糊了事。虎头蛇尾，能毋为外人窥破耶？本回写牛鉴，写伊里布，写耆英，暗中实写宣宗。语重心长，隐含无数感慨。

第二十一回

怡制军巧结台湾狱
徐总督力捍广州城

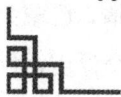

却说闽浙总督怡良，本是达、姚二人的顶头上司，只回军务倥偬，朝廷许他专折奏事，达、姚遂把始末战事，直接政府，闽督中不过照例申详，多未与议，因此怡良亦心存芥蒂。此次奉旨查办，大权在手，乐得发些虎威，聊泄前恨。**外不能御侮，内却偏要摆威，令人可恼！** 到了台湾，驺从杂沓，仪仗森严，台中百姓，闻得怡制台为办案而来，料与达镇台、姚道台一方面，有些委屈，途中先拦舆鼓噪，争说达、姚二官员的好处，制台大人，不必查究。达洪阿得了此信，连忙亲往驰谕，百姓们才渐渐解散。

怡制台一入行辕，门外又有一片闹声，经巡捕来报，外面的百姓，每人各执香一炷，闯入行辕来了。怡良问为何事？巡捕答称，百姓口中，无非为达镇台、姚道台伸冤。此时达、姚二人，见过怡制台，已自回署，怡良忙着人传见。不一时，达、姚俱到，百姓分开两旁，让两人入辕。怡良此时，只得装出谦恭模样，起身相迎，与两人行过了礼，随说：“两位统是好官，所以百姓这般爱戴。现仍劳两位劝慰百姓，禁止喧闹，兄弟自然与二位伸冤。”达、姚二人忙禀道：“大帅公事公办，卑职等自知无状，难道为了百姓，便失朝廷赏罚么？”正答议间，外面的喧声，越加闹热。怡良忙道：“二位且出去劝解百姓，再好商量。”达、姚二人，只好奉命出来，婉言抚慰。

众百姓道："制台大人，既已到此，何不出来坐堂，小百姓等好亲上呈诉。"达、姚二人，乃再请怡制台坐出堂去，晓谕百姓。怡良没法，亲自出堂，见外面有无数百姓，执着香，黑压压地跪了一地。前列的首顶呈词，由巡捕携去，呈与怡良。怡良大略一瞧，便道："本宪此来，原是与达镇、姚道伸冤，汝等百姓，好好静候，千万不要喧哗。"众百姓尚是不信，又经达、姚二人，再三劝慰，百姓方才出去。

怡良又邀达、姚二人入内，便道："二位的政声，兄弟统已知悉，但上意恐有误抚议，所以遣兄弟前来。"一面取出密旨，交与二人阅看，内有"此案如稍有隐饰，致朕赏罚不公，必误抚局，将来朕别经察出，试问怡良当得何罪"等语。炀灶蔽聪，前后多自相矛盾。两人阅过上谕，便道："卑职等的隐情，已蒙大帅明察，甚是感德不忘，现只请大帅钧示便了！"怡良道："现在英人索交俘虏，台中擒住的英人，已多半杀却，哪里还交付得出？兄弟前时曾有公文寄达两位，叫两位不要杀戮洋人，两位竟将他杀死一大半，所以今日有这种交涉。"达洪阿道："这是奉旨照办，并非卑镇敢违钧命。"怡良道："君要臣死，不得不死。专制时代的滥语。现在抚议已成，为了索交俘虏一事，弄得皇上为难，做臣子们也过意不去。为两位计，只好自己请罪，供称："两次洋船破损，一系遭风击碎，一系被风搁沉，实无兵勇接仗等事。前次交出白人数十名，乃是台中救起的难民，此外已尽逐波臣，无处寻觅。"照此说来，政府可以借词答复，免得交涉棘手了。"计策恰好，只难为了达、姚。达洪阿不禁气忿道："据大帅钧意，饬卑镇等无故认罪，事到其间，卑镇等也不妨曲认。但一经认实，岂非将前次奏报战仗，反成谎语？欺君罔上，罪很重大，这却怎么处？"怡良道："这倒不妨，兄弟当为二位转圜。"遂提笔写道："此事在未经就抚以前，各视其力所能为。该镇、道志切同仇，理直气壮，即办理过当，尚属激于义愤。"写到此处，又停了笔，指示两人道："照这般说，两位便不致犯成大罪，就使稍受委屈，将来再由兄弟替你洗刷，仍好复原。这是为皇上解围，外面不得不把二位加罪，暗中却自有转圜余地。兄弟准作保人，请两位放心！"如此做作，可谓苦心孤诣。达、姚二人，没奈何照办。

怡良就将写好数语，委文牍员添了首尾，并附入达、姚供状，驰驿奏闻。道光帝一并瞧阅，见怡良奏中，末数语，乃是："一意铺张，致为借口指摘，咎有应得"三语。总不肯放过。遂密逮达、姚二人入都，交刑部会同军机大臣审讯。隐瞒百姓，

阳谢英人，苦极苦极！道光帝自己思想，无故将好人加罪，究竟过意不去，刑部等的定谳，也是不甚加重，遂由道光帝降旨道：

> 该革员等呈递亲供，朕详加披阅，达洪阿等原奏，仅据各属文武士民禀报，并未亲自访查，率行入奏，有应得之罪。姑念在台有年，于该处南北两路匪徒，叠次滋扰，均迅速蒇事，不烦内地兵丁，尚有微劳足录。达洪阿、姚莹，着加恩免其治罪！业已革职，应毋庸议！钦此。

台湾的交涉，经这么一办，英人算无异言。**这是怡制台的功劳**。奈自洋人得势后，气焰日盛一日，法、美各国，先时尝愿作调人，江宁和约，不得与闻，免不得从旁讥议；况且中国的败象，已见一斑，自然乘势染指。是时钦差大臣伊里布赴粤，与英使濮鼎查，开议通商章程，尚未告成，伊已病殁。清廷命两江总督耆英，继了后任，订定通商章程十五条。自此英人知会各国，须就彼挂号，方可进出商船，输纳货税。法、美各商，以本国素未英属，不肯仰英人鼻息，遂直接遣使至粤，请援例通商。耆英不能拒，奏请许法、美互市，朝旨批准，随于道光二十四年，与美使柯身，协定中美商约三十四款，又与法使拉萼尼，协定中法商约三十五款，大旨仿照英例。唯约中有"利益均沾"四字，最关紧要。耆英莫名其妙，竟令他四字加入，添了后来无数纠葛，**又上法、美的当**。这且待后再详。

只江宁条约，五口通商，广州是排在第一个口岸，英人欲援约入城，粤民不肯，合词请耆英申禁。耆英不肯，众百姓遂创办团练，按户抽丁，除老弱残废，及单丁不计外，每户三丁抽一，百人为一甲，八甲为一总，八总为一社，八社为一大总，悬灯设旗，自行抵制英人，不受官厅约束。会英使濮鼎查，自香港回国，英政府命达维斯接办各事。达维斯到粤，请入见耆英。耆英晓得百姓厉害，即遣广州知府刘浔，先赴英舰，要他略缓数日，等待晓谕居民，方可入城相见。

知照后打道回衙，适有一乡民挑了油担，在市中卖油，冲了刘本府马头，被衙役拿住，不由分说，揪倒地上，剥了下衣，露出黑臀，接连敲了数十百板。市民顿时哗闹，统说官府去迎洋鬼子入城，我们百姓的产业，将来要让与洋人，应该打死。这句话，一传两，两传十，恼得众人性起，趁势啸聚，跟了刘本府，噪入署中。刘本府下

153

了舆，想去劝慰百姓，百姓都是恶狠狠一副面孔，张开臂膀，恨不得奉敬千拳。吓得刘本府转身就逃，躲入内宅。百姓追了进去，署中衙役，哪里阻拦得住？此时闯入内宅的人，差不多有四五千。幸亏刘本府手长脚快，扒过后墙，逃出性命，剩得太太、姨太太、小姐、少奶奶等，慌做一团，杀鸡似的乱抖。百姓也不去理他，只将他箱笼敲开，搬出朝衣朝冠等件，摆列堂上。内中有一个起起武夫，指手画脚的说道："强盗知府，已经投了洋人，还要这朝衣、朝冠何用？我们不如烧掉了他，叫他好做洋装服色哩！"众人齐声赞成。当下七手八脚，将朝衣、朝冠等，移到堂下，简直一把火，烧得都变黑灰。倒是爽快，但也未免野蛮。又四处搜寻刘本府，毫无踪迹。只得罢手，一排一排的出署。

到了署外，督抚已遣衙役张贴告示，叫百姓亟速解散，如违重究。众百姓道："官府贴告示，难道我们不好贴告示么？"奇闻。当由念过书的人，写了几行似通非通的文字，贴在告示旁边，略说："某日要焚劫十三洋行，官府不得干预，如违重究！"趣极。这信传到达维斯耳内，也不敢入城，退到香港去了。百姓越发高兴，常在城外寻觅洋人，洋人登岸，不是着打，就是被逐。英使愤甚，迭贻书耆英，责他背约。耆英辩无可辩，不得已招请绅士，求他约束百姓，休抗外人。绅士多说众怒难犯，有几个且说："百姓多愿从戎，不愿从抚，若将军督抚下令杀敌，某虽不武，倒也愿效前驱。"越说越远！耆英听了，越加懊恨，当即掇茶谢客，返入内宅。眉头一皱，计上心来，展毫磨墨，拂笺写信，下笔数行，折成方胜，用官封粘固，差了一个得力家人，付了这信，并发给路费，叫他星夜进京，到穆相府内投递。家人去讫，过了月余，回报穆相已经应允，将来总有好音。耆英心中甚喜，只英使屡促遵约，耆英又想了一个救急的法儿，答复英使，限期二年如约。于是耆英又安安稳稳地过了一年。

道光二十七年春月，特召耆英入京，另授徐广缙为两广总督，叶名琛为广东巡抚。这旨一下，耆英额手称庆，暗中深感穆相的大德，前信中所托之事，读此方知。日日盼望徐、叶二人到来。等了数月，徐、叶已到，耆英接见，忙把公事交卸，匆匆地回京去了。撒了一泡烂屎。

光阴如箭，倏忽间又是一年。英政府改任文翰为香港总督，申请二年入城的契约，旧事重提，新官不答。广东绅士，已闻知消息，忙入督署求见，由徐广缙延入。

绅士便开口道:"英人要求无厌,我粤万不能事事允行。粤民憾英已久,大公祖投袂一舍,负杖入保的人,立刻趋集,何虑不胜?"广缙道:"诸君既同心御侮,正是粤省之福,兄弟自然要借重大力。"

绅士辞去,忽由英使递来照会,说要入城与总督议事。广缙忙即照复,请他不必入城,若要会议,本督当亲至虎门,上船相见。过了两日,广缙召集吏役,排好仪仗,出城至虎门口外,会晤英使文翰。相见之下,文翰无非要求入城通商,广缙婉言谢却。当即回入城中,与巡抚叶名琛,商议战守事宜。名琛是个信仙好佛的人,一切事情,多不注意,况有总督在上,战守的大计划,应由总督作主。此时广缙如何说,名琛即如何答。城中绅士,又都来探问,争说:"义勇可立集十万,若要开仗,都能效力,现正伫候钧命!"广缙道:"英人志期入城,我若执意不许,他必挟兵相迫,我当预先筹备。等他发作,然后应敌,那时便彼曲我直了。"绅士连声称妙。

不想隔了一宿,英船已闯入省河,连樯相接,轮烟蔽天,阖城人民,统要出去堵截。广缙道:"且慢!待我先去劝导,叫他退去。他若不退,兴兵未迟。"随即出城,单舸往谕。文翰见广缙只身前来,想劫住了他,以便要求入城。两下方各执一词,忽闻两边岸上,呼声动地,遂往舱外一望,几乎吓倒。原来城内义勇,统已出来,站立两岸,好像攒蚁一般,枪械森列,旗帜鲜明,眼睁睁地望着英船,口内不住地喝逐洋人。文翰一想,众寡情形,迥不相同,万一决裂,恐各船尽成齑粉,于是换了一副面庞,对着徐制台虚心下气,情愿罢兵修好,不复言入城事。中国百姓,能时时如此,何患洋人?广缙亦温言抚慰。劝他休犯众怒,方好在广州海口,开舱互市。文翰应允,就送广缙回船,下令将英船一律退去。

广缙遂与名琛合奏,道光帝览奏大悦,即手谕道:

洋务之兴,将十年矣。沿海扰累,糜饷劳师。近年虽累臻静谧,而驭之之法,刚柔不得其平,流弊以渐而出。朕深恐沿海居民踩蹦,故一切隐忍待之,盖小屈必有大伸,理固然也。昨因英使复申粤东入城之请,督臣徐广缙等,迭次奏报,办理悉合机宜。本日又由驿驰奏,该处商民,深明大义,捐资御侮,绅士实力匡勤。入城之议已寝。该英人照旧通商,中外绥靖,不折一兵,不发一矢,该督抚安内抚外,处处皆抉摘根源,令外人驯服,无丝毫勉强,可以历久相安。朕嘉悦之忱,难以尽述,允

155

宜懋赏以奖殊勋。徐广缙着加恩赏给子爵，准其世袭，并赏戴双眼花翎。叶名琛着加恩赏给男爵，准其世袭，并赏戴花翎以昭优眷。发去花翎二枝，着即分别祗领！穆特恩、乌兰泰等，合力同心，各尽厥职，均着加恩照军功例，交部从优议叙。候补道许祥光，候补郎中伍崇曜，着加恩以道员尽先选用，并赏给三品顶戴。至我粤东百姓，素称骁勇，乃近年深明大义，有勇知方，固由化导之神，亦其天性之厚。难得十万之众，利不夺而势不移。朕念其翊戴之功，能无恻然有动于中乎？着徐广缙、叶名琛宣布朕言，俾家喻户晓，益励急公亲上之心，共享乐业安居之福。其应如何奖励，及给予扁额之处，着该督抚奖其劳勚，锡以光荣，毋稍屯恩膏以慰朕意。余均着照所议办理！钦此。

这道上谕，已是道光二十九年四月内的事情。道光帝以英人就范，从此可以无患，所以有小屈大伸的谕旨。谁知英人死不肯放，今年不能如愿，待到明年；明年又不能如愿，待到后年，总要达到目的，方肯罢手。外人的长处，便在于此。这且慢表。

且说道光帝即位以来，克勤克俭，颇思振刷精神，及身致治，无如国家多难，将相乏材，内满外汉的意见，横着胸中，因此中英开衅，林则徐、邓廷桢、杨芳等，几个能员，不加信任，或反贬黜。琦善、奕山、奕经、文蔚、耆英、伊里布等，庸弱昏昧，反将更迭任用。琦善、奕山、奕经、文蔚四人，虽因措置乖方，革职逮问，嗣后又复起用。御史陈庆镛，直言抗奏，竟说是刑赏失措，未足服民。道光帝也嘉他敢言，复夺琦善等职。怎奈贵人善忘，不到二年，又赏奕经二等侍卫，授为叶尔羌参赞大臣，奕山二等侍卫，授为和阗办事大臣，琦善二等侍卫，授为驻藏大臣，后竟升琦善四川总督，并授协办大学士，奕山也调擢伊犁将军。林、邓二人，未始不蒙恩起复，林督云贵，邓抚陕西，然后究贤愚杂出，邪正混淆，又有权相穆彰阿，仿佛乾隆年间的和珅，妒功忌能，贪赃聚敛，弄得外侮内讧，相逼而来。道光帝未免悒悒。俗语说得好："忧劳足以致疾。"道光帝已年近古稀，到此安能不病？天下事往往祸不单行，皇太后竟一病长逝，道光帝素性纯孝，悲伤过度。皇四子福晋萨克达氏，又复病殁。种种不如意事，丛集皇家，道光帝痛上加痛，忧上加忧，遂也病上加病了。总括一段，抑扬得体。正是：

天有不测风云，人有旦夕祸福。

究竟道光帝的病体，能否痊愈，待至下回续叙。

道光晚年，为民气勃发之时。台湾谳案，达洪阿、姚莹，几含不白之冤，闽督怡良，又思借端报复，微台民之合词诉枉，达、姚必遭冤戮。虽复奏案情，仍有"一意铺张，致遭指摘"等语，然上文恰谕其志切同仇，激于义愤，于谴责之中，曲寓保全之意，皆台民一争之效也。至若广州通商，为江宁条约所特许，英人入城，粤民拒之，以约文言，似为彼直我曲之举，然通商以海口为限，并非兼及城中，立约诸臣，当时不为指出界限，含糊其词曰广州，固有应得之咎，而于粤民无与。着英诱约而去，徐广缙衔命而来，微粤民之同心御侮，广缙且被劫盟，以此知吾国民气，非真不可用也。但无教育以继其后，则民气只可暂用，而不可常用。本回于台、粤民气，写得十分充足，实为后文反击张本。满必招损，骄且致败，作者已寓有微词矣。

第二十二回

清文宗嗣统除奸
洪秀全纠众发难

却说道光帝身体违和，起初尚勉强支持，日间临朝办事，夜间居圆明园慎德堂苦次。孝思维则。延至三十年正月，病势加重，自知不起，乃召宗人府宗令载铨，御前大臣载垣、端华、僧格林沁，军机大臣穆彰阿、赛尚阿、何汝霖、陈孚恩、季芝昌，内务府大臣文庆，入圆明园苦次。谕令诸大员到正大光明殿额后，取下秘匣，宣示御书，乃是"皇四子奕詝"五字，遂立皇四子奕詝为太子。道光帝时已弥留，遂下顾命道："尔王大臣等，多年效力，何待朕言。此后夹辅嗣君，总须注重国计民生，他非所计。"诸臣唯唯听命。一息残喘，延到日中，竟尔宾天去了。皇四子遂率内外族戚，及文武官员，哭临视殓，奉安入宫，不烦细叙。

这皇四子奕詝，本是孝全皇后所出，前文已经叙过。道光帝早欲立为皇储，嗣后又钟爱皇六子奕䜣，渐改初意，不过孝全崩逝，疑案未明，道光帝始终悲悼，倘若不把皇四子立为太子，总有些过意不去，因此逡巡未决。是时滨州人侍读学士杜受田，在上书房行走，授皇子读书，他与皇四子感情最深，满拟皇四子入承宗社，将来稳稳是个傅相。旋因道光帝意有别属，未免替皇四子捏一把汗。一日，皇四子到上书房请假，适值左右无人，只一位杜老先生，兀坐斋中，皇四子便向他长揖，并说请假一日。杜老先生问他何事？皇四子答称奉父皇命，赴南苑校猎。杜老先生便走至皇四子前，与他耳语道："四阿哥至围场中，但坐观他人驰射，万勿可发一枪一矢，并当约束从人，不得捕一生物。"皇四子道："照这么说，如何覆命？"杜老先生道："覆命时，四阿哥须如此如此，定能上邀圣眷。这是一生荣枯关头，须要切记！"笔下半现半隐，令人耐读。皇四子答应而去。行到围场，诸皇子兴高采烈，争先驰逐，独他一人呆呆坐着，诸从人亦垂手侍立。诸皇子各来问道："今日校猎，阿哥为什么不出手？"皇四子只说是身子未快，所以不敢驰逐。猎了一日，各回宫覆命，诸皇子统有所得，皇六子奕䜣，猎得禽兽，比别人更多，入报时，尚露出一种得意模样。偏偏皇四子两手空空，没有一物。道光帝不禁怒道："你去驰猎一镇日，为何一物没有？"皇四子从容禀道："子臣虽是不肖，若驰猎一日，当不至一物没有。但时当春和，鸟兽方在孕育，子臣不忍伤害生命，致干天和，且很不愿就一日弓马，与诸弟争胜。"道光帝听到此语，不觉转怒为喜道："好！好！看汝不出有这么大度，将来可以君人。我方放心得下哩。"于是遂密书皇四子名，缄藏金匣。

道光帝崩，皇四子为皇太子，即皇帝位，以明年为咸丰元年，是谓文宗。即位后，尊谥道光帝为宣宗成皇帝。又因生母孝全皇后，早已崩逝，咸丰帝素受静皇贵妃抚养，至此尊为康慈皇贵太妃，奉居寿康宫，后尊为太后，奉居绮春园，就是宣宗颐养太后的住所。以七阿哥奕譞生母琳贵妃，温良贤淑，亦尊为琳贵太妃，奉居寿安居西所，统格外敬礼，一体孝养。随封弟奕誴为惇亲王，奕䜣为恭亲王，奕譞为醇郡王，奕詥为钟郡王，奕譓为孚郡王；且追念杜师傅的拥戴大功，立擢为协办大学士。知恩报恩，确不愧君人之度。杜师傅更力图报称，所有政务，时常造膝密陈，因此求贤旌直的诏旨，连篇迭下。起擢故云贵总督林则徐，漕督周天爵，总兵达洪阿，道员姚莹等，多是杜协揆暗中保荐，中外翕然称颂。还有一种最得人心的上谕，由小子录述如下：

任贤去邪，诚人君之首务。去邪不断，则任贤不专。方今天下因循废坠，可谓极矣。吏治日坏，人心日浇，是朕之过。然献替可否，匡朕不逮，则二三大臣之职也。穆彰阿身任大学士，受累朝知遇之恩，不思其难其慎，同德同心，乃保位贪荣，妨贤病国。小忠小信，阴柔以济奸回，伪学伪才，揣摩以逢主意。从前戎务之兴，穆彰阿倾排异己，深堪痛恨。如达洪阿、姚莹之尽忠宣力，有碍于己，必欲陷之。耆英之无耻丧良，同恶相济，尽力全之。似此之固宠窃权者，不可枚举。我皇考大公至正，唯知以诚心待人，穆彰阿得以肆行无忌，若使圣明早烛其奸，则必立寘重典，断不姑容。穆彰阿恃恩益纵，始终不悛，自本年正月，朕亲政之初，遇事模棱，缄口不言。迨数月后，则渐施其伎俩，如英船至天津，伊犹欲引耆英为腹心，以遂其谋，欲使天下群黎，复遭涂炭。其心阴险，实不可问。潘世恩等保林则徐，伊屡言林则徐柔弱病躯，不堪录用，及朕派林则徐驰往粤西，剿办土匪，穆彰阿又屡言林则徐未知能去否。伪言荧惑，使朕不知外事，其罪即在于此。至若耆英之自外生成，畏葸无能，殊堪诧异。伊前在广东时，惟抑民以媚外，罔顾国家。如进城之说，非明验乎？上乖天道，下逆人情，几至变生不测。赖我皇考洞悉其伪，速令来京，然不即予罢斥，亦必有待也。今年耆英于召对时，数言及如何可畏，如何必应事周旋，欺朕不知其奸，欲常保禄位，是其丧尽天良，愈辩愈彰，直同狂吠，尤不足惜。穆彰阿暗而难知，耆英显而易著，然贻害国家，厥罪维钧。若不立申国法，何以肃纲纪而正人心？又何以使朕不负皇考付托之重欤？第念穆彰阿系三朝旧臣，若一旦竟寘之重法，朕心实有不忍，着从宽革职，永不叙用。耆英虽无能已极，然究属迫于时势，亦着从宽降为五品顶戴，以六部员外郎候补。至伊二人行私罔上，乃天下所共见者，朕不为已甚，姑不深问。办理此事，朕熟思审度，计之久矣，实不得已之苦衷，尔诸臣其共谅之！嗣后京外大小文武各官，务当激发天良，公忠体国，俾平素因循取巧之积习，一旦悚然改悔，毋畏难，毋苟安，凡有益于国计民生诸大端者，直陈勿隐，毋得仍顾师生之谊，援引之恩，守正不阿，靖共尔位，朕实有厚望焉。布告中外，咸使知朕意，钦此。

原来咸丰帝即位时，天津口外，突来英船两艘，只说是赴京吊丧。直隶总督据事奏闻，咸丰帝召问穆彰阿及耆英两人，统答称英人请助执绋，无非为修好诚意，不如命他入京。独咸丰帝心中不以为然，随命直隶总督婉言谢却。英船亦起碇退去。于是咸丰帝因英人恭顺，回忆前次海疆肇衅，实由议抚诸臣，未战先怯，酿成种种失败的结果，遂追论前罪，将穆、耆二人，分别谴责。穆、耆二人，罪无可逭，但为英人吊丧起见，亦未免近于周内，两国通好，吊贺固宜，乃以却之使去，即目为恭顺，因追论疆事失败之罪，揆情度理，殊嫌失当。穆、耆二人，虽因新主当阳，未免有些寒心。然一年还没有过得，就使上头变脸，也不至这般迅速。谁料迅雷不及掩耳，革职夺级的上谕，陡然下来，穆彰阿欲想挽回，已经没法，只得除下了红宝石顶子，脱下了一品仙鹤补服，没情没绪的领了一班妻妾子妇，回入自己的旗籍去了。**还算运气。**耆英做过大学士，一落千丈，降到五品顶戴，自想也没有脸面在朝打浑，也谢职而去。这且不必细表。

但咸丰帝谕旨中，有派林则徐驰赴粤西，剿办土匪等语，小子叙到这事，竟要大大的费一番笔墨了。先是道光二十八年，两广岁饥，盗贼蠢起，广西的东南一带，做了强盗窠，变成一个强梁世界。庆远府有张家福、钟亚春，柳州府有陈亚葵、陈东兴，浔州府有谢江殿，象州有区振祖，武宣县有刘官生、梁亚九，统是著名的盗魁，四处劫掠，横行乡里。巡抚郑祖琛年老多病，很是怕事，偏偏这强盗东驰西突，没有一日安静，百姓苦得了不得，到各处地方官禀报。地方官差了几个衙役，下乡查缉，捕风捉影，简直是一个没有拿到。还有一班猾吏，与强盗多是同党，外面似奉命缉盗，暗里实坐地分赃，百姓越加焦急，又推了就地绅士，向抚院呈诉。这位吃饭不管事的老抚台，见了数起呈文，都是详报盗案，免不得叫出几位老夫子，令他写好了几角公文，饬府州县严行捕盗。公文发出，郑老抚台又退入内室，吃着睡着，享那自在的闲福。**笔笔成趣。**这班府州县各官，早知郑抚台没甚严峻，也学那郑抚台模样，糊糊涂涂地过去，凭他什么申饬，仍旧毫不在意。百姓没法，不得已自办团练，守望相助。从此百姓自百姓，官吏自官吏，官吏不去过问百姓，百姓也不去倚靠官吏。自郑老抚台以下各官，乐得在署中安享荣华，拥着娇妻美妾，吸尽民膏民脂。不意桂平县金田村中，起了一个天空霹雳，直把那四万万方里的中国，震得荡摇不定，闹到十五六年，方才平靖，这也是清朝的大关煞，中国的大劫数。**叙入洪杨乱事，应具这副如椽大笔。**金田村内，有个大首领，姓洪名秀全，本系广东花县人氏，生于嘉庆十七年。早丧父母，年七岁，到乡塾中读书，念了几本四书五经，学了几句八股试帖，想去取些科名，做个举人进士，便也满愿。怎奈应试数场，被斥数场。文字无灵，主司白眼。他家中本没有什么遗产，为了读书赶考，更弄得两手空空，没奈何想出救急的法子，卖卜为生，往来两粤。**把洪氏历史，叙得格外明白，就可定实洪氏一生行谊。**忽闻有位朱九涛先生，创设上帝教，劝人行道，自言平日尝铸铁香炉，铸成后就可驾炉航海。秀全疑信参半，就邀了同邑人冯云山，去访九涛。见面胜于闻名，便拜九涛为师，诚心皈依。**九涛旋死，铁香炉曾铸成否？**秀全继承师说，仍旧布教。适值五口通商，西人陆续来华，盛传基督教义，基督教推耶稣为教主，也尊崇上帝，有什么

《马太福音》，及《耶稣救世记》等书。秀全购了一二部，暇时瞧阅，与自己所传的教旨，有些相象，他就把西教中要义，采了数条，羼入己意，汇成一本不伦不类的经文。谬称上帝好生，在一千八百年前，见世人所为不善，因降生了耶稣，传教救世。现在人心又复浇薄，往往作恶多端，上帝又降生了我，入世救人。上帝名叫耶和华，就是天父，耶稣乃上帝长子，就是天兄。*异想天开。*这派说话，已是戛戛独造了。

后来与云山赴广西，居桂平、武宣二县间的鹏化山中，借教惑民，结会设社，会名叫作三点会，取洪字偏旁三点水的意义。桂平人杨秀清、韦昌辉，贵县人石达开、秦日纲，武宣人萧朝贵，争相依附。秀全与萧朝贵，最称莫逆，就把妹子许嫁了他。洪妹名叫宣娇，倒有三分色艺，朝贵很是畏服。为此一段姻缘，越发鞠躬尽瘁，帮助秀全。秀全得亲这几个党羽，遂差他分投各邑，辗转招集，运动了桂平富翁曾玉珩，入会输资，信教受业。秀全趁这机会，开起教堂，更立会章，不论男女，皆可入会传教，更不论尊卑老幼，凡是男人，统称兄弟，凡是妇女，统称姐妹。*越是混帐。*每人须纳香镫银五两，作为会费。*这桩是第一要紧。*起初被诱的人，尚是寥寥，秀全与冯云山、萧朝贵等，密议了一个计策，装成假死。外面不知是假，听说洪先生已死，都来吊唁。萧朝贵因是妹婿，做了丧主，受吊开丧。秀全便直挺挺地仰卧在灵床上，但见灵帏以外，有几个上来拜奠，有几个焚化纸钱，有几个会中妇女，还对着灵帏，娇滴滴地发作哀声，你也哭声洪哥哥，我也哭声洪哥哥，这位洪哥哥，听到此处，暗中笑个不了，勉强忍住了数日。*倒也亏他。*日间装作死尸模样，夜间与几个知己，仍是饮酒谈心。过了七天，突把灵帏撤去，灵床抬出外面焚掉。当下惊动无数乡民，都来探问。萧朝贵答称洪先生复生，因此人人传为异事。

洪先生复遍发传单，说要讲述死时情状，叫乡民都来观听。看官！你道这等愚夫愚妇，能够不堕他术中么？当下就在堂中设起讲坛，摆列桌椅，专等乡民听讲。到开讲这一日，远近趋集，齐入教堂，比看戏还要闹热。只见上面坐着一位道冠道服，气宇轩昂，口中叨叨说法，这个不是别人，就是已死复生的洪秀全。但听秀全说道："我死了七日，走遍三十三天，阅了好几部天书，遇了无数天神天将，并朝见天父，拜会天兄，真是忙得了不得。世间一年，天上只有一日，列位试想这七日内，天上能有多少时候？我见天上的仙阙琼宫，正是羡煞，巴不得在天父殿下，充个小差使，做个逍遥自在的仙人。怎奈天父说我尘限未满，仍要回到凡间，劝化全国人民，救出全国灾厄，方准超凡归仙。余外还有无数训辞，都是未来的世事。天机不可泄漏，我所以不便详告。最要紧的数句，不能不与列位说明：清朝气数将尽，人畜都要灭绝，只有敬拜天父，尊信天兄，方可免灾度厄。我前时设会传教，还是凭着理想，今到天上见过天父天兄，才信得真有此事。列位如愿入会忏悔，定能趋吉避凶，我可与列位做个保人，不要错过机会。"说到此处，即由冯云山、萧朝贵等，取出一本名簿，走到坛下，朗声呼道："列位如愿入会，赶紧前来报名。"于是听讲的人，统愿报名入会，只愁会费没有带来，与冯、萧诸人商量暂欠。冯云山道："暂欠数日不妨，但已经报过了名，会费总当缴纳，限期七日一律缴清，如或延宕，要把姓名除没，将来灾难万不能逃呢。"那班愚民齐声答应，一一报名，登录会簿，随退出堂外。有钱的即刻去缴，没有钱的就典衣鬻物，凑足五两数目，赶至堂内缴讫。愚民可怜。

秀全开讲数日，入会的人，累千盈万。党徒也多了，银子也够了，留住广西，秀全遂蓄着异谋，想乘机发难，遂令冯云山募集同志，自己返到广东，招徕几个故乡朋友，共图起事。秀全已去，云山且招兵买马，日夕筹备，渐被地方官吏察觉，出其不意，将云山拿去。云山入狱，富翁曾玉珩等，费了无数银钱，上下纳贿，减轻罪名，递解回籍。此时秀全已招了好几个朋友，方想再赴广西，巧遇云山回来，仍好同行。转入广西省平南县，遇着土豪胡以晃，意气相投，又联作臂助，各人在以晃家一住数日。杨秀清、韦昌辉、石达开、秦日纲诸人，聚居金田村，日俟秀全到来，望眼将穿。旋探得秀全寄居在以晃家内，忙率众迎至金田。秀全见金田寨内，多了几个新来的豪客，互通姓名，一个系贵县人林凤祥，一个系揭阳县人罗大纲，一个系衡山县人洪大全，谈吐风流，性情豪爽，喜得洪秀全心花怒开，倾肝披胆地讲了一会，当下杀牛宰豕，歃血结盟，誓做异姓弟兄，大有桃园结义，梁山泊拜盟的气象。当下第一把椅子，就推了洪秀全，第二把椅子，推了杨秀清。洪、杨慨然不辞，竟自承诺，随令众人蓄发易服，托词兴汉灭胡，竟就金田村内，竖起大元帅洪的旗帜来了。小子记得石达开有一诗云：

> 大盗亦有道，诗书所不屑。
> 黄金似粪土，肝胆硬如铁。

策马度悬崖，弯弓射胡月。

人头作酒杯，饮尽仇雠血。

　　这一首诗中，已写尽这班人物粗莽豪雄的状态。但推那洪秀全作为首领，也未免择错主子，小子不欲细评，且至下回叙述洪杨起事的战史。

　　高宗用一和珅，酿成川、楚、陕之乱凡九年。清宣宗用一穆彰阿，酿成洪杨之乱凡十五年。养奸之祸，若是其甚欤！曰：一奸人进，群奸亦连类而升，内而公卿庶尹百执事，外而督抚道府州县，皆奸党也。无在非奸党，即无在非乱源，掊克聚敛，激成民怨，伏处草泽者，乘间而起，天下无宁日矣。迨至奸谋败露，菑害已至，虽诛夺元凶，亦觉其晚。齐王氏一妇人耳，犹能扰攘四五省，洪秀全传会西教，诈死惑民，一发而不可收拾。非跳梁者之果有异能，殆权奸当道，小民铤走之所由致也。本回可与五十一回参看，而用笔则详略褒贬，具见苦心。

第二十三回

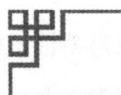

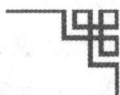

钦使迭亡太平建国
悍徒狡脱都统丧躯

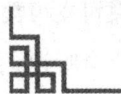

　　却说洪秀全、杨秀清等，蟠踞了金田村，气焰日盛。桂平知县差了几十皂班快班，前往缉捕，不是被杀，就是被逐，而且风声日紧，有戕官据城的谣传。桂平县官，连忙申详府道，府道又申详巡抚。郑抚台祖琛，杜门不出，方喜盗案渐稀，清闲度日，忽接桂平警报，内说洪、杨蓄谋不轨，与寻常盗贼不同，他不禁忧虑起来，搔头挖耳的思想。想了半日，尚无妙策，就邀了几位幕宾，同议剿匪事宜。三个缝皮匠，比个诸葛亮，竟想出一个奏报北京迅派大员的计策。当由幕友修好奏折，即日拜发。咸丰帝览奏之下，便召杜协揆受田入议，受田力保故云贵总督林则徐，及故提督向荣。于是朝旨特下，派林则徐为钦差大臣，向荣为广西提督，迅赴粤西剿办；一面令郑祖琛出省督师。郑抚台接到此旨，一喜一惧：喜的是有人接替，可以少卸肩子；惧的是钦使未到，仍要出省剿匪。左思右想，无可奈何，只得带了绿营兵数千，出了省城，慢慢地南下，行至平乐府，竟就此屯驻了。原来平乐府西南，就是浔州府，桂平是浔州首县，郑老抚台明哲保身，暗想平乐府尚是安靖，若再南行，便要近着盗窠，倘或被围，恐怕老命都要送脱。因此半途中止，裹足不前。<u>这个妙策，想也是幕友教他。</u>

　　会提督向荣驰到桂林，闻巡抚已出省督师，料想金田一面，由抚台亲自督剿，

165

当不致蔓延四出，自己不如向柳州、庆远一带，先剿土匪，翦灭洪、杨羽翼，然后夹攻金田，较易荡平。主见一定，遂饬弁飞陈郑抚台。郑抚台不知可否，令他便宜行事。于是向荣遂出柳州、庆远，转入思恩、南宁，沿途杀逐无数盗贼，颇有摧枯拉朽的威势。

怎奈郑抚台安驻平乐，洪、杨等也暂不出发，只是蓄粮备械，从容布置，方思克日大举。忽探得钦差大臣林则徐，奉旨前来，秀全大惊道："罢了罢了！林公一到，我辈休了。"石达开在旁道："大哥何胆怯至此？难道不闻水来土掩，将到兵迎么？"秀全道："并非愚兄胆怯。这林公智勇双全，英人尚敌他不过，何况我辈？"石达开道："弟亦晓得林公厉害，但我军饷械充足，总可支撑数月。倘果不能支撑，兄弟们尚可航海逃命，且待林公到来，再图进止！"秀全听说，略略放心，只差人窥探林钦差行程。

过了一二天，探报林钦差已到潮州普宁县，广西巡抚郑祖琛，革职遣戍，由林钦差兼任巡抚事。秀全愈加惶急，正踌躇间，见洪大全趋入，笑容满面道："大哥恭喜！林钦差死了。"秀全不觉跃起，便问道："可真么？"大全道："自然真的。现闻满清政府，已命前两江总督李星沅，继任钦差大臣，广西藩司劳崇光，署理巡抚了。"秀全道："这全仗上帝保佑，上帝偏偏保佑他们，想是中国百姓，该遭大劫。但不识李星沅是何等人物？"大全道："想总不及林钦差能耐。鄙意不若乘他未到，赶速发兵。"秀全道："很好很好。"忙召杨秀清等定议出发。石达开道："若要出兵，预先做张檄文，声明贪官污吏的罪孽，才算得师出有名呢。"秀全道："这须劳老弟大笔！"石达开道："论起文字一道，还要让大全兄。"秀全随令大全草檄，不到一时，草成檄文道：

奉承天道吊民伐罪大元帅洪谨以大义布告天下：窃以朝有奸臣，甚于盗贼。署中酷吏，无异豺狼。利己殃民，剥闾阎以充囊橐。卖官鬻爵，进谄佞而抑贤才。以致上下交征，生民涂炭。富贵者稔恶不究，贫穷者含愤莫伸。言者痛心，闻者裂眦。即以钱漕一事而论，近加数倍，三十年之税，免而复征，重财失信，挖肉敲脂，民财竭矣。剧盗四起，嗷鸿走鹿，置若罔闻，外敌交攻，割地赔钱，视为常事，民命穷矣。朝廷恒舞酣歌，讳乱世而作太平之宴，官吏残良害善，掩毒焰而陈人寿之书，崔符布满江湖，荆棘遍丛道路，民也何罪？遭此鞠凶！我等志士仁人，伤心恻目，用是劝人为善。设教牖蒙，乃当道斥为莠民，诬为匪类，欲逞残民之焰，遽操同室之戈。我等环顾同胞，义难袖手，因之鼓励同志，出讨巨奸。凡我百姓兄弟，不必惊惶！商贾农工，各安生业！富者助饷，贫者效力，智者协谋，勇者仗义，共襄盛举，再造升平，则虎狼戢而天日清，蠹贼除而苗禾殖矣。倘有愚民助桀为虐，怙恶不悛，天兵所到，必予诛夷，凛之慎之！檄到如律令。

檄文一发，便制定旗帜，取炎汉以火德旺的意义，全用红色，更令人人用红布包头，扎束妥当，各执军械，排齐队伍，从金田村出发，进屯大黄江，遂分攻桂平、武宣、贵县、平南等县，前锋直到象州。清廷再授周天爵署广西巡抚，加总督衔，迅赴广西办理军务。既遣李星沅，复遣周天爵，初次着手，已嫌骈枝。复命两广总督徐广缙，派兵夹剿。广缙遣副都统乌兰泰，赴广西佐理军事，与向提督荣，分统二军，进剿洪杨。又是歧出。

向荣兵至马鹿岭。马鹿岭在大黄江对面，由秀全遣兵堵守。向荣一鼓而上，驱散洪军，追至武宣，又与洪军酣战。洪军败走，入紫荆山。此时乌兰泰军亦到，分头攻截，又因李星沅已驰抵柳州，周天爵亦驰抵桂林，俱派兵协剿。无如李、周二人，意见未合，李星沅素重向荣名，所遣各军，统令归向荣节制。周天爵兼任督务，以权出向荣上，派遣将弁，暗中授意，令直接抚辕管辖，不受提辕干涉。乌兰泰又为广东总督所派遣，更与向荣各竖一帜，各分门户。向荣迭遭牵掣，自然要向李钦使处哓哓申诉。李钦使飞咨周署抚，又遭周署抚辩驳，李钦使也未免愤激，疏请简派统帅，一面进次武宣，忧心内焚，遂致病作。星沅系湖南湘阴人氏，秉性忠孝，叠任封疆大员，累建政绩。道光帝晏驾，他自江南入京，哭临尽礼。咸丰帝即位，召对大廷，语多称旨，并因母老乞归。咸丰帝鉴他诚挚，允他暂归省亲。适林则徐病殁普宁，乃复下旨令为钦差大臣。星沅入告母陈太夫人，即驰赴粤西，至是病日增剧，竟致不起。遗疏言："贼不能平，不忠；养不能终，不孝；殓用常服，以彰臣咎。"咸丰帝见他遗疏，也不禁垂泪，推重李星沅，便阴贬周天爵。一面优旨嘉慰，赐予祭葬；一面令大学士赛尚阿，率都统巴清德，副都统达洪阿，督京师精兵四千人，赴粤视师。周天爵闻星沅病故，遂劾奏向荣不遵节制。咸丰帝因星沅疏中有隐怨天爵等语，遂罢天爵督师，褫总督衔，改用邹鸣鹤为广西巡抚。

赛尚阿至军，即饬各路进攻紫荆山。紫荆山前面，叫作新墟，后面叫作双髻山，猪仔峡，统是异常险隘。当下达洪阿攻西南，乌兰泰攻西北，总兵李能臣经文岱攻东南，巴清德会集向荣军，自紫荆山后路攻入，直登猪仔峡，据住要口。洪、杨等拼命抵敌，究因要口已失，不能支持，遂率众倒退。向荣等步步紧逼，进夺双髻山要隘。洪军乃弃了紫荆山，分水陆两路，窜入永安州。赛尚阿即驰疏奏捷，得旨嘉奖。当时总道巢穴已破，可以指日肃清。不想永安失守的警信，又报入清营。原来永安本乏守备，洪、杨等窥他空虚，竟率众攻入守城，官吏早逃得不知去向。秀全既得了永安城，遂与会党拟定国号，叫作太平天国。国名亦不伦不类。自称天王，封杨秀清为东王，萧朝贵为西王，冯云山为南王，韦昌辉为北王，石达开为翼王，洪大全为天德王，秦日纲、胡以晃等四十余，各称丞相军师，居然要与大清国抗衡了。**纯是皇帝思想，安知援救同胞？**清军因他蓄发易服，称为发逆，亦叫他作长毛贼。他却呼清军为妖。

赛尚阿闻洪、杨已入永安，急移屯阳朔县，督诸军追剿。诸军统领，总要算向荣、乌兰泰最勇，追至永安城下，立营数十。向荣统北路，乌兰泰统南路，旗帜鲜明，刀枪密布，险些儿要踏破城池。怎奈两将素不相容，你要速，我要缓；你要合，我要分；一连数月不下。**失机在此。**乌兰泰麾下，有故秀水知县江忠源，素为知兵，至是往返调停，总未能解嫌释怨。会都统巴清德病殁，兵士亦多触暑瘴，锐气渐衰。江忠源夜出巡逻，见永安城北角独阙围兵，忙入营禀乌兰泰道："现在长毛都聚集城内，全靠今日合围，悉敌歼除，方免后患。卑职巡绕四周，见城北独留出不围，倘被他窜逸，将来四出为殃，大为可虑。"乌兰泰道："城北归向军门督攻，我却不便干涉。"忠源道："这事关系甚大，还请大人与向军门熟商。"乌兰泰默然不答。忠源道："大人若不便与商，待卑职自去见向军门，只请大人命下便是。"**热诚可敬。**乌兰泰道："这却不妨听便。"忠源奉命，径至向营求见，由向军门召入，行过了礼，便献上合围的计议。向荣道："古人说得好：'困兽犹斗。'若将这城四面围住，贼众无路可走，定然誓死固守。现已攻了两三个月，未能破入，兄弟所以撤去一隅，诱他出来，以便截击。一则得城较易，二则亦不怕他遁去，岂非两全之策么？"忠源道："大人明见，未始不能破贼，但我现有三万多人，贼众不过万余，我众彼寡，

天王洪秀全

尽可合围。若恐血肉相搏，所失亦多，何不断他樵采，绝他水道，使他自乱？不出十日，包可攻入了。"向荣仍是不依，忠源退出，自叹道："此计不用，我辈难逃大劫了。"遂回报乌兰泰，歇了数天，托病自去。**可惜！**

洪秀全见城北无兵，便有意溃围，自己带领杨秀清、冯云山、石达开出北门，令洪大全、秦日纲等出东门，萧朝贵、韦昌辉等出南门，林凤祥、罗大纲出西门，乘着黑夜，一声呐喊，便向四门杀出。清军虽也日夜防备，怎奈全城悍党，猛扑出来，好像饿虎饥鹰一般，这边围住，那边被他冲出，那边围住，这边被他冲出。乌兰泰适在东门，望见洪大全等出来，忙率兵抵敌，大全亦转寻乌兰泰角斗，两下酣战，毕竟乌兰泰勇力过人，奋战数合，将洪大全活捉过去。**天德王要归天了。**秦日纲忙来抢救，已是不及，复恶狠狠地与乌兰泰相扑。乌兰泰麾军四逼，把秦日纲困在垓心。日纲正在危急，巧逢萧朝贵、韦昌辉两路杀入，救出日纲。清总兵长瑞、长寿二人，忙去拦阻，怎禁得萧韦一军，大刀阔斧，逢人便砍，二总兵措手不及，都丧掉了性命。萧朝贵、韦昌辉、秦日纲等，合众东走，乌兰泰尚不肯舍，只饬人押解洪大全入京，自率兵尾追而去。

是时北门无兵，由洪、杨等拍马驱出，行了一二里，突遇清兵拦住，为首大将，正是向荣。当下火光如炬，枪声如雷，两军混战多时，杀得地惨天愁，尘昏月暗。秀全部下，统是异常精锐，凭你向军门如何能耐，不过杀了一个平手。不防林凤祥、罗大纲等，又从西边杀到，秀全得了这军，格外抖擞精神，与向军死战。向荣尚拼命拦截，谁知老天又偏偏下起雨来，弄得官兵拖水带泥，有力难使。总兵董先甲、邵鹤龄，又先后战殁，眼见得这位洪天王，要被他窜去了。向荣收兵入城，检点队伍，已伤亡不少，慨然道："悔不听江忠源计策，相持数月，只得了一座空城，目下贼众北窜，定去窥伺省会，省会一失，广西全省统难保了。"**前策已失，此策亦只得了一半。**随即整顿兵队，出了永安城，从间道驰赴桂林去讫。

这边乌兰泰尾敌东追，遥望萧、韦各军，绕山北走，料知敌众将犯省垣，遂命军士竭力赶上，将到六塘墟，敌众已不知去向，当下扎住了营，令侦骑四探，回报贼兵已踞住墟中。乌兰泰升帐，传集将弁，便道："本都统受国厚恩，愿与贼同生死，现闻贼众已踞六塘墟，想必是休养数日，出犯省城，不乘此奋力邀击，省城定要遭殃。"说到此处，令部下取过一盂，突拔佩刀，向臂上刺入，顿时血洒盂中，复令搅入清水，陈于案上，向将弁道："诸君如热忱报国，请饮此血！"将弁等不敢违慢，便个个向前，各呷一口。饮毕，拔营北进，直指六塘墟，急如电掣，疾若星驰。勇有余而智不足。行入墟口，夕阳已是西下，但见树木丛杂，路径纷歧。副将金玉贵上前禀请，拟就此暂驻，待明晨进兵。乌兰泰道："行军全靠锐气，若待至明日，气便衰了。本都统定要今日歼贼，虽死不辞。"谳语。金玉贵不敢多言，即随乌兰泰前进。愈入愈险，愈险愈暗，一声鼓响，长毛从暗中杀出。左有秦日纲，右有韦昌辉，乌兰泰全然不惧，列炬开战。你一刀，我一枪，争个你死我活。相搏多时，韦、秦二人率众退去，乌兰泰仍驱军穷追。直到将军桥，日纲、昌辉逾桥过去，乌兰泰亦怒马当先，跑过了桥，官兵逐队随上，甫过一半，豁喇一声，桥梁中断，坠水的人，不计其数。恼得乌兰泰怒气冲天，索性向前，不顾后面，忽见前面来了一大队长毛，打着东王、南王旗号，让过韦、秦，截住乌兰泰。乌兰泰不管死活，上前冲突。此时天尚未明，猛听得一阵炮响，弹子如飞蝗般射来，乌兰泰身先士卒，毫无遮护，身中竟着了三弹，跌下马来。部将田学韬，疾忙趋救，巧巧一弹飞到面前，躲闪不及，正中脑袋，脑浆迸出，死于非命。乌兰泰亦狂喷鲜血，大叫一声而亡。可为勇者鉴。霎时间乌军前队，统被长毛杀毙，只后队还在桥南，由金玉贵带着，正思渡水接应，见长毛兵已回杀前来，料知主将陷没，忙令部兵整阵而退。自己独怒目横矛，立于桥侧，大呼道："长发贼敢过来斗三百合否？"长毛见他单骑直立，不觉惊异，便去禀报杨秀清。秀清拍马趋出，在桥北遥望，见玉贵身穿白袍，威风凛凛，不由得暗暗惊叹，随道："这位白袍将，好像唐朝薛仁贵，我等不要惹他，让他去罢！"长毛思想，不过尔尔。当下麾兵退去。玉贵亦舒徐不迫，回呼部兵，改道趋桂林。

原来洪秀全出永安时，相约北趋，至此会合韦秦各军，得了胜仗，遂直犯桂林，进逼城下。抬头一望，守城兵统已严列，防备的非常周到。秀全对众人道："这个邹妖，到很有点来历。你看他防兵密布，好严肃得很哩。"话尚未毕，城上的枪炮，已一齐射来，秀全转身就走，退五里下寨。次日，复遣石达开、韦昌辉等，率众进攻，又被守兵击退。回报妖将向荣，亦在城中，秀全道："怪不得！怪不得！我道邹妖哪有这般厉害！"又接连攻了数日，一些儿不得便宜，俄报东岸鸬鹚洲又有妖兵来了，秀全忙令冯云山前去迎敌。云山去讫，达开献计道："广西僻处偏隅，无足轻重，我军不如悉锐北上，道出两湖，据江为守，相机以争中原，方为上策。"秀全鼓掌道：

"好计，好计！"遂下令拔寨都起，东出鹧鹕洲想策应冯云山。忽接前哨来报，南王追妖兵至蓑衣渡，中炮身亡。秀全不听犹可，听了云山死信，魂灵儿都飞入九霄云外。接连又报天德王被解入京，惨遭极刑。秀全大叫道："痛哉，痛哉！"一语出口，两眼直视，竟向前扑倒。真耶假耶？正是：

揭竿才托中兴号，闻耗先惊死党亡。

洪秀全倒地后，若果身死，倒也风平浪静了，但秀全是个乱世魔王，人叫他死，天偏叫他不死，这正没法，容小子下回接叙。

洪、杨发难金田，尚是么么小丑，林公不亡，洪、杨徒航海出走，与波臣为伍已耳。林公即亡，继起者果同心协力，合图扑灭，则聚而歼之，尚为易事。乃李、周相嫉，乌、向不睦，坐使入网之鱼，终致漏网；陷阱之兽，又复脱阱。虽曰天数，宁非人事？本回叙洪、杨四出之原因，以见将帅不和之大弊。语曰："和气致祥，乖气致戾。"观此益信。

第二十四回

骆中丞固守长沙城
钱东平献取江南策

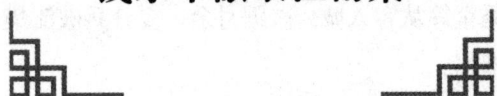

却说洪秀全晕厥过去，经众人七手八脚，扶起灌救，半晌才渐渐醒来，不禁长叹道："出师未捷，先伤两将，使我如失左右手，真是可痛可恨！"众人极力解劝。秀全又问道："哪个妖将，伤我兄弟云山？"探弁答称是"江忠源。"看官！你道这江忠源何故又来？他自托病告归后，料得长毛必逸出永安，北犯桂林，桂林有失，必入湖南。湖南系忠源原籍，为保全桑梓起见，不得不募勇赴援。适有同里刘长佑，与忠源意气相投，忠源遂邀为臂助，招集乡勇千人，出援桂林，甫到鹅鹦洲，已被冯云山截住。忠源佯退，诱云山至蓑衣渡，数枪并发，将云山击死。秀全闻到江忠源姓名，还不晓得他的智略，便道："什么江妖，敢伤我南王？兄弟们替我前去，除灭江妖，报复大仇。"众人齐声得令，个个摩拳擦掌，向蓑衣渡杀去。

只见江军扎在蓑衣渡对岸，部下甚是寥寥。秀全命部众劫夺民船，渡将过去。才到中流，这船竟停住不动。对岸开了一炮，四面八方，小船齐集，统用火枪火箭，向长毛船上掷去。秀全仗着多人，冒火死斗。不想南风陡起，火势愈猛，一船被焚，那船又燃；要想回船逃生，恁你划桨摇橹，总是窒碍难行。秀全不信，令死党泅水窥探，回报："船底统是大树，七杈八杈，把船只牵住，所以不便行动。"从悍党口中述出，才识江忠源妙计。秀全急弃掉大船，改乘小船，驶到岸旁，登陆东窜。这一仗，烧死了许多长毛兵，乃是洪秀全出兵以来未曾受过的大亏。不过长毛可以随处掳胁，沿途经过，村落为墟，战败时只剩残兵疲卒，转眼间又是士饱马腾。行为如此，还称他作义兵，谁其信之？

江忠源闻长毛东走，飞禀钦差大臣赛尚阿，出师拦截。这赛大臣的行踪，小子久不提起，只好从此处补叙。原来赛大臣无他谋略，专工趋避，自长毛逸出永安后，他已从阳朔潜返桂林。嗣闻桂林又要被兵，复从桂州退至永州。永州系湖南门户，此番长毛东走，正望永州进发，所以江忠源飞请出师。忠源着急万分，那赛大臣却雍容坐镇，视作没事模样，因此洪秀全略地攻城，势如破竹。提督余万清，驻守道州，闻长毛将至，弃城遁去，秀全等从容入城。占踞月余，复分兵破江华、永明、嘉禾、蓝山等县，转入桂阳州、郴州。

警报直达长沙。长沙是湖南省城，巡抚骆秉章，与秀全本是同乡，幼时又与秀全同学，尝在暑夜同浴鱼池。秀全出了一课，要秉章属对。秀全的出句，是"夜浴鱼池，摇动满天星斗，"秉章的对句，是"早登麟阁，挽回三代乾坤"。两人志趣，少小时已见一斑。两人各自惊叹。此次成为仇敌，秀全未免畏惧三分，遂在郴州逗留不进。萧朝贵上帐请道："大哥何不去夺长沙？留在此地做什么？"秀全道："长沙有骆秉章守住，非可轻敌，只好慢慢进兵。"朝贵道："一日过一日，等到妖兵四集，我们要坐困了，还是赶紧进兵为是。"秀全尚在迟疑，被朝贵催逼不过，只得移攻永兴。永兴城内的县官，闻敌先溃，秀全复长驱直入。朝贵仍请进攻长沙，秀全道："妹夫！你不要性急，骆秉章非同小可，不应冒昧进攻。"朝贵道："大哥休长他人锐气，灭自己威风！我兵从广西到湖南，只蓑衣渡吃了场亏，此外战无不胜，攻无不取，简直是不曾费力。骆妖系湖南巡抚，湖南一省，统归他管辖，为什么不派重兵分守？据我看来，毫不中用。大哥怕他，朝贵却不怕他呢。"言未毕，探马来报，骆秉章已罢官了，现在继任的巡抚，叫作张亮基。朝贵便起身道："大哥所怕的骆妖，已经罢职，这是天意叫我去取长沙，小弟愿去走一遭。"秀全道："你既要去，须多带人马。"朝贵道："不必，不必，小弟部下有锐卒千人，已经敷用，包管可得长沙。"秀全应允。朝贵入内，别了洪宣娇，宣娇嘱他小心，朝贵道："区区长沙城，有何难取？若不取得，誓不回军。"你道还想生还么？随与宣娇作别，竟带了千名死士，出永兴城，向东北进发。

这萧朝贵果然厉害，一经出兵，好似风驰雨骤地过去，破安仁县，转陷攸县，及醴陵县，进薄长沙城下。湖南新任巡抚张亮基，尚未到省，旧抚骆秉章，因总督程矞采出驻衡州，无从交卸，所以还在城中，突闻长毛已来攻城，忙率提督鲍起豹，登陴守御，并飞檄各镇入援。城内兵民，不道长毛来得这般迅速，统惊慌得了不得，幸亏骆秉章昼夜巡查，随时抚慰，鲍起豹留心防堵，甚至向城隍庙中，异出神像，置诸城楼，与他对坐，藉安民心。想入非非。朝贵攻了数日，没有效果，气得暴跳如雷，喝令部兵猛扑。城上守兵，险些儿抵挡不住，忽见清总兵和春、常禄、李瑞、德亮等，率军驰至，朝贵才停住勿攻，固垒自守。和春等见朝贵壁垒森严，军械环列，倒也不敢惹他，只在城外扎住了营，相持又数日。

会清廷因长毛围急，赛尚阿、程矞采二人坐驻衡永，畏缩不前，严旨把他革职，调徐广缙驰督两湖，并促广西提督向荣，速援湖南。向荣尝轻视赛尚阿，不愿受他节制，所以桂林围解，他便托病安居，不肯前敌，至赛已革职，方才启行。向荣未抵长沙，江忠源已倍道驰至，两人相较，优劣自见。遥望朝贵兵分据城外天心阁，立栅甚坚。忠源道："阁上地势甚高，贼众据此，长沙危了。"急领兵争夺天心阁，一场恶战，方把朝贵兵杀退。朝贵愤极，仍督众攻南门，手执令旗，当先跃登。不防城上飞下一弹，对准朝贵头上，扑的一声，把头颅轰破，坠地而死。西王应归西天。

死讯传至永兴，秀全大吃一惊，与秀清道："我说骆秉章有些才智，不可轻敌，偏这萧妹夫硬要前去，被他击毙，宁不痛心！"秀清未答，洪宣娇已号哭入帐，问阿哥来讨丈夫，弄得秀全无言可答。还是秀清从旁劝解，并许率众复仇，宣娇方肯止哭，于是率众北行，飞扑长沙。宣娇亦领了一班大脚妇女，自成一队，跟随军后。不愧强盗婆。其时张亮基及向荣，统到长沙城内，援军大集，数近五万。秀全屡攻无效，复广募矿夫，屡凿地道。地雷两发，俱被向荣麾下邓绍良、瞿腾龙等，抢险堵塞，反伤毙长毛数百名。秀全没法，潜令解围。宣娇尚不肯从，秀全许他另置男妾，方随同西去。

江忠源率兵驰逐，途遇秀全断后军，鏖战被刺，伤腓坠马，逃免回营。入城见新抚亮基，力陈河西一带，兵备空虚，请调兵扼堵，亮基也依计调遣。奈河西诸将，都畏长毛声势，作壁上观。秀全遂从容走宁乡，破益阳，出湘阴，渡洞庭，直达岳州。岳州文武各官，自提督博勒恭武以下，统已逃去。秀全整队而入，得了武库一所，启门细瞧，甲仗炮械，不计其数，乃是吴三桂遗物。秀全喜出望外，传令进攻汉阳，先向江口劫夺商船五千余艘，驾载部众，舳舻蔽江，旌旗耀日，顺流而下，直抵汉阳。知府董振铎，死守三日，救兵不至，城被陷，振铎率家丁巷战而死。知县刘宏庚自缢。秀全转向汉口焚掠五昼夜，百货为空。

时值隆冬，江水已涸，中涨巨洲。秀全令部众连舟为梁，环贯铁索，从汉阳接到武昌，环城设垒。巡抚常大淳，督兵数百拒守。向荣自湖南驰救，至洪山下寨。洪山在武昌城东，向荣因汉口已失，不欲并守孤城，所以在洪山立营，与城中遥为掎角。驻扎才定，杨秀清率众夹攻，见向营坚壁勿动，几回冲突，统被击退。是夕月色无光，秀清总道向军初到，不敢袭击，便安心睡着。谁料到了夜半，寨外人马喧天，鼓声震地，秀清从梦中惊觉，忙起来抵敌，见向军如潮涌入，一将跃马入营，舞着大刀，左右乱砍，秀清不见犹可，见了这人，大喝道："好个背义负盟的张嘉祥，来！来！来！我与你拼三百合罢。"随拍马向前，持刀力战，约十数合，耳边但听得一片呼声，都道："快捉杨贼！"秀清心怯，转身便逃。怎奈向军紧追不舍，部众已被他杀得七颠八倒，正在危急，幸石达开、林凤祥前来救应，与向军恶斗一场，还杀不过向军，又来了陈坤书、郜云官等一枝新兵，方才战退向军。这番败仗，长毛兵死了不少，被毁营垒十几座，失去枪炮二千有余。秀清咬牙切齿，恨煞张嘉祥，连石达开等，亦愤愤不已。**这是张国梁第一次立功。**

看官！你道张嘉祥是何等样人？他本是广东高要县的大盗，洪、杨倡乱，召张入党。初次与向荣对垒，秀清令嘉祥率二百人，至向营诈降，向荣探知来意，留住二百人，另易二百壮士，从嘉祥出战，大败贼众。秀清遂将嘉祥妻子，一并杀讫。嘉祥不能转去，遂投顺向荣，改名国梁，向荣亦格外优待。只秀清还不晓得他改名，所以曾叫他为嘉祥。

向荣得此大胜，正思进兵援城，忽天雨如注，朔风凛冽，兵士不能前进，只好缓待数天。经这一雨，武昌城被地雷轰破，常大淳以下藩臬各官，统同殉难。清廷闻警，因徐广缙逗留湘潭，延不到任，以致寇势日炽，遂革职逮问。授向荣为钦差大臣；起故大学士琦善，选兵驻河南。**此老又现。** 调张亮基署湖广总督；潘铎署湖南巡抚；截住骆秉章回京，令署抚湖北。原来骆秉章前次罢官，实被赛尚阿劾奏。赛尚阿奉命督师，道出湖南，供张独薄，遂劾他吏治废弛，因此夺职。**补足上文，且贬赛尚**

阿。嗣因赛尚阿得罪，朝旨乃仍令抚楚。这时候，已是咸丰二年十二月了。

秀全便在武昌度岁，居然御朝受贺，大开盛宴。适外面来报，有一书生求见，递上名刺，秀全一瞧，乃是浙江归安人钱江，便道："白面书生，何知大事。"已露骄态。言下有拒绝意。还是石达开上前说："现时正要延揽人才，不宜谢客。"因命召入。钱江进内，长揖不拜。秀全见他气度雍容，倒也有些器重，便令钱江旁坐，问他来历。钱江答道："钱某前时曾充林则徐幕宾，林公罢职，英兵入境，钱某集众明伦堂，鼓励绅民，方思联合上下，出去抵敌，乃混帐官府，主张和议，反说钱某无端滋事，饬知县梁星源，捕某下狱，后被押解回籍，郁郁久居。今闻大王起义，是以不远千里，前来求见。"明珠暗投，也是可惜。秀全道："你既来此，有何见教？"钱江道："大王欲手定中原，此处非久居之所，还应亟图进取，方可得志。"秀全道："我亦作这般想。但闻满廷怕我北伐，已遣什么琦善，率大兵阻截河南。看来河南非急切可攻，只好暂住武昌，相机行事。"钱江道："武昌居四战之地，万难长守。况向荣现逼城下，设或清兵再集，那时四面受困，如何是好？"秀全道："进兵四川可好么？"钱江道："也是不好。为大王计，第一着是取江南，第二着是取河南，第三着是取山东。从前明太祖破灭胡元，也是从这三路进发，大王现欲破灭满清，何不仿行此策？"计划未尝不是，马屁也算会拍了。秀全闻到此言，不禁眉飞色舞，便道："先生真是异才！今日正在开宴，请先生畅饮三杯，再当领教。"钱江也不推辞，只与几位头目，行过相见礼，便在洪天王侧侍宴。天王便问他表字，叫作东平。饮至半酣，议论风生，乐得秀全手舞足蹈，仿佛如刘备遇孔明，苻坚遇王猛一般。兴尽席散，钱江乘夜做了一篇好文字，于次日入呈秀全，秀全展阅道：

草莽臣钱江上言：伏维天王起义之初，斩发易服，欲变中国二百年胡虏之制，筹谋远大，创业非常，知不以武昌为止足也明矣。今日之举，有进无退，区区武昌，守亦亡，不守亦亡；与其坐以待亡，孰若进而冀其不亡？不乘此时长驱北上，徒苟安目前，懈怠军心，甚无谓也。或谓武昌襟带长江，控汴梁而引湘鄂，据险自固，然后间道出奇。以一军出秦川，定长安，或以一军趋夔州，取成都。不知秦陇四塞，地错边鄙，人悍物啬，粮食艰难。且重关叠险，纵我攻必克，必大费兵力，劳而无成，固贻后悔。得不偿失，亦弃前功，况削其支爪，究不若动其腹心之为愈也。至于四川一局，今昔异形。其在蜀汉之时，先以诸葛之贤，继以姜维之志，六出九伐，不得中原寸土，赖吴据长江之险以为唇齿，尚难得志，况今日哉？方今天下财库，大半聚于东南，当此逐鹿于宁谧之时，欲以四川一隅敌天下，江知无能为也。以江愚昧，不如舍西而东，金陵建业，皆帝王建都之所。淮洒汴梁，实真人龙起之方。宜先取金陵，以为基本，次取开封以为椅角，终出济南以图进取。握齐鲁之运河，可以坐困通仓之食，截南北之邮传，可以牵制勤王之师。如此而有不成功者，江未信也。故为今日计，莫若急趋江南。南京底定，招集流亡，秣厉兵马，扼要南堵，挥军北上。左出则趋江北以进战，急则可调淮扬之军以继之；右出则据黄河以拒敌，急则可调开归之军以应之。再发锐卒以图西略，徇行河内州县，直抵燕翼无返旆；更遣偏师以收南服，戡定浙东郡邑，闲窥闽粤无轻举。兵不止于一路，计必出于万全。外和诸戎，内抚百姓，秦蜀一带，自可传檄而定，此千载一时之机会也。自汉迄明，天下之变故多矣。分合代兴，原无定局。晋乱于胡，宋亡于元，类皆恃彼强横，赚盟中夏，然皆不数十年而奔还旧部，从未有毁灭礼义之冠裳，削弃父母之毛血，如今之甚且久者。帝王自有真，天意果谁属？复我文物，扫彼腥膻，阵堂旗正，不必秘诈，军行令肃，所至如归。彼纵有满洲蒙古殚精竭虑之臣，吉林索伦精骑善射之将，虽欲不望风投顺，我百姓其许之乎？更有期者，草茅崛起，缔造艰难，必先有包括之心，寓乎宇宙，而后有旋乾转坤之力。知民之为贵，得民则兴；知贤之为宝，求贤则治。如汉高祖之恢廓大度，如明太祖之夙夜精勤。一旦天人应合，不期自至。否则分兵而西，武昌固不能久守，且我之势力一涣，即彼之势力复充。久而久之，大势一去，不能复振，噬脐之悔，诚非江所忍言者矣。笔见所及，不敢自隐，伏乞采择施行！

秀全阅毕，便道："奇才，奇才！"钱江开口称臣，已中秀全之意，故极口奖赏。遂封钱江为军师，即于咸丰三年正月元旦，连舟万余，载资粮军火财帛，及所掠男妇五十万，弃武昌东下。沿江守卒，望风披靡，只寿春总兵恩长，奉江督陆建瀛命，在中流截击，麾下只松江兵二千名，不值长毛一扫，恩长战死，舟师尽溃。陆建瀛方率兵数千，移舟上驶，才到九江，接到恩长死耗，从兵恟惧，霎时溃散。建瀛手下，只有十七人，驾着二舟，踉跄走江宁。真不济事。秀全遂于正月初九日破九江，十七日陷安庆，安徽巡抚蒋文庆自尽。秀全留安庆三日，得藩库银三十余万两，漕米四十余万石，又掠得子女玉帛无数。驱运入舟，乘胜东指，连破太平、芜湖等县，击毙福山总兵陈胜元，至正月二十九日，已到江宁城下。连营二十四座，列舟自大胜关达七里洲，水陆兵号称百万，昼夜兼攻，凭南京城如何坚固，也要被他踏平了。小子有诗记事道：

> 天昏地黯鬼神愁，百万强徒出石头，
> 想是东南应遇劫，橇枪一现碎金瓯。

究竟江宁被陷否，下回再行分解。

本回前半截是传骆秉章，后半截是传钱东平。骆秉章系清室名臣，长沙一役，骆已罢职，犹督兵固守，始终保全。洪秀全解围西去，虽渡洞庭，陷武汉，而后路卒为所握。湖南不下，湘北宁能长有乎？且其后洪氏之灭，多出湘勇力，假使当时无骆秉章，则长沙已去，即有曾、罗诸人，何所恃而募勇？何所据而练军？以此知长沙之幸存，实为保障大江之锁钥。清有骆公，清之幸也。钱东平掉三寸舌，献取江南之计，不得谓其非策。明太祖尝建都金陵矣，安得谓江南之不必取耶？惟弃武昌而不守，殊为失算。武昌据长江下游，可南可北，可东可西，洪氏有兵百万，何不分兵东下，一守武昌，一取江南，联络长江上下以固根本，而顾劝其舍西取东也，奚为乎？助洪氏者，东平也，误洪氏者，亦东平。东平固不足道哉！

第二十五回

陷江南洪氏定制
攻河北林酋挫威

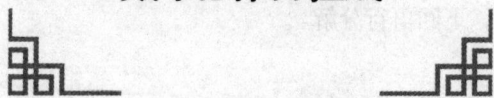

却说江宁被困，总督陆建瀛率绿营兵守外城。将军祥厚，副都统霍隆武，率驻防兵守内城。城外商民，亦自募义勇队出击，守陴官兵发炮助战。义勇兵系临时召募，究竟不谙战阵，被长毛杀败，转身逃回，城上的炮声，还是不绝，一阵弹子，把义勇打死无数，余众骇溃。长毛兵乘势扑城，陆制台本是个文吏出身，不善督兵，勉强守了七八日，外援不至，弹丸又尽，长毛在仪凤门外，暗穴地道，埋藏地雷，一声爆发，城崩数丈。守门兵连忙抢筑，连驻守别门的将弁，也闻声赶集，专堵一隅。不防长毛别队，偏从三山门越城而入，外城遂陷。陆制台自杀，秀全等进了外城，复攻内城，祥厚、霍隆武，又拼命防御，阅两昼夜，力竭身亡，内城亦破。长毛不问好歹，不管亲仇，见财便夺，逢人便砍，遇有姿色的妇女，拖的拖，拉的拉，奸淫强暴，无所不至。岂是兴汉人物？城中官绅及兵民死难，多至四万余人，时咸丰三年四月十日也。从洪氏东下以来，连书月日，一以见各城之易失，一以志洪氏之极盛。

秀全出所获赀财，大犒将士，部众都称他万岁，他亦居然称朕，称部下头目为卿。皇帝想到手了。随召集东王杨秀清，北王韦昌辉，翼王石达开等，及军师钱江会议。钱江复上兴王策，大旨在注重北伐；此外如设官开科，抽厘助饷，通商睦邻，垦荒开矿诸条，一一申明。秀全道："先生的奏议，统是因时制宜的良策，朕自当次第施行。但金陵系王气所钟，朕即欲建都定鼎，可好么？"钱江尚未回答，东王杨秀清道："弟意本欲进攻河朔，昨闻老舟子言，河南水少无粮，地平无险，倘战被困，四面受敌。此处以长江为天堑，城高池深，民富食足，正是建都的地方，何必异议！"钱江因东王势大，不好多言，只说："东王计划，很是有理，只镇江、扬州一带，亟宜攻取，方可隔断南北清军，巩固金陵根本。"秀清道："这着原是要紧。"遂不待秀全下令，竟向大众道："何人敢去取镇江、扬州？"丞相林凤祥应声愿往。秀清道："林丞相胆略过人，此去必定获胜。但一人却是不足，还须数人同去方好。"当下罗大纲、李开芳、曾立昌等，都愿随凤祥前行。秀清道："甚好，甚好！"遂请秀全发令，命众人率众去讫。

秀全复道："朕既在此地建都，难道仍称为南京么？"秀清道："我朝既名天国，何不就称为天京？"长毛口吻。秀全大喜，就把总督衙门，改为王宫，拣择故家大宅，作为诸王府，募集工匠，大兴土木，修筑得非常华丽。于是定官制，立朝仪，订法律官制，以王位为最大，统辖一切政务，次为丞相，有天官、地官、春官、夏官、秋官、冬官等名目，兼理文武。行军则专属武职，叫作天将，有三十六检点，及七十二指挥。又设立女官，分充宫府中女簿书，算是男女平等。朝仪设君臣座位，免去一切拜跪仪文。会议时依次坐定，言者起立，方许发言。法律如蓄妾有禁，卖娼有禁，缠足有禁，鬻奴有禁，吸鸦片有禁，略似西国的摩西十诫，号为天条，犯者立诛。以三百六十六日为一年，有闰日，无闰月。每七日一礼拜，赞美上帝。另建说教台，高数丈，演说宗教，常作天父附身的模样。总之是不古不今不中不西的一般制度。确评！宫殿既成，正殿叫作龙凤殿，匾额是"龙凤朝阳"四字，旁有两联，一联是："虎贲三千，直扫幽燕之地；龙飞九五，重开尧舜之天。"一联是："拨妖雾而见青天，重整大明新气象；扫蛮氛以光祖国，挽回汉室旧江山。"这两联，大约是钱军师手笔。秀全把掠取女子，选择好几十名，充作妃嫔，遂诹吉行升御礼，戴紫金冕，前后垂三十六旒，穿黄龙袍，浑身统用绣金盘成，当下升了御座，受文武百官朝贺。总算如愿。礼毕，就在殿中大飨群臣。

忽报清钦差大臣向荣，统率大兵数万，已到城东孝陵卫扎营了。秀全大惊道："这个向妖，怎么惯与我作对？总要设法除灭了他，方可安心。"道言未绝，又报清钦差大臣琦善，统率直隶、陕西、黑龙江马步各军，与直隶提督陈金绶，内阁学士胜保，已自河南出发，来攻天京了。秀全道："怎么好？怎么好？"钱江起座道："陛下不必着急！扬州一带，已由老将林凤祥等出去攻略，当能截住北军；况琦善那厮，前在粤时，很是没用，这路兵不足为虑。只向荣很是耐战，又有张国梁为助，声势浩大，须要派遣重兵，屯驻城外，才可无虞。"正议论间，镇江、扬州的捷音，络绎前来，并接林凤祥奏议，略说："二月二十一日，拔镇江，二十三日，陷扬州，一路进行，毫无阻碍。现得金银若干，子女若干，赍送天京，伏祈赏收。唯满廷遣琦善到此，统率各妖，约有数万，臣观他营伍不整，攻城不力，毫不足惧，但留臣指挥曾立昌，防守扬州，已足堵御，臣愿率兵北伐"等语。秀全向钱江道："果不出军师所料。"钱江道："林丞相虽是雄才，唯孤军深入，未免疏虞，应请添派大兵，作为后应方好。"秀清道："就派吉丞相文元前去。"钱江道："吉丞相么？"言下有不足意。秀清道："吉文元系北王亲戚，当不致有异心。"钱江道："并非防他有异心，但为北伐计，非计出万全不可。"秀清道："方今满清精锐，已聚南方，北省地面，料必空虚，有林、吉二人前去，何虑不胜？"钱江不便再争，遂由秀清派吉文元去讫。原来吉文元妹子，嫁与北王韦昌辉，韦为北王，杨为东王，两人势力相当，杨欲独揽大权，恐韦从旁牵掣，因此先把吉文元调开，削他羽翼，以便将来篡立。钱江窥破此意，只因洪、杨为患难交，疏不间亲，只得嘿然。韦、杨内哄张本。

　　秀全便道："江北妖营，已不足虑，江南妖营，如何抵御？"钱江道："第一着是添派重兵，分堵要口，只叫坚守得住，不必与他开仗，待他旷日持久，兵心懈弛，自有破敌之策。第二着是分扰安徽、江西，截他后路，断他饷道，凭他如何骁勇，不能耐久，将来总是难逃吾手。"秀全亟称妙计。秀清道："安徽、江西，系江南上流，关系甚大。看来安徽一带，须劳翼王，江西一带，须劳北王，我愿与天王共守此城。现在我军部下，如李秀成、陈玉成等，统是后起英雄，叫他分堵江南，何怕向、张二妖。"仍是私意。秀全道："好！好！"遂命北王韦昌辉出兵江西，翼王石达开出兵安徽。诸王统已调开，秀清可横行无忌了。两王各带天将数十人，长毛数万众，分路而去。

　　秀清又遣派部下各将，分堵雨花台、天保城、秣陵关各要口，密布得铜墙铁壁相似，遂一味骄淫奢侈，恢拓府第至周围四五里，服食起居，概与秀全相等。搜取城内美女三十六人，充作妾媵，号为王娘，统是破瓜年纪，绰约丰神；又与天妹洪宣娇私相来往，亦未免有苟合勾当。每一出门，前后拥护数千人，金鼓旌旄等类数十件，又有洋绉五色巨龙一大条，长约百丈，高亦丈余，行不见人，随着音乐，大吹大打地过去，然后继以大轿，轿夫五十六人，轿内左右，立着一对男女，右系娈童，左系娇妾，一捧茗瓯，一执蝇拂，仿佛神仙相似。每晨高坐府中，官属先以次进见，随后去朝洪天王。这位天王，亦耽情酒色，镇日里在后宫取乐，十日中只有一二日视朝，军事文报，刑赏黜陟，一任秀清所为。秀清又是个色中饿鬼，渐渐弄得形神尪弱，还要怂恿天王，速开男女各科，由秀清主试，钱江为副。男状元取了池州人程文相，女状元取了金陵人傅善祥。男状元乃是陪宾，秀清注意在女状元。男科题为《蓄发》檄，程文相文中有云："发肤受父母之遗，无翦无伐；须眉乃丈夫之气，全受全归。忍看辫发胡奴，衣冠长玷，从此簪缨华胄，髦弁重新。"由钱江拔为男状元。女科题为《北争》檄，傅善祥文中有云："问汉官仪何在？燕云十六州之父老，已呜咽百年；执左单于来庭，辽卫八百载之建胡，当放归九甸。今也天心悔祸，汉道方隆，直扫北庭，痛饮黄龙之酒；雪仇南渡，并摧北伐之巢。"由钱江拔为女状元。秀清本不甚通文，统归钱江取录，只看中这女状元，才貌俱全，便叫她充东王府女簿书，日司文牍，夜共枕席。女状元感恩图效，格外婉媚恭顺，太无廉耻。秀清非常合意。不料积宠生娇，批判牋牍，信口诋骂，屡言首事诸酋，狗矢满中，甚至秀清亦被她批得一文不值。秀清愤怒起来，竟说她嗜吸黄烟，枷号女馆，状元二字扫地了。红颜女子，受了这般凌辱，免不得恹恹成病。病中上书秀清。内称："素蒙厚恩，无以报称，代阅文书，自尽心力，缘欲夜遣睡魔，致干禁令，偶吸烟草，又荷不加死罪，原冀恩释有期，再图后效，讵意染病三旬，瘦骨柴立，似此奄奄待毙，想不能复睹慈颜，谨将某日承赐之金条脱一，金指圈二，随表纳还，借申微意。"秀清阅毕，又动了怜惜之意，忙令释放，并令闲散养疴，许她游行无禁。原来长毛定制，除诸王丞相及大小官吏外，男归男馆，女归女馆，不得夹杂，就使本是夫妇，也不得同宿，违犯天条，双双斩首。傅善祥得任意游行，乃是秀清特令，后来善祥竟不知去向，大索不得，颇称狡狯，可惜失身于贼。这是后话。

且说林凤祥带领二十一军出滁州，据临淮关，进破凤阳，兵锋锐甚。吉文元又由浦口攻亳州，与凤祥合军，北趋河南。江北清营，亟令胜保分兵追蹑，那林、吉两人，率着悍党，兼程前进，好似狂风骤雨，片刻不停。胜保未入河南，林、吉已陷归德。河南巡抚陆应谷，督兵出城，向归德防剿，谁料警报到来，长毛已由间道趋开封。开封系河南省会，陆抚台安能不急？飞檄藩司沈兆云等，登陴固守。沈兆云才接抚劄，整备守城，林凤祥前队，已扑到城下。城中守兵，仓猝聚集，正在惊惶，亏得新任江宁将军托明阿，方督三镇兵过河南，乘便入援，与城兵内外夹击，足足战了两昼夜，才把长毛兵杀退。林、吉小挫。

林凤祥因开封难下，直趋河北，分兵围郑州荥阳县，牵制南岸的清兵，自己却与吉文元潜收煤艇，乘夜渡河，进捣怀庆府城。清廷已授直隶总督讷尔经额为钦差大臣，与尚书恩华，率精兵数千，驰赴河南。到了怀庆，正与林、吉相遇，林凤祥方穴隧攻城，见援军已至，只得分兵抵截。城中闻有援兵，知府以下，个个胆壮，格外奋力，坚守不懈。凭他如何设法，总被城中堵住。隔了数日，郑州荥阳的长毛，亦败窜过河，托明阿尾追而到。李开芳谏林凤祥道："顿兵城下，兵家所忌，我军不如转旆东趋，从大名进逼天津，攻心扼吭，方为上策。"凤祥道："怀庆扼黄河要害，怀庆不下，转向东行，倘若腹背受敌，如何是好？"遂不听李开芳言，一面饬人至江宁乞援，一面竖栅为城，一面深沟高垒，为自固计。两下相持复十日，胜保又到，开芳仍请变计，凤祥只是不从。失计在此。先后与清兵血战，计十数次，凤祥总不能稍占便宜。驹光如驶，竟逾月余，清廷下旨严责各军，讷尔经额与恩华、托明阿、胜保三人，不免焦灼，遂督励将士，誓破长毛。当下分兵三路，夺攻敌栅，那边开炮，这边纵火，霎时间烟焰蔽空，积成红光一片。林凤祥等固守不住，只得弃栅出来，抵死相扑。那官军亦拼命拦截，飞炮流弹，简直在各兵头下乱滚。吉文元躲避不及，中弹倒毙。长毛见伤了一个主将，只杀得一条血路，拥着林凤祥北走。林、吉大挫。

这一战，凤祥麾下的精锐，几已死尽。讷尔经额凯旋直隶，托明阿南赴江宁，单由胜保追击凤祥。凤祥后无退路，竟窜入山西。

山西巡抚哈芳，一些儿都没有预备，边境空虚得很。凤祥又乘虚突入，从垣曲县出曲沃县，连拔平阳府城，进至洪洞县，适江宁援兵二万人，由曾立昌、许宗扬等统带，自东而来，与凤祥相会。凤祥大喜，再合军东趋，寻出潞城、黎城两县间的小路，卷旗掩鼓，疾驱至临洺关。临洺关在直隶邯郸县北，系直隶省要隘。讷尔经额率军凯旋，方在关内驻扎，忽有探马来报，说西南角上有一大队人马，悬着大清旗号，向关上赶来。讷钦差茫无头绪，便道："这枝兵从何而至？难道是胜保的兵么？"饬令再探！探马才出，那支兵已蜂拥而至，不管三七二十一，竟冲入关中，讷军摸不着头脑，有几个上前拦阻，不料来军一齐动手，把拦阻的官军杀得一个不剩。讷尔经额尚在营内，闻外面一片喊杀声，出来探望，才叫得一声苦。原来冲入关内的人马，前队服着清装，后面统是红布包头的长毛，当时失声叫道："长毛到了！长毛到了！"兵士闻着"长毛"两字，不由得胆战心摇，三十六着，走为上着，统抱头窜去。讷尔经额也是逃命要紧，跨马疾走。这一大队长毛，正是林凤祥用了诡计，掩袭讷军，*凤祥也算聪明，无如天不容他。*当下乘势追杀，把清兵击死多人，一径驰到深州。深州各官，早已遁去，无阻无碍，听长毛入城。

深州距京师只六百里，警报递入清廷，与雪片相似。咸丰帝亟命惠亲王绵愉为大将军，科尔沁郡王僧格林沁为参赞大臣，督京旗及察哈尔精兵，星夜驰剿。时胜保已收复山西平阳府，自山西趋入直隶，亦奉旨代讷尔经额后任，与惠亲王、僧郡王等，夹攻长毛。这位僧郡王有万夫不当之勇，是蒙旗第一个人物，手下的亲兵，也似生龙活虎一般，这番奉命视师，仗着一股锐气，连破敌营十数座，击毙长毛七八百人，杀得林凤祥不能住足，弃了深州，东走天津，又被胜保夹击一阵，凤祥不敢攻天津城，退据静海，渐渐穷蹙了。*三次大挫，不死何待？*

北方稍静，南方偏骚扰异常。安徽省城安庆府，被石达开再陷，江西省城南昌府，又被韦昌辉围攻。杨秀清又遣豫王胡以晃、丞相赖汉英、石祥贞等，分头接应。皖赣两省，糜烂不堪，几无一人与长毛对手。只有升任按察使江忠源，奉命赴江南大营帮办，行次九江，闻南昌围急，倍道往援，才算得了一回胜仗，入南昌城助守。不意吉安又起了土匪，联络长毛，围困府城，江忠源飞书至湖南告急，为这一书，激出一位清室中兴的大功臣来。看官！你道大功臣是谁？就是湖南湘乡人曾国藩。

国藩字伯涵，号涤生。他降生的时候，家人梦见巨蟒入室，鳞甲灿然，尝相传为异事。道光十八年中进士，至道光末年，已升至礼部右侍郎。咸丰元年，诏求直言，国藩应诏，有详陈圣德三端，预防流弊一折，语语切直，几干罪谴。还亏大学士祁寯藻，及国藩会试时房师季芝昌，极力解救，方得免罪。二年丁母忧回籍，适洪、杨四扰，烽火弥天，有旨令他帮助巡抚张亮基，督办团练，搜查土匪。他本是理学名家，拟请守制终丧，不欲与闻军事，适友人郭嵩焘，劝他墨绖从戎，不违古礼，于是投袂而起，募农夫为义勇，用书生为营官，仿明朝戚继光束伍成法，逐日操练，遂创成团

红军

练数营。湘军发轫。已而张亮基移督湖北，骆秉章回抚湖南，国藩与秉章很是投契，练勇亦愈集愈多，是时得忠源乞援书，遂入见骆抚道："江岷樵系戡乱才，不可不救。"原来江忠源表字岷樵，国藩在京时，江适会试，谒见国藩，谈了一会方去。国藩曾说他后必立名抗节，至此与骆抚议妥，遂遣湘勇千二百，楚勇二千，营兵六百，属编修郭嵩焘，及道员夏廷樾，知县朱孙诒，带领赴援。忠源弟忠济，暨诸生罗泽南，亦各率子弟乡人，随同前去。湘军出境剿敌，好算破题儿第一遭了。看官记着。正是：

建州一脉延王气，衡岳三湘出辅臣。

湘军出境以后，胜败如何，当于下回交代。

洪氏之不终也宜哉！定都江宁，尚无关得失，乃安居纵乐，荒淫无度，军国大事，尽归杨秀清掌握。秀清专权自恣，淫佚与洪氏同，而骄纵且倍之。君相若是，宁能成功乎？林凤祥等率众北犯，本系洪氏胜算，越淮入汴，所向无前，可谓锐矣。然不乘清军未集之时，驰入齐鲁，进窥燕都，而乃西趋怀庆，迂道力争，复从山西间道，绕入直隶，师劳力竭，安能不败？宁待深州大挫，始知其无成耶？然观洪、杨之皮相西法，屠毒同胞，即使北犯而胜，亦无救于亡。故本回为洪、杨惜，亦为洪、杨病。林凤祥、吉文元辈，犹为本回之宾。项庄舞剑，意在汉王，阅者当于言外求之。

第二十六回

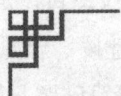

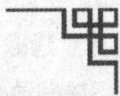

创水师衡阳发轫
发援卒岳州鏖兵

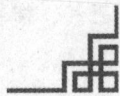

却说湘军出援江西，到了南昌，长毛即上前抵敌，两下酣战起来。究竟湘军是初次出山，敌不过百战余生的悍卒。罗泽南等又统是文质彬彬的书生，凭他如何奋勇，受着这厉害的枪弹，不是倒毙，就是受伤，亏得江忠源引兵杀出，才接应湘军入城。检点兵士，湘楚军及营兵，已丧失一二百名，罗泽南的朋友，亦死了七人。当下与江忠源商议，忠源道："钢非炼不成，剑非磨不锐，湘楚各勇，仗义而来，很是可敬，但未经磨炼，不能与悍党争锋。目下不如出击土匪，先求经验。若能把土匪剿平，也可翦长毛羽翼。那时长毛少了援应，解围而去，亦未可知。"*老成远见。*众人齐声赞成。于是夏廷樾出攻樟树镇，罗泽南出攻安福县，江忠济及刘长佑，出攻泰和县，留郭嵩焘、朱孙诒两人，偕江忠源守城。不到半月，各路土匪统已平靖，各军亦陆续归来。忠源遂会集将士，督率出城，与长毛恶斗一场，竟将长毛杀退，追至十数里外乃回。湘楚军始有喜色。

郭嵩焘道："这城虽已解围，无如贼势飚忽，来往无定。且东南各省，多半阻水，江中统是贼舟，一日遇风，可行数百里，解了这边的围，就向那边围住，我若驰救那边，他又到这边来了。他由水路，我由陆路；他用舟楫，我用营垒；他逸我劳，何能平贼？现在须亟办长江水师，沿江剿堵，方能取胜。"忠源鼓掌称善，遂令嵩焘回湖南，请国藩代为奏请。国藩具疏详陈，主张造船购炮，募兵习操，洋洋洒洒数千言，无非是肃清江面的大计划。朝旨准奏，即命国藩照奏施行。国藩奉命，自长沙移至衡州，赶造战船，创办水师，经过无数手续，问过无数熟手，才造成战船三种：一种叫作快蟹，船式最大，用桨工二十八人，橹八人；一种叫作长龙，比快蟹略小，用桨工十六人，橹四人；一种叫作舢板，船最小，用桨工十人。每船各置舱长一名，炮手三名，头工二名，舵工一名，副舵二名。快蟹系营官坐船，长龙作为正哨，舢板作为副哨，募集水师五千人，日夕操练，共成十营。六营兵自衡州募来，即令成名标、诸殿元、杨载福、彭玉麟、邹汉章、龙献琛六人，作为营官。四营兵由湘潭募来，即令褚汝航、夏銮、胡嘉垣、胡作霖四人，作为营官。褚汝航曾任粤省同知，颇谙水师情形，遂兼任水师总统。又增募陆师五千人，分为十三营，派周凤山、储玫躬、林源恩、邹世琦、邹寿璋、杨名声及国藩季弟国葆等，分营统带。并特保举游击塔齐布为副将，充作先锋。*极力叙写，为殄灭长毛张本。*水陆共得万余人，由国藩总辖，一俟船炮办齐，粮械完备，即拟沿湘而下，与长毛决一雌雄。

忽报长毛攻陷九江，分股窜湖北。署湖广总督张亮基，兵溃田家镇，江忠源赴援，亦被杀败，长毛已进趋武昌了。国藩道："前阅京报，湖广总督，已由吴老先生补授，张署督已调抚山东，为什么出兵打仗，还是张署督主持呢？"过了数日，接到湖广总督紧急公函，拆开一瞧，乃是新督吴文熔乞援手书。原来吴文熔系国藩座师，闻武汉危急，乃驰抵武昌，张亮基才得交卸。此时长毛兵已连破黄州、汉阳，武昌吃紧万分，因向国藩处求救。国藩苦炮械未齐，一时不能出发，奈朝旨亦来催促，上奉君命，下顾师恩，不得不酌遣数营，赴鄂救急。正在派遣，又递进吴督文书，总道是二次促援，及展阅后，方知长毛已经击退，并说衡湘水师，关系全局，宜加意训练，毋轻赴敌。国藩才放下了心，停军不发。

谁知安徽的警信，又日紧一日。自石达开攻破安庆，安徽文武大吏，皆避至庐州，权作省治。奈长毛酋秦日纲又至，连陷舒、桐二城，在籍侍郎吕贤基殉难，日纲直趋庐州。朝旨授江忠源巡抚安徽，且饬国藩出兵，与忠源同援庐州。国藩拟部署大定，始行出发，而忠源已由鄂赴皖，冒雨前进，到六安州，将士多病，忠源亦疲惫不堪。六安吏民，遮道乞留。忠源不可，留总兵音德布统千人入守，自率数百人，力疾至庐州。庐州城内的官吏，已多半逃去，粮械一无所有，只有千余名营兵，及千余名团勇，连忠源带去亲卒数百，统得三千人，忙督率登陴，誓死守城。才隔一宵，秦日纲已薄城下，忠源仗着一片热诚，激厉将士，日夜捍御，日纲倒也无法可施。方思撤围东去，忽胡以晃自安庆驰至，步骑约十余万，来助日纲，密结城中知府胡元炜，作为内应，从水西门掘了地道，埋药熏火，轰陷城墙十多丈。忠源犹拼死堵塞，且战且筑，不想胡元炜已潜开南门，放长毛入城，霎时间火势燎原，阖城鼎沸。忠源知不可为，掣佩刀自刎。手下一仆，从后面抽去佩刀，背忠源出走。忠源啮仆耳，血流及肩，仆不堪痛苦，将忠源委地。长毛亦已追及，忠源复徒手搏战，格杀长毛数人，身中七枪，投水自尽。果不出国藩所料。败报传至衡州，国藩叹息不已。正悲悼间，黄州又来警耗，报称湖北总督吴文熔阵亡，国藩大惊。原来吴文熔初到武昌，巡抚崇纶，拟移营城外，阴谋脱逃，文熔即至抚署，约与死守，崇纶不以为然。文熔愤甚，拔出佩刀，掷诸案上，厉声道："城存与存，城亡与亡，司道以下敢言出城者，污吾刀！"于是崇纶不敢异议。至武昌围解，崇纶虑不相容，私念不如先发制人，遂奏劾文熔闭城坐守。朝廷信崇纶言，信汉人，总不如信满人。促文熔出省剿贼，文熔方调贵州道员胡林翼，率黔勇六百人会剿。林翼未至，朝命已到，不得已带了七千人，出赴黄州，适值残腊雨雪，满途军士，相率僵毙，崇纶又遇事掣肘，军械糇粮，不肯接应。文熔叹道："吾年过六十，何惜一死？可惜死得不明不白。"随进薄黄州，休息数日，已是咸丰四年正月中。文熔探得长毛张灯高会，遂发兵袭击，不料反堕敌计，中途遇伏，官军哗溃。文熔率都司刘富成，往来冲突，手刃长毛数十名，究因军心懈散，寡不敌众，竟下马叩辞北阙，投河而亡。国藩闻座师凶信，复探悉崇纶倾陷状，便切齿道："可恨崇纶，我若得志，必诛此人。"

忽又有朝旨到营，令速率炮船兵勇，出援武昌。国藩乃传集水陆兵马，从衡州起程，到长沙取齐。水师沿湘而下，陆师分道而前，这一队击楫中流，那一队扬鞭大道，正有如火如荼的声势。表扬处具有深意。途次闻长毛兵已陷岳州，破湘阴，入宁乡，不禁失声道："了不得！了不得！"遂命水师趋湘阴，陆师趋宁乡。褚汝航率数船先进，湘阴城内的长毛，望风退去。国藩闻前队得利，督战船继进，才到洞庭湖口，十八姨忽然作怪，狂飙陡作，白浪滔天。这班战船内舱长舵工，连忙下帆抛锚，尚且支撑不住。一阵乱荡，两船相撞，慌乱了许多时辰，方有些风平浪静。检点船只，已损失好几十号，勇丁亦溺毙了数百名。国藩令收入内港，暂缓出师。

忽接陆军详报宁乡得胜，长毛遁去，国藩道："这是还好。"言未毕，又有兵目来报，储统领玫躬逐北阵亡，国藩连叫可惜。接连又有人报称："邹统领寿璋、杨统领名声等，杀败长毛，追至岳州，不料王统领鑫，自羊楼司溃回，冲动我军，长毛又乘势杀来，我军亦被杀败了。"国藩道："王璞山专喜大言，我前时曾劝他敛抑，他竟不信，反与我别张一帜，今朝失败，咎由自取，可惜我军亦被牵动，应亟去接应方好。"遂令褚汝航率领水师三营，赴岳州援应陆师。汝航甫去，警信又来，长毛复杀入湘江，踞住靖港，别遣一队绕袭湘潭，占住长沙上游。顿时触动了国藩的忠愤，口口声声埋怨王璞山。小子前次叙述水陆各将，未曾说起王璞山，不得不补叙明白。璞山即王鑫表字，与国藩同里，国藩治团练时，尝相助为理。嗣因王鑫负才恃气，与国藩意见不合，遂自募乡勇二千多人，别为一军，至此闻长毛窜入湖南，独率乡勇阻截，才抵羊楼司，遇着长毛大队扑来，乡勇胆怯，不战自溃。国藩既与他微有嫌隙，又因邹杨各军，被他牵扰，长毛乘胜长驱，掩入上游，心中遂越加懊恨，于是檄塔齐布回援湘潭，自督舟师迎击靖港。

方才出发，贵州道胡林翼到来。林翼字贶生，号润芝，湖南益阳县人氏，也是个进士出身，素有韬略。吴文镕初督云贵，正值林翼需次贵州，相见之下，大加赏识。及文镕移督湖广，因调林翼为助。曾、胡齐名，叙述所以独详。林翼到湖南，闻吴督已经战殁，途中又被长毛阻隔，只得来见曾国藩。国藩延入，抵掌高谈，吐弃一切，说得国藩非常倾心，当下令林翼率了黔勇，偕塔齐布同往湘潭。塔齐布系旗籍中翘楚，胡林翼系汉员中巨擘，一个膂力过人，一个智谋出众。两将直至湘潭，打一仗，胜一仗，长毛头目，没有一个是他敌手。

只曾国藩出师靖港，遇着西南风，水势湍急，被长毛乘风杀来，战船停留不住，纷纷奔溃。国藩愤极，猝投水中，亏得左右赶紧捞救，总算不死。两次出湖，第一次遭风漂没，第二次遇敌溃散，可见治事甚不容易。随退驻省城南门外妙高峰寺，定了一回神，便召众将弁商议道："靖港一败，北面受困，倘或湘潭失守，南面又要吃紧，岂不要前后受敌么？"杨载福起身道："今日的时势，只有添兵去救湘潭，湘潭得胜，后路无虞，方可并力驱逐敌船。载福不才，愿带水师一营，去助塔副将。"国藩尚在踌躇，彭玉麟道："杨君之计甚是，此处且坚守勿动，待湘潭收复，水陆夹攻，不怕长毛不败。彭某也愿同去一走！"国藩见彭、杨二人，主见相同，便即依从。彭、杨遂整集船舶，扯起风帆，命柁工水手向南速驶。

到了湘潭附近，遥听岸上一片战鼓声，震得波摇浪动，料知此时定在开战，令更加樯急进，直薄湘潭城下。见长毛水陆两路，夹攻湘军，塔齐布、胡林翼两人，分头抵敌，正是血肉相薄的时候，杨载福出立船头，当先冲入，彭玉麟继进。长毛不意水师猝至，相顾愕眙，刚思回船相扑，不防火弹火药，飞入船中，烟焰冒空直上，船内的长毛，脚忙手乱，这边未曾救灭，那边又被烧着。长毛见不是路，多半弃船登岸，剩得小船数艘，划桨飞奔，也被彭、杨手下追及，开炮轰沉。逃上岸的长毛，碰着塔、胡两军，正在截杀，杨载福、彭玉麟已烧尽敌船，也摆船近岸，跃登岸上，用刀一招，水师陆续随上，杀得长毛遍地是血，死了四五千人。长毛知湘潭难保，一溜风逃得精光。塔、胡、彭、杨四营官，收复湘潭城，差专弁至长沙报捷。

国藩日盼消息，接到捷书，乃奏陈靖港、湘潭胜负各情，并自请交部议罪。奉旨"靖港败衄，不为无咎，姑念湘潭全胜，加恩免罪，赶紧杀贼自赎。湖南提督鲍起豹，未闻带兵出省，仅知株守，有负委任，着即革职，所有提督印信事务，暂由塔齐布署理"等语。国藩接旨，即檄塔齐布回省。塔齐布入见，国藩就告知恩眷，并慰劳一番。塔齐布亦深为感谢。国藩复将水陆各军，汰弱留强，重整规模，指日进剿。

适值广西知府李孟群，率水勇千名，广东副将陈辉龙，率战舰数艘，同到长沙，都向曾营内投递手本，由国藩同时接见。国藩本是虚心下气，延揽人材的主帅，无论何人进谒，总叫他不要拘束，随便自陈。这是曾公第一好处。两人纵谈了一回，统是意气自豪，不可一世，辉龙尤睥睨一切。国藩暗暗嗟叹，只嘱咐他小心两字。暗伏二人结果。

辞出后，军弁来报，华容、常德、龙阳各县城，统被贼陷。国藩道："贼势至此，我军不能再缓了。"言未已，澧州、安乡等城，又报失守，接连来了一枝湖北败兵，保着湖北巡抚青麟，逃至长沙。国藩道："巡抚有守城的责任，为什么逃至此地？莫非武昌已失守么？"看官记着湖北巡抚，本是崇纶，崇纶丁艰去职，由学政青麟摄篆，总督乃是台涌，接吴文熔职任。台涌出省剿贼，长毛偏沂江而上，连破安陆府、荆门州，直逼荆襄。幸亏荆州将军官文，遣游击王国才，率兵勇千七百人，击退长毛，长毛重复下窜，转攻武昌。青麟未谙军旅，又因城中饷匮，不能固守，只得弃了城奔到长沙。武昌再陷。青麟投刺曾营，国藩拒不见面，入城去见骆巡抚，骆秉章亦不甚款待，遂绕道奔赴荆州，途次奉旨正法，台涌亦革职，并命曾国藩迅速进剿。于是国藩分水师为三路，褚汝航、夏銮等为第一路，陈辉龙、何镇邦、诸殿元等为第二路，国藩自率杨载福、彭玉麟等为第三路。陆师亦分三路，中路属塔齐布，西路属胡林翼，东路属江忠淑、林源恩。六路大兵，一齐出发。

早有细作通报长毛，长毛倒也惊慌，退出常澧，专守岳州。褚汝航、夏銮，鼓棹直前，驶至南津，长毛出港迎战，正杀得难解难分，陈辉龙、何镇邦、诸殿元复到，两路夹攻，长毛渐却。杨载福、彭玉麟，又督战船驶入，把长毛的战船，冲作四五截，眼见得长毛大败，弃掉战船十数艘，拼命地逃去了。水师乘胜驱至岳州，守城的长毛，还想抵御，谁知塔齐布亦自陆驰到，与水师夹击岳州城，一阵鼓噪，把长毛赶得无影无踪。随即迎曾帅入城。安民已毕，当令前哨侦探敌踪，回报长毛水军在城陵矶，陆军在擂鼓台。国藩道："这两处离城不远，仍旧在岳州门口，还当了得。"急命水师攻城陵矶，陆师攻擂鼓台，各将都奉命出发。只国藩在城留守，眼望旌旗，耳听消息。第一次军报，城陵矶水师大胜，获战船七十六艘，毙长毛千余，生擒一百三十名；第二次军报，陆师已薄擂鼓台，战败贼酋曾天养。国藩自语道："这次可直达湖北了。"过了一日，接到第三次军报，水师追长毛至螺矶，途遇南风，为敌所乘，褚汝航、夏銮、陈辉龙、何镇邦、诸殿元等，先后战殁，国藩大惊失色，正是：

> 胜败靡常，倪得倪失；
> 军情变幻，不可预测。

欲知后来胜负情形，试看下回分解。

曾国藩始练湘勇，继办水师，沿湖出江，为剿平洪、杨之基础，后人目为汉贼，以其辅满灭汉故。平心而论，洪、杨之乱，毒痛海内，不特于汉族无益，反大有害于汉族，是洪、杨假名光复，阴张凶焰，实为汉族之一大罪人。曾氏不出，洪、杨其能治国乎？多见其残民自逞而已。故洪、杨可原也而实可恨，曾氏可恨也而实可原。著书人秉公褒贬，无私无枉，笔致曲折淋漓，犹其余事。

第二十七回

湘军屡捷水陆扬威
畿辅复安林李授首

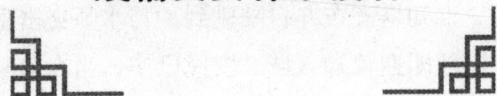

却说褚汝航等进兵螺矶，遇着逆风，被长毛顺风纵火，烧掉了三十多艘战船，褚汝航等不肯退走，硬要与长毛拼命。陈辉龙越加气愤，从火中跳进跃出，指挥部下，究竟水火无情，一众英雄，陆续毕命。这信传达岳州，试想这再接再厉的曾大帅，能不惊心动魄么？亏得杨、彭二将，又差军弁飞速进见，报称退守陵矶，扼住要口，长毛已经退去，国藩稍稍放心，只想褚汝航等患难至交，到此尽行战殁，未免痛心。随令同知俞晟代汝航，令他收拾余烬，再图大举。愈失败，愈激厉，遗大投艰，端恃此举。

正布置间，军报又到，塔军门大破擂鼓台，阵斩贼目曾天养。国藩一想，陆师得此大胜，正好抄至城陵矶，会合水师，进攻长毛，只恐塔齐布势孤，不敷调遣。方在踌躇，忽报周凤山、罗泽南自长沙到来，国藩大喜，立即延入。周、罗二人行礼毕，便道："骆中丞闻水师新挫，特遣某等前来听差。"原来二人本留守长沙，奉骆抚命来助国藩，国藩遂令周凤山赴擂鼓台，罗泽南赴城陵矶。二人甫去，李孟群又到。孟群父卿谷，曾官湖北按察使，武昌再陷，卿谷殉难，孟群得此凶信，日夜泣血，禀请骆抚，愿前敌报仇。当下入见曾帅，号啕大哭。国藩也陪了数点眼泪，随即温言劝慰，令他驶至城陵矶，帮助水师。

自是水陆两军，齐集城陵矶。城陵矶附近有高桥，长毛扎下营寨，作为城陵矶掎角。塔军门奉国藩檄，匹马单刀，直趋高桥，长毛率众来扑，塔军门把刀一招，后面的罗、李各军，统赶上来杀长毛。长毛斗不过，败奔城陵矶。湘军乘势追上，城陵矶的长毛，约有二万余名，倾巢出来，恶狠狠地来敌湘军。塔军门一马当先，冲入长毛队里，**打长毛时，满人中之最得力者，只一塔齐布，可谓硕果仅存。**湘军随后杀入。适天雨如注，东南风大作，湘军乘风猛扑，人人拼命，个个争先，拔去竹签数丈，跃过濠沟两重，杀声与风雨声相应，震动天地，吓得长毛步步倒退。湘军越发奋勇，连毁敌垒十余坐，水师亦击沉敌船数十艘，从城陵矶杀到螺山，从螺山杀到金口，简直是没有歇手，任他长毛凶悍，总是敌不住湘军。战了两三日，把东岸的旋湖港、芭蕉湖、道林矶、鸭栏矶，又西岸的观音洲、白螺矶、阳林矶，各处地方的敌垒，一扫而空。从此由岳入湘的门户，方稳固无虞了。**保全湖南，亏此一战。**

国藩接着捷报，就从岳州出发，进驻螺山，拜疏奏捷。有旨赏给三品顶戴。国藩上疏力辞，并附陈李孟群忠勇奋发，思报父仇，现在服尚未阕，请从权统领水师，借专责成。朝旨擢孟群为道员，不准国藩辞赏。国藩复出驻金口，饬水陆两军，乘胜穷迫，声势撼天，所向无敌。适荆州将军官文，亦遣将魁玉、杨昌泗等，率五千人来会，军容愈盛，遂复蒲圻、嘉鱼等县，直入武汉境内。是时湖北总督，换了杨霈，亦收复蕲水、罗田，及黄州府属各城，北路亦渐次肃清。

国藩遂召集诸将，商取武昌。罗泽南袖出一图，指示诸将道："欲攻武昌，须出洪山、花园两路，花园濒江环城，闻悍贼悉众死守，洪山贼势少减，然亦屯有重兵。罗某愿攻洪山。"塔齐布微笑道："罗山先生，避难就易，未免不公。"原来罗泽南字罗山，素讲理学，湘乡人多执贽为弟子。罗山从军，弟子亦多半相随，军中多称为罗山先生。只罗山向来持重，不轻出战，塔齐布屡次挑激，此次因花园一路，要塔往攻，所以出言诮让。国藩忙道："罗山亦并非胆怯，只虑部下不足，现加派兵二千，令罗山弟子李迪庵，统带接应，罗山便好往攻花园了。"**代为解围，真好主帅。**泽南应允，随率兵去讫。

塔齐布去攻洪山，泽南自为前锋，令弟子李续宾为后应。续宾即迪庵名，与泽南同隶湘乡县籍，身长七尺，膂力过人，至此始独率一军，随泽南进行。泽南将到花园，长毛已出来迎截，两造正鏖战不下，忽北岸火光烛天，大炮声陆续不绝。长毛恐江面失败，无心恋战，慌忙退入垒中。原来花园北濒大江，内枕青林湖，长毛南北列营，置炮累累，向北者阻清水师，向南者阻清陆军。国藩既遣去泽南，复令杨载福、俞晟、彭玉麟、李孟群、周凤山等，率水师前后进击，纵火焚敌船。火炮火球，飞掷如雨，敌船被毁几尽。长毛的尸首，浮满江滨。泽南趁势攻敌垒，垒有九，四面立栅，上列巨炮，泽南令军士携着手枪，俯伏而进。长毛开枪轰击，军士毫不畏惧，执枪滚入，近垒始起。前列奋登，后队继上，自辰至酉，连克八垒，还有一垒，是长毛大营，悉众来争。泽南手下，已觉疲乏，几乎不能支持，巧值李续宾到来，一支生力军，横厉无前，将长毛一阵击退。长毛尚据营自固，适俞晟、杨载福等，已自江登陆，夹攻长毛大营。长毛至此，已势穷力竭，只得弃营逃走。极写花园之不易攻入。泽南进薄武昌，塔齐布亦攻克洪山，随后踵至，城内长毛宵遁，遂复武昌。隔岸的汉阳城，由荆州军统领杨昌泗，奉曾公命，渡江收复，相距只一小时。还有黄州府城，亦由知府许赓藻，率团勇攻克，侥幸生存的长毛，四散窜去。

国藩驰至武昌，奏报武昌、武汉的情形，由咸丰帝下谕道：

览奏，感慰实深。获此大胜，殊非意料所及。朕唯兢业自持，叩天速救民劫也。钦此。

隔了一日，又有谕旨一道，寄至武昌。其辞云：

此次克复两城，三日之内，焚舟千余，蹴平贼垒净尽，运筹决策，甚合机宜。尤宜立沛恩施，以彰劳功。曾国藩着赏给二品顶戴，署理湖北巡抚，并加恩赏戴花翎，塔齐布着赏穿黄马褂。钦此。

国藩奉诏后，疏称母丧未除，不应就官，坚辞巡抚职任。奉旨照允，仍赏给兵部侍郎衔，另授陶恩培为湖北巡抚，饬曾国藩顺流进剿。国藩遂统领水陆各军，沿江东行，下大冶，拔兴国，破蕲州，直达田家镇。田家镇系著名险隘，东面有半壁山，孤峰峻峙，俯瞰大江，一夫为守，万夫莫开。长毛复从半壁山起，置横江铁锁四道，栏以木簰，遍列枪炮，另置战船数千艘，环为大城，好像一座巨岛，岸上又有敌垒二十余座。湘军自蕲黄东下，陆师先至，塔、罗二将为统领，与田家镇长毛，开了一仗，虽擒斩了数千名，尚不能越雷池一步。

至杨载福、彭玉麟等踵至，定议分水师为四队：第一队用洪炉大斧，熔凿铁锁；第二队挟炮进攻，专护头队；第三队俟铁锁开后，驶至下游，乘风纵火；第四队守营各勇，依令并举。四队排齐，杨载福率副将孙昌凯，作为第一队先导，熔斩铁锁，驶舟骤下，余三队陆续继进。开炮的开炮，放火的放火，逼得长毛上天无路，入地无门。那时岸上的塔、罗二军，望见水师已经得手，亦各宣军令，急攻敌垒，先进者赏，退后者斩。各军士拼命向前，刀削枪截，尚不济事，也顺风纵起火来。于是江中纵火，岸上亦纵火，烧了一日一夜，就使铜墙铁壁，也变成了一片焦炭。**不亚当年赤壁情景。**可怜红巾长发，死于水，死于火，死于刀兵枪弹，都向鬼门关上报到。还有一小半长毛，不该死在此地，统纷纷逃命。这次乃是湘军同长毛第一次恶战，岸上的长毛营二十三座，江中的长毛船五六千艘，被祝融氏收得精光，遂拔田家镇。自是湘军威名震天下。

长毛首领陈玉成，窜至广济，联合秦日纲、罗大纲等，分守各要隘，怎禁得塔、罗二军，乘胜前来，步步逼人，节节进剿，连趋避都来不及，还有何心抵当？广济不能守，转走黄梅。黄梅乃湖北、江西、安徽三省总汇的地方，陈、秦、罗三个头目，并力死拒，挑选悍卒数万名，驻扎城西的大河埔，分遣万余名守小池口，万余名扼城北，数千名游戈水陆，互为援应。塔军才至双城驿，距大河埔十里，尚未立营，玉成已率众杀来，亏得塔军素有纪律，奋登山冈，立住脚跟，养足锐气，冲杀而下。正酣斗间，杨、彭等已攻进小池口，不由玉成不走。湘军水陆齐进，立毁大河埔敌营，城北的长毛，已望风遁去。塔齐布猛扑城头，首受石伤，裹创再攻，长毛不能支，缒城窜去，遂复黄梅。

国藩进驻田家镇，连日奏捷，又附陈吴文熔被陷状，**应前回。**奉旨令崇纶自尽，并优奖国藩。国藩因湖北略平，遂督军顺流东下，直攻九江。湖北下窜的长毛，纠合安庆新到的长毛，固守九江城，急切不能攻下。那时河北的长毛，恰有肃清的消息，小子只好将九江战事，暂搁一搁，别叙那河北情形。**笔似分水犀。**

长毛丞相林凤祥，自深州败走，返据静海，分兵屯独流及杨柳青二镇，作为掎角。清将胜保，进攻不能下，且被长毛杀败一阵。咸丰四年正月，清郡王僧格林沁，亦率军趋至，会合胜军，先攻独流镇。独流镇的长毛，最是犷悍，固垒抗拒，清军连冲数次，都被击退。恼了有进无退的僧郡王，严申军法，留胜保军堵住杨柳青，自率精骑踹入敌营。长毛更番堵御，奈见了僧王虎威，都已心惊胆栗，且战且走。这边僧军更抖擞精神，上前奋杀，不一时已将敌营踏破。僧军转旆攻杨柳青，见胜军已经杀入，接踵而进，立刻荡平。二镇已破，静海的长毛，自然立脚不住，由凤祥挈领南窜，入踞阜城。

阜城县外，有堆村、连村、林家场三处，俱占要害，凤祥就分兵屯驻，连寨以待。僧王一到，相度地势，立派副都统郭什讷、达洪阿、副将史荣椿、侍卫达崇阿等，分头纵火。东延西燃，把三村房屋，烧得一间不留，逃得慢的长毛，都做了火烧鬼，逃得快的，还算走入城中。僧王正围攻阜城，满拟指日克复，忽报安徽长毛，由金陵遣至山东，偷渡黄河，攻陷金乡县，于是急遣将军善禄等，分兵驰援。

过了一日，廷寄复下，令胜保速赴山东，堵剿匪目曾立昌、许宗扬。原来曾立昌、许宗扬二人，由凤祥派遣，暗使往会山东长毛，攻扰临清州，冀解阜城的围困，**凤祥确是多智，奈势已穷奚何？** 所以清廷有此谕旨。胜保到了山东，临清州闻已失陷，山东巡抚张亮基，奉旨革职遣戍，连胜保、善禄等，亦遭褫革，戴罪自效。胜保气的了不得，偕善禄驰攻临清，日夜轰击。城内的长毛，颇有能耐，一味坚守，胜保大愤，督军士三面猛攻，单剩南面一隅，放走长毛。长毛因有隙可逃，渐渐松懈，被清兵一拥登城，城立拔，长毛纷纷南奔。

胜保不及安民，即出城追赶，到了冠县，一蓬火，烧死长毛头目陈世保。曾立昌、许宗扬等，落荒而逃，遁至曹县，四面筑起木城，为固守计。胜保追至曹县，与善禄密议道：“曾、许两贼，已是穷蹙，定不能固守此城；但彼窜我追，何时方能住手？必须想一斩草除根的计策，方便收军。”善禄踌躇一会，也无良法，只请胜保周视地形。胜保留善禄攻城，自率轻骑数十名，往各处巡阅一天。是晚回营，即与善禄附耳数语，令善禄分兵去讫。

到了夜半，胜保传军士各执火具，往焚木栅，霎时间烟焰蔽天，吓得长毛四散奔逃，胜保恰趁这黑雾迷漫的时候，麾众上城，曾、许二人，知不可守，即弃城出窜。胜军恰紧紧追赶。时已黎明，曾、许两人，逃至漫口，见前面水色微茫，料无去路，正思沿河窜逸，忽河侧有一支兵杀到，视之，乃系清将军善禄所领的马兵。**善禄于此处出现，上文附耳数语，即此可见。** 曾、许急忙回头，胜保又率步兵追到，马步夹攻，就使曾、许两人有三头六臂，也是抵挡不住，"咽咚咽咚"数声响，曾立昌、许宗扬，都投入水中，眼见得两道灵魂，随河伯当差去了。*差使不断，尚是幸事，恐怕河伯要带去问罪，奈何？*其余的长毛，不是赴水，定是身死刀下，悉数殄除，无一漏网。

东境业已肃清，胜保整军而回，途次闻林凤祥，已窜入连州。看官！你道林凤祥何故入连州呢？他闻曾、许已攻入临清，拟乘此还军，联络曾、许，遂弃了阜城，南窜连州，占踞连镇。僧王率众南追，胜保也移师会剿，总道林凤祥已成瓮鳖，不日可平。谁知凤祥真来得厉害，自知无生还望，索性拼着老命，坚持到底。僧王攻一日，凤祥守一日，僧王攻一月，凤祥守一月，僧王方焦躁得了不得，忽有长毛自南门杀出，势甚凶悍，僧王急麾兵拦阻，已是不及，被他突围而去。这突围的长毛统领，乃是李开芳。原来凤祥尚未知山东败耗，特遣开芳南走，接应曾、许，合军来援。开芳到了山东，曾、许已溺毙多日，无处求救，疯狗噬人，不管好歹，窥见高唐州守备空虚，竟一鼓陷入，杀死知州魏文翰。他尚思分踞村庄，陡闻城外鼓角喧天，清将胜保，已率军追至城下，没奈何登陴死守。自是胜保围高唐，僧格林沁围连镇，此攻彼守，足足相持了半年。

僧王本是个骁悍人物，到此也无可奈何，看看冬季将尽，两湖的捷报，连日传来，僧王恨不得立破敌垒，昼攻夜扑，一息不停，方将连镇踏平了一半。连镇系东西二砦，联络而成，所以叫作连镇。僧王费了无数气力，才将西镇攻破。凤祥收拾余烬，坚守东镇，直至咸丰五年正月，粮尽力穷，方被僧军猛力攻入。凤祥尚是死战，可奈前后左右，统是僧军，此牵彼扯，活活地被他擒住，槛送京师。僧王再移军攻高唐，高唐自胜保围攻，也是半年有奇，李开芳的坚忍，不亚凤祥。僧王仗着初到的锐气，攻扑一番，仍然无效。他却想了一计，令全军一律退去。是时城内闻僧军到来，倒也惊惶，及见城外的清兵，尽行退去，不得不乘机出窜。讵料行未数里，清兵竟漫山蔽野地掩杀过来，开芳知不能敌，回头狂奔，直到茌平县属的冯官屯，入村踞守。那时开芳手下的长毛，只有五百多人，尚与僧、胜两军，坚持了两个月。僧王决河灌敌，开芳始无路可走，终被僧军擒去，解往京师，与凤祥并受凌迟罪。河北肃清，洪天王的兵力，从此只限于南方，不能展足了。*林、李一死，已定洪氏兴亡之局。*小子又有俚句一首，咏林凤祥、李开芳道：

北上鏖兵固善谋，孤军转战死方休。

如何所事偏非主，空把明珠作暗投。

僧王凯旋，清廷行凯撒典体，免不得有一番热闹。那时咸丰帝喜慰非常，遂酿出一场大公案来，小子且至下回叙明。

本回为洪氏兴亡之关键，自曾国藩战胜江湖，而湘军遂横厉无前；自僧格林沁肃清燕鲁，而京畿乃完全无缺。南有曾帅，北有僧王，是实太平军之劲敌，而清祚之所赖以保存者也。林凤祥、李开芳二人，为太平军之佼佼者，转战河北，至死方休。令洪氏子一入金陵，用以攻北，即亲率全军为后应，则河北之筹备未足，江南之牵掣无多，一鼓直上，天下事殆未可料。不此之图，徒令林、李两头目，孤军图河，至京畿被困，已挽救无方，林、李死而洪氏已亡其半矣。读此回已见洪氏子之必亡。

第二十八回

那拉氏初次承恩
圆明园四春争宠

且说咸丰帝迭闻捷报，心中欣慰。少年天子，蕴藉风流，只因长毛蔓延，烽烟未靖，不免宵旰勤劳，连那六宫妃嫔，都无心召幸。这番河北肃清，江南复连报胜仗，自然把忧国忧民的思想，稍稍消释。大凡一个人，遇着安逸时候，容易生出淫乐的念头，况咸丰帝身居九五，年方弱冠，哪里能抛除肉欲？*若抑若扬，绝妙好辞。*即位二年，曾册立贵妃钮祜禄氏为皇后。皇后幽娴静淑，举止行动，端方得很，咸丰帝只是敬她，不甚爱她。此外妃嫔，虽也不少，都不能悉如上意。只有一位那拉贵人，芙蓉为面，杨柳为眉，模样儿原是齐整，性情儿更是乖巧，兼且通满汉文，识经史义，能书能画，能文能诗，满清二百多年宫闱里面，第一个能干人物，要算这位那拉氏。就使顺治皇帝的母亲，相传是色艺无双，恐怕还不能比拟呢。*回应孝庄后。*

这位那拉氏籍贯，说将起来，恰要令人一吓，她就是被清太祖灭掉的叶赫国后裔。太祖因掘出古碑，上有"灭建州者叶赫"六字，所以除灭叶赫。只因太祖皇后，本是叶赫国女儿，为了一线姻亲，特令苟延宗祀，但不过阴戒子孙，以后休与结婚。顺治后颇谨遵祖训，传到咸丰时候，已是年深月久，把祖训渐渐忘怀，且因那拉氏的祖宗，并非勋戚出身，入宫时只充一个侍女，后来渐遭宠幸，封为贵人。清制：皇后以下，一妃二嫔，贵人列在第三级，与皇后尚差四等，本来是不甚注意，谁知后来竟作了无上贵妇。命耶数耶！

那拉氏幼名兰儿，父亲叫作惠征，是安徽候补道员，穷苦得不可言状，遗下一妻二女，回京乏资，亏了个清江知县吴棠，送他赙仪三百两，方得发丧还京。看官！你道这吴知县何故送他厚赙？吴宰清江时，曾有副将奔丧回籍，与吴有同僚旧谊，因副将舟过清江，乃遣使送给厚仪，不意去使误送邻船。这邻船就是那拉氏姐妹北归，正虑川资不继，忽来了这项白镪，喜从天降。那是吴县官得知误送，几欲索还，旋闻系惠征丧船，从前也有一面缘，就将错便错的过去，不过把去使训斥了一顿。谁知后来的高官厚禄，都是这三百两银子的报酬。失之东隅，收之桑榆，也是吴县官运气。兰儿曾语妹道："他日吾姐妹两人，有一得志，休要忘吴大令厚德。"志颇不小。

回京后，过了一二年，正值咸丰改元，挑选秀女，入宫备使。兰儿奉旨应选，秀骨姗姗，别具一种丰韵，咸丰帝年少爱花，自然中意，当即选入宫中，服侍巾栉。兰儿素好修饰，到此越装得秀媚。娥眉不肯让人，狐媚偏能惑主。用讨武曌檄中语，已寓深意。只因咸丰帝政躬无暇，兰儿的佳运，尚未轮着，所以暂屈辕下。到了咸丰四年，这兰儿命入红鸾，缘来福辏，竟居然得邀天宠了。一日，咸丰帝退朝入宫，面上颇有喜色，适值皇后奉太后召，赴慈宁宫。宫嫔竟上前请安，兰儿也在后面随着跪下，被咸丰帝瞧见，不由得惹起情肠，当下令宫嫔各回原室，独留兰儿问话。兰儿一寸芳心，七上八下，也不知是祸是福，遂向咸丰帝重行叩见。咸丰帝温颜悦色道："你且起来，立在一旁！"兰儿复叩首道："谢万岁爷天恩。"这六个字从兰儿口中吐出，仿佛似雏燕声，黄莺语，清脆得了不得。待兰儿遵谕起侍，由咸丰帝仔细端详，身材体格恰到好处，真个是增之太长，减之太短，亭亭玉立，无一不韵。那满头的万缕青丝，尤比别人格外润泽，玄妻鬒发，不过尔尔；还有一双慧眼，俏丽动人，格外可爱。情人眼里出西施，况兰儿确是可人。顿时把这位少年天子，目不转瞬的注着兰儿。兰儿不觉俯首，粉脸上晕起桃红，含着三分春意，愈觉秀色可餐。咸丰帝瞧了一回饱，方问她年岁姓名。兰儿一一婉答，咸丰帝猛然记忆道："不错不错，你入宫已一两年了。朕被这长毛闹得心慌，将你失记，屈居宫婢，倒难为你了。"这数语传入兰儿耳膜，感激得五体投地，又叩谢温语优奖的天恩。咸丰帝见她秀外慧中，越加怜爱，恨不得立命承御，适值皇后回宫，不得不遣发出去。看官记着！这一夕，咸丰帝就在别宫，召进兰儿，特沛恩膏。兰儿初承雨露，弱不胜娇，输万转之柔肠，了三生之凤孽。绮丽中带讥讽语。一宵恩爱，曲尽绸缪，把咸丰帝引入彀中，翌日，即封她为贵人。她从此仗着色艺，竭力趋承，不到一两年工夫，竟由圣天子龙马精神，铸造出一个小皇帝来。

这且慢表，单说清宫挑选秀女，不限年例。咸丰帝因宠幸那拉贵人，免不得续添宫娥，准备服役，遂又下旨重选秀女。满蒙各族女孩儿，年在十四岁以上，二十岁以下，一概报名听选。只有财有势的旗员，不忍抛儿别女，方贿赂宫中总监，替他瞒住，余外不能隐蔽。一日，正是皇上亲视秀女期限，一班旗下的女子，都与父母哭别，随了太监，往坤宁宫门外，排班候驾。自辰至未，车驾不至，诸女来自民间，骤睹宫卫森严，已是心中忐忑，兼且站立多时，饥肠辘辘，未免怨恨起来。嗟叹声，呜咽声，杂沓并作。总监怒喝道："圣驾将至，汝等倘再哭泣，触动天威，恐加鞭责，那时追悔无及。"诸女被他一喝，越发慌张，战栗无人色。

忽有一女排众直前，朗声道："我等离父母，绝骨肉，入宫听选，统是圣旨难违，家贫莫赎，没奈何到此。就使蒙恩当选，也是幽闭终身，与罪犯囚奴相似。人孰无情，试想父母鞠育深恩，无以为报，生离甚于死别，宁不可惨？况现在东南一带，长毛遍地，今日称王，明日称帝，天下事已去大半，我皇上不知下诏求贤，慎选将帅，保住大清江山，还要恋情女色，强攫良家女，幽闭宫禁中，令她们终身不见天日，一任皇上行乐，历朝以来的英主，果如是么？我死且不怕，鞭扑何惧？满清一代的奏议，多是妩阿取容惶悚感激的套话，铺写满纸，不意有此女丈夫，真正难得。这一番话，说得宫监们个个伸舌。事有凑巧，咸丰帝御驾适到，太监料已听见，忙将这女子缚住，牵至咸丰帝前请罪，叫她下跪。她偏不跪，仍抗言道："奴一女子，粗知大义，不比你们龌龊小人，专知逢君之恶。今日特来请死，何跪之有？"咸丰帝龙目一瞧，见她庄容正色，英气逼人，不禁心折，便令太监替她释缚，温言谕道："你前番的说话，朕在途中，只听得一半，你再与朕道来！"那女子照前复述，毫无嗫嚅情状。咸丰帝道："你真不怕死么？"那女子道："圣上赐奴死，奴死了，千秋万古，颇识奴名，但不知圣上将自居何等？"说到此句，便欲把头触柱。王鼎尸谏，不及此女。咸丰帝忙令太监拦住，便极口赞道："奇女，奇女！朕命宫监送你回家便了。"并召诸秀女上前，问愿入选否？诸女皆不敢答。咸丰帝道："汝等都没有答应，想是不愿入选，宫监可一一送还，不准无礼！"咸丰帝之不亡，赖有此耳。于是直言的女子，领了众女俯伏谢恩，随众太监出去。

咸丰帝回宫，尚记念这奇女子，等到太监复旨，便问此女何人？太监奏称："此女出身寒微，他父是个骁骑校官职，是小得很哩。"咸丰帝道："你不要轻视此女，此女若不识文字，断不能为此言。"太监道："万岁爷真是圣明。闻女家甚贫，全靠这女课童度日，得资养亲哩。"咸丰帝道："忠孝两全，确是奇女，不意我旗人中，恰有这般闺秀，朕倒要设法玉成，保全她一世方好。"自是咸丰帝时常留意，嗣因某亲王丧偶，遂代为指婚。小子并非杜撰，可惜这女子姓氏，一时无从搜考，只好待他时查出，再行补叙。

且说咸丰帝闻了旗女直言，颇思励精图治，日夕听政，连那拉贵人都无心召幸。一日朝罢，接阅兵部侍郎曾国藩奏报："水陆各军，合攻九江城，贼坚守不能下，臣督水师三板船驶入鄱阳湖，毁去贼船数千艘，追贼至大姑塘，被贼抄袭后路，将内湖外江隔断，贼复夜袭臣船，仓猝抵御，竟致败衄，臣座船陷没，案卷荡然。臣自知失算，愧对圣上，愿驰敌死难，经臣罗泽南劝臣自赎，臣是以待死候旨，伏乞交部严加议处！臣虽死，且感恩不朽。"云云。咸丰帝瞧了又瞧，不禁长叹，便召军机大臣入内，将奏报递阅。内中有个满军机文庆，阅奏毕，便道："曾国藩确是忠臣，即如此次败仗，毫不隐讳，据实自劾，已见他存心不欺。现在东南一带，如国藩的忠诚，实无几人，皇上果加恩宽宥，他必愈加感激，时思报称。奴才愚见，欲灭发逆，总在这国藩身上呢。"**文庆颇独具真鉴。**咸丰帝沉吟半响，方道："你说亦是，你去拟旨罢！"文庆便草拟上谕，略说："曾国藩自出岳州后，与塔齐布等协力同心，扫除群丑，此时偶有小挫，尚于大局无损。曾国藩自请严议之处，着加恩宽免"等语。拟毕，由咸丰帝瞧过，随即颁发。

只咸丰帝心中，未免怏怏，有几个先意承志的宫监，便导咸丰帝去逛圆明园。这圆明园是全国著名的灵园，园中一切布置，没有一件不玲珑精巧，豁目赏心。所有楼台殿阁，不计其数；昔人所谓五步一楼，十步一阁，也差不多的景象。**作者惯将亡国殷鉴作为比拟，可为善讽。**此外如青松翠柏，瑶草琪花，碧涧清溪，假山幻嶂，更觉得密密层层，迷离心目。咸丰帝朝罢余闲，尝去游玩。这日到了园中，正值隆冬天气，花木多半萧疏，不免闹中带寂，咸丰帝转湾抹角，向各处逛了一周，终觉得无情无绪。行一步，叹一声。宫监知龙心未悦，只得曲意奉承，多方凑趣。有一慧且黠的某总管，竟启口禀奏道："这园内的花草，得邀宸盼，也算是修来幸福。可惜经冬凋谢，不能四时皆春，现应续选名花入园，令它颜色常新，方不负圣躬宠眷。"咸丰帝闻言微笑道："世上没有不凋的花草，任它万紫千红，一遇风霜，便成憔悴，除非是有美人儿，或者还可代得。"某总管道："本年挑选秀女，万岁爷圣德如天，叫她们个个回家。倘若不然，令群女入值园内，岂不是众美毕具了？"咸丰帝道："一班都是旗女，也不见什么好处。"总管道："万岁爷贵为天子，富有天下，只叫一道圣旨，令各省选女入侍，就使西子、太真，亦可立致。"**历代主子，统由此辈教坏。**咸丰帝道："祖制不准采选汉女，哪里可由朕作俑？"总管又道："宫里应遵祖制，园内想亦无妨。"**硬要逢君之恶，殊属可恨！**咸丰帝想了一回，便道："这也须秘密办理，不宜声张。"某总管说声遵旨，俟咸丰帝游毕，即随驾回宫。

不到半年，南中已献入汉女数十名，供值圆明园，分居亭馆，个个是纤秾合度，修短得中。更有那裙下双弯，不盈三寸，为此金莲瘦削，越觉体态轻盈。咸丰帝得了许多美人，每日在园中游赏，巧遇艳阳天气，春色争妍，悦目的是鬓光钗影，扑鼻的是粉馥脂芳。酒不醉人人自醉，花不迷人人自迷。香国蜂王，任情恣采，今夕是这个当御，明夕是那个侍寝，内中最得宠幸的，计有四人，咸丰帝赐她们芳名，叫作牡丹春、杏花春、武林春、海棠春。

牡丹春住在圆明园东偏，宫院名牡丹台，嗣改名镂月开云；杏花春住在圆明园西室，宫院名杏花村馆；武林春住在圆明园南池，池上建起一座寝宫，天然佳妙，池名武林春色，宫院亦就池出名；海棠春住在圆明园北面，宫院恰不是海棠名号，偏叫作绮吟堂。在咸丰帝的意思，乃是将四春佳丽，分居四隅，绾住那一年春色，自己作为护花使者。**乐将极矣。**无如雨露虽是宏施，膏泽总难遍及，重门寂寂，夜漏迟迟，听隔院之笙歌，恼人情绪，看陌头之杨柳，倍触愁肠。由悲生怨，由怨生妒，酸风醋雾，迷漫全园。谁意四春夺宠之时，正值太后弥留之日，咸丰帝入侍慈躬，好几日不到园内，羊车望幸，愈觉无期。接连又是太后崩逝，哭临奉安的手续，忙了两三个月。咸丰帝颇尽孝思，百日以内，未尝入园。至易夏为秋，时日已多，哀思渐杀，方再入园中游幸。当时四春娘娘，都已料圣驾将临，眼巴巴地在园探望。偏这杏花春慧心独运，捷足先登，数日前已遍赂值园宫监，叫他留意迎驾。那宫监得了好处，自然格外献功，咸丰帝未入园门，狡太监已先探报。杏花春即带领宫眷等，至要路迎迳，遥见御驾徐徐过来，早已轻折柳腰，俯伏在地。是时因太后丧期，妃嫔等都遵制服孝，杏花春浅妆淡抹，越显得云鬟鬓黑，玉骨清芬。咸丰帝瞧将过去，好似鹤立鸡群，分外夺目，**多日不见，益令人醉**。忙龙行虎步地走将拢来，令她起立。杏花春珠喉婉转，先禀称臣妾迎驾，继禀称臣妾谢恩，然后站起娇躯，让咸丰帝先行，自率宫眷等后随。到了寝宫，又复叩首请安。咸丰帝叫她不必多礼，并赐旁坐。这时候的杏花春自然提足精神，殷勤献媚，把这咸丰帝笼住不放。留连至晚，即留宿在杏花村馆。翌日，复由咸丰帝特旨，开群芳宴，传谕各宫妃子贵人，都到杏花村馆领宴。那时六院三宫，接奉圣谕，就使心中未惬，也只好联翩前来。园内的牡丹春、武林春、海棠春，满肚子含着醋意，终究不敢不到。只有钮祜禄后，领袖宫闱，天子不能妄召，所以未尝与宴。还有一位那拉贵人，奉了命，竟叫宫监回奏，称病不赴。咸丰帝圣度汪洋，总道她身怀六甲，无暇责备，谁知入宫见嫉，她已别有心肠。**那拉氏之心术，已露一班**。是日，杏花村馆，大集群芳，"花为帐幄酒为友，云作屏风玉作堆，"说不尽的绮腻风光，描不完的温柔情态。咸丰帝至此，乐得不可言喻。**恐怕此时的欢乐，只有咸丰帝一人，杏花春或尚得其半，此外则阳作欢娱，阴怀妒忌，未必尽如帝意也**。但天下无不散的筵席，圆则易缺，满则易倾，咸丰帝一生，也只有这场韵事，算作极乐的境遇了。后人曾有诗咏道：

　　　　纤步金莲上玉墀，四春颜色斗芳时；
　　　　圆明劫后宫人在，头白谁吟湘绮词？

　　咸丰帝罢宴后，次日早朝，忽接到六百里加紧奏章，忙拆开一阅，乃是荆州将军官文，奏称武昌复失，巡抚陶恩培以下，大半殉难，不禁大惊。看官！要知武昌失守情形，待小子下回说明！

　　酒色财气四字，为人生最大之魔障，而色之一关，尤为难破，其酿祸亦最甚。士大夫之家无论已，试观历朝以来，亡国之朕，大半由于女色。若仅仅酗酒，仅仅嗜财，仅仅使气，虽不能无弊，国尚不至于亡。咸丰帝颇号英明，当时称为小尧舜，观其闻选女之谰言，不加以罪，反褒奖之，其器识已可见一班，然卒未能屏除肉欲，幸那拉，嬖四春，为主德累，四春尚未足亡清，而那拉实为亡清之张本，夫岂真遗碑成谶，非人力可以挽回者？主德可以格天，主不德，天数始不能逃也。本回专载清宫事，于咸丰帝之明昧，或抑或扬，隐寓劝惩之义，而于前后各回历述战事外，列此一回，尤足令人醒目。

第二十九回

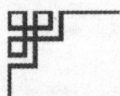

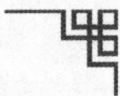

罗先生临阵伤躯
沈夫人佐夫抗敌

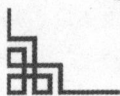

　　却说湖北巡抚陶恩培，莅任两月，因省城初复，元气中桥，兵民寥落，守备空虚，陶抚方赶紧筹防，不料长毛大至，连破汉口、汉阳，直达武昌。小子于六十二回中，曾叙武昌克复事，由曾国藩苦心孤诣，塔齐布以下将弁，效死前驱，方得杀败长毛，夺回武汉。为什么长毛又得达武昌呢？看官不必动疑，小子即要详叙。自曾国藩战败鄱阳，内湖外江，水师隔绝，长毛复分军趋长江上游。湖北总督杨霈，本有兵勇二万名，驻扎广济，适值咸丰四年除夕，营中置酒高会，总道长毛麕集九江，一时不致复来，且安安稳稳地过了残腊，再作计较。*失之毫厘，谬以千里*。正在欢饮酣呼的时候，营外忽然火起，急忙出营了望，那火势已经燎原，火光中跃出无数红巾，个个是执着大刀，横着长枪，向营内扑来。营兵醉眼模糊，错疑是祝融肆虐，带来的火兵火卒，*涉语成趣*。其实是长毛掩袭，纵火攻营，等得营兵回报，还有何人敢去抵敌？杨霈仓皇失措，吓得魂不附体，连逃走都来不及，幸亏将官李士林，效死抗敌，截住营前，杨霈方得向营后走脱。士林本是个长毛出身，经杨霈招降，恩礼相待，所以得他保护，逃了性命。*亏此一着*。奔到汉口，暗料长毛必进薄武汉，不如择个僻静处，将就安身，遂借防敌北窜的名目，一溜风趋至德安府，才住了脚。

　　这时长毛泝江而上，如风驰电掣一般，陷汉口，破汉阳，竟到武昌省城。巡抚陶

208

恩培麾下，只有兵勇二千，连守城尚且不足，哪里能出城堵截？等到长毛已逼城下，勉率司道等登陴固守，一面遣人至江西求援。曾国藩正被长毛截入鄱阳，不能展足，至此闻武昌危急，只得飞檄外江水师统领俞晟，带了几艘战船，去援武昌。又保荐胡林翼为湖北臬司，付他陆军六千名，从间道赴武昌。水陆两军，星夜前进，至小河口、鹦鹉洲、白沙洲等处，被长毛阻住。开了数仗，小小获胜，谁知长毛另股，复由兴国上窜，径扑省城。陶抚台已困守多日，怎禁得长毛麕集，一时迫不及防，竟被长毛攻入。陶抚以下，如知府多山，游击陶德焘等，皆力战阵亡。武昌三陷。胡林翼等驰救无及，只得扼守金口，收集溃卒，再图恢复。

廷旨擢林翼为湖北巡抚，更饬曾国藩分军赴援。国藩想弃了江西，转援湖北，一时不能解决，乃召幕宾会议。湘乡生员刘蓉，向与国藩友善，国藩许他为卧龙，至是适襄戎幕，遂起座道："江西形势，上下受敌，我军孤悬此地，如在瓮中，决非万全计策。但今欲往援湖北，坐弃江西，亦属非计。我军一去，九江贼众，必内破南昌，上走鄂岳，乃是越不得了。看来眼前只可整缮水师，接应陆师，务期攻克九江，才得西援东剿。"国藩点头称善。遂檄塔军门，仍围九江，不可轻动，自己驰抵南昌，添置船炮。

忽报饶州、广信两府城，接连失陷，国藩颇为惊惶，罗泽南时正在营，投袂而起，愿往一剿。国藩遂拨他高弟李续宾军，一同去讫。可见为主帅者，不可无良将为辅。去了数日，得广信捷音，报称"罗、李两军，连克大水桥、陈家山，乘胜追剿，击毙长毛首领，立复广信府城"等语，国藩稍稍心安。

杨载福、彭玉麟，因船炮尚未备齐，暂时乞假回湖南，国藩应允。杨、彭二人甫去，九江陆师，又来了一封烧角文书，报称塔军门病殁了。又是一惊。这位塔军门齐布，由侍卫拣发外任，从都司荐擢提督，所向有功。鄱阳湖一战，水师陷入湖中，四面皆敌，几乎全军覆没，亏得他带领陆军，截住岸上长毛，血战获胜，遥为声援。那时鄱阳湖内的长毛，多自去救应陆兵，于是杨、彭诸将，方得收拾残师，退扼上游。前回叙鄱阳战事，只录曾国藩奏报中数语，未曾详明，故此处复补入事迹。这回围攻九江，计已多日，愤激得了不得，致患心病，半日即剧，死于军中。国藩闻信，不暇哀悼，忙出城下船，率领水师出发九江。途中遇敌船来扑，由国藩一声号令，纷纷杀出。长毛见他来势凶猛，也即退让。国藩无心追赶，竟至九江陆师营内，哭奠一番。并闻塔军门部曲童添云，先日阵亡，免不得也去祭奠。随令几员将士，拥护丧车回籍。并命周凤山暂代塔任，用好言抚慰部众，叫他继述塔公遗志。塔军门待下有恩，与士卒同甘苦，因此塔虽病殁，军心不变。<small>满人中得此良将，也算奇特。</small>

国藩复遣水师攻湖口，初次得胜，继复失利，退扎青山，又由国藩驰抚。部署已定，回驻南康。途次闻义宁县失陷消息，又拟调兵往救。嗣复接到罗泽南来书，知已由广信驰还，收复义宁，书中复陈述厉害。称"东南大势在武昌，得武昌乃可控制江皖，江西亦得屏蔽。若株守江西，徒与贼搏战，无益大局，请自率所部，径出湖北，规复武昌，再引军东下，取登高建瓴局势，会合水陆各军，合力攻湖口，截住敌船上下，方可肃清江西。"国藩服他议论，但因江西三面皆敌，塔军门已死，杨、彭尚未到来，一旦有急，无人可使，所以迟迟未答。

泽南等待数日，未见复音，遂单骑至南康，面陈机宜，国藩允准派五千精卒为助。刘蓉进见道："大帅麾下，唯恃塔、罗两君，塔公已亡，罗公又令他远行，将来缓急谁恃？"国藩道："我也晓得这个苦况，但为东南大局计，不得不然。倘罗军能迅复武昌，自可回救江西。我是虽困犹荣了。"刘蓉道："照此说来，原是不能不去，刘某不才，愿随罗公一行，或可少资臂助。"<small>援湖北即是救江西，刘霞轩毕竟不弱。</small>说着，罗泽南已来辞行，国藩即遣刘蓉同去。泽南道："得刘君为助，还有何说！但九江一带的陆师，只宜坚守，不宜屡攻，愿明公转饬诸将。"国藩道："敬听忠告。"于是泽南启程，经国藩送出城外，握手依依，犹有留连不舍之状，<small>曾、罗二人，自此永诀。</small>国藩道："罗山此去，为国立功，不负大丈夫壮志。后会有期，谨从此别！"泽南道："不复武昌，誓不见公。"<small>壮士一去不复还，大有易水悲歌气象。</small>国藩闻言，神经为之怅触，但号令已出，不好收回，便叹息而别。郭嵩焘又送了一程，至柴桑村，泽南请嵩焘回去，嵩焘道："曾帅坐困江西，君去必不能支，如何是好？"泽南道："曾公所治水师，幸能自立，但教曾公常在，便无他患。俗语说得好：'谋事在人，成事在天'，天苟不亡清朝，此老断不至死。"<small>确论。</small>随与嵩焘揖别，至义宁领了部卒，向西进发。

沿途叠接探报，杨载福，彭玉麟二将，已由湘抚骆秉章遣募水师，赴鄂助剿，鄂署抚胡林翼，已自金口进薄武昌。泽南颇为喜慰，遂分军为三，自领中营，李续宾领左营，刘蓉领右营，风驰雨骤地赶入湖北。一战克通城，再战克崇阳，进拔蒲圻，并复咸宁。适胡林翼军，自汉阳败退，渡江而南，与泽南相会。林翼道："长毛真厉害得很，我屡攻武昌不下，转攻汉阳，几陷贼中，幸鲍都司春霆，划船相救，方得免祸，看来长毛还不易除灭哩。"泽南道："鲍都司非即鲍超么？他系四川奉节县人氏，曾隶塔军门部下，后由曾帅拔充哨官，随战洞庭，异常骁勇，确是一员猛将，将来必立奇功。"*鲍超历史，从泽南口中叙出，笔法善变*。林翼道："罗山兄所见，与弟相同。"泽南道："现在德安一路，消息如何？"林翼道："从前杨制军回屯德安，欲遣我驻扎汉川，截贼北走。罗山兄！试想武汉为长江咽喉，武汉不复，贼将四出，哪里还能堵截？我便具疏力争，亏得圣明在上，俯从愚见，所以在此相持。不意杨制军弃了德安，直走枣阳，真是畏缩得很。现在改任荆州将军官文为湖广总督，西凌阿为钦差大臣，进攻德安，比从前稍有起色了。"*借此数语，了结杨需*。正谈论间，忽报伪翼王石达开，率众数万，将到蒲圻城下了。泽南起身道："蒲圻新复，又来悍寇，真个了不得。罗某且去杀他一阵再说。"林翼道："君为前驱，我为后应，能够杀退此贼，还好合攻武汉。"于是泽南在前，林翼在后，两军趋至蒲圻，正遇石达开前锋。泽南鼓勇而前，英风锐气，辟易千人。长毛前队散去，后队继上。胡军队亦到，接应罗军。两下酣斗，直杀到天昏地暗，鬼哭神愁，石达开才麾众退去。罗、胡收军入城，次日出探，石达开已驰入江西去了。泽南道："贼去江西，曾帅越加危急，看来我军只可急攻武昌，必待武昌克复，方得返援江西。"林翼亦以为然，遂合军直趋武昌，分屯城东洪山，及城南五里墩。

　　是时钦差大臣西凌阿，攻德安不克，有旨革职，令官文代任督师。官文连破德安、汉川，进薄汉阳。长毛坚守武汉，屡攻不下，江西警报，日甚一日，泽南愤极，誓死攻城。长毛亦不甘退让，每夜遣悍卒出城袭营。泽南设伏数处，诱敌进来，伏兵陡起，将长毛围住。长毛拼命杀出，已有四百个头颅，向地上滚去。*妙语*。自咸丰六年正月至二月，大小百数十战，罗军虽胜多败少，总不能扑入城中。

　　三月朔，忽有大星陨落西北。晨起，大雾漫天，长毛蜂拥出城，与罗军决一死战。这番对仗，不比往日，那长毛都是舍了命，前来猛扑，险些儿把罗军杀退。罗军多是乡里子弟，夙负气谊，不肯相弃，总算还抵挡得住。泽南执旗指挥，凭他枪林弹雨，总是不退一步。怎奈枪弹无情，射中左额，血下沾衣，泽南忍痛收军，长毛亦退入城去。

胡林翼闻泽南受伤，忙来视病，起初见泽南还可支持，到三月八日，病不能起，汗出如瀋，林翼入视，不禁流涕。泽南张目，见林翼在侧，握住林翼手，便道："武汉未克，江西复危，不能两顾，正是可恨。我死不足惜，弟子迪庵，可承我志，愿公提挈，期灭此贼。"林翼点头，泽南遂瞑目而逝。泽南已受布政使职衔，至此出缺，由林翼疏奏，优旨照巡抚阵亡例抚恤，并赐祭葬，予谥忠节。罗山是兴清功臣，且以书生赴大敌，其志可嘉，故叙述独详。

林翼遂令李续宾代统罗军，仍扎洪山，林翼亦仍驻五里墩。会江西乞师文书，星夜投递，林翼不得已，派兵四千往援。援师未至，江西省已大半糜烂。先是太平国翼王石达开，攻入安徽省城，颇知联结民心，张榜安民，斟定赋税，百姓颇有些畏服。既而秦日纲又至，攻破庐州，击毙江忠源，安徽全省，几尽入长毛手。达开遂率众旁出，驰至湖北，被胡、罗二军击退，转入江西，连破义宁、新昌、瑞州、临江各城。广东土寇，复逃出湖南，侵入江西边境，陷安福、分宜、万载等县，联络长毛，合趋袁州，南昌戒严。

国藩飞檄周凤山军，解九江围，回驻樟树镇，屏蔽省会。此时江西陆师，只有周凤山一支人马，水师统将，如杨、彭等，又皆在湖北助剿。国藩危急万分，唯驰檄两湖，乞济援师，奈远水难救近火，一时总盼望不到。忽有一人敝衣草履，跨着大步，走入曾营。营弁欲去通报，他迫不及待，径入内见曾国藩。国藩一瞧，乃是彭玉麟，不觉大喜，便道："雪琴来得真好。"雪琴系玉麟表字，呼字不呼名，系朋友通例。玉麟答称："因江西紧急，徒步来此，七百里路，走得两日半，今日才到。"国藩道："你真是我的好友！"遂派领水师，赴临江县扼剿。

正在调遣，周凤山败报已到，乃是兵溃樟树镇。国藩忙自南康趋南昌，助巡抚文俊守城，奈吉安府、抚州府等，又陆续失守，江西七府一州五十余县，统被陷没。只南昌、广信、饶州、赣州、南安五郡，尚为清属。广信府在抚州东，长毛酋杨辅清，由抚州进攻，亏得一员女将军，佐夫守城，激厉兵民，才将府城保住。这位女将军是谁？乃是林文忠公则徐女，署广信知府沈葆桢妻。大书特书。

沈葆桢自御史出任知府，原任是九江，未到任，九江已陷，乃改署广信。此时正在河口办粮，城中吏民，闻长毛将至，逃避一空。及葆桢闻信，驰归署中，只剩了一个夫人。外而幕僚，内而仆婢，统已星散。葆桢问道："你何故独留？"林氏道：

"妾为妇人，义当随夫。君为臣子，义当守城。君舍城安往？妾舍夫安适？"大义凛然，不愧林公令爱。葆桢道："区区孤城，如何能守？"林氏道："内署尚有金帛，妾已检出，准备犒军。大堂上已设巨锅一只，可以炊爨，准备饷军。现在且令军民暂时守城，再作计较。"葆桢道："幕友已去，仆婢已散，何人办理文书？何人充当厨役？"林氏道："这个不难，妾都可以代劳。"

于是葆桢召兵民入署，取出内署金帛及簪珥等属，指示兵民道："长毛将到，这城恐不可守，汝等可取此出走，作为途中盘费。我食君禄，只能与城存亡，从此与汝等长别。"遣将不如激将，葆桢也有智谋。兵民齐声答道："我等愿随大老爷同守此城，长毛若来，杀他几个，亦是好的。就使杀他不过，也愿与城同尽。"葆桢道："汝等有此忠诚，应受本府一拜。"随即起座，恭恭敬敬地向兵民一揖。兵民连忙跪下，都道："小的哪里敢当！总凭大老爷使唤便是。"葆桢令兵民起立，遂将金帛等分给，兵民不肯受赐。葆桢执意不允，兵民遂各受少许，一一拜谢。

当下林夫人出堂，荆布钗裙，左手携米，右手汲水，到大锅前司炊。兵民望见，便道："太太如何执爨？"林夫人道："汝等为我守城，我应为汝造饭。"兵民道："城是国家的城，并非老爷太太应该守城，小人们不必守城。老爷太太这般恩待，小人们如何过意得去？"林夫人道："但得诸位尽力，我与老爷已感激多了。少许劳苦，何足挂齿？"随即造好了饭，令兵民饱食一餐。兵民各执了军械，踊跃登城，葆桢自去巡视一周，返入署内，与夫人林氏道："兵民等虽已感我恩义，情愿死守，但寡不敌众，奈何？"林氏道："此去至玉山，约九十里，有浙江总兵饶廷选驻守，他系先父旧部，当可乞援。"葆桢道："如此甚好，待我修起书来。"林氏道："君是巡城要紧，文牍一切，由妾代理。"随即入内修书，修好后，出交葆桢。葆桢取来一瞧，字字作淡红色，既不是墨，又不是硃，忙看下款，乃是林氏血书四字，即张着目呆看林氏。林氏道："君毋过虑！这是指血书成，不甚要紧。"葆桢闻言，也为堕泪。

此书一发，那总兵饶廷选，自然兼程驰到。饶廷选入城，长毛才薄城下，遥见城上旌旗严整，已自惊心，不想城中复杀出一员饶镇台，手下将士，统似生龙活虎一般，一当十，十当百，杀得长毛大败亏输，退五里下寨。次日，饶镇台又来攻营，后面是沈本府押队，带来兵勇越多，呼声震动天地，长毛先已胆怯，战了几个回合，便即逃去。这番胜仗，传入曾国藩耳中，自然将夫妇共守事，奏达清廷，廷旨擢葆桢为兵备道，后且升任江西巡抚。文肃公自此成名，夫人城并垂不朽。士民感颂慈荫，至今不绝。

这且慢表，且说江西警报，遍达两湖，经湖北巡抚胡林翼，遣兵四千，驰至湖南，巡抚骆秉章，亦派刘长佑、萧启江，分道赴援。国藩弟国华，又募兵数千，转战而东，连克新昌、上高各城，直抵瑞州。国藩乃再遣李元度、刘于浔、黄虎臣等，分头接应。自是江西与两湖，渐渐通道，军务方有起色。谁知江南大营，竟于咸丰六年五月间败溃，向荣忧死，洪天王气焰骤涨一倍，正是：

貔虎合群方逞勇，鲸鲵得势又扬鬐。

欲知大营溃败情形，且至下回再表。

塔、罗二人，为曾氏麾下之最著名者。但塔本武夫，从军是其天职，罗为文士，独能组成一旅，亲当大敌，亦古今来之罕见者也。且以理学名家，具兵学知识，尤为难能可贵。或者犹以反抗洪氏少之，抑知洪氏盗也，生平行事，无一足取。试问明火执仗，杀人越货诸徒，为民间害，设处圣明之世，其有不立杀无赦乎？周公诛管蔡，犹不失为圣人，盖乱贼必诛，无论亲疏，不得恕罪。执是以论，于罗山何病？若沈夫人以一妇女身，具伟丈夫胆略，是殆所谓巾帼而须眉者非耶？林公家法，可于其女见之。是回为名士杰女合传，可以作士气，可以当女箴。

第三十回

瓜镇丧师向营失陷
韦杨毙命洪酉中衰

却说江南大营，系是钦差大臣向荣统辖，张国梁为辅。自咸丰三年起，驻扎南京城外孝陵卫，与江北大营相掎角。江北大营统帅琦善，本是个没用人物，围攻扬州几一年，兵饷用得不少。左副都御史雷以諴，正奉命巡阅河防，闻琦善师久无功，请旨剿贼，捐资募勇，自成一军，扎营扬州城东面，与琦善大营作为掎角。又复仿江都仙女镇抽厘章程，创设板厘活厘的名目，收充军需。板厘是取诸坐贾，按月征收。活厘是取诸行商，设卡征收，看货物的贵贱，作为等差；大约每百文中，取他两三文，商贾尚不致病累，军饷恰赖是接济，当时称他为妙法，都照样循行。此特一时权宜之策，乃军兴以后，相沿未绝，至今益厉，商民交怨，不得谓非雷氏之作俑。琦善大营，自然照办，不必细说。

当下士饱马腾，正期一鼓歼敌，朝旨又责成琦善，叫他克日破城，歼除务尽，毋使旁突滋扰。会洪秀全遣丞相赖汉英援扬，为副都统萨炳阿等所败，琦善因胜而骄，自谓无恐。哪知赖汉英竟赴瓜洲，杀退参将冯景尼、师长镳及盐大使张翊国。扬州长毛，得知瓜洲道通，遂率全股冲出扬城，会合赖汉英，占据瓜洲。琦善徒得了一个空城，有旨责琦善不力，革职留效，冯景尼正法，师长镳等遣戍。琦善惶急异常，令总兵瞿腾龙进剿瓜洲，腾龙阵亡。警报传至扬州，急得琦善成病，不数月而逝。江宁

215

将军托明阿，奉旨代琦善任。托明阿的才识，与琦善也差不多，只浦口一战，稍获胜仗，然亦亏向荣派员夹攻，方得此胜。嗣后拥兵自固，毫无进取，因此江北大营，远不及江南大营的威望。但向荣、张国梁，虽是有些智勇，誓复金陵，究竟金陵城大而坚，洪杨又作为根据地，悉锐固守，被围两三年，仍旧负嵎抗拒，兼且遣众四扰，牵动官兵，向荣又不能坐视不救，只得分兵援应。以故转战频年，迄无成效。褒贬处然有分寸。

会上海一带，土匪蜂起，占住县城，与长毛勾通。江苏巡抚吉尔杭阿，督总兵虎嵩林，参将富安，守备向奎等，水陆进攻，足足攻了好几个月，始由江宁府知府刘存厚，挖地成穴，埋入地雷，轰踢城垣二十多丈，方得克复上海县。上海既复，进攻镇江，镇江已由提督余万青，奉向大臣檄，率兵万余，攻打数月。吉抚领兵八九千人，到镇江城下，与余提督分营对立，仍用了老法儿，开隧种火，轰去了一小段城墙角。正拟督兵入城，不料城中长毛，已探悉轰城的计策，遣悍卒潜出，绕至吉营背后，鼓噪而入，幸亏吉营尚有纪律，一时不致溃乱，当下返身拒敌，鏖斗一场，方将长毛杀退。回望城头，轰陷的城隙，已由长毛用土塞住。料知进攻无益，只得退休，白费了掘地埋药的工夫，蹉跎蹉跎，又是一年。镇江的长毛，与瓜洲的长毛，不但蟠踞如故，并且双方联络，气焰越盛。

金、焦两山，虽有总兵周士法、陈国泰两部，率舰分泊，怎奈逍遥坐视，一任长毛往来。长毛藐视已久，一面把两处勾结，暗袭扬州，一面遣人知会南京，请发兵接应。扬州知府世琨，安坐城中，总道瓜洲、镇江，都已围住，长毛虽插翅不能飞来，忽闻城外喊杀连天，忙上城探望，已是满地红巾，仓猝调兵，应者寥寥。只有参将祥林，领了数百个赢兵弱卒，前来听令。世琨令他登陴守御，不到一日，已被长毛攻陷。祥林巷战许久，力竭身亡。世太守也算殉城毕命。善善从长，不拼其美。这位托大臣得知此信，遣了几员将官，来救扬州。扬州城已于前日失守，援军初到城下，尚未住脚，长毛忽自城内冲出，汹汹地杀将过来。一阵乱扫，把援军扫得四散。

隔了几天，诏书特下，革托明阿及陈金绶、雷以诚职，令都统德兴阿代任。德兴阿骤遭宠遇，格外效力，亲督兵至扬州城西北隅，猛扑城头，一当十，十当百，任你长毛如何凶悍，也只得缩着手，抱着头，弃城出走。可见用兵全在冒死。扬州算是再克，镇江、瓜洲，仍然不下。苏抚吉尔杭阿，颇具血诚，默念城下顿兵，何日方了，蹰躇再四，想出了一条釜底抽薪的计策，竟欲截断长毛的粮道。当下与知府刘存厚商议道："野战不如扼要，攻坚不若断粮，这是军法上最要秘诀。我闻发贼运粮，全恃高资为通道，高资一断，贼技自穷，非但镇江、瓜洲，可以立复，即金陵逆首，亦只能束手受擒。老兄以为何如？"存厚道："抚帅所言，确是制贼的妙策，卑职很是赞成。"吉抚道："我欲截彼粮道，彼岂不防此一着，必须有坚忍能耐的干员，方能当此重任。"存厚慨然起立道："卑职愿去。"吉抚道："老兄肯去最好。万一有急，兄弟定来救应。"存厚即辞了吉抚，带领知县松寿，盐大使张翊国，飞驰而去。

看官！这粮道是全军的性命，长毛闻存厚前往，哪有不出兵力争之理？存厚既到高资，就烟墩山倚冈为寨，扎了品字式三个营盘。过了一天，已来了镇江长毛数千名，前来扑营，被存厚一阵击退。又过了两日，复来了无数长毛，乃是金陵遣来的精锐，如蝇逐臭，如蚁附膻，争向烟墩山扑来。刘存厚到了此时，明知众寡悬殊，不是对手，只因奉命到此，早把生死置诸度外。长毛拼命攻扑，存厚拼命抵御，炮声震地，烟雾迷天，战了两三个时辰，忽报松寿、张国翊，均已阵亡，三营中失去二营，不由不令存厚心惊，只得收兵入寨，守住孤营，专待援应。*极写刘存厚。*

这消息传到吉抚军中，吉抚立率兵前往，将到高资，遥见黄旗红巾，满坑满山，连刘营都望不清楚，诸将都已失色。吉抚即欲杀入，有一偏将拦马禀道："贼为护粮而来，生死所关，安肯轻去？我军不过万人，主客情形，相去悬绝，看来不如退守为是。"吉抚怃然道："我以一部郎，不数年任开府，仗节钺，受恩深重，何敢贪生？今若一战而胜，贼粮可断，逆穴可平，上纾天子的忧思，下解生民的疾苦。万一失败，愿捐躯报知遇恩。况我与刘知府曾面约往援，岂可失信？"*怀忠履信，吉抚可谓完人。*言毕，即当先冲入，众将亦不得不随往，前驰后骤，竟将长毛冲倒数百名，劈开一条血路，直入刘存厚营。长毛见吉抚入内，霎时四合，百炮齐鸣，千弹并发，吉抚闻这声耗，登高四望，正觑那长毛的隙处，意欲舍坚攻瑕，俄闻虿的一声，忙睁睛瞧着，忽有滚圆的一粒炮子飞将前来，撞着脑袋，如石击卵，顿时鲜血直流，痛极而仆。众军见主帅晕毙，统是惊骇异常，长毛即一拥前进，杀的杀，劈的劈，军士见不可敌，大家是逃命要紧。有几百名随着刘存厚左右冲突，欲翼吉抚尸身出围，可奈长毛围绕得紧，杀一重，又一重，存厚力竭气喘，大吼一声而亡。*这是一场血战，故叙述较详。*吉、刘两人，都已殉难，围攻镇江的余万青，也立脚不定，自然撤围，长毛遂四出纷扰。

钦差大臣向荣亟命张国梁驰剿。国梁系江南大营的栋柱，自围攻金陵后，转战无虚日，金陵悍酋屡次出犯，都由国梁杀退。各处闻警，得国梁驰救，亦无不克复。此时正收复江浦，渡江回营，接向大臣命令，不及休息，率兵即行，至丁卯桥遇着长毛，一鼓荡平。进至五峰口，又杀掉了数百名长毛。再进至九华山，见长毛驻扎较多，他却偃旗息鼓，佯为退走，至夜间挥兵前往，把敌营踏平好几座。这一股英风锐气，正足辟易千人。

长毛战不过国梁，都窜回金陵。国梁正尾追西归，遥见大营火起，营内的兵勇，狼狈奔来，料知营中遇变，加鞭疾行。到了孝陵卫不见大营，只见遍地是火，长毛正杀得高兴，仗火肆威。当下不知向公下落，只拣着长毛多处，挥刀直入，左冲右荡，尚寻不着向大帅。忽见东南角上，火光荧荧，尚现出向字旗帜，忙奋勇杀将过去。那长毛如蜂如蚁，裹将拢来，他恰不管利害，仗着一柄大刀，东劈西削，无不披靡。杀了好一歇，方逼近向字旗边，见向帅正危急万分，急呼道："国梁在此，保大帅出围！"向荣闻国梁兵到，气为一振，即众将士亦变怯为勇，拼着命随了国梁，突出重围。长毛亦不敢追赶，由国梁保着向公，自淳化镇退保丹阳。为张国梁写生，故江南大营失陷，仍写得烨烨有光。这次大营失陷，是由向大臣分兵四出，麾下兵寡将单，镇江长毛，与金陵长毛，窥破向营情形，互约夹攻，前后纵火，向军腹背受敌，以致大溃。这是顿兵坚城的坏处。

向荣至丹阳后，婴城固守，长毛分途逼围，重营叠垒，势甚鸱张。向荣忧愤成疾，由国梁收集散卒，激厉将士，开城再战，连破长毛营寨，斩首数千级，丹阳方转危为安。无如向荣病终不起，临危时，以军事付国梁，并嘱咐道："汝才足办贼，我死何憾！"国梁垂泪受命，忽向荣自床上跃起道："终负朝廷恩。"言毕而仆，遂殒。江南提督和春，奉旨代向荣督师，国梁以提督衔帮办军务，人心稍固。

独这位洪天王秀全，闻江南大营，都被击退，向荣又死，遂自以为强盛无匹，越加骄淫。杨秀清手握大权，至此益妄作妄行，每日掠夺佳丽，轮班入侍，可怜三吴好女子，被这杨贼糟蹋无数。有崇拜洪杨者，心中所慕，亦是为此，不然，何以有杨梅都督，花界大王。奈秀清最宠的是傅善祥，善祥逸去，秀清大索不得，怅望异常，恰巧扬州献一个美人儿，姓朱名九妹，年十九，能诗文，才貌与善祥相似。秀清是欢喜极了，即令入值东王府，代善祥职，夜间即要她侍寝。九妹不从，娉婷弱质，不敌混世魔王，卒被他强暴胁迫，恣意淫污。九妹恨甚，阳作欢笑容，暗中誓不与俱生，趁着秀清饮酒，偷放砒毒。不料被秀清察破，迫她自饮，毒发而毙。又有江宁李氏女，选入东王宫，亦遭淫辱，她在髻内藏小刀寸许，伺秀清醉酒酣睡，直刺其喉。秀清适转身，误中左肩，秀清大怒，立呼左右用点天灯刑。什么叫作点天灯？系用布帛将人束住，渍油使透，倒绑杆上，烧将起来。看官！你道惨不惨呢？又有一个赵碧娘，丰姿秀美，年仅十五六，初被掳充绣馆女工，碧娘本是一手好针绣，制了二冠，呈诸东王。秀清见她精致绝伦，称赏不置。不意被同馆所妒，说她内衬秽布，裂视果然。即令馆监先加杖责，讯是何人指使？碧娘矢口自承，遂令于明晨点天灯示众。时碧娘已经昏晕，弃桂树下，夜半始醒，醒即自缢，才免惨焚。秀清怒无所泄，竟杀守者，及知情不举的数十人。看官！你道惨不惨呢？再加一语，益令人发指，崇拜洪、杨者其听之！

秀清一想，民女多是靠不住，只有天妹洪宣娇，素与交好，不如娶她过来，巧值秀清妻死，便娶天妹作了继室，天妹倒也愿意成亲。这日是个伏天，秀清饬制大凉床，穷工极巧，四面玻璃，就中注水，养大金鱼百数，荇藻交横，微风习习，秀清、宣娇裸体交欢，一对淫夫淫妇，只嫌夜短，不虑昼长。但秀清本有许多姬妾，自从宣娇娶入，都成了有夫的寡妇，长夜绵绵，令人难耐。适有东府承宣陈宗扬，生得一表人材，面如冠玉，惹得这班王娘，统愿屈体俯就，要宗扬来替秀清。宗扬没有分身法儿，久之久之，自然闹出事来。淫恶之报。

秀清下令，斩了宗扬。宗扬是韦昌辉妻弟，昌辉时在江西，得了此信，暗暗怀恨。正值秀清恶贯已满，由秀全降下密旨，召昌辉回南京。昌辉率众回来，秀清不许入城，由昌辉再三恳请，愿留部下在城外，只带随从数十名进来，乃为秀清所许，入见秀全。秀全佯怒道："现在天国军权，归东王执掌，你岂不知？东王不要你回来，你何得擅回？快去东王府请罪！东王若肯赦你，你宜速赴泛地。"言毕，恰暗暗垂泪。昌辉觑见，料知天王见迫，不便明告，随往东王府请谒求赦。秀清立即延入，昌辉央恳向天王前缓颊。秀清道："弟事自当代请，但我将以八月生日，进称万岁，弟知之否？"昌辉道："四兄勋高望重，巍巍无比，早宜明正位号。不过弟在外征妖，未敢明请哩。"当即跪下，叩称万岁，并令随从各员，亦跪称万岁，秀清大喜，命即赐宴，昌辉以下，一律犒饮。昌辉入席，起初还是极力趋承，嗣见秀清微醉，便起立道："天王有命，秀清谋逆不轨，着即加诛！"秀清闻言欲避，昌辉从员，已一拥而上，将他砍死。想做皇帝，谁料遭此结果。拥入内室，把他子女侍媵，一一斩首，只剩了天妹洪宣娇，由昌辉搂抱而去。返入北王府内，先与宣娇合欢，然后报知天王。

不意东王余党，集众攻北王府。昌辉复开城召入部众，与东王党互斗，你杀我，我杀你，两下相杀，城河为赤。忽翼王石达开，自江西驰回，燕王秦日纲，亦自安徽趋至，两人俱奉天王密旨，入靖内乱。既入城，闻秀清已被昌辉杀死，两党鏖战不休，遂相与调停。昌辉不服，定要杀尽东王余党，当下恼了石达开，便大声道："你既杀了东王，也好罢手，为什么灭他家族？你灭他家族，还嫌不足，定要除他余党，我天国不为东王而亡，恐要为你而亡了。"昌辉不答，达开愤愤而出。是夜翼王、燕王两府，统被昌辉手下围住，秦日纲出问被杀，翼王府内，竟是全家被害。独达开不知如何察觉，竟缒城出走，将纠合部众入犯。昌辉去报秀全，秀全不觉失声道："汝不听达开言，倒也罢了，今将他全家杀死，莫怪他不肯干休。"昌辉嘿然，竟自趋出，反戈围天王府。天王兄弟仁发、仁达，暗与东王党讲和，同攻昌辉。昌辉败走，东王党趁势入北王府，见一个，杀一个，不特昌辉妻妾，统做了刀头之鬼，就是宣娇玉骨，也被大众剁成肉泥。想被天父召去了。昌辉出城，手下只剩数十人，渡江至清江浦，适遇前使在外的东王党，将他擒住，押送江宁。秀全命即磔死，将首级送与达开，温词召达开回来。

达开怨愤少泄，返入江宁，大家推他辅政，如秀清故事。怎奈秀全心怀疑忌，只恐达开如韦、杨一般，仁发、仁达，又与达开意见不合，达开就辞别天王，出城径去。这次秀全谋除秀清，密召韦、石诸人，还是钱军师代他决策，后见韦、杨内哄，他竟不知去向。从此秀全失了一个参谋，内外政事，都由仁发、仁达主持，越加棼乱。了结诸王，并了结钱江。

是时曾国藩在江西，得两湖援军，攻克南康，曾国华等亦收复瑞州，李元度、刘于淳诸将，复取宜黄、崇仁、新淦等县，江西军务，渐有起色。会官文拔汉阳城，击毙长毛军的钟丞相，刘指挥。胡林翼拔武昌城，生擒长毛检点古文新等十四人，武汉三失三复。湘军遂乘胜收黄州、兴国、蕲州、蕲水、广济等处，仅十日间，肃清湖北。于是杨载福率领水师四百余艘，李续宾率领陆师八千余人，沿江东下，连战皆克，直达九江。国藩在南昌闻报，亲赴九江劳师，途次闻萧启江、刘长佑二军，已夺得袁州；其弟国荃，亦组成一部吉字军，由萍乡入会周凤山，攻取安福。喜信迭来，精神益爽。到了九江，但见水陆两军，声势甚盛，杨、李两统领，都来迎谒。那时这位奔走仓皇的曾大帅，不禁喜逐颜开，携了杨、李两将手，慰劳一番，并传见水陆将弁，一一慰谕，又出犒银分犒兵士。三湘豪杰，七泽健儿，个个欢腾，人人效命，立思踏平九江城。怎奈攻了月余，仍未见效。转瞬已是咸丰七年，国藩在营中度岁，过了正月，拟移节瑞州，忽由湘乡发来讣闻，乃是国藩父竹亭封翁寿终。国藩大恸一回，立即奔丧。瑞州的曾国华，吉安的曾国荃，亦先后驰归，到家中守制去了。正是：

> 出则尽忠，入则尽孝。
>
> 吁嗟曾公，无忝名教。

国藩既归，朝议令他墨绖从戎，由国藩固请终制，此是正理。乃诏令总兵杨载福，道员彭玉麟，就近统领兵勇，并命两湖巡抚，酌派陆军赴江西助剿。这回已可作结束，待小子休息一刻，再叙下回。

琦善之不逮向荣，人尽知之。顾向荣顿兵三年，师老日久，亦犯兵家之忌。行军之要素有二：一仗气势，二仗纪律。三年无功，气势馁矣，纪律亦安望常严？即非分兵四出，亦安保其不倾覆者？或谓苏抚吉尔杭阿，不攻高资，则镇江不致撤围，城内之太平军，无自纠合金陵，夹攻向营，向营即可不覆，是说似是而实非。高资既为敌军运粮之处，则向荣早宜设法要截，宁必待吉抚乎？吉抚之不成，众寡不敌致之也。就令吉抚不死，向营宁能长保乎？唯金陵韦、杨二酋，一胜即骄，自相残杀，此可以见盗贼之必亡。不然，金陵之围已解，向荣殁，曾国藩被困南昌，洪氏正可乘势而逞，天下事，未可知也。本回前半截叙向营之被陷，有以见专阃之非才，后半截叙韦、杨之自残，有以见剧盗之必灭。

第三十一回

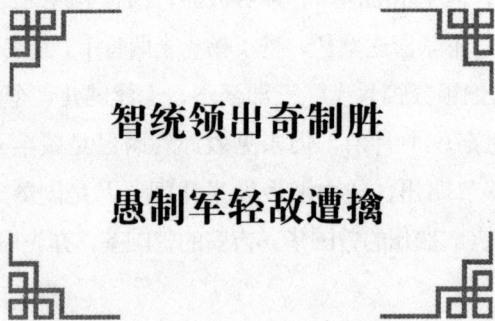

智统领出奇制胜
愚制军轻敌遭擒

却说湖北巡抚胡林翼，奉旨派兵援赣，即遣李续宾赴瑞州，文翼赴吉安。湖南巡抚骆秉章，亦遣江忠义、王鑫赴临江。是时吉安、临江两处，尚在长毛手中。临江方面，由刘长佑、萧启江进攻，相持不下；吉安方面，自曾国荃去后，诸将各存意见，积不相容。适江西巡抚文俊罢职，代以耆龄，耆龄恐临江失守，遂一面调王鑫至吉安，一面奏起曾国荃，仍统吉安军。王鑫既到吉安，长毛酋石达开前锋正到，两下交战一场，互有胜负。这位王鑫颇有才名，他亦以安邦定国自命，至此与长毛另股，相搏数日，一些儿没有便宜，反伤失军士数百名，未免心中快快。其言之不怍，则为之也难。自是忧愤成病，终日在床上呻吟。忽报石达开自至，军中大愕，急禀知王鑫，急得王鑫冷汗交流，霎时间口吐白沫，竟到阎罗殿去报到。暗寓讥刺。亏得国荃驰至，军心方定。

国荃即率军击石达开，达开是长毛中一个黑煞星，至是因韦、杨内哄，孤军出走，悲愤得了不得，还有何心恋战？既到吉安，见国荃军容甚整，他竟不战而去。先到的长毛，因后队无故退回，自然一哄随行，走得稍慢的长毛，反被国荃追至，杀毙了好几百名。嗣因长毛去远，仍回军围攻吉安。

这时杨、彭二将围九江，已将一年，守城悍酋林启荣，屡出兵相扑，都被杨、

222

彭击败。他却一意固守，始终不懈，杨、彭二将，倒也无法可施。且因外江内湖的水师，被阻三年，仍然不能沟通。杨、彭商议多日，由玉麟建议，力攻石钟山。这石钟山是江湖的要口，长毛布得密密层层，作九江城的保障，所以湘军内外隔绝。杨、彭二人，悬军九江城下，左首要防着九江，右首要防着石钟山，两面兼顾，为碍甚多，于是决意攻石钟山，密遣人暗约内湖水师，里应外合，又与陆军统领李续宾，商定秘谋，令他照行。此处用暗写，以免平衍。

发兵这一日，内湖水师，先冒死冲出湖口，依山列阵。长毛无日不防他出来，自然率众堵御。但长毛内也有能人，一则恐杨、彭夹攻，二则恐李续宾也舍陆登舟，前来接应，故写长毛防备，以显杨、彭妙策。旋探知李续宾已先日拔营，往宿太等地方去了，长毛遂专力御两面水师。杨、彭二将，闻内湖水师已出湖口，遂将战船分作两翼，鼓棹疾进。那时山上山下的长毛，已分头抵敌，这里方击楫渡江，那边已投鞭断水，两军接仗，都是把性命丢在云外，恶狠狠地搏战，自午至暮，足足斗了四、五个时辰，喊杀之声，尚然未绝。两下列炬如星，再接再厉，你不让，我不走，直杀到天愁地惨，鬼哭神号。猛然见山上火起，照彻江中，映着水波，好像火龙一条，天矫出没，顷刻间烟焰迷腾，满江皆赤。长毛都惊愕不知所措，回望山顶，恍如一座火焰山，矗起江面，凭他浑身是胆，到此也不寒而栗。一夫骇走，万夫却行，湘军趁这机会，把长毛杀得四分五裂，如摧枯，如拉朽，未及天明，已夺得战舰八十九艘，炮千二百尊，杀毙长毛万余人。外江内湖的水师，并合为一。这一场恶战，若非李续宾佯赴宿太，乘夜渡江，绕出石钟山后，登山纵火，尚未见水师定获大胜。叙明前次秘谋，可谓兵不厌诈。杨、彭至天明收军，检点部下，十分中亦死了两分，伤了三分，正是由性命换了出来。后来由曾国藩奏闻，就石钟山上建昭忠祠，便是因伤亡太多，借祠立祭，妥侑忠魂，这且慢表。

且说湖口既克，下游六十里，就是彭泽县。彭泽县南有小孤山，也是挺立江中，长毛据高为垒，就南北两岸，修筑石城，环以深濠，密排桩木，藉此守彭泽县，作为九江声援。长毛酋赖汉英，踞城扼守，已历四年，杨载福合军进取，到彭泽县南岸，饬兵士登陆，佯修营垒，作长围状。长毛出城猛扑，筑营的兵士，都纷纷逃走。那时长毛争先追赶，直到急水沟，只听得一声号炮，万马奔腾，杨载福亲统大军，于长毛背后杀到。长毛知势不妙，连忙回军，已是不及，没奈何与杨军接战，无如后面又有兵至，把长毛冲作数截。长毛心慌意乱，只得人人自顾性命，各寻生路，奔回城中。这长毛后面的敌兵，看官不必细问，就可晓得是筑营佯败的兵士了。杨载福率众掩杀，擒斩无算，立即围住彭泽城，四面攻打了一日。次日撤去两隅，单从西南两面猛攻，赖长毛汉英，亦令长毛并力抵御，自辰至暮，两造军士，都有些困乏起来。攻城的兵士，渐渐懈手，守城的兵士，亦渐渐放松。赖酋也总道无虞，不防城东突有清军登陴，拔去赖字的长毛旗，换了李字的清军旗，吓得赖酋手足失措，只好招呼部众，开了北门，一齐逃走。看官记着！杨军单攻西南，已是明明有意，留出东北两面，一面约李续宾夜袭，一面放赖汉英出逃，这有勇无谋的赖长毛，正中了杨提督的妙计。**名为汉英，实是汉愚，不败何待？**赖汉英出了彭泽城，拟逃往小孤山，到了江边，张目一望，只叫得一声苦，正思拍马回走，沿江已有清兵杀来，一片喊杀的声音，震动江流，不知有多少清兵。幸汉英忙中有智，急脱去军装，除下红巾，一溜烟地逃脱，所遗部众，被清兵杀得一个不留。**阅至此处，方知杨载福放走赖酋，亦自有计，只赖酋尚不该死耳。**后人有诗咏这事道："彭郎夺得小姑回。"小孤山亦称小姑山，彭郎就指玉麟。

　　杨载福攻城时，彭玉麟已分兵攻小孤山，夺山破城，可巧是同一日，只相隔了几小时。赖酋逃至江岸，上山下水，已统悬彭字大旗，此时除微服潜逃外，还有何法？杨、彭、李既连拔要害，扫清九江上下游敌垒，遂专力攻九江。

　　这时候，和春、张国梁自丹阳合兵，复进攻江宁属县，攻克句容、溧水等城，仍逼镇江。镇江是金陵掎角，前次余、吉二人，围久无功，都因金陵屡次出援，所以失利。这番张国梁来攻镇江，仍用吉尔杭阿旧法，自率兵营高资，扼敌粮道，长毛屡次来争，国梁竭力抵拒。长毛战一仗，败一仗，连败四次，方不敢来敌国梁，只扼守运河北岸，筑垒相拒。**可见吉抚之计，未尝不是，但兵力不逮国梁，故成败异势。**国梁亦不去硬夺，但蓄养了数天，密约总兵虎嵩林、刘季三、余万青、李若珠等，合力攻城。镇江长毛，狃于前胜，不甚措意，至四总兵杀到，如狂风骤雨一般，震撼城垣，气腾貔虎，锋剚蛇虺，草木皆兵，风云变色，长毛见了这般军容，不觉大惊，急率众堵御，开炮掷石，忙个不了。怎奈顾了东管不到西，顾了西管不到东，方在走投无路，那赫赫威灵的张军门大旗，亦乘风飘到。长毛望见旗号，越加股栗。城外的清兵，偏格外起劲，城墙也似骇他的威望，竟一块一块地坠将下来。清兵即溃垣而入，破了城，搜杀数千人，只寻不着长毛酋吴知孝，追到江边，也没有踪迹，料是逸围而去。

国梁收复镇江城，德兴阿也克复瓜洲。原来德兴阿驻节扬州，闻镇江长毛，与清军相持，料知江南的长毛，无暇兼顾江北，遂益勒兵攻瓜洲，四面兜裹，突将土城攻破；长毛无路可逃，多被清兵杀毙。有几十百个长毛窜出城外，又由清水师截击，溺毙无遗。叙德兴阿克瓜洲，与张国梁事，简略不同，已可见两人之优劣。

南北捷书相望，和春、张国梁仍进规江宁，又组成一个江南大营。事有凑巧，江西的临江府，也由湖南遣来的援军，一鼓攻入，刘长佑积劳成病，乞假暂归，代以知府刘坤一，与萧启江军同向抚州，江西已大半平定，眼见得九江一带，亦不日可平了。暂作一束。

谁想内乱方有转机，外患又复相逼，广东省中，又闹出极大的风波来。广东的祸胎，始自和事老耆英。英商入城一案，经粤督徐广缙单舸退敌，英使文翰，才不复言入城事，广东安静了几年。长毛倡乱，广东亦不被兵革，只徐广缙调任湖广后，巡抚叶名琛，就升为总督，会英政府召回文翰，改派包冷来华。包冷复请英商入城，名琛不许，包冷屡次相聒，名琛竟不答复。有时连咨请别事，他也束诸高阁，清廷因广东数年无事，总道他坐镇雍容，定有绝大才略，授他体仁阁大学士，留任广东，名琛益大言自负。咸丰六年，英政府复遣巴夏礼为广东领事，巴夏礼又来请入城，名琛仍用老法子，一字不答。巴夏礼素性负气，竟日夜寻衅，谋攻广东。适值东莞县会党作乱，按察使沈棣辉，督官绅兵勇，把会党击退，棣辉列保兵勇战功，请名琛疏荐，名琛也搁置不提，兵勇自是懈体，一任党匪逃去。党首关巨、梁桷等，遁居海岛，投入英籍，献议巴复礼，请攻广东。名琛原是糊涂，党匪亦太丧心。巴复礼遂训练水手，待时发作。

冤冤相凑，海外来了一只洋船，悬挂英国旗帜，船内却统是中国人。巡河水师，疑是汉奸托英保护，登船大索，将英国旗帜拔弃，并将舟子十三人，一概锁住，械系入省，以获匪报。名琛也不辨真假，交给首县收禁。忽由巴夏礼发来照会一角，名琛有意无意的，接来一瞧，内称贵省水师，无故搜我亚罗船，殊属无理。舟子非中国逃犯，即使得罪中国，亦应由华官行文移取，不得擅执。至毁弃我国国旗，有污我国名誉，更出意外等语。当下名琛瞧毕，便道："我道有什么大事，他无非为索还水手，

亚罗号事件

唠唠叨叨地说了许多，哪个有这般空工夫，与他计较？"随召入巡捕，叫他知照首县，发放舟子十三人，送还英领事衙门。不意到了次晨，首县禀见，报称："昨日着典史送还英船水手，英领事匿不见面，只由通事传说，事关水师，不便接受。"名琛道："听他便是，你且仍把水手监禁，不必理他。"首县唯唯而退。

不到三日，水师统领，遣人飞报英舰已入攻黄埔炮台。名琛道："我并不与英人开衅，为什么攻我炮台？"好像做梦。正惊讶间，雷州府知府蒋音印，到省求见，由名琛传入。名琛也不及问他到省缘故，便与他讲英领事瞎闹情形。蒋知府道："据卑府意见，还是向英领事处问明起衅情由，再行对付。"名琛道："老兄所见甚是，便烦老兄去走一遭。"蒋知府不好推辞，就去拜会英领事。相见之下，英水师提督亦在座。蒋知府传总督命，问他何故寻衅？两人同答道："传言误听，屡失两国和好，请知府归语总督，一切事情，须入城面谈。"蒋知府回报名琛，名琛道："前督徐制军，已与英使定约，洋人不得入城，这事如何通融？"蒋知府不敢多言，当即退出。巴夏礼又请相见期，名琛以入城不便，谢绝来使。巴复礼再请入城相见，名琛简直不答。于是巴夏礼召集英兵，由水师提督统带，入攻省城。只听一片炮声，震天动地。名琛并不调兵守城，口中只念着吕祖真言宝训。巡抚柏贵，藩司江国霖，急忙进见，共问退敌的计策。名琛道："不要紧！洋人入城，我可据约力争，怕他怎么？"柏贵道："恐怕洋人不讲道理。"名琛道："洋人共有多少？"柏贵道："闻说有千名左右。"名琛微笑道："千数洋人，成什么事！现在城内兵民，差不多有几十万，十个抵一个，还是我们兵民多。中丞不闻单舸赴盟的徐制军么？英使文翰，见两岸有数万兵民，便知难而退，况城内有数十万兵民，他若入城，亦自然退去。"道言未绝，猛听得一声怪响，接连又是无数声音，柏、江两人，吓得什么相似，外面有军弁奔入，报称城墙被轰坍数丈，柏贵等起身欲走，名琛仍兀坐不动。镇定工夫要算独步。柏贵忍不住，便道："城墙被轰坍数丈，洋兵要入城了，如何是好？"名琛假作不闻，柏江随即退出。是夜洋人有数名入城，到督抚衙门求见，统被谢绝，洋人也出城而去。名琛闻洋人退出，甚为欣慰，忽报城外火光烛天，照耀百里。名琛道："城外失火，与城内何干？"歇了半日，柏巡抚又到督辕，说："城外兵勇暴动，把洋人商馆及十三家洋行，统行毁去，将来恐更多交涉。"名琛道："好粤兵！好粤兵！驱除洋人，就在这兵民身上。"柏抚道："闻得法兰西、美利坚商馆，亦被烧在内。"名琛道：

"统是洋鬼子，辨什么法不法，美不美？"柏抚台又撞了一鼻子灰，只得退出。柏贵比叶名琛虽稍明白，然亦是个没用人物。

是时已值咸丰六年冬季，倏忽间已是残腊，各署照例封印，名琛闲着，去请柏、江二人谈天。二人即到，名琛延入，分宾主坐下。名琛开口道："光阴似箭，又是一年，闻得长江一带，长毛声势少衰，但百姓已是困苦得很，只我广东，还算平安，就是洋人乱了一回，亦没甚损失，当时两位都着急得很，兄弟却晓得是不要紧呢。"柏抚道："中堂真有先见之明。"名琛掀髯微笑道："不瞒二位，我家数代信奉吕祖，现在署内仍供奉灵像，兄弟当日，即乞吕祖飞乩示兆，乩语洋人即退，所以兄弟有此镇定呢。"原来如此。柏抚道："吕祖真灵显得很。"名琛道："这是皇上洪福，百神效灵。闻得本年新生皇子，系西宫懿嫔所出，现懿嫔已晋封懿妃，懿妃凤称明敏，有其母，生其子，将来定亦不弱。看来我朝正是中兴气象，区区内乱外患，殊不足虑。"随即谈了一会属员的事情，何人应仍旧，何人应离任，足足有两个时辰，方才辞客。看官！你道名琛所说的懿妃，是什么人？便是上回叙过的那拉氏。那拉氏受封贵人后，深得咸丰帝欢心，情天做美，暗孕珠胎，先开花，后结果，第一次分娩，生了一个女孩儿，第二次分娩，竟产下一位皇儿，取名载淳。咸丰帝时尚乏嗣，得此儿后，自然喜出望外，接连加封，初封懿嫔，晋封懿妃，比皇后只差一级了。此咸丰六年事，所以夹叙在内。

这且慢表，且说英领事巴夏礼，因入攻广州，仍不得志，遂驰书本国政府，请派兵决战。英国复开上下议院，解决此事。英相巴米顿力主用兵，独下议院不从。嗣经两院磋商定议，先遣特使至中国重定盟约，要索赔款，如中国不允，然后兴兵。于是遣伯爵额尔金来华，继以大轮兵船，分泊澳门、香港；又遣人约法兰西连兵，法人因商馆被毁，正思索偿，随即听命。额尔金到香港，待法兵未至，逗遛数月，至咸丰七年九月，方贻书名琛。名琛方安安稳稳地在署诵经，忽接英人照会，展开一瞧，乃是汉文，字字认识，其词道：

查中英旧约，凡领事官得与中国官相见，将以联气谊，释嫌疑。自广东禁外人入城后，浮言互煽，彼此壅阏，致有今日之衅。粤民毁我洋行，群商何辜，丧其资斧？拟约期会议偿款，重立约章，则两国和好如初，否则以兵戎相见，毋贻后悔，西历一千八百五十七年十月日。大英国二等伯爵额尔金署印。

名琛阅毕，自语道："混帐洋人，又来与我滋扰了。"接连递到法、美领事照会，无非因毁屋失赀，要求赔款，只后文独有"英使已决意攻城，愿居间排解"二语。名琛又道："一国不足，复添两国，别人怕他，独我不怕。"有吕祖保护，原可不怕。遂将各照会统同搁起，仍咿咿唔唔地诵经去了。到了十一月，法兵已至，会合额尔金，直抵广州，致名琛哀的美敦书，限四十八小时内，答复偿款换约二事，否则攻城。名琛仍看作没事一般。将军穆克德讷，巡抚柏贵，藩司江国霖，闻着此信，都来督署商战守事。名琛道："洋人虚声恫吓，不必理他。"穆将军道："闻英、法已经同盟，势甚猖獗，不可不防！"名琛道："不必不必。"穆将军道："中堂究有什么高见，可令弟等一闻否？"名琛道："将军有所不知。兄弟素信奉吕祖，去岁洋兵到来，兄弟曾向吕祖前扶乩，乩语洋兵即退，后来果然。前日接到洋人照会，兄弟又去扶乩，乩语是十五日，听消息，事已定，毋着急。祖师必不欺我，现已是十二日了，再过三四日，便可无事。"将军等见无可说，只得告退。

是日英兵六千人登陆，次日，据海珠炮台，千总邓安邦，率粤勇千人死战，杀伤相当，奈城内并无援兵，到底不能久持，竟致败退。又越日，英、法兵四面攻城，炮弹四射，火焰冲霄，城内房屋，触着流弹，不是延烧，就是摧陷，总督衙门也被击得七洞八穿。名琛此时颇着急起来，捏了吕祖像，逃入左都统署中。吕祖不来救驾，奈何？柏巡抚知事不妙，忙令绅士伍崇曜出城议和，一面去寻名琛，等到寻着，与他讲议和事宜，名琛还说"不准洋人入城"六字。倔强可笑。柏抚不别而行，回到自己署中，伍崇曜已经候着，报称洋人要入城后，方许开议。柏抚急得了不得，正欲去见将军，俄报城上已竖白旗，洋兵入城，放出水手，搜索督署去了。柏抚正在没法，只见洋兵入署，迫柏抚出去会议。柏抚身不由主，任他拥上观音山。将军、都统、藩司等，陆续被洋人劫来。英领事巴夏礼亦到，迫他出示安民，要与英、法诸官一同列衔。此时的将军、巡抚，好似猢狲上锁，要他这么便这么。安民已毕，仍导军抚都统回署，署中先有洋将占着，竟是反客为主。柏抚尚记念名琛，私问仆役，报称被洋将拥出城外去了。于是军抚联衔，劾奏名琛，奉旨将名琛革职，总督令柏抚署理，这是后话。

且说名琛匿在都统署，被洋人搜着，也不去难为他，还是吕祖暗中保佑。仍令他坐轿出城。下了兵轮，从官以手指河，教他赴水自尽，名琛佯作不觉，只默诵吕祖经。先被英人掳到香港，嗣又被解至印度，幽禁在镇海楼上。名琛却怡然自得，诵经以外，还日日作画吟诗，自称海上苏武。他的诗不止一首两首，小子曾记得二律道：

镇海楼头月色寒，将星翻怕客星单；
纵云一范军中有，争奈诸军壁上观。
向戍何心求免死，苏卿无恙劝加餐；
任他日把丹青绘，恨态愁容下笔难。

零丁飘泊叹无家，雁札犹传节度衙；
门外难寻高士米，斗边远泛使臣槎。
心惊跃虎笳声急，望断慈乌日影斜；
惟有春光依旧返，隔墙红遍木棉花。

名琛在印度幽禁，不久即死。英人用铁棺松榔，收殓名琛尸，送回广东。广东成为清英法三国公共地，英人犹不肯干休，决议北行。法、美二使，亦赞成，连俄罗斯亦牵入在内，当下各率舰队，离了广州，向北鼓轮去了。欲知后事、请阅下回。

行军之道，固全恃一智字，即坐镇全城，对待邻国，亦曷尝可不用智。杨载福之屡获胜仗，选据要害，虽非尽出一人之力，然同寅协恭，和衷共济，卒能出奇制敌，非智者不及此。若叶名琛之种种颠顸，种种迁延，误粤东，并误中国，不特清室受累，即相沿至今，亦为彼贻误不少。列强环伺，连鸡并栖，皆自名琛启之。误中国者名琛，名琛之所以自误者，一愚字而已。且一智者在前，则众智毕集，彭、李诸人之为杨辅是也。一愚者在上，则众愚亦俱至，穆、柏诸人之为叶辅是也。此回前后分叙，一智一愚，不辨自明。

第三十二回

四国耀威津门胁约
两江喋血战地埋魂

却说英、法、俄、美四国舰队，自广东驶至上海，各遣员赍书赴苏州，见江苏巡抚赵德辙。德辙把来书瞧阅，乃是致满大学士裕诚书。当即与洋员说明，愿将来书投递北京，叫他在上海候复，洋员答应自去。赵德辙即咨送江督何桂清，何桂清时驻常州，接德辙咨文，并四国来书，遂飞驿驰奏。咸丰帝立召大学士裕诚，及军机大臣会议。议了半日，方定计简放黄宗汉为钦差，赴粤办理交涉，一面由裕诚署名，答复英法两国，是令他速赴广东，与黄宗汉会商。并说本大臣参谋内政，未预外事，不便直接。复美使书，也是令他赴粤，不过有要他排解的意思。复俄使书，略说中俄原约，只在黑龙江互市，如有相争事件，可速赴黑龙江，自有办事大臣接商，无庸与本大臣交涉。这等复书，仍饬江督何桂清转交。偏这英使额尔金、法使噶罗，不肯照行，仍牵率俄、美两使，向天津进发。

咸丰八年三月，四国军舰，云集白河口，投书直督谭廷襄，仍请转达首相。廷襄是照例奏闻，诏令户部侍郎崇礼，内阁学士乌尔焜泰，驰赴天津，会同直督，照会各国使臣，约期开议。不意英法两使，复称钦差非中国首相，不便和议，决词拒绝。外人得步进步，原是狡狯，然亦由中国自召。只俄美两使，算是接见，相与往来，但不过是空言敷衍，毫无效果。这位谭制台，恰格外巴结，差了武弁，驾着小船，引导洋人

231

进出。洋人本未识大沽险要，至此往来窥测，探悉路径，又见大沽防务疏忽得很，突于四月初八日，驶入小轮船数艘，悬起英法两国红旗，开炮击大沽炮台。守台官游击沙春元、陈毅等，仓猝迎战，卒以众寡不敌，次第殉难，前路炮台陷。副都统富勒登太，守住后路，猝闻前军失守，逃得不知去向，后路炮台又陷。这一仗战争，提督张殿元，总兵达年，副将德奎，在大沽附近，吃粮不管事，由他捣入。咸丰帝闻警大怒，把提督、总兵、副将各人，革职拿问，特命亲王僧格林沁，带兵赴天津防守；又命亲王绵愉，总管京师团防事务，严行巡逻。

僧亲王抵天津后，俄美二使，愿居间排解，只乞改派相臣议款。僧亲王复据实陈奏，咸丰帝不得已，命大学士桂良，吏部尚书花沙纳，再赴津议款。这时候，清廷大臣，如惠亲王绵愉，尚书端华，大学士彭蕴章等，关心和议，记起这位和事老耆大臣来，当即联衔保奏。**要送他老命了。**咸丰帝立命陛见，和事老耆英，挺然出来，造膝密陈，似乎有绝大经济，不由咸丰帝不信，叫他自展谋猷，不必附合拘泥，随赏给侍郎衔，饬至天津商办。耆英抵津，坐着绿呢轿，径去拜会英使，投刺进去。等候了好一歇，由翻译出来，说声挡驾。耆英私问翻译，为什么不见？翻译道："耆大人想忘记广东的事情了。原约许英人二年入城，什么到了四五年，尚未践约。耆大人！你还是回去的好，免得多劳往返。"**讥讽之言，不堪入耳。**耆英回见桂良，便将此事说明，浼桂良奏请召回。桂良随即出奏，耆英即收拾行李，驰还通州。忽有廷寄颁到，令他仍留天津，自行酌办。耆英回京心急，仍自启行；到了京师，巧遇巡防大臣绵愉，问他未奉谕旨，如何回来？耆英便说英使怀恨，不便在津，是以急回。绵愉恐坐保举失察罪，即上本参劾。咸丰帝本不悦耆英，接阅此奏，便降旨诘责，说他离差罪小，逶过罪大，有负委任，赐令自尽。可怜这位和事老，白发苍颜，还不得善终，这也是甘心误国的报应。**外交官听着！**

谁知耆英虽死，衣钵恰传出不少，桂良、花沙纳，统是得着耆英的秘诀。英人要约五十六条，法人要约四十二条，都一一照奏。小子于英法要求各条款，也记不胜记，只最关紧要的，约有数条：第一是各派公使驻京；第二是准洋人持照至内地游历通商；第三是增开牛庄、登州、台湾、潮州、琼州等处为商埠；第四是长江一带，自汉口至海滨，由外人选择三口，以便往来通货；第五是洋人得挈眷属在京居住；第六是偿英国商耗银二百万两，军费亦二百万两，法国减半。奏折一上，廷臣鼓噪，都主张驳斥。你一本，我一本，大半痛哭陈辞，赛过贾长沙、陈同甫一流人物，其实统是纸上空谈，无裨实用。还是咸丰帝晓明大局，料知无人能战，无地可守，没奈何忍痛许和。

俄使公普，美使列卫廉，据利益均沾的通例，亦要求订约，桂良、花沙纳，仍行奏请。咸丰帝无话可说，只传旨准奏，钦此，便算了事。四国使臣，与清国两钦差，各订约签押，因要钤用国宝，须费一番手续，定期来年互换，于是各国舰队，次第退出，这叫作天津和约。

是年，江南军事，亦胜败不一。九江城为林启荣所据，坚忍能军，十易寒暑，固守如故。杨、彭、李会集水陆各军，浚濠环攻，连番猛扑，终不能下；复开地道数处，迭毁东南二门，登城者再，卒被击退。李续宾痛励将士，再行掘隧，曾国华亦自长沙趋至，助续宾连夜掘穴，地道又成。乃饬水陆军十六营，四门进攻，攻至夜半，由地道举火，地雷骤发，砖石飞腾，迤东而南的城垣，轰坍一百多丈。湘军痛两次伤亡的惨剧，誓死复仇，人人思奋，踊跃先登，呼声动天地，冲锋掩杀，约两三时，击毙长毛一万七千多名，积尸如山，流血成渠。凭启荣怎么强悍，双手不敌四拳，终被他剁为肉泥。还有悍酋李兴隆，也随了启荣，为洪天王殉节，九江乃平。李续宾因功邀赏，得加巡抚衔，专折奏事。曾国华亦得同知衔。抚州、建昌，同时肃清，只吉安长毛，尚是死守，曾国荃屡攻未克，回湘添募营勇，大举进攻。也是吉安长毛，该当数尽。先是守城的长毛首领，计有二人，一为先锋李雅凤，一为丞相翟明海。李、翟连番出城，冲击曾营，屡被杀败，翟明海败仗尤多。两人互相埋怨，恼了李雅凤，竟将明海杀死。明海的部下，开城审去。李雅凤势孤力弱，由国荃乘间攻入，巷战许久，将雅凤擒住，解省正法。*自相鱼肉，断没有好结果，大则韦杨，小则翟李，可为前鉴。*

江西已平，于是朝旨令李续宾军图安徽，再起曾国藩督师。国藩至江西，闻长毛分窜浙、闽，督师往援，途次闻浙西一带，长毛不多，尚无大碍，只闽省浦城、崇安、建阳、松溪、政和各县，窜入红巾，烽火相寻。国藩令萧启江、张运兰赴闽剿办，兵甫出发，忽有大股长毛，回扑江西抚州、建昌，两府戒严。亏得刘长佑出来督军，截住新城，把长毛击退，长毛仍还入闽境，萧张两路兵马，分道趋闽，因天雨连绵，岭路泥泞，军士又复遇疫，中道折回。

天下不如意事，十常八九，闽中未闻报捷，皖中先已丧师。*山龙过脉，自成一线。*

自洪天王建都江宁，恃安徽为门户，兵粮军械，全仗安徽接济，所以安徽境内的长毛，个个是几经挑选，方许驻守。督率守兵的头目，起初是翼王石达开，素称骁将，嗣后是英王陈玉成，骁勇几出达开上。玉成眼下有双疤，官军叫他四眼狗。这四眼狗，确是厉害，清将闻他悍名，个个吐舌，偏这不怕死的李续宾，硬要与他反对。与狗作死对头，殊不值得。续宾沿江入皖，仗着勇气，倍道而前，平太湖，拔潜山，下桐城、舒城，千百个小长毛，都抱头窜去。忽闻四眼狗攻扑庐州，遂麾军急进，一意赴援。部将谏道："现在安庆未克，若进攻庐州，恐怕安庆长毛，要截我后路，不如在桐城休养数日，相机而行。"续宾道："安庆方面，已有都将军马队进攻，长毛必并力守城，无暇与我为难，我军正可进攻庐州。"原来荆州将军都兴阿，方奉旨图皖，接应续宾，前锋为鲍超、多隆阿，正进趋集贤关，所以续宾有此计议。部将道："都将军既至安庆，我军正好与他联络，先把安庆克复，再图庐州未迟。"续宾瞋目道："救急如救火，庐州危急万分，安能不救？倘庐州一陷，狗贼回援安庆，连都将军也站立不住，我军在此何为？"部将又道："我军不过数千人，前无导，后无继，孤军直入，万一遇险，奈何？"续宾道："这可发书湖北，请兵援应便是。"当下写了一书，遣人驰送，另派兵驻守舒、桐各城，简了精锐，星夜前驰，直抵三河镇。这镇系宁皖交通的要道，距庐州只五十里，长毛环筑大城，厚屯兵马，防守得非常严密，诸将又请续宾择地驻营，等待援兵。续宾才驻扎了一天，到了次日，湖北杳无援音。原来此时的胡林翼，已丁忧去位，总督官文，得续宾书，不以为意，简直是一兵不发。毕竟是个满员。续宾又待了一日，不觉焦躁起来，复麾军欲出。诸将又再三劝阻，续宾愤愤道："我自用兵以来，只知向前，不知退后。就使死敌，也是我辈带兵的本分。明日定要破他坚垒，除死方休！"可以死，可以无死，死伤勇。诸将始不敢多言。

翌晨，即下令进逼敌垒，续宾执旗当先，将士紧紧随着，不管他枪弹飞来，总是冒死冲入。自昼至夜，连平长毛九座营盘，检点部下，死了参将萧意文，都司胡在位，及兵勇千余人。忽后面战鼓喧天，喊声大震，长毛如墙而至，遥望旗号，乃是太平天国英王陈、太平天国侍王李。续宾道："四眼狗到了。什么还有侍王李？想是李世贤的狗头。"随即列好阵脚，专待敌军。说时迟，那时快，四眼狗前锋已到，与续宾部下，血战起来。长毛兵有十多万，续宾兵只有四五千人，眼见得长毛陆续趋上，把续宾军围住，围了一重，又是一重。重重围住，直围到数十重。续宾还拼命冲突，怎奈四面如铜墙铁壁，有力也没处使，将士又逐渐倒毙。续宾叹道："今日败了，是我殉节之日了。"回顾诸将，令各自逃生。诸将道："公不负国，我等岂可负公？"续宾乃传令见月出走。未几月出，续宾争先陷阵，长毛丛集，哪怕续宾三头六臂，到此也不能脱免。参将彭友胜，游击胡廷槐、饶万福、邹玉堂、杜延光，守备赵国梁，先后战死。续宾亦力竭身亡。续宾一死，军心大乱，越要急走，越是先死。同知曾国华，及知府王忠骏，知州王揆一，同知董容方，知县杨德闿等，皆殉难。道员孙守信，同知丁锐义，坚守中右营三日，弹药水火都尽，营破死之。**次第叙来，可见续宾之死，亦由刚愎之咎。**桐、舒、潜、太四邑，复被陷没。都兴阿也撤安庆围，退屯宿松，皖楚大震。

湖广总督官文，湖南巡抚骆秉章，飞章入告，请调曾国藩移师援皖。朝旨令国藩统筹全局，斟酌具奏。国藩乃具疏上陈，最要紧的数语，录述如下：

> 就数省军务而论，安徽最重，江西次之，福建又次之。计唯大口南岸，各置重兵，水陆三路，鼓行东下。剿皖南则可以分金陵之贼势，剿皖北则可以分庐州之贼势。北岸须添足马步三万人，都兴阿、李续宜、鲍超等任之；南岸须添足马步二万人，臣率萧启江、张运兰任之；中流水师万余人，杨载福、彭玉麟任之。至江西军务，亦分两路，臣与抚臣耆龄任之，臣任北路，耆龄任南路，闽省兵力，足以自了，尚可无虑。

奉旨准议。唯起复胡林翼，仍任湖北巡抚。林翼受任，出驻黄州，柎循士卒，严防长毛入犯。长毛果欲泝江而上，被多隆阿、鲍超击退。国藩正拟出图皖南，忽报长毛大酋石达开，率众趋江西，攻陷南安县城。国藩急檄萧启江等往援。才到南安，达开已弃城出走。捷书方至，国藩幕下，接连又闻庐州失守，李孟群殉难。孟群自战胜湘鄂，即由朝旨令他援皖，独当一面，以累功擢安徽布政使，兼署安徽巡抚事。其实孟群的才识，也没什么过人，闻他的妹子素贞，恰是熟谙兵法，饶有胆力。孟群出军，素姑必戎装相从。一日，孟群被围，别将都不敢往援，独素姑怒马跃入，手斩数十人，护孟群归，甲裳都赤，军中惊为天神，连长毛亦怕她雌威。**比洪宣娇何如？**嗣是孟群格外敬服，有所讨伐，必令素姑相随。至官、胡两军攻汉阳，孟群兄妹偕往，一场血战，素姑阵亡，年才二十岁。清廷重男不重女，到武汉克复后，把素姑的血战功，也并加在孟群身上，所以孟群由知县出身，迭次超擢，竟至方面。**表扬闾阎，独显幽光。**唯孟群自丧妹后，失去一个臂助，惘惘的到了安徽，正值连天烽火，遍地寇氛。到了庐州，适四眼狗纠众大至，连战数日，卒因众寡不敌，败退官亭，扎了数营，挡住庐州的西面的长毛。至李续宾战死三河，都兴阿撤围安庆，四面无援，只剩孟群一军，孑然孤立，哪里还支持得住？不到数日，庐州失守，长毛大股，都来扑孟群营，副将邓清，知县李孟政两营，先被攻破，纷纷溃散。长毛并力攻中营，从早起战到晚间，中营复陷。孟群持矛屹立，厉声骂贼，长毛一拥而上，尚被孟群刺死三名，未几遇害。千总沈国泰觅获遗骸，始得归葬。国藩闻这凶耗，悲他父子殉节，格外伤心。**谁知还有一妹。**

寻又报石达开窜入湖南，湖南系国藩故里，桑梓攸关，急个不了。忙咨湘抚骆秉章，令他赶紧堵御。秉章正在筹防，为这一场匪警，又引出一个大人物来。**为人最要立点事业，看后世稗官家，要叙一出色人物。下笔且是不苟。**这位大人物是谁？乃是湘阴县人左宗棠。**闻名久矣。**宗棠字季高，少年倜党不羁，常以王佐才自许，骆抚曾招致幕下，待以上宾礼。属僚有事禀白，都付他裁决。名高致谤，权重招忌，几乎把宗棠性命，断送在骆抚手中。**可为有才者叹。**永州总兵樊燮，刚愎自用，骆抚劾他骄倨，有旨革职。不意樊燮运动都察院，奏称无罪。廷旨令湖广总督官文查办，官文隐祖樊燮，密查骆抚弹章，出宗棠手，竟召宗棠对簿武昌，拟他重辟。骆抚疏争不得，亟函致在京编修郭嵩涛，令他向军机大臣肃顺处说情。嵩涛与宗棠同乡，自然暗中关说，并浼南书房行走潘祖荫，疏救宗棠。接连又是曾、胡二公，上疏荐宗棠才可大用。内外设法，始得将宗棠保全，脱罪回籍。**险哉宗棠！**至达开窜入湖南，击败总兵刘培元、彭定泰等，陷桂阳及兴宁、宜章等县，骆抚夙重宗棠，再请出山，委以军事。宗棠亟檄刘长佑、江忠义、田兴恕等还援，一月内成军四万人，泽隘设守。官、胡二督抚，复飞咨都兴阿将军，调拨吉林、黑龙江马队回鄂，驰赴湘南，并派知府肃翰庆，率水师炮船三十二只，克期会长沙。

时石达开沿途裹胁，挟众二三十万，意欲踞险自雄，与洪天王另张一帜。**大约仍是帝王思想。**初攻武冈、祁阳，城坚不能拔，转攻宝庆，连营百余里。刘长佑、田兴恕各援军，先后踵至，与石达开血战数次，杀伤相当。胡抚以宝庆重地，不可无良将为统帅，乃遣李续宜统五千人往，所有援军，悉归节制。达开颇惮续宜威名，闻他前来，亟挑选精悍，裹三日粮，誓破宝庆。续宜兼程而至，与刘长佑会商军务，为避实击虚计，从北路进攻，遂渡资水而西，击达开背后。达开正誓死攻城，不防续宜从后掩入，或横截，或包抄，或旁敲，或侧击，弄得达开茫无头绪，只得且战且走。清军已经得势，如旋风一般的追将过去。达开又回战几仗，总是当不住兵锋。战一回，伤亡几千长毛。战两回，又伤亡几千长毛。看看已毙了二万多人，料难住足，不得已呼啸一声，向西南逃窜去了。**达开亦如强弩之末。**

  湖南解严，续宜还鄂，曾国藩闻桑梓无恙，方才安心。忽朝旨促他入川，令他堵截达开，国藩不敢违慢，急率兵沂江而上。及到湖北，探闻无达开入蜀消息。看官！你道达开到哪里去？他已经窜入广西，都是这位官制军，闻风虚报，奏调曾军，弄得这位曾侍郎奔波不息，官制军恰暗里笑着呢。**官文人品，如是如是。**

  国藩行抵黄州，与林翼会叙，握手道故，非常亲昵。国藩道："官制军的脾气，煞是可怪。不知吾兄如何对付？"林翼道："为了一位官制军，左季高几丧了性命。此次石逆入湘，若非季高尚在，兄弟倒措手不及了。"国藩道："季高得生，闻仗肃军机暗中挽回，肃公颇还知人。"林翼道："这也是季高不该死。肃军机哪里靠得住？不然，本年顺天乡试，正考官柏中堂，如何被他葬死呢？"国藩叹息道："明珠和珅，闹得如此厉害，未罹重辟，柏葰究是一个大学士，偏为了科场舞弊，竟致身首两分，天下事原有幸有不幸哩！"林翼道："科场中的弊端，闻柏中堂并未预知，榜发后查勘原卷，说是硃墨不符，误中了一个唱戏的平龄。究竟平龄是否唱戏？是否冒名？是否柏中堂家人，暗中掉卷？兄弟不在朝中，无从确查。论起理来，不过一个失察的处分，偏这肃尚书顺，定议按律处斩，与同考官程炳采同死市曹，若是一位满大员，断不至此。"**柏葰处斩，是咸丰九年间事，曾胡二公口中叙明，以省笔墨，是简略得当处。** 国藩道："议亲议贵，古今一辙，恰也莫怪。但吾兄与官制军同处，颇称莫逆，此中必有良法，倒要请教。"林翼道："说来可笑。那日官制军的姨太太，做三十岁生辰，分柬请客，司道等都不愿往贺，我为时局计，不得不例外通融，赴贺督辕。司道们见我前往，也不好不去，乐得官制军喜笑颜开，要与我约为兄弟。次日，他的姨太太亲来谢步，拜我母亲为义女，从此以后，遇着军国大事，总算承他协力同心。涤公！你想可笑不可笑么？"**毕竟胡公有才。** 国藩道："这是枉尺直寻的办法，我也要照样一学，到武昌去走一遭。"林翼道："涤公！你去做什么？"国藩道："我现在决计图皖，恐怕官制军同我作对，几句奏语，又要我忙着。"林翼闻言，不禁失笑。国藩道："安徽长毛，厉害得很，我若往剿，兄须助我。"林翼道："这个不劳嘱咐，同为朝廷办事，可以相助，无不尽力。"国藩告别，径趋武昌，与官文谈论皖事，格外谦恭。官文亦格外敬礼。自是国藩不虑牵掣，由湖北还趋宿松去了。平勃交欢，即是此意。小子曾有诗道：

> 满人当道汉人轻，汉满由来是不平。
> 毕竟通儒才识广，好从权变立功名。

国藩去后，林翼亦移驻英山，协图安徽，将来总有一番战仗，小子下回表明。

本回叙事，看似丛杂，实则上半回是叙战将之不力，以致大沽失守，迫允要求，下半回是叙战将之尽忠，因之两江屡败，仍未退缩。至其关键处，则仍注重将相。桂良、花沙纳无外交才，唯唯诺诺以外，无他技也，若曾、胡二公，文足安邦，武能御侮，清之不亡，赖有此耳。肃顺官文，吾亦拟诸自邻以下。